꿈의 책

꿈의 책

Das Traumbuch

니나 게오르게 장편소설 | 김인순 옮김

쌤앤파커스

일러두기

- 본문의 모든 각주는 옮긴이주이다. 단, 간략한 설명만 필요한 곳은 해당 내용 옆에 방주 처리했다.
- 본문의 이탤릭체는 원서에서 저자가 이탤릭체로 강조한 곳이다. 본문의 볼드체는 저자가 알파벳 대문자로 강조한 단어이다.

아마 우리 모두는 지금 읽히는

이야기들일지 모른다.

1일

헨리

나는 뛰어내린다.

떨어지는 데 몇 초밖에 걸리지 않는다. 해머스미스 다리를 달리는 자동차들의 엔진 소리가 위에서 들린다. 러시아워. 나는 도시와 창백한 봄, 잎새에 맺힌 이슬 냄새를 맡을 수 있다. 나는 수면에 철썩 부딪친다. 차가운 물이 내 머리를 덮친다. 나는 헤엄친다. 점점 속도를 높인다. 썰물에 몸을 싣고 헤엄을 친다. 50킬로미터 떨어진 바다가 강물을 빨아들인다. 내 몸은 조수의 흡인력이 어떤 느낌인지 여전히 기억하고 있다. 마지막으로 수영을 한 게 25년 전임에도, 마치 바다를 결코 떠난 적이 없는 듯하다.

나는 소녀에게 다다른다.

강물이 아이를 잡아챈다. 강물은 아이를 소유하려 하고 아이의 몸을 자신의 일부로 삼기 위해 해체하려 한다. 아이의 두려움에서 희망을 갈라놓으려 한다. 아이의 입에서 미소를, 아이의 몸에서 미래를 갈라놓으려 한다.

아이는 점토 빛깔 물속으로 가라앉는다.

나는 잠수해 아이의 머리카락을 잡고 아이를 가까이 끌어당긴다. 가늘고 미끈거리는 아이의 팔을 붙잡는다. 더 단단히 붙잡으려고 힘을 주다가 그만 숨을 들이쉰다. 그러자 물이 목구멍으로 넘어온다. 강물은 짭짤하고 얼음장처럼 차갑다.

템스강이 나를 부둥켜안는다.

겨울바다처럼 투명한 두 눈을 가진 얼굴이 내 쪽으로 떠내려온다. 마치 수영장 가장자리에서 소독약 냄새나는 미지근한 물속으로 뛰어내리기라도 한 듯 아이는 한 손으로 코를 막고 있다. 그런데 사실은 배에서 떨어진 것이었다. 빅벤 옆의 회전관람차 런던아이에서 그리니치까지 관광객을 태우고 템스강을 오가는 유람선에서. 소녀는 배의 난간 옆에 서 있었다. 난간의 두 번째 횡목까지 기어올라가 5월의 햇살을 향해 얼굴을 내밀었다. 그러다 물살이 배를 들어 올렸을 때 앞으로 고꾸라졌다. 소녀는 비명을 지르지 않았다. 소녀의 눈빛에는 오로지 무한한 호기심만이 담겨 있었다.

우리는 아이가 떨어지는 걸 보았다. 해머스미스 다리 위에서 키스하던 한 쌍의 젊은 연인, 해진 스모킹 차림의 걸인, 그리고 나. 걸인은 자신의 '일터'인 현수교의 초록색 난간 앞 양지바른 곳의 마분지 위에서 벌떡 일어났다.

걸인이 웅얼거렸다. "맙소사!" 젊은 연인들의 눈길이 나를 향했다. 세 사람 모두 꿈쩍하지 않았다. 오로지 내게만 시선을 고정시킨 채.

그래서 나는 초록색의 연철 난간 위로 기어 올라갔다. 아래서 가녀린 소녀가 물 위로 떠오를 때까지 기다렸다.

그리고 뛰어내렸다.

이제 소녀가 나를 바라본다. 나 같은 인간에게는 어울리지 않는 신뢰와 희망이 듬뿍 담긴 눈빛으로. 아이가 하필이면 나와 맞닥뜨리다니.

나는 미끈거리는 가녀린 몸을 들어 올린다. 아이의 발이 나를,

내 머리를, 내 입을 찬다.

나는 물을 삼킨다. 들이마신다.

그런데도 가볍게 몸을 놀려 위로 솟구친다. 세상이 다시 시끄러워진다. 5월의 바람이 물에 젖은 내 얼굴을 부드럽게 스치고 물살이 내 눈에 물거품을 뿌린다. 나는 몸을 돌려 일렁이는 강물을 요람 삼아 눕는다. 아이가 숨을 쉬고 푸른 하늘을 볼 수 있도록 내 가슴 위로 끌어올린다. 그렇게 우리는 템스강을 따라 떠내려간다. 질척거리는 강변의 벽돌집들과 나무 보트들을 지나.

아이가 숨을 헐떡이고 기침을 한다. 네다섯 살가량 되어 보인다. 나는 아이들을 잘 모른다. 심지어는 내 아이도 잘 모른다. 새뮤얼. 샘.

샘은 열세 살이고 나를 기다리고 있다.

예전부터 늘, 나를 기다린다. 나는 한 번도 가지 않았다.

나는 노래를 흥얼거린다. *라 메르(La Mer)*.* 바다의 아름다움을 기리는 웅장하고 장엄한 노래. 열여덟 살 이후로 고향의 언어를 사용하지 않았는데도 프랑스어 가사 구절들이 뇌리에 떠오른다. 지금 고향의 언어가 내게 돌아온다.

나는 노래를 부르며 아이의 심장이 서서히 고르게 뛰는 걸 느낀다. 아이의 작은 폐가 일을 하는 걸 느끼고, 아이의 신뢰가 물과 두려움으로 이루어진 화면을 가로지르는 걸 느낀다. 나는 아이를 붙잡고 물에 누운 채로 강변의 작은 선착장을 향해 한 팔로 헤엄

* 프랑스의 작곡가 샤를 트레네가 작곡한 샹송.

을 친다. 옷이 물에 젖어 무겁다. 나는 두 다리를 개구리처럼, 한 팔을 슬롯머신처럼 움직인다.

"다 괜찮을 거야." 나는 속삭인다. 내 머릿속에서 에디가 대답하는 소리가 들린다. 마치 내 귀에 대고 말하는 듯 똑똑히 들린다. "헨리, 당신은 거짓말을 할 줄 몰라. 그건 당신의 커다란 장점 중 하나야."

에디는 내게 주어진 최고의 존재다.

내 어깨가 부표에 부딪친다. 멀지 않은 곳에 사다리가 있다.

나는 아이의 허리를 안고 들어 올린다.

아이의 작은 발을 높이, 더 높이 밀어 올린다. 아이가 뭔가를 붙잡는다. 아이의 발이 내 손을 떠난다.

나는 아이의 뒤를 쫓아 강물에서 나온다. 울음을 참으려고 안간힘 쓰는 지친 아이를 팔에 안고 노란색, 붉은색, 회색의 작은 벽돌집들을 따라 해머스미스 다리로 돌아간다. 아이는 내 목을 꼭 껴안고 얼굴을 내 어깨에 묻는다. 아이의 몸은 아주 가뿐하지만, 걷고 있는 동안 점점 무거워진다. 나는 샘에게 가려면 어서 서둘러야 한다고 생각한다. 나는 샘에게 가야 한다. 꼭 가야 한다. 내 아들이 학교에서 나를 기다리고 있다.

젊은 연인들은 서로 꼭 달라붙은 채 여전히 해머스미스 다리에 서 있다. 여자가 몽롱하게 반짝이는 커다란 눈으로 나를 바라본다. 과장된 아이라인과 머리에 벌집을 올려놓은 듯한 헤어스타일이 에이미 와인하우스를 연상시킨다. 남자가 몇 번이나 말한다. "이럴 수가. 와, 이럴 수가. 정말로 아이를 구했군요. 이럴 수가."

그는 휴대폰을 높이 들고 있다.

"당신, 구조 요청은 했어요?" 나는 버럭 소리를 지른다.

그러고는 아이를 바닥에 내려놓는다. 아이는 내 목에서 떨어지려 하지 않는다. 내 목덜미에 매달리며 작은 손으로 내 머리카락을 붙잡는다. 아이의 손이 미끄러져 떨어진다.

갑자기 몸에서 기운이 빠져나간다. 나는 중심을 잃어버린다. 더 이상 몸을 지탱하지 못하고 쓰러질 듯 비틀거린다.

아이가 비명을 지른다.

뭔가 크고 따뜻한 것이 별안간 내 어깨 아주 가까이에 있다. 유리창 너머로 일그러진 얼굴이 보인다. 햇빛을 반사하는 검은 보닛이 보인다. 보닛이 내 하반신을 완전히 옆으로 밀쳐냈다.

아스팔트에서 나를 향해 맹렬하게 빠른 속도로 다가오는 내 그림자가 보인다.

달걀 껍데기가 사기 접시 끄트머리에 부딪치는 듯한 소리가 들린다.

온 머리가 깨질 듯이 아프다. 아이스크림을 한꺼번에 너무 빨리 먹었을 때 콕콕 날카롭게 찌르는 듯한 통증보다 더 심하다.

별안간 내 주변에 정적이 흐른다. 내가 녹아내린다. 바닥으로 녹아내린다. 더 깊이, 점점 더 빠르게 가라앉는다. 아스팔트 바로 밑에 숨어 있는 검은 화구호(火口湖) 속으로 떨어지는 듯한 느낌이다.

호수의 깊은 어둠 속에서 뭔가가 나를 기다리는 듯 올려다본다. 내 위에 하늘이 있다. 하늘이 내게서 멀어진다. 높이, 더 높이 올라간다.

나를 내려다보는 아이의 얼굴이 보인다. 기묘하게 친밀한 겨울 바다 빛깔의 눈. 내가 돌덩이 속으로 스며드는 동안 아이의 눈이 슬프게 나를 바라본다. 아이 눈 속의 바다가 나를 감싼 호수와 하나가 된다. 나는 호수와 하나가 된다. 물이 나를 가득 채운다.

여자들과 남자들이 호수 주변으로 우르르 몰려든다. 그들이 나머지 푸른 하늘을 거의 가린다.

그들의 생각이 내 머릿속에 들려온다.

미니를 몰던 여자는 피하려 했어요.

역광. 역광 때문에 운전자가 이 사람을 보지 못했어요.

이 사람이 길에서 비틀거려서 술 취한 줄 알았어요.

아직 살아 있어요?

해진 스모킹* 차림의 걸인이 다른 사람들을 옆으로 밀치는 게 눈에 들어온다. 한순간 하늘이 다시 보인다. 이 한없이 아름다운 하늘.

나는 눈을 감는다. 조금만 쉬었다가 일어나서 어서 가던 길을 가야지. 얼추 제시간에 도착할 수 있을 거야. 이름이 불릴 때까지, 우리 차례인 V에 이르기까지는 아직 시간이 조금 남아 있을 테니. 샘과 나, 아버지와 아들의 날에. 어머니의 성(姓) 발렌티너를 따라 V…….

사랑하는 아빠,

우리는 서로를 몰라요. 하지만 앞으로 우리가 이걸 변화시

* 천에 잔주름을 잡고 장식 스티치를 넣어 무늬를 나타내는 유럽풍 자수.

켜야 한다고 생각해요. 아빠도 나랑 같은 생각이면 5월 18일 아버지와 아들의 날에 콜렛 코트로 오세요. 콜렛 코트는 반즈에 위치한 세인트폴 스쿨 부속 소년학교예요. 템스강 바로 옆에 있어요. 제가 밖에서 아빠를 기다리고 있을게요.

— 새뮤얼 노엄 발렌티너

샘, 아빠가 금방 갈게. 조금만 쉬었다가.

누군가가 내 눈을 벌려 다시 뜨게 한다. 호수 가장자리가 멀리, 아주 멀리 있다. 저 위에 멀리. 화구호의 언저리에서 한 남자가 조금 아래쪽으로 내게 소리친다. 그는 구조복 차림에 금색 선글라스를 쓰고 있다. 남자한테서 담배 냄새가 난다.

금테 안경알에 비친 내 모습이 보인다. 나 자신의 모습이. 내 눈빛이 얼마나 공허한가. 유리처럼 무표정하다. 구조대원의 생각이 눈에 보인다.

이런, 구조대원은 화구호를 보며 생각한다. 이런, 안 돼. 죽지 말라고. 제발, 죽지 말라고.

길고 날카로운 소리가 내 인생 아래에 반듯한 밑줄을 긋는다.

지금은 아냐!

지금은 아냐! 너무 이르다고!

너무 일러.

일러…….

길게 이어지는 소리가 최후의 북소리가 된다.

나는 뛰어내린다.

15일

샘

14시 35분. 새뮤얼 노엄 발렌티너.

환자 성명: 헨리 M. 스키너.

나는 벌써 열네 번이나 방명록에 이렇게 기록했다.

하지만 날마다 새로이 기입해야 한다. 워커 부인은 날마다 검은색 클립보드를 내 쪽으로 민다. 나는 클립보드의 용지에 시간과 내 이름, 환자 이름을 또박또박 써넣는다.

내 이름 위에 이미 다른 이름이 쓰여 있다. 에드 탐린. 에드 탐린도 아빠를 문병하러 온다. 언제나 나보다 몇 시간 앞서서. 내가 학교에 있을 때. 누굴까?

"저는 어제도 왔어요." 나는 워커 부인에게 말한다.

"얘야, 나도 안단다."

웰링턴 병원 접수대 너머의 여자는 거짓말을 한다. 사실은 나를 전혀 알아보지 못한다. 거짓말에는 특정한 음색이 있다. 보통 목소리보다 더 하얗다. 여자의 왼쪽 가슴에 부착된 명찰에 이름이 대문자로 쓰여 있다. '실라 워커'. 그녀는 내 이름을 모르는 까닭에 나를 '얘야'라고 부른다. 영국 사람들은 그렇다. 서로 진실을 말하는 걸 혐오한다. 그걸 상스럽게 여긴다.

긴 세월의 그림자들이 실라 워커의 몸을 짓누른다. 나는 그걸 본다. 대부분의 사람들에게서 그걸 보기 때문이다. 어떤 사람들은 그림자가 너무 많고, 어떤 이들은 조금 있고, 아이들은 거의 없다. 그림자가 있는 사람들은 시리아나 아프가니스탄 같은 나라에서 왔다. 그림자는 그들과 함께 자라난다.

워커 부인은 살아오는 동안 종종 슬픈 일을 겪었다. 부인은 과거에 대한 생각에서 벗어나지 못하는 탓에 현재를 보지 못한다. 그래서 워커 부인에게 나는 듣기 거북한 목소리를 내는 변성기에 접어든 교복 차림의 소년에 지나지 않는다. 부인은 나를 보면서— 아무도 더 이상 붙잡아주지 않는 자신의 빈손이나 해변을 볼지도 모른다.

그런데 나는 어제도 병원에 왔고 그제도 왔다. 그끄저께도 왔다. 그전에도 열하루를 매일매일 왔다. 나는 학교에서 이 수업 저 수업을 한 시간씩 빼먹는다. 때로는 오전에 때로는 오후에. 오늘은 마담 루피옹의 프랑스어 시간을 빼먹었다. 전 과목에 걸쳐 골고루 수업을 빼먹어야 한다고 스코트가 말했다. 그래야 금방 눈에 띄지 않는다는 것이다.

스코트 맥밀런은 전문가이다. 학교 수업을 빼먹는 것, 구글링, 그 밖의 다른 누구도 하지 않는 일들에서. 또한 체스, 그림 그리기, 꾸지람 듣기에서. 실제로 모든 일에서.

스코트는 열세 살이고 아이큐가 152이다. 어떤 필체든 위조할 수 있고, 아들을 증오하는 부자 아빠가 있다. 나는 아이큐가 겨우 148이고, 이것이 우리를 '천재적인'과 '거의 천재적인'으로 구분 짓는다. 아니면 스코트는 불어를 섞어 이렇게 말할 것이다. "모 *나미**, 나는 *브레인맨*이고 너는 아는 체하는 전문 인력이라고." 브레인맨 스코트는 중국어와 아프리카의 설타음 방언을 습득하고 지금 프랑스어를 배우는 단계에 있다.

나도 열세 살이고 공감각자, 일부 학우들의 말을 빌리면 일명 감각 백치이다. 그리고 2주 전부터 인위적 혼수상태에 빠진 아빠가 있다. 그것은 일종의 오랜 마취 상태이다. 아빠의 뇌에는 압력을 낮추는 작은 흡입기들이 삽입되어 있다. 또 아빠를 위해 숨을 쉬는 기계, 아빠의 혈액을 식히는 기계, 아빠를 위해 음식을 섭취하고 소변을 보는 기계도 있다. 오늘은 아빠를 깨우기로 한 날이다.

아빠가 혼수상태로 입원해 있는 사실을 학교에서는 스코트 말고 아무도 모른다. 마찬가지로 엄마의 남편인 스티브가 내 친아빠가 아니라는 사실을 아는 사람 역시 스코트 말고는 아무도 없는데 그게 뭐 중요할까. 스코트는 언젠가 말했다. "이봐, 너는 순식간에 학교에서 가장 흥미로운 인물이 될 거야. 최소한 일주일은 황금빛일걸. 그걸 포기할 건지 잘 생각해보라고. 한 번쯤 전교에서 가장 흥미진진한 인물이 되는 건 인생의 운명적인 순간이라고. 여자애들 때문에라도." 이 말을 곧이곧대로 들으면 안 된다. 우리 학교에는 원래 여자애들이 없다.

멘사 클럽에 가입한 열세 살짜리는 콜렛 코트에서 스코트와 나밖에 없다. 스코트는 그 고지능자 모임을 '저능아들 클럽'이라고 부른다. 900명의 영국 '주니어 멘사' 가운데 미성년자는 단 두 명이다. 엄마는 내가 그 두 명 중의 하나라는 사실을 자랑스러워해

* mon ami, '내 친구'라는 뜻의 프랑스어.

야 한다고 말한다. 하지만 자랑스러워해야 한다는 명령은 알루미늄 호일을 씹는 듯한 맛이 난다.

내가 이곳에 있는 걸 엄마가 안다면…….

어쩌면 나를 양자로 내줄지도 모른다. 어쩌면 나하고 다시는 말하지 않을지도 모른다. 어쩌면 나를 기숙사 학교에 보낼지도 모른다. 알 수 없는 일이다.

"얘야, 고마워." 방문객들 이름이 쓰인 클립보드를 접수대에서 끌어당겨 내 이름을 컴퓨터에 입력하는 실라 워커의 목소리가 다시 정상적인 색채로 돌아와 있다. 긴 손톱이 과감한 초록색 소리를 내며 키보드를 탁탁 두드린다.

"3층으로 가거라, 새뮤얼 노엄 발렌티너." 내가 그걸 모른다는 듯 실라 워커는 힘주어 말한다.

3층에는 중환자실이 있다. 적막과 고독에 머무는 환자들을 위해서. 그래서 그들은 중환자실에 오는 것이다. 웰링턴 병원, 신경과. 런던 브레인 센터. 뇌 분야의 나사(NASA) 같은 곳.

실라 워커는 A4 크기의 안내도를 내게 내민다. 어제의 안내도랑 그제의 안내도랑 똑같이 생겼다. 실라 워커는 빨간색 에딩펜을 과감하게 놀려 우리의 현재 위치에 동그라미 표시를 한다. "여기", 내 목적지는 "저기." 그리고 이 두 지점을 어떻게 가장 짧게 연결시킬 수 있는지 표시한다.

"여기서 곧바로 저기 건너편 엘리베이터를 타고 3층으로 올라가는 게 가장 좋아, 새뮤얼 노엄."

워커 부인은 튜브(런던의 지하철을 일컫는 말.-옮긴이) 매표소에서 일해도 좋을 것이다. "켄징턴은 오른쪽으로, 탈장은 똑바로, 장례식장은 왼쪽 음료수 자판기 옆으로 가세요. 즐거운 하루를 보내시기 바랍니다, 새뮤얼 노엄 발렌티너 씨."

"부인도 즐거운 하루를 보내시기 바랍니다." 나는 말한다. 하지만 워커 부인은 나를 이미 뇌리에서 지웠다.

첫날은 엄마도 같이 병원에 왔다. 우리가 엘리베이터 앞에서 기다릴 때 엄마는 말했다. "우리는 네 아빠에게 책임이 없어, 알지? 아무런 책임이 없어. 우리가 이곳에 온 건 다만……."

"무슨 말인지 이해해요." 나는 엄마의 말을 끊었다. "엄마는 아빠가 보고 싶지 않은 거죠. 엄마는 엄마 자신에게 그렇게 약속했어요."

"왜?" 얼마 후 엄마는 화를 내며 물었다. "어째서 너는 늘 모든 걸 이해하니, 샘? 그러기에 너는 아직 너무 어려!" 엄마는 내게 안내도를 내밀었다. "미안해. 내가 네 아빠 때문에 제정신이 아닌 것 같구나."

내가 아빠와 아들의 날에 콜렛 코트에 오지 않겠느냐고 아빠에게 몰래 물은 것을 엄마는 못마땅하게 여겼다. "그 사람은 어차피 오지 않을 거야." 엄마는 말했다.

엄마의 목소리가 내게 물밀듯이 밀려왔다. 냄새 같은, 비에 젖은 로즈메리 향내 같은 울림. 슬프고 그윽한 울림. 그 순간 나는 엄마가 나를 얼마나 사랑하는지 느꼈다. 내가 갑자기 숨을 쉴 수 있다는 것, 제일 높은 산봉우리에 있는 듯 깊이 숨을 쉴 수 있다는 것에서 그걸 알아챘다. 평소 내 가슴을 짓누르는 것은 실몽당이가 사라지고 없었다.

나는 엄마를 너무 사랑한 나머지 차라리 내가 없어지는 게 나을지도 모른다는 생각을 이따금 한다. 그러면 엄마는 마침내 다시 행복해질 것이다. 엄마에게는 남편 스티브와 내 동생 맬컴만이 남게 되어, 마침내 그들은 제대로 된 가족을 갖게 될 것이다. 아빠와 엄마와 아이로 이루어진 가족. 아빠와 엄마와 아이 그리고 나로 이루어진 가족이 아니라. 결코 다른 사람들의 눈을 똑바로 보지 않고 공상 과학 소설을 지나치게 많이 읽고, 엄마가 좋아하지 않는 남자에게서 낳은 내가 있는 가족이 아니라.

"엄마, 있잖아요." 나는 엄마에게 제안했다. "아빠 옆에 원하는 만큼 오래 있고 싶어요. 혼자서. 엄마는 카페테리아에서 기다릴래요?"

엄마는 나를 꼭 안았다. 엄마가 그 말을 얼마나 하고 싶어 하는지 느낄 수 있었다. 동시에 그걸 얼마나 부끄러워하는지도.

엄마가 항상 그랬던 건 아니다. 엄마는 종군 사진 기자로서 전쟁터를 누비던 시절이 있었다. 그 어느 것도 두려워하지 않았던 시절. 그 어느 것도 그 누구도. 그러다 일이 발생했다. 내가 생긴 것이다, 마치 사고처럼. 그러고는 모든 것이 달라졌다. 지금 엄마는 가능한 한 사람들 눈에 띄지 않게 자신만의 삶을 살려 한다. 마치 불행이 엄마에게 주목하는 일을 피하려는 듯이.

"엄마, 그렇게 해요." 나는 말했다. "나도 곧 열네 살이에요. 이제 어린애가 아니라고요, *마망.**"

엄마는 결국 카페테리아로 갔고, 나는 혼자 3층으로 올라갔다.

엄마가 '곤혹스러운' 순간이라고 부르는 밤에 함께 잔 탓에 내 아빠가 된 남자에게로. 어디서 어쩌다 그렇게 되었는지 엄마는 내게 한 번도 이야기한 적이 없다.

실라 워커는 엘리베이터를 타고 3층으로 올라가는 내 뒷모습을 바라보지 않는다. 먼저 나는 교복 상의 위에 보호 가운을 걸치고 손과 팔을 소독한 뒤 흰색의 타원형 마스크로 코와 입을 감싼다.

뇌 센터의 중환자실은 밝은 빛이 비치는 커다란 창고처럼 보인다. 삼면의 긴 벽을 따라 A, B, C 침대들이 놓여 있고, 각기 침대를 푸른색 커튼으로 에워싸서 하나의 칸으로 분리시키기 위해 천장 아래 커튼레일이 설치되어 있다. 홀의 중앙은 연단처럼 높고, 그 위에는 컴퓨터 모니터와 조정 장치들이 있다. 의사들이 그곳에 앉아 모니터를 지켜보고 전화를 한다. 각기 환자마다 전담 간호사가 딸려 있다. 그곳은 인간 창고처럼 보인다. 코마 환자들에게는 알파벳과 번호만 있지 이름이 없기 때문이다. 'A3 글루코오스 감소', 'B9 흥분 상태'. 그 누구도 더 이상 실제로 존재하지 않는다.

아빠는 비현실적인 존재들 사이에서 C7이다.

첫날 그들은 아빠의 오른쪽 머리카락을 밀고 붉은 빛이 감도는 주황색 요오드를 발랐다. 얼굴에는 흰색의 넓적한 반창고를 붙여 인공호흡기를 고정시켰다. 아빠의 피부는 푸른색과 초록색, 보라색을 띠고 있었다. 밤, 강인함, 꿈의 색깔들. 그 공간에 처음 발을

* '엄마'라는 뜻의 프랑스어.

내디뎠을 때, 나는 액체로 된 축축한 콘크리트 공을 삼킨 듯한 기분이었다. 숨을 쉴 때마다 내 배 속에서 공이 딱딱해지는 것만 같았다. 그때부터 나는 그 콘크리트 공을 품고 다닌다.

나는 감각 백치라고 이미 앞에서 말했다. 나는 세상을 다른 사람들과는 다른 방식으로 느낀다. 나는 음향과 목소리, 음악을 색깔로 본다. 런던 지하철은 칼이 가득 든 안장 가방처럼 회청색 소리를 낸다. 엄마의 목소리는 부드럽다. 꽁꽁 얼어붙은 바다 위의 부드러운 베일이다. 엄마의 목소리는 보라색이다. 현재 내 목소리는 무(無)이다. 겁에 질릴 때의 내 목소리는 옅은 노란색이다. 내가 말을 할 때는 유아용 바디슈트처럼 옅은 푸른색이다. 내 목소리는 갈라진다. 이 상태가 지나갈 때까지 나는 가능하면 침묵하고 싶다.

자신이 누구이고 무엇을 할 수 있는지 아는 사람들의 목소리는 초록색이다. 진한 초록색 목소리. 오래되고 지혜로운 숲처럼 크고 조용하다.

숫자들도 색깔이 있다. 8은 초록색, 4는 노란색, 5는 파란색이다. 알파벳들에게도 개성이 있다. R은 공격적이고 S는 음흉하고 K는 속을 드러내지 않는 인종 차별주의자이다. Z는 남을 잘 도와주고 F는 프리마돈나이다. G는 강인하고 성실하다.

나는 방 안에 들어서면서 사람들이 그 방 안에서 어떤 감정들을 가장 많이 느끼는지 감지할 수 있다. 워커 부인처럼 그림자가 짙은 경우에는 그 사람의 마음이 얼마나 무거운지 감지할 수 있다. 나는 사람들의 눈을 직시하지 못한다. 눈 속에 너무 많은 게 담겨 있고, 나는 많은 것들을 이해하지 못한다. 때로는 두렵기도 하다. 내 눈에는 그들이 언제 죽을지 보인다. 콜렛 코트의 관리인과 옆집의 로건 부인에게서 그런 일을 경험했다.

과거에는 공감각을 병적인 것으로 여겼다. 병적으로 수줍어하고 병적으로 과민하면, 가족에게는 그야말로 견디기 힘든 일이다. 아이들은 수시로 소리를 지르고 툭하면 울음을 터트리고 그렇지 않으면 희극적으로 군다.

자라서는 경계성 장애를 겪거나 완전히 정신분열증 환자가 되거나 우울증에 걸린다. 많은 이들이 세상을, 자신들이 보는 세상을 참아내지 못하는 까닭에 스스로 목숨을 끊는다. 과민성 울보.

만일 그에 대처하는 약이 있다면 나는 미니 초콜릿 스마티를 먹듯이 꿀꺽 삼킬 것이다.

첫날, 비현실적인 사람들의 홀을 지나가는데 그들의 영혼이 자신의 색깔을 피처럼 흘리는 것만 같았다. 내 눈에는 그런 게 보인다. 그리고 기꺼이 그걸 포기하고 싶다.

그러다 C7의 남자를 보았는데 아무런 느낌도 들지 않았다.

참 희한했다.

내가 아무런 느낌도 들지 않은 적은 단 한 번도 없었다.

하지만 사실이었다. 알루미늄 병상에 누워 있는 낯선 남자는 꼼짝도 하지 않았다. 주변에 그림자가 짙게 드리워져 있었다. 달빛 그림자들. 눈이 감겨 있었고 그 사람에게서 어떤 것도 밖으로 발산되지 않았다.

그 무(無)에 내 마음이 진정되었다. 기이하고 냉정하게. 나는 살며시 침대 가장자리에 걸터앉았다.

여전히 아무런 느낌이 없었다.

나는 안심했다. 아무런 느낌이 없다면, 아빠를 더 이상 그리워할 필요가 없다. 이제 더는 아빠 생각을 하지 않아도 되고, 이제 더는 사방으로 아빠를 찾지 않아도 된다. 다시 찾아올 필요가 없었다. 엄마는 마음의 평화를 누릴 수 있다.

그러다 매듭이 눈에 띄었다.

그 매듭이 모든 걸 바꿔놓았다.

아빠는 자유로운 오른팔 손목에 플라스틱 매듭을 차고 있었다. 짙은 푸른색과 밝은 푸른색과 오렌지색이 어우러진 매듭.

2년 전 나는 그 매듭을 엮어 아빠에게 선물했다. 우편으로. 엄마는 아빠가 어차피 그걸 차지 않을 거라고 말했다. 쓰레기통에 던져버릴 거라고.

나는 그러지 않기를 바랐는데도 늘 그랬듯이 결국 그 말을 믿었다—엄마가 늘 묘사한 대로 아빠가 거칠고 이기적이고 무사태평한 남자라고 믿었다.

그런데 아빠가 그 매듭을 차고 있다. 내가 좋아하는 세 가지 색깔, 밤과 바다와 여름 아침의 색깔로 엮은 그 시시하고 유치한 플라스틱 팔찌를 차고 있다.

아빠가 그걸 차고 있다.

내가 얼마나 오래 거기 앉아 고무 팔찌를, 모든 것을 바꿔놓은 3페니짜리 그 물건을 바라보고 있었는지는 모른다. 병동장 닥터 포스가—"날 그냥 포시라고 불러라!"—어느 땐가 내게 다가와 내 어깨에 한 손을 살짝 올려놓으며 영국인 특유의 콧소리 섞인 말투로 아빠는 운이 좋은 편이라고 말했다. 두개골이 골절되었지만 뇌가 부기(浮氣)의 압력을 받지 않아 대뇌피질이 거의 손상되지 않았다는 것이다.

'신'이 우연히 지나가다 컹컹 짖었다. "발렌티너, 곰 같은 포시의 말을 믿지 마. 네 아빠는 몇 번 더 수술을 받아야 해. 그런 다음에야 우리가 뭘 얼마나 잘못했는지 알 수 있을 거야."

신은 닥터 존 사울이라 불리고, 금발과 구레나룻과 어깨가 떡 벌어진 모습 때문에 바이킹처럼 보인다. 그는 NASA, 그러니까 런던 뇌 센터의 센터장이다. 신이 비현실적인 사람들이 누워 있는 중환자실에 들어서면, 모든 남자 간호사들과 여의사들은 잠깐 숨을 멈춘다. 은빛의 냉기가 보이지 않는 외투처럼 그를 에워싸고 있다. 그들은 모두 신이 기적을 일으키길 바란다. 그들은 은밀히 그를 신이라고 부른다. 그가 모든 걸 알고 있기 때문이다. 그는 그들이 자신을 신이라고 부르는 것도 알고 있다. 초록색 코르덴 바지와 보라색의 작은 체크무늬 남방에 카레 색깔의 양말을 신고 클럽 멜빵을 찬 닥터 포스는 그의 성령이다. 닥터 포스는 존 클리즈풍의 헤어스타일을 하고 있고, 매일 오후 30분 동안 차를 마시면서 스코틀랜드 전통 타탄체크 무늬 케이스 속의 스마트폰으로 퀴즈 게임을 한다.

병원에 다녀온 첫날 밤, 엄마가 남편 스티브와 소리 죽여 섹스하는 동안 나는 스코트와 스카이프로 통화했다. 내 동생 맬컴은 또다시 악몽을 꿀까 봐 무섭다며 막무가내로 내 곁에 있으려 했다. 맬컴이 잠이 들 때, 마치 그의 정신은 길고 좁은 돌계단을 지나 어둠 속으로 내려가는 듯했다. 맬컴의 발걸음 소리가 귀에 들렸다. 하지만 아빠와 비교하면 맬컴은 가까이에 있었다. 여전히 느낄 수 있을 정도로 표면에서 아주 가까웠다. 나는 아빠가 '멀리' 있다고 스코트에게 얘기했다. 스코트는 마침 변기에 앉아 있었다. 우리 엄마 마리프랑스의 연립 주택에 있는 방들 수보다 맥밀런 집안 빌라의 화장실 수가 더 많다. 우리는 퍼트니에 살고, 스코트는 웨스트민스터에 산다. 퍼트니는 스와치고, 웨스트민스터는 롤렉스이다.

우리는 '뇌좌상', '인위적 혼수상태', '대뇌피질'을 구글에서 검색했다. 아니 스코트가 검색했다. 나는 어둠 속을 응시하며 스코트가 맹렬하게 빠른 속도로 키보드를 두드리는 소리와 맬컴의 깊은 숨소리를 들었다. 나는 플라스틱 매듭을 생각했다. 그리고 마취제가 만든 의식의 안개 아래서 아빠를 느낄 수 없었던 걸 생각했다.

"와우. 미하엘 슈마허*도 인위적 혼수상태와 뇌좌상이래." 스코트가 설명을 늘어놓기 시작했다. "곧 죽지 않으면……."

"입 닥쳐."

그런 일은 말하지 않으면 일어나지 않을 것이다. 결코 그런 일이 일어나서는 *안 되었다*. 지금은 아니다. 이런 식으로는 아니다.

* 세계 최고의 자동차 경주 대회 포뮬러 원에서 역사상 가장 많은 기록을 갱신하고 가장 많이 우승한 독일 출신의 자동차 경주 선수. 은퇴 후 2013년 스키 사고로 뇌 손상을 입어 현재까지 재활 치료 중이다.

"물론 이런 얘기 듣고 싶지 않을 거야. 하지만 들어야 해. 아니면 그들의 거짓말에 속고 있을 거야? 그들은 늘 우리에게 거짓말해. 처음엔 우리가 어리기 때문이고, 나중엔 더 이상 어리지 않기 때문이야." 스코트는 숨을 가다듬었다. "그러니까 *브레인맨* 말을 잘 들으라고. 인격은 대뇌피질에 자리해. 대뇌피질이 찢기면 일단은 채소가 된다고. 아니면 완전 폭력적이 되든지. 네 아빠가 깨어나면 폭력적으로 변해서 묻지 마 폭력을 행사할 수도 있어. 아니면 스스로 목숨을 끊든지. 아니면 네 목숨을 끊든지. 아니면 자신이 아닌 다른 사람이라고 생각할 수도 있고. 어떤 사람들은 정신이 돌아와서 갑자기 능력을 발휘하기도 해."

"능력이라니?"

"오로라를 보거나 티베트어를 말하거나 사람들 생각을 귀로 듣거나."

나는 그 세 가지 중의 둘을 이따금 할 수 있다는 말을 스코트에게 하지 않았다.

스코트는 계속 키보드를 두드리며 중얼거렸다. "아, 그렇구나. 아빠에게 손을 내밀어봐. 아빠가 네 손을 누르면 아직 여기 있는 거야."

맬컴이 내 침대에서 한숨을 쉬며 돌아누웠다. 맬컴이 잠을 자면서 꿈을 꾸는데도 나는 맬컴을 정확하게 느낄 수 있다. 그런데 아빠는…… 아빠는 꿈 너머 세상에 있었다.

"아빠는 도대체 어디 있는 걸까?" 나는 스코트에게 물었다.

"굉장하군." 스코트는 대답 대신 중얼거렸다. "방금 난 코마 상태에서 신 비슷한 존재를 만난 사람들의 자조(自助) 포럼에 이르렀어."

"*비슷한 존재*라니? *비슷한 존재* 누구? 엘비스?"

우리는 웃었다. 스코트의 스카이프—변기에 불빛이 비쳤다. 스코트가 말했다. "이런, 젠장! 우리 아빠야!" 그러고는 통화를 끝냈다. 나는 어둠 속에서 책상에 앉아 있었다.

아빠가 네 손을 누르면 아직 여기 있는 거야.

나는 아빠가 아직 여기 있는지 알아내야 했다. 꼭 알아내야 했다.

엄마는 남편과 섹스를 마치고 언제나처럼 잘 자라는 말을 하려고 맬컴의 방에 갔다. 그곳에 맬컴이 없자 내 방문을 노크했다. 엄마는 잠에 취한 동생을 침대에 데려다 눕히고는 다시 돌아왔다.

"샘, 난 네가 계속 병원에 드나들어도 좋다는 동의서에 서명하지 않을 거야. 네가 수시로 병원에 가지 않았으면 좋겠어. 너는 시험공부에 집중해야 해, 알지? 지금은 그게 가장 중요해. 몇 주 후 네가 다시 아빠에게 가고 싶다면 그때 얘기해보자."

엄마는 나를 콜렛 코트에 보내려고 1년에 거의 1만 9,000파운드를 지출한다. 엄마가 늘 쪼들리고 불행한 이유는 나 때문이다. 하지만 나는 플라스틱 매듭만을 생각하며 말했다. "알았어요."

"네 아빠는 너를 전혀 돌보지 않았어. 지금 네가 아빠를 돌봐야 할 이유가 없어. 샘, 이 말이 가혹하게 들리지. 하지만 다 너를 보호하기 위해서야, 알지? 그러지 않으면 넌 더 많은 실망만을 맛보게 될 거야."

나는 다시 말했다. "알았어요."

내가 엄마에게 무슨 말을 할 수 있었을까? 마침내 나는 아빠가 어디 있는지 알고 있다. C7에. 나는 아빠가 플라스틱 매듭을 차고 있는 걸 안다. 엄마가 아빠를 잘못 본 것이다.

아니면 엄마는 아빠에 대해 뭔가를 감추고 있는 걸까?

어쨌든 나는 내가 다시 그곳에 갈 것을 알고 있었다. 아빠에게 손을 내밀기 위해. 아빠가 어느 날 내 손을 마주 눌러줄 때까지.

하지만 나는 그 모든 걸 엄마에게 털어놓지 않았다. 내가 정말로 중요한 일을 엄마에게 비밀로 한 건 그때가 처음이었다.

또 그게 마지막이지도 않을 것이다.

둘째 날 스코트가 뇌 손상에 대한 출력물 꾸러미를 학교에 가져왔다.

"인위적인 코마 상태에서 깨어나면 거의 모든 환자들이 섬망 증세를 보여." 쉬는 시간에 스코트가 설명했다. 우리는 쉬는 시간을 매점 대신 강당 뒤편의 세인트폴 스쿨 하키 구장에서 보냈다. 학교 측은 하키 구장을 항상 말끔하게 관리했다. 시험이 끝나고 우등생으로 선발되면, 우리도 세인트폴 스쿨 학생이 될 것이다. 세인트폴 졸업생들은 모두 훌륭한 경력을 쌓았다. 적어도 세인트폴 학부모들은 그렇게 말했다. 학생들은 이미 열여섯 살 때부터 자신들이 대학에서 무엇을 공부할지, 남은 인생을 위해 무엇을 하고 무엇이 되려 하는지 알고 있었다.

지금 내게 그런 건 전혀 관심의 대상이 아니었다.

"섬망, 그거 완전 무섭더라고. 환각과 악몽. 자신이 누구이고 주변 사람들이 누구인지 알 수 없게 돼. 네 아빠가 너를 오크로 여길 수도 있어. 아니면 감각 백치로 여기든지."

"어휴, 날 좀 가만 내버려 둬."*

"여기서? 소문날걸. *모 나미*."

나는 침묵을 지켰다. 처음으로 스코트의 농담에 웃음이 나오지 않았다. 스코트는 알이 두툼하고 네모난 안경 너머로 나를 주의 깊게 바라보았다. 그는 얼마 전부터 안경을 쓰고 다녔다. 자진해서. 얼간이처럼 보이려고. "너도 알잖아, 여자애들 때문에." 앞에서도 언급했다시피 콜렛에는 여자애들이 없다.

"샘, 언제 다시 아빠한테 갈 거야?"

나는 어깨를 으쓱했다. "엄마가 싫어해."

스코트는 턱에 난 털 세 개를 만지작거렸다. 그는 그것을 수염으로 기르려 했지만 헛수고였다.

"*몽 코팽*,** 네 엄마는 네가 아빠를 좋아하는 게 싫은 거야. 질투. 우리 아빠도 그래. 엄마가 날 좋아하는 걸 끔찍이 싫어해. 첫아들의 출생과 동시에 세상 모든 아빠들이 흔히 겪는 문제." 스코트는 잘난 체하며 말했다. 그는 이미 아홉 살 때 다람쥐 문장이 그려진 세인트 존 교회 근처의 심리 상담소에 정기적으로 다니기 시작했으며 그 이후로 자신이 심리학을 공부하고 싶어 한다는 걸 알고 있다. 정신병과 신체학이 관심 분야이다. 스코트는 교복 착

* '날 가만 내버려둬'를 뜻하는 독일어 관용어 'leck mich (am Arsch)'의 원래 말뜻 그대로의 의미는 '내 엉덩이를 핥아라'이다.

** mon copain. '내 친구'라는 뜻의 프랑스어.

용의 의무에서 벗어나 마음대로 원하는 옷을 입을 수 있는 세인트폴 스쿨의 상급반 학생들을 관찰했다. 양복 상의, 다림질한 와이셔츠, 넥타이. 여기에 종아리를 덮는 바지가 대세였다. 그들은 서로 문을 열어주었다.

"사고가 정확히 어디에서 일어났지, 발렌티너?"

"해머스미스 다리에서." 나는 대답했다. "어제 아침에." 우리가 서로 마주 본 순간에야 비로소 나는, 재능이 뛰어난 백치는 마침내 분명하게 깨닫는다. 천재들은 단순한 일들을 파악하는 데 항상 오래 걸린다. 우리는 일상생활에 적응하지 못해서 난처할 때가 많다.

"*메르드.** 그럼 바로 여기 모퉁이잖아. 빌어먹을 여기 모퉁이라고! 네 아빠가 사고를 당한 건……."

스코트는 입을 다물었다.

그래, 그게 무슨 뜻이냐면…….

아빠는 나한테 오는 길이었다.

나한테 올 수 있었는데.

나한테 올 수 있었는데!

행복감이 밝은 빛을 발하며 타올랐다. 죄책감이 하늘에서 총알처럼 날아와 내 머리를 바위에 마구 패대기칠 때까지. 몇 번이고 계속.

내가 이메일을 쓰지 않았더라면 아빠는 결코 다리 위에 있지

* merde. '젠장'이라는 뜻의 프랑스어.

않았을 것이다. 내가 아빠에게 학교로 오라고 부탁하지 않았더라면 지금 병원에 누워 있지 않았을 것이다. 인사불성이 된 채로. 내가 그러지 않았더라면…….

"발렌티너?" 스코트가 부른다.

나는 대답할 수 없었다.

"발렌티너! 네가 지금 무슨 생각을 하고 있는지는 몰라도 이걸 보고 다시 생각해!"

스코트는 스마트폰을 내게 내밀었다. 내 스마트폰보다 대략 53배는 더 비싼 기종이었다. 스코트가 유튜브에서 불러낸 영상이 시야를 채웠다. 휴대폰으로 찍은 흐릿한 동영상이었다. 스코트뿐만 아니라 250만 명이 그 동영상을 보았다. 동영상 제목은 'A real Hero(진정한 영웅)'이었다.

템스강에서 헤엄치는 남자를 찍은 동영상이었다. 카메라가 줌렌즈로 대상을 확대했다. 남자가 물속으로 들어갔다가 얼마 후 젖은 꾸러미를 들고 다시 물 위로 떠오르는 모습이 아주 희미하게 보였다. 남자가 꾸러미를 들고 다시 땅 위로 올라오고 나서야 비로소 그게 여자아이임을 알아볼 수 있었다. 남자는 아이를 해머스미스 다리로 안고 왔다. 남자가 카메라에 다가가 말했을 때 영상이 흔들거렸다. "당신, 구조 요청은 했어요?"

4초 후 자동차가 남자를 덮친다.

영상이 끊긴다.

그 남자는 아빠였다.

"네 아빠는 멋진 사나이야." 스코트가 냉철하게 논평했다. "언젠가는 네 아빠에게 이 말을 꼭 하라고."

동영상에 찍힌 아빠를 본 순간 내 마음을 따사하고 힘차게 적신 행복과 밝은 빛이 순식간에 더없이 깊은 그림자를 드리웠다.

아빠가 꼼짝 못하는 사람으로 변한 사실이 새삼 실감났다. 꼼짝도 못하고, 이 세상에서 멀리 있고. 그러자 내가 생각한 모든 것, 나라는 사람에 대한 모든 것을 살아 있는 아빠에게 말하고 싶은 갈망이 절망으로 변했다.

나는 엄마가 서명하지 않으려는 동의서를 천천히 꺼내들고 내 휴대폰에 저장된 엄마의 신용카드 사진을 스코트에게 보여주었다. 아침에 나는 엄마의 서명이 있는 카드 뒷면을 몰래 찍어두었다. 그저 만일의 경우를 대비해. 실제로 사용할 의도는 없었다.

방금 전까지. 이 동영상을 보기 전까지.

"이거 할 수 있겠어?"

"그럼." 스코트는 말했다. 그는 내게서 휴대폰과 동의서를 받아들고 만년필을 꺼냈다.

오늘 점심 무렵 나는 모래로 눈을 문지르고 프랑스어 선생님 마담 루피옹에게 알레르기 발작이 일어난 양 굴었다. 그러고는 따끔거리고 새빨갛게 충혈되고 눈물이 줄줄 흐르는 눈으로 웰링턴 병원에 갔다.

지하철 안에서 내게 주의를 기울이는 사람은 아무도 없다. 런던 튜브에서는 말하는 사람도 없고 누군가를 쳐다보는 사람도 없다. 옆 사람의 겨드랑이에 얼굴이 짓눌리는데도 세상에 완전히 혼자 있는 사람처럼 군다. 런던 튜브 안의 공기는 지상보다 73배 더 나쁘다.

실라 워커 역시 내 눈에 조금도 신경 쓰지 않았다. 눈이 쿡쿡 쑤신다.

중환자실의 대기실에서 마침 닥터 사울이 벽에 종이를 붙이고 있다. 종이에는 이렇게 쓰여 있다. '이곳은 클럽이 아니라 신경 전문 클리닉입니다. 그러니 조용히 차를 마시고, 환담은 삼가주십시오.'

나는 신의 눈에 띄지 않게 조용히 지나가려 한다.

"스톱, 발렌티너. 눈이 왜 그래?" 닥터 사울은 몸을 돌리지 않은 채 큰 소리로 말한다. 그는 종이의 마지막 귀퉁이를 조심스럽게 벽에 붙인다. 그의 팔은 힘차고 손가락은 결코 떨리는 법이 없다.

"저는…… 저는 알레르기가 있어요, 의사 선생님."

"아 그래? 나도 알레르기가 있는데. 거짓말쟁이 알레르기, 발렌티너."

"혹시…… 모래 때문일까요?" 나는 조심스럽게 대답한다. 그리고 만전을 기하기 위해 공손하게 '의사 선생님'을 덧붙인다.

신이 나를 돌아본다. 그는 한쪽 눈은 푸른색이고 다른 한쪽 눈은 초록색이다. 오른쪽 푸른색 눈은 차갑고, 왼쪽 초록색 눈은 따뜻하다. 붉은 금발 수염을 기른 바이킹 얼굴에서 두 남자가 나를 바라본다.

"모래. 그렇구나. 모래 놀이터에 얼굴을 파묻고 잔 사람처럼 보이는구나. 너 장님이 되고 싶니? 아냐? 뇌항법장치에 대해 들어

본 적 있어?"

나는 더듬거린다. "아니요, 의사 선생님." 닥터 사울은 왕왕거린다. "그럼, 따라와." 그러고는 나를 한 층 위의 자기공명영상 검사실로 데려간다.

"이 괴물을 소개해줄까?" 닥터 사울은 말한다. "이건 기능적 자기공명영상이란다. 뇌 활동을 측정하지. 이 망할 녀석 한 대 마련하는 비용이 200만 파운드인데 영국의 '독심술사'라고 불린단다. 아주 교활한 녀석이라 우리는 잘 이해하질 못해."

닥터 사울이 의자를 가리키며 왕왕거린다. "여기 앉아, 머리를 뒤로 젖히고 눈을 떠!" 그러고는 콕콕 쑤시는 듯한 통증을 완화시키는 물약을 내 안구에 몇 방울 떨어뜨린다.

문득 신이 종종 무척 외로울 거라는 확신이 든다. 닥터 사울은 불을 끄고 영사기를 켠다. 갑자기 벽면 하나가 온통 원반 모양의 뇌들로 도배된다. 어둠이 눈을 편하게 해준다.

닥터 사울은 거의 어루만지듯이 천천히 손가락으로 벽의 스캔 사진들을 더듬는다. "여기, 환상적인 동맥류, 이걸 잡기 위해 여기에 카테터를 넣는단다. 허벅다리를 통해 진입해 혈관을 따라 나아가지. 저기 봐라, 아주 큰 혈관모세포종, 콩깍지 속의 완두콩처럼 자리 잡고 있지." 손가락으로 벽에 비친 뇌들의 윤곽을 따라가는 동안 신의 목소리가 변한다. 검은색에서 밝은 초록색으로, 장밋빛으로 변한다. 신은 뇌를 사랑한다.

"발렌티너, 너 영혼을 들여다본 적 있니?"

그는 현미경으로 뇌를 확대한 사진을 불러낸다.

"이건 척수와 목덜미에서 본 양쪽 뇌야. 마치 네가 목에서 터널을 통해 위로 올라가 긴 복도를 따라 걷는 것과도 같아. 그러다 뇌줄기가 끝나고, 너는 소뇌에서 뇌 중심에 들어서게 되지. 비밀스런 뇌실에. 우리 인간 존재의 중심."

신은 사진이 벽을 가득 메울 때까지 확대한다. 그러자 뇌가 마치 대성당처럼 보인다. 정맥들은 들보이고 세포들은 둥글고 높은 지붕 같다. 너무 아름답다. 너무 아름답고 오묘하다.

"생각들로 이루어진 교회." 나는 속삭인다.

신이 두 가지 색깔의 눈으로 나를 바라본다. 마치 내가 그에게 지금까지 비현실이었다는 듯이. C7의 분신. 그런데 지금 현실이 된다.

그의 차가운 눈이 따뜻해진다.

신이 천천히 고개를 끄덕인다. "맞아, 새뮤얼." 그러고는 내 말을 따라한다. "뇌는 생각들로 이루어진 교회지."

그는 거칠게 손을 놀려 불을 켜고 다시 황소의 이마와 어깨를 한 금발의 바이킹이 된다.

"좋아. 너는 아빠가 죽으면 어떡하나 생각하고 있지, 그렇지?"

신은 실제로 뭐든 서슴지 않고 말한다. 아주 곤란한 질문도 서슴지 않는다.

그는 화이트보드 펜을 들고 칠판에 검은색 점을 크게 그린다.

"이건 '깨어 있는 상태'다, 알지?" 신은 검은색 점 옆에 '깨어 있음'이라고 쓰고, 그 주변에 다섯 개의 동심원을 그린다. 맨 바깥, 원들 밖에 '죽음'이라고 쓴다. 위와 아래, 양옆에.

'깨어 있음'이라고 쓰인 점에서 바깥으로 멀어지는 부위들에 '혼미', '잠', '의식 불명', '코마', '뇌사'라고 쓴다.

펜이 칠판에 부딪치면서 찌익 소리를 낸다.

"죽음 언저리에 여러 종류의 삶의 형태가 있단다." 신은 설명한다. 그는 '코마' 부위를 톡톡 두드리고는 빨간 펜으로 줄을 세 개 긋는다. "심한 코마, 중간 코마, 가벼운 코마. 하지만 샘, 여기 중심에 더 가까운 곳," 사울은 '잠'과 '의식불명'을 에워싼 동그라미들에 사선을 여러 개 긋는다. "깨어 있음에 훨씬 더 가까운 곳, 지금 네 아빠는 이 층위들에 살아 있어. 죽음보다는 삶에 더 가까워. 알아들었니?"

나는 고개를 끄덕인다. 신은 자신이 의식 불명과 코마를 상태가 아니라 장소처럼 묘사하는 걸 의식하고 있을까?

닥터 사울은 매직펜을 책상에 툭 내던진다.

"작은 충고 하나 할까." 그는 방을 나가면서 컹컹 짖는다. "다음번엔 모래 대신 치약을 이용해."

다시 3층에 내려가려고 엘리베이터로 가는 동안, 나는 오늘 아빠에게 무슨 이야기를 할까 생각한다. 아마 사울의 모형에 대해 이야기하지 않을까. 원반 세계에 대해.

잠의 지대 너머에서 꿈을 꿀까, 나는 궁금했다. 의약으로 유도한 인위적인 코마 상태가 진짜 코마 상태와 비슷할까 아니면 다를까. 또 코마 상태인 채로 자신이 코마 상태에 있다는 걸 알까. 나는 내가 꿈을 꾸고 있다는 걸 꿈속에서는 모른다. 코마는 자신이 살아 있지 않다는 걸 깨닫지 못하는 식의 삶일까? 자궁 안에서처럼?

지난 며칠 사이 아빠를 느낄 수 있다는 느낌이 이따금 들었다. 아빠 안에서 뭔가 동요하는 것이 느껴졌다. 마치—이런 생각들은 스코트에게 절대 얘기하지 않을 것이다—아빠가 밤과 두려움의 미로에서 현실로 돌아오는 길을 찾고 있는 듯했다. 이제 나는 그 느낌이 맞을 수 있다는 걸 안다. 깨어 있음과 잠과 코마가 상태가 아니라 장소라면, 아빠는 이 장소들 사이를 오가고 있다.

또는 세계들 사이를. 죽음에 가까워질수록 어두워지는 지대들 사이를.

엘리베이터를 기다리는 동안, 그 세계들이 거대한 지하 공간처럼 상상된다.

그 세계들은 원반들처럼 층층이 놓여 있으며, 깨어 있는 지점에서 멀어질수록 더 이해하기 어려워진다. 제일 바깥쪽 끝은 어떤 모습인지 아무도 모른다. 어쩌면 상상과는 완전히 다를 수도 있다. 어쩌면 코마는 통제 불가능 지역이 아닐 수도 있다. 어쩌면 깨어 있는 지대에서의 삶과 똑같아 보이지 않을까? 아빠가 내 손을 누르길, 아빠가 단 한 번만이라도 모든 단계와 층위와 어둠을 뚫고 깨어 있는 지점 가까이 오길 기다리며. 삶과 약물과 꿈의 안개 속에서 갑자기 열리는 층계들과 통로들, 깨어 있음과 죽음 사이의 모든 층계들과 통로들을 지나 아빠가 나타나길 기다리며.

아빠가 내 손을 누르면 아직 여기 있는 것이다.

"나는 여기 있어, 샘. 여기 있어……. 내가 다른 곳에 있을지라도. 꼭 돌아올게."

하지만 아빠는 지금까지 내 손을 마주 누르지 않았다. 첫 번째 수술 후에도, 찢겨진 비장을 봉합하고 부러진 팔을 접골한 두 번째 수술 후에도. 열흘이 지난 후에도.

혹시 오늘은 내 손을 누르지 않을까?

에디

“오늘은 화가 좀 나신 것 같군요, 탐린 부인.”

“저는 화나지 않았어요, 의사 선생님.”

“물론 그렇겠죠. 죄송합니다.”

“저는 엄청 분통이 치밀고 있어요. 화가 난 거하고는 다르죠, 그렇지 않은가요?”

“당연히 다르죠, 탐린 부인.” 닥터 포스는 내게 차 시중을 드는 집사처럼 친절한 태도를 유지한다. 그런데도 점점 커지는 내 목소리가 들린다. 내 두려움이 눈먼 짐승처럼 소리를 지른다.

“도대체 무슨 조치를 취하기는 하고 있나요? 아니면 비용이 너무 많이 들어서 저 사람을 그냥 죽어가게 내버려두고 있는 건가요?”

거울에 비친 닥터 포스의 얼굴이 보인다. 그는 내 뒤에 서 있다. 타일이 깔리고 불이 밝게 비치는 공간에서. 내가 14일 전부터 날마다 보호 가운을 입었다 벗고, 두 손과 팔을 소독하고, 입과 코에 타원형의 백색 마스크를 쓰는 곳에서. 닥터 포스는 눈에 거의 띄지 않게 입을 꾹 다물고 눈을 내리뜬다. 내 말에 기분이 상한 것이다.

세상에, 고마워라. 영국의 병원에 기분 상할 수 있는 사람들이 아직 있다는 사실에 왠지 감사한 마음이 든다. 기분 상할 수 있는 사람은 감정이 살아 있다. 감정이 살아 있는 사람은 공감한다.

"죄송해요. 제가 평소에는 이렇지 않아요. 적어도 스스로는 그렇다고 생각해요."

닥터 포스는 특유의 정중한 미소를 지으며 말한다. "물론 그렇겠죠." 그러고는 청록색 가운을 내게 둘러준다. 그가 서 있거나 걸음을 옮기거나 일하는 모습을 보면, 얼마든지 여왕을 모시는 값비싼 훈련을 받은 시종 또는 좋은 교육을 받은 귀족 출신의 스파이가 될 수 있었을 거란 생각이 든다. 닥터 포스는 배가 난파하면 여자들과 아이들이 100퍼센트 안전하게 피신할 때까지 가라앉는 배에서 꼿꼿이 서 있는 젠틀맨과 같은 희귀한 종족의 일원이다.

그는 내 뒤통수의 마스크 고무줄을 조금 위로 밀어 올려줄 정도로 신사답다. 내가 혹시라도 폭발할까 봐 무척 조심스럽다.

나는 타일 벽에 부착된 손 소독제 스프레이를 팔꿈치로 눌러 소독제를 두 손바닥으로 문지른다. 손이 떨린다. 갈색으로 그을린 손. 날개처럼 파르르 떤다. 만년필 얼룩이 묻어 있다.

"참고 기다리세요." 닥터 포스가 부드럽게 말한다.

그래. 물론이지. 하필이면. 나는 결코 나 자신을 참고 기다리지 않는다. 대개는 나 자신을 좋아하지도 않는다. 나는 포스를 보지 않으려고 소독제 스프레이를 한 번 더 세게 누른다.

"모든 환자에겐 자신을 믿어주는 사람이 필요해요. 스키너 씨를 믿으세요, 탐린 부인! 깨어나야 할 좋은 이유가 있으면……."

나는 포스가 도대체 어디서 그런 걸 들었는지 물으려 한다. 내가 헨리 스키너에게 좋은, 어쨌든 충분히 좋은 이유가 아니라고 맞받아치려 한다. 만났다 안 만났다를 반복하면서 3년 가까이 지속된 완전히 별난 관계. 때로는 몇 개월씩 헨리를 못 본 적도 있었다. 그러다 2년 전 그는 내게 분명히 선언했다. 나는 남은 인생을 함께하고 싶은 사람이 아니라고.

당시 나는 처음으로 헨리에게 말했다. "당신을 사랑해. 당신을 원해. 영원히, 아니 그 이상으로. 지금 생에서뿐만 아니라 다음 생에서도."

그는 대답했다. "난 아니야."

세상이 어두워졌다.

이제야 겨우 나는 부끄러움에서 벗어났다.

이제야 겨우 나는 그를 향한 그리움에서 벗어났다.

이제야 겨우 나는 어떤 말로도, 어떤 논리로도 표현할 수 없는 이 욕구를 제어할 수 있게 되었다.

이제야 겨우 나는 다른 삶, 다른 남자와 함께하는 삶의 가능성을 고려하기 시작했다!

그런데 헨리가 내 낮과 내 밤과 내 갈망 속으로 무리하게 뛰어든다.

공무원들에게서 그의 이름을 들었을 때 — 헨리 말로 스키너 씨를 아십니까? — 세 가지 일이 동시에 떠올랐다.

내 몸을 누르는 그의 몸의 매끄럽고 묵직한 온기.

우리가 서로 어린 시절에 대해 이야기를 주고받을 때 초록색 별똥별이 떨어지던 해변에서의 밤.

마지막으로 그가 떠날 때의 얼굴 표정.

헨리가 여권에 끼워둔 코팅된 작은 종이 그리고 그의 휴대폰에 내 이름을 '비상시 연락인'으로 기입한 사실은 15일 전 경찰에게 걸려온 전화만큼이나 나를 놀라게 했다. 심지어 그는 사전 의료 지시서*에 내 이름을 올리기까지 했다. 내가 헨리의 배우자도 약혼자도 사촌도 아니라고 설명하자 공무원들은, 당혹스러운 표정의 뚱뚱한 남자와 흥분한 붉은 머리 여자는 상당히 혼란스러워했다. 나는 그를 마지막으로 본 게 대략 2년 전이라고 말했다. 2014년 1월 2일 8시 45분에.

"*당신을 사랑해. 당신을 원해. 영원히, 아니 그 이상으로. 지금 생에서뿐만 아니라 다음 생에서도.*"

"*난 아니야.*"

이 말에 이어 나는 그의 따귀를 때리고 집에서 내쫓았다.

"꺼져!" 나는 소리쳤지만 사실은 이렇게 말하고 싶었다. "여기 있어줘!"

"꺼져!" 나는 울부짖었지만 마음속으로는 간청했다. "날 사랑해줘!"

"꺼지라니까, 빌어먹을!" 이 말은 사실 이런 뜻이었다. "내가 더 굴욕감을 느끼기 전에 가줘!"

그는 갔다.

그가 문에서 한 번 더 뒤돌아보았을 때의 표정을 나는 결코 잊

* 자발적 의사 표현을 할 수 있는 상태에서, 무의미한 연명 치료의 중단과 관련해 미리 작성하는 의료 유언장.

지 못할 것이다. 왜 자신이 가야 하는지 이해하지 못하는 듯한 표정이었다. 갑자기 우리 시간의 뒷면을 보고, 어떻게 자신이 그 경계를 넘었는지 의아해하는 듯했다.

그 얼굴에 배인 절망감.

나는 하마터면 말할 뻔했다. "여기 머물러줘!" 그리고 "당신이 나를 사랑하지 않아도 상관없어!"

이렇게 외칠 뻔했다. 내 사랑이 사랑받고 싶은 갈망보다 더 컸다. 그에게 사랑받지 못하는 것보다 그가 내 사랑을 원하지 않는다는 것이 훨씬 견디기 힘들었다.

그게 정상인지 나는 전혀 알지 못했다.

나는 2년 동안 헨리를 그리워했다. 날마다. 그러다 나를 원하고 나를 열망하는 와일더 글래스를 만났다. 이제 나는 헨리 M. 스키너를 너무 사랑해서 지금의 생뿐만 아니라 다른 모든 생들도 그와 함께하고 싶어 했던 여자가 아니다. 그 옛날의 나는 버려진 껍데기다. 그때 생각을 하면 수치심에 몸을 떠는 여자다.

그런데 지금 내가 이곳에 있다. 그가 원하지 않았으면서도 자신의 사전 의료 지시서에 결정권자로 기입한 여자.

나는 응급 상황을 위한 여자다. 삶이 아니라 죽음을 위한 여자.

그래서 어쩌라고?

내가 2주 전부터 매일 웰링턴에 오는 걸 와일더는 알지 못한다. 나는 때로는 낭독회나 에이전시에 간다고 둘러대고, 때로는 앞날이 촉망되는 작가들을 만난다고 핑계를 댄다. 환상가들, 몽상가들. 나는 출판인으로서 그들에게 관심이 많다. 와일더는 자세히 캐묻지 않고 결코 질투하지도 않는다. 와일더 데이비드 스티븐 프톨레미 글래스는 아주 매너 있고 아주 비싼 교육을 받았고 아주 이성적이며 문학 분야에서 누구나 부러워할 만한 명성을 누리고 있어서 그 누구도 질투한 적이 없다.

나는 거짓말하는 걸 무척 싫어한다. 그런데 지금은 마치 진실이 내 영역 밖에 있는 듯 거짓말이 술술 나온다.

진실은 무엇일까?

풍족한 환상의 산물.

아직까지 한 번도 이야기한 적 없는 과거의 남자 친구를 왜 지금 갑자기 돌봐야 하는지에 대해, 앞으로 삶을 함께 꾸려나갈 동반자에게 도대체 뭐라고 설명할 것인가?

한 번도 얘기하지 않았다는 사실만으로도 다른 모든 남자들은 의심을 품을 것이다. 어쩌면 와일더 글래스는 예외일지도 모른다.

왜 내가 이곳에 있는지 나는 모른다. 그렇다고 그만둘 수도 없다. 모른 체하려면 힘이 너무 많이 소모될 것이다. 그래서 차라리 고통을 선택해 이곳에 있는 것이다.

여기저기 팻말과 쪽지가 붙어 있다.

가운을 입는 방에 빌어먹을 규칙이 쓰여 있다. 그 규칙이 없다면, 대부분의 방문객들은 아마 꿈쩍하지 않는 가족의 반응을 유도하려고 소리를 지르며 두들겨 팰지도 모른다.

1) 환자 앞에서 친절하고 정중하게 조용히 행동하십시오.

2) 너무 성급하게 행동하지 마십시오. 발소리가 너무 크지 않

도록 조심하십시오.

3) 우리는 환자들에 대해 말하지 않습니다. 우리는 환자들과 말을 나눕니다.

4) 환자가 당신을 인지할 수 있도록, 당신이 손을 대거나 말을 걸 때 환자가 놀라지 않도록 언제나 사려 깊게 다가가십시오.

부부도 서로 이렇게 대하지 않는다.

그리고 헨리는 2주 동안이나 움직이지 않았다. 눈도 깜박이지 않았고 신음소리도 내지 않았다. 아무것도 하지 않았다. 마취제와 진통제가 만들어낸, 눈에 보이지 않는 얼음덩이 속에 꽁꽁 얼어붙어 있다. 체온을 낮추는 기계들이 그의 몸을 서늘하게 유지시킨다. 8시간마다 그의 진정 상태의 깊이가 측정된다. 리치먼드 등급*에서 마이너스 5는 행방불명을 뜻한다. 마이너스 3이면 세상으로 돌아오는 줄을 타고 마이너스 1에서 깨어난다. 나는 헨리가 마이너스 1을 향한 길에서 검은 허공을 터벅터벅 걸어오는 걸 상상한다.

"준비되셨습니까, 탐린 부인?" 포스의 목소리도 나지막하고 정중하다. 그에게는 혹시 모든 사람들이 어떤 식으로든 병든 환자인 게 아닐까.

나는 대답한다. "네."

* Richmond Agitation-Sedation Scale(RASS). 중환자실에서 환자의 흥분(섬망), 진정 정도를 평가하는 척도. -5부터 4로 나뉘어 있다. 마이너스로 갈수록 혼수상태에 가깝다.

나는 준비되지 않았다. 나는 두렵다. 두려움이 덩굴 식물처럼 가지를 뻗어 내 심장을 칭칭 휘감고 내 위장을 휘감고 내 머리를 휘감는다. 나를 세상 끝으로 도망치게 하고 어둠 속에 숨게 만들려 한다.

닥터 포스가 온정 어린 눈길로 나를 바라본다. 닥터 포스는 발루*이고, 그의 상사 닥터 사울은 거대한 꼰대이다.

닥터 사울은 헨리를 깨우려고 시도하는 자리에 내가 참석하는 걸 그다지 달가워하지 않는다.

"두려워하시는군요, 탐린." 그는 자신은 훈련 교관이고 나는 보병인 양, 나를 탐린이라고 부른다. "당신의 두려움은 내 일을 방해하고 스키너 씨에게 전염됩니다."

닥터 포스가 얼른 정정한다. "닥터 사울의 말은 그런 뜻이 아닙니다, 탐린 부인."

닥터 사울이 홱 뒤를 돌아본다. "내 말이 그런 뜻이 아니라고 두 번 다시 주장하려 들지 마시오! 두 번 다시 그러지 마시오! 나는 당신과는 다르오! 다시는 아부 따위로 더럽혀지지 않은 내 지성을 모욕하지 마시오. 가족과 친지의 두려움은 여기 누워 있는 모든 사람들에게 독극물처럼 해롭소."

그런데도 나는 그 자리를 고수한다. 보병으로서든 두려움에 떠는 훼방꾼으로서든.

* Baloo. 러디어드 키플링의 《정글 북》에 등장하는 곰의 이름으로 주인공 모글리를 이끌어주는 스승의 역할을 한다.

나는 숨을 쉰다. 숨을 내쉴 때마다 내 두려움을 지평선 저 멀리, 세상 끝으로 날려버리려 한다. 우리 출판사에서 책을 출간한 어느 작가가 그렇게 설명한 적이 있다. 싸움의 기술, 기억의 억압이 중요했다.

불어서 멀리 보낸다. 어쩌면 닥터 사울의 말이 맞을지도 모른다. 그렇다면 내 공포는 독이 분명하다. 어쩌면 맞지 않을 수도 있다. 나는 어떤 위험도 감수하고 싶지 않다. 그래서 두려워하지 않는다. 나는 공포를 불어서 멀리, 멀리, 멀리 보낸다.

"정말로 준비되셨습니까, 탐린 부인?" 닥터 포스가 묻는다.

나는 고개를 끄덕이며 다시 거짓말한다. 숨을 내쉬어, 에디.

15일 전부터 나는 나 자신이 이곳에서 무엇을 하는지 사실 모른다. 그저 무언가를 할뿐이다.

우리는 A, B 칸들을 지나간다. 칸마다 침대가 하나씩 있고 침대마다 다른 운명이 있다. 손가락이 떨리고 눈썹이 움찔거린다. 자신의 삶을 위한 싸움이 말없이 진행된다. 표면 아래 깊숙한 곳에서.

인위적인 혼수상태는 정확히 삶과 죽음의 중간 지점에 있다고 어디선가 읽은 적이 있다.

헨리는 벌써 죽음의 언어로 생각할까?

그는 C7 칸에 누워 있다. 나는 침대로 다가가 그의 손을 잡는다.

닥터 포스는 넥타이를 반듯이 바로잡고 헨리의 몸을 서늘하게 하는 장치를 조심스럽게 느슨히 푼다. "뇌는 할 일이 없는 걸 좋아하지 않아요. 자동차하고 같아요. 뇌는 빈둥거리면 좋아지지 않아요. 기계들은 이용되고 싶어 하죠. 이용될수록 쌩쌩 달려요."

헨리의 생존 침상 머리맡에 닥터 사울이 금발의 우람한 나무처럼 서 있다. 그는 뇌 스캔 사진을 손에 들고 병동 주임 의사를 바라보며 피곤한 듯 눈을 부릅뜬다.

"포시, 내 앞에서는 그 지겨운 비유 좀 그만 들어요. 뇌는 기계가 아니요. 만일 기계라면 우리는 최소한 윤곽이라도 파악할 수 있었을 거요. 뇌는 우리가 더 이상 아무 생각도 나지 않을 때까지 이리저리 잡아당기는 밀가루 반죽이요. 우리는 무슨 일이 일어날지 미리 알지 못해요. 알아들었어요?"

나는 닥터 사울의 말이 옳다는 걸 알면서도, 그의 말이 옳지 않길 바랐다.

닥터 포스가 나를 보고 미소 짓는다. 그의 미소는 이렇게 말한다. 그래요, 닥터 사울은 그렇게 생각하죠. 이 분야에선 그가 최고 권위자인걸요.

두려움의 덩굴 식물이 모든 근육에서 일시에 줄기를 내뻗는다. 내 배에서, 어깨에서, 목덜미에서. 모든 줄기가 긴장해서 부르르 떤다. 나는 시간을 붙잡으려는 듯 숨을 멈춘다. 최악의 사태가 발생하지 않도록 그 빌어먹을 시간을 정지시키려는 듯.

시간은 경솔하게 나를 10년 전으로 내팽개친다.

"날 병원에서 죽게 하지 마라." 아버지가 내게 속삭였다. 아버지는 저녁에 주방에서 혼자 식사하다가 심근경색이 덮치는 바람에 구급대원들의 들것에 실려 구급차로 이송되는 중이었다. 겨자를 바른 핏빛 스테이크와 싱싱한 다닥냉이를 넣은 샐러드. 아버지가 식사 후에 먹으려 한 고르곤졸라 치즈 조각이 싱크대에 놓여 있었다. 버찌 잼을 바른 치즈 한 조각.

아버지는 주방에서 자주 혼자 식사했다. 어머니는 이미 오래전부터 아버지에 대한 정이 없었지만, 이제 와서 일흔 살의 아버지 곁을 떠나기엔 너무 피곤했다. 아버지는 어머니를 여전히 사랑했다. 50년 동안 한결같이. 아버지는 집 안에서 두 사람을 갈라놓는 문과 벽을 사랑했다. 거기 어머니가 있다는 걸 알고 있기 때문에. 어머니는 벽과 섬유 벽지와 축축하고 무거운 침묵 너머에 있었다. 하지만 아버지에겐 그것으로 충분했다. 아버지가 다정한 눈길로 벽을 바라볼 때마다 내 가슴이 찢어지는 듯했다. 벽 너머 어딘가에 어머니가 있었다.

내가 공포에 질린 아버지의 전화를 출판사에서 받고 집으로 달려가—"얘야, 에디, 나한테 고약한 일이 일어났지 싶다."—아버지 손을 꼭 잡았을 때, 그리고 구급대원이 도착했을 때, 아버지는 당신을 병원에서 죽게 하지 말라고 내게 부탁했다. 나는 주방의 식탁에서 문이 활짝 열린 구급차로 가는 길 내내 억세고 거칠고 점점 메말라가는 그 손을 놓지 않았다.

나는 그렇게 하겠다고 약속했다.

나는 오토바이를 타고서 앵앵거리는 구급차 뒤를 따라 병원까지 갔다. 알루미늄 문이 여닫히고 초록색 타일을 붙인 응급실까지 구급대원 뒤를 쫓아갔다. 심장 충격기로 소생시키는 일을 담당하는 공명심 가득한 의사는 내가 불행과 과로와 인간의 고통으로 얼룩진 비좁은 복도로 들어가려는 것을 막아섰다. 나는 그를 무시했다. 그 의사가 삶의 끝에서는 살아 있을 때와 다른 규칙이 통용된다고 나를 이해시키려 드는 것도 무시했다. 이제는 사람이 아니라 아드레날린과 산소의 문제이므로 나는 방해될 뿐이라는 말도 무시했다.

나는 머물렀다.

마음 같아서는 소리를 지르며 그곳을 뛰쳐나가고 싶었는데도.

그들은 아버지의 셔츠와 바지를 잘라내고 아버지에게 말을 걸면서 캐뉼라와 말초정맥 카테터를 꽂은 뒤부터는 환자를 똑바로 쳐다보지도 않았다. 그러는 동안에도 나는 아버지 곁에 머물렀다. 응급실처럼 환자들이 잠시 거쳐 가는 곳은 금요일 밤이면 모든 것이 완전 기계적으로 진행된다. 유리 조각에 베인 술 취한 사람들, 두들겨 맞은 여자들, 외로운 할머니들, 냉소적으로 조롱하는 듯한 경찰들, 그 모든 냉소와 흥분과 분주함 사이에서 어쩔 줄 모르고 당황하여 길 잃은 핀볼처럼 이리저리 굴러다니는 가족 친지들. 그 한가운데 우리 아버지. 아버지는 얇은 녹청색 수건을 덮고 딱딱한 들것에 누워 자신을 진찰하는 모든 사람에게 사과한다. "……이렇게 수고하시다니. 틀림없이 더 중요한 다른 일이 있을 텐데." 마치 심근경색이 불편하고 곤혹스러운 일이라는 듯.

그러다 그들은 초록색 타일 공간에 상당히 오랫동안 우리만 남겨두었다.

지금 아버지가 돌아가시면 어떡하지? 어떻게 돌아가시지 못하도록 막지?

아버지가 가까스로 미소 지었다. 아버지의 얼굴이 낯설어 보였다. 집에서 병원으로 오는 길에 아버지는 바싹 늙어 보였다. 아버지가 내 손을 잡았다. 나는 아버지 손 위에 내 손을 올려놓았다. 아버지는 내 손 위에 다른 한 손을 올려놓았다. 네 개의 포개진 손. 아버지의 맥박이 흔들거리고 아버지의 심장 박동이 모니터에 전기로 뾰족뾰족한 산을 그리는 동안.

우리가 그때 이미 작별을 하고 있다는 걸 나는 알지 못했다.

아버지 때와 똑같이 모니터가 삐삐거리며 빨간 LED 불빛이 헨리의 생명을, 필사적으로 싸우는 심장을 뾰족뾰족한 산 모양으로 그린다. 심장 모니터, 호흡 모니터, 혈압 측정기, 맥박 측정기, 산소 농도 측정기, 선박의 엔진처럼 축축하게 그렁거리는 심폐장치, 뇌파 측정기. 그의 부서진 두개골 CT 사진들이 흰 벽에 투사된다.

"우리가 목에서 기관 캐뉼라를 제거하기 전에 자발적인 호흡이 시작되면, 당신은 커피를 가지러 갈 수 있어요, 탐린."

"당신은 예의 바르게 행동할 수 있고요." 나는 대답한다.

닥터 사울이 눈썹을 치켜뜬다.

"시작합시다." 그는 말한다.

샘

나는 엘리베이터에 탄다. 의사 두 명이 이미 엘리베이터 안에 있다.

한 의사가 4를 누르고 다른 의사는 6을 누른다. 나는 그들 옆으로 밀고 들어가 3을 누를 용기가 나지 않는다. 용기가 나지 않아 곤혹스러운데도 끝내 3을 누르지 못한다. 스코트는 내가 길을 잘못 알려준 사람의 마음을 상하게 하지 않기 위해 알면서도 잘못된 방향으로 가는 부류라고 말할 것이다.

그 말이 맞다.

"어이, 채소 칸에 가는 거야?" 4층이 6층에게 쾌활하게 묻는다.

"그래. 식물인간을 담당하게 됐어. 뇌 활동이 완두콩 통조림 같아."

"오늘 저녁에 스쿼시 하러 갈까?"

"좋지. 8시에."

4층이 내린다. 6층 채소 칸은 엘리베이터에 남아 잇새로 휘파람을 분다.

"먼저 내리렴." 엘리베이터가 6층 채소 칸에 이르자 의사가 말한다.

"감사합니다, 의사 선생님." 나는 웅얼거린다.

너 진짜 끝내주는구나, 발렌티너. 제기랄.

이중문이 낮게 윙윙거리며 우리를 위해 활짝 열린다. 나는 의사가 보지 않는 틈을 타서 얼른 다시 엘리베이터를 타고 3층으로 갈까 생각한다. 그때 마침 간호사가 문에서 나온다.

"얘야, 어서 들어가렴."

"감사합니다."

제기랄, 제기랄, 제기랄!

내가 완전히 길을 잘못 들었다는 걸 인정하기에는 이미 너무 멀리 왔다.

그래서 나는 단호한 걸음으로 넓은 복도를 따라 걷는다 — 내 뒤에는 그들이 따라온다! 그곳 병동은 중환자실의 넓은 홀과는 완전히 달라 보인다. 복도에 양탄자가 깔려 있고 기분 좋게 선선하고 아주, 아주 조용하다. 중환자실 병동의 긴장된 분위기가 전혀 느껴지지 않는다. 중환자실은 밝은 불빛과 경고음, 죽음이 가까이 다가오는 즉시 단호하게 뿌리치고 잘라내는 경계 태세가 지배한다. 이곳은 낡은 집의 잊힌 층처럼 보인다.

그런데 간호사가 복도 끝까지 따라오면 어떡하지? 뭐라고 말하지? "어휴, 건물을 잘못 찾아왔어요. 원래 맹장 병동에 가려고 했거든요."

병실 문마다 사진이 붙어 있다. 얼굴들, 상냥하게 웃고 있는 사람들. 사진 아래에 이름이 쓰여 있다.

첫 번째 문에 쓰여 있다. 레오나르트. 푸른색 작업복을 입고 맨체스터 유나이티드의 팬 스카프를 두른 굴삭기 기사의 사진. 문 뒤에서 낮게 흐느끼는 소리가 들린다.

두 번째 문. 엘리자베트. 전부 엘리자베트가 케이크를 들고 있는 사진들이다. 문 뒤에서 이렇게 말하는 소리가 들린다. "지금 우리는 숨을 내쉬고 있어. 내가 손목 관절을 왼쪽으로 돌리고 있어. 그러면 당신이 *클로티드 크림*을 저을 때처럼 아주 부드러워져. 꼭 스콘에……."

어맨더, 윌리엄, 야마시로, 나는 문을 두세 개 지난 후 원칙을 이해한다.

문 뒤에서 살고 있는 사람들의 사진이다.

채소 칸에서.

하지만 틀림없이 사진에서의 모습과는 다를 것이다.

"냉동 채소들이 포장지의 이미지와 다른 것처럼, *모 나미*." 내가 부러 생각하지 않으려 하는 것을 스코트가 내 머릿속에서 말한다.

간호사가 여전히 내 뒤를 따라온다. 나는 계속 복도를 걷는다. 별다른 뾰족한 생각이 떠오르지 않는 탓에 무작정 벽을 향해 달려갈 각오를 하고서.

나는 곧 마지막 문에 이른다. 문이 빠끔히 열려 있다.

문에 '매들린'이라고 적힌 팻말이 붙어 있다.

병실에서 피아노 음악이 그윽이 울려 퍼진다. 은은한 선율이 이곳에서는 너무 낯설게 느껴져 내가 지금 꿈을 꾸는 게 아닐까 나 자신에게 묻는다. 학교 앞에서 아빠를 기다리는데 아빠가 죽어서 학교에 오지 못하는 길고 고약한 꿈을.

나는 걸음을 멈추고 눈을 감는다. 꿈속에서 눈을 꼭 감으면 꿈에서 깨어나기 때문이다.

그래도 아무런 변화가 없자 나는 두 손을 든다. 꿈속에서 자신의 손을 보는 사람도 꿈에서 깨어난다.

여전히 아무런 변화도 없다. 이것은 현실임에 틀림없다. 내가 다시 손을 내리는데 복도에 아무도 없다. 오로지 나하고 음악하고 반쯤 열린 문만 있다.

동시에 세 가지 일이 발생한다.

나는 2주 전부터 끊임없이 추위에 떨었는데 지금은 더 이상 추위에 떨지 않는다는 걸 알아챈다. 마치 음악이 온화하고 따사한 바람인 것만 같다. 나를 녹여주는 바람.

빛이 깜박거린다.

시간이 더 엷어진다. 내 삶을 완전히 변화시키는 데는 단 한 번의 미세한 움직임이면 충분할 것 같은 느낌이 든다. 나는 복도 끝을 향해 가고, 지금까지의 내 삶은 끝이 난다.

이제 나는 발걸음을 돌릴 것이다. 엘리베이터를 타고 3층으로 갈 것이다. 그래야지. 지금 바로 그렇게 해야지.

아니. 나는 그 어느 것도 하지 않는다. 마냥 서 있다. 내가 찾으려 하지 않은 뭔가를 우연히 발견했다는 느낌이 점점 짙어진다.

나는 엘리베이터로 가는 대신, 내 의지에 반하여 문손잡이를 움켜쥐고 복도의 마지막 병실 문을 조금 더 활짝 여는 내 손을 바라본다.

책들이 꽂혀 있는 나지막한 흰색 책장 위에 빨간 튤립이 그득 담긴 푸른색 찻주전자가 놓여 있다. 창가에 커튼이 쳐져 있다. 벽에는 그림들, 사진들, 풍경들, 얼굴들, 위에서 내려다본 산, 물속의 사진들이 있다.

그리고 침대에, 침대 모서리에 금발의 소녀가 발목까지 내려오는 잠옷에 다리를 감추고 음악 한가운데 앉아 있다.

소녀가 나를 똑바로 바라본다.

소녀는 눈을 깜박이지 않는다. 그저 나를 빤히 쳐다볼 뿐이다.

나는 넋을 잃고 소녀의 눈을 바라본다.

소녀 앞에 간호사복 차림의 키 작은 여자가 내게 등을 돌리고 서 있다. 붉은 머리가 곱슬거린다. 여자는 소녀의 머리를 빗겨준다.

"……저녁에 이슬방울이 풀잎 끝에 맺히면 땅딸보 두 명이 소파 동굴 속에서 나와 풀을 핥아먹어. 그리고 고양이 눈으로 별들이 숨 쉬는 걸 지켜본단다."

소녀의 잠옷에 유니콘 모양이 그려져 있는 듯하다. 아니 어쩌면 오리일 수도 있다. 확실하지 않다. 소녀가 나를 바라본다. 푸른 눈빛 속의 뭔가가 내 안으로 뚫고 들어와 나를 관통한다. 다른 사람을 관통할 수 있는 시선으로만 보이는 곳을 보고 있는 듯하다.

음악이 방울방울 벽을 타고 올라가 천장에 모여들어 내게 비처럼 쏟아진다.

"매디, 별들이 숨을 쉬는 걸 알고 있었니?"

매들린이 나를 바라보는 동안 유리 같은 눈빛 속에서 뭔가가 움직이는 듯한 느낌이 한순간 들었다. 마치 깊은 호수 바닥에서 은신처를 옮겨 다니며 헤엄치는 물고기처럼. 아니, 그것은 호수가 아니다. 소녀의 눈빛 속에 바람이 있다. 음악의 바람. 움직이는 것은 땅을 차고 날아올라 날개를 펴는 까마귀였다.

매들린의 눈 속에 까마귀들이 있다.

나는 까마귀가 가득한 그 하늘로 떨어진다.

"네가 별이어서 우리 모두를 위에서 내려다보면 세상은 아주 아름답단다." 간호사는 이야기한다. "풀숲의 고양이들, 눈을 뜨고 잠자는 소녀들, 입을 다물지 못하는 문가의 소년들을 내려다보면."

간호사가 나를 돌아본다. 웃을 때 눈가에서 입가까지 주름지는 모습이 꼭 코볼트* 같다. 짙은 보라색 상의 명찰에는 매리언이라고 쓰여 있다.

매리언 간호사가 말한다. "안녕. 매디 문병 왔니?"

나는—아는 체하는 전문 인력은—문을 쾅 닫고 도망친다. 하지만 내 일부분은 여전히 문에 서 있다. 내가 마치 크리스털로 만들어진 듯 나를 통해 다른 세상들을 볼 수 있는 소녀가, 현실이 유리공인 듯 그 안을 떠도는 소녀가 복도 끝에 있기 때문이다.

내 발걸음이 바닥을 쿵쿵 울린다.

매들린, 소녀의 이름은 매들린이다.

나는 행복하면서도 슬프다. 이런 감정은 생전 처음이다.

* 독일 민담에 등장하는 난쟁이. 광산에 살면서 광부들을 괴롭힌다고 알려져 있다.

에디

그들은 포퓰러 원의 정비사들처럼 일한다. 닥터 포스가 침대 머리 부분을 좀 더 높게 조절하고 면봉으로 헨리의 눈썹을 톡톡 친다. 닥터 사울은 헨리의 무릎을 두드리고, 간호사는 푸른색 커튼을 치고, 마취과 전문의는 헨리 목에 정맥으로 주입되는 진정제를 제거한다.

나는 헨리가 영화에서처럼 '깨어나지는' 않을 것을 잘 알고 있다. 그는 눈을 뜨고 이렇게 말하지 않을 것이다. "안녕, 에디. 여기 이 가게에서 괜찮은 위스키도 팔아?"

맨 먼저 반사 작용이 깨어난다. 자발적인 호흡. 눈 깜박임. 침 삼키기.

그에 이어 통증이 깨어난다. 통증은 헨리의 존재 구석구석으로 흘러들 것이다. 강물이 바다로 흘러들듯 그가 두려움 속으로 흘러들 때까지.

며칠 동안 그는 짙은 연기에 갇히듯 환각에 갇힐 것이다. 닥터 포스는 웰링턴에서는 환각을 덜 일으키는 약한 종류의 진정제를 사용한다고 주장한다. 마치 이런 말이 위로가 되기라도 한다는 듯. 마치 악몽을 세 개 대신 두 개만 꾼다는 듯.

나는 닥터 사울이 한 말을 믿는다. "우리는 우리 자신의 머릿속보다는 오히려 달에 대해 더 잘 압니다. 이건 사실입니다. 뇌에 심한 염증이 생기면 인터류킨* 2가 뇌를 뒤덮지요. 그런데 뇌가 인터류킨 2를 방출할 때 뇌에서 무슨 일이 일어나는지 우리는 전혀 알지 못해요. 또 어떤 무해한 지각이 스키너 씨의 경우에는 공포와 악몽으로 변하고 닥터 포스에게는 노래하는 호박 파이로 변하는지도 알지 못해요."

닥터 포스는 불안한 듯한 표정으로 덧붙였다. "하지만 우리는 스키너 씨가 꿈을 꾸지 않는다고 가정합니다. 마취는 꿈꾸는 능력을 완전히 말살하지요."

"우리라고? 난 아니야. 포시, 당신의 보이지 않는 친구가 아직도 곁에 있는가 보죠?" 닥터 사울은 물었다.

두려움의 덩굴 식물이 자란다. 사람은 누구나 자기 자신의 기록 보관소이다. 내 기억의 서랍과 보관함과 금고에서 악령들이 기어 나온다.

10년 전 나는 응급실에서 생전 처음으로 큰 두려움을 맛보았다. 내 두려움, 그것은 바로 그곳에서 태어났다. 그것은 내 안에서 낯선 식물처럼 자랐다. 빠르게, 게걸스럽게. 내 장기를 칭칭 휘감고 서서히 으스러뜨렸다.

나는 아버지가 삶 한가운데서 그대로 돌아가실까 봐 숨 막히는 공포에 휩싸였다.

그날 밤 아버지의 눈은 1년 중 가장 짧고 밝은 여름밤의 피오

* 체내에 침투한 세균이나 유해 물질에 맞서 싸우도록 면역계를 자극하는 단백질의 한 종류.

르처럼 맑았다. 나는 그들이 아버지를 중환자실로 데려가 세 개의 스텐트* 중 하나를 주입할 때까지 아버지 곁에 머물렀다.

병원을 무대로 하는 연속극에서는, 흔히 그런 다음 의사가 나타나 자신을 소개하고 이렇게 말한다. "탐린 부인, 아무 걱정하지 마십시오. 우리가 아버님을 치료할 겁니다. 4주 후면 아버님은 다시 잔디를 깎으실 수 있을 겁니다." 그러나 현실에서 그런 의사는 없었다.

아버지를 담당하는 의사는 아무도 없었다. 다만 조급하게 분주히 오가는 남녀 간호사들만 있었다. 의사는, 책임을 떠맡는 의사는 없었다.

나는 아버지 곁에 머물렀다. 한번은 아버지가 물었다. "네 엄마는 안 오냐?" 나는 거짓말했다. "오실 거예요, 내일."

어머니는 아버지 인생의 마지막 3일 중 그 어느 날에도 오지 않았다.

그 3일의 끝에 아버지는 화장실에서 돌아오시다가 병원 바닥에서 돌아가셨다. 아버지 옆 침대의 환자 말이 사실이라면, 아버지는 마지막으로 이렇게 말했다고 한다. "오랜만에 푹 잤구먼."

그런 다음 아버지는 쓰러졌고 '경련을 일으켰다.' 나중에 어머니는 이렇게 표현했다. "에드위나, 그 사람은 경련을 일으켰어. 두 번째로 살려내는 건 아무 의미 없을 게야. 너도 알잖니. 뇌 속에 이미 산소가 없어. 예전의 그 사람이 아닐 게야. 어린아이거나 아

* 혈관 폐색 등을 막기 위해 혈관에 주입하는 그물 관 장치.

니면 더 나쁠 수도 있어." 나는 어머니의 목소리에서 배어 나오는 홀가분함, 감탄 때문에 어머니를 증오했다. 무엇보다도 어머니가 홀가분해해서. 내가 눈물을 쏟았을 때 어머니가 조급해해서, 신경질적으로 조급해해서.

나는 마침 출판 여부를 심사한 원고를 가져올 예정이어서 내 출판사 리얼리티크래쉬에 있었다. 굉장한 책. 베스트셀러가 될 만한 책이었다. 나는 아버지에게 그 이야기를 들려줘야 했다. 제가 사변 소설*을 출간해요. 판타지 소설은 아니에요. 요정이나 오크, 뱀파이어는 등장하지 않아요. 유토피아와 디스토피아에 관한 책. 평행 현실, 다른 행성, 남자들이 없는 세상, 어른들이 없는 세상에 대한 책이에요. 우리 현실로부터 불과 세 발자국 떨어진 곳에서 가능할지 모를 모든 것. 학문적인 것을 바탕으로 하는 불가사의한 현상을 묘사하는 모든 것.

그날 저녁 나는 아버지를 잠시 혼자 두었다. 여기 웰링턴처럼 소독 살균제와 두려움의 냄새가 나는 병원에. 우리는 창문 밖을 내다볼 수 있었다. 운하와 런던의 황금빛 지붕들 위를 바라볼 수 있었다. 운하 옆에서 사람들이 개를 데리고 놀았다.

한 남자 간호사가 말했다, 괜찮을 겁니다. 뱃머리에 더 이상 접근하지 말라고 날리는 경고의 총성이었다고 할까요. 나이 젊은 의사들은 결코 우리와 말을 나누지 않았다. 그들은 결코 사람의

* Speculative fiction. 비현실적으로 보이는 확장된 세계나 현상을 다루는 소설 장르. 그 의미는 용어의 사용자와 문맥에 의존하는 것이 가장 정확하나 일반적으로 과학 소설, 판타지 소설, 대체 역사물, 더 넓게는 보르헤스의 작품들처럼 환상적 요소가 첨가된 문학 작품까지 포함한다.

눈을 보지 않았고, 복도를 서둘러 걸을 때 하얀 가운이 좌우로 흩날리는 걸 즐겼다.

아버지의 뱃머리는 모두가 예감했던 것보다 허술했다.

2시간 후, 아버지는 더 이상 이 세상에 있지 않았다. 나는 한 손에는 원고를, 다른 손에는 오토바이 헬멧을 들고 병실에 들어섰다. 아버지 침대가 비어 있었다.

갑자기 담당 의사가 나타났다.

의사는 나를 아버지에게로 데려갔다. 아버지의 눈은 더 이상 피오르가 아니라 푸르고 공허한 원반이었고 몸은 따뜻했다. 온기가 아직 조금 남아 있었다. 나는 텅 빈 이별의 방에서 아버지 옆에 앉아 차갑게 식은 아버지의 손을 붙잡았다. 그러고는 아버지에게 책을 읽어주었다.

그것 말고 무얼 해야 할지 막막했다.

간호사가 퇴근한다고 내게 말하러 왔다. 나는 아버지에게 계속 책을 읽어주었다. 다른 간호사가 와서 이제 교대 근무를 시작한다고 내게 말했다. 나중에 그 간호사가 다시 와서 자신도 퇴근한다고 말했다.

꼬박 하룻밤과 하루 낮 동안 나는 떠나버린 아버지 옆을 지켰다. 나는 속삭였다. "안녕, 달아. 안녕, 영안실아. 안녕, 아빠." 아버지가 아침에 내 뒤에 서서 내 어깨에 양 손을 올려놓으며 말하는 것만 같았다. "이제 너는 내가 어디 있는지 알지."

최악의 사건이 발생했다.

내 가장 절친한 친구가 세상을 떠났다.

내 어린 시절이 죽었다.

이제 아무도 나를 사랑하지 않는다.

"기본적으로 희망을 품지 마십시오." 닥터 사울이 말한다. "이런 사고를 당한 후, 근본적으로 진정제에서 깨어난 사람이 논리적으로 사고할 확률은 아주 낮지요. 통계상으로 9퍼센트 미만입니다. 이해하시겠어요, 탐린 부인?"

"아니요. 저는 그저 가련하고 미련한 여자일 뿐이에요."

닥터 사울이 나를 유심히 살펴본다. 나는 빤히 마주 본다.

헨리가 내가 아는 사람으로 돌아오길 바랄 뿐이다. 아침이나 밤이나 한낮에 내 다락방, 내 출판사 위층의 주방에 불쑥 나타나서는 간청하는 눈빛으로 날 바라보며 나지막이 묻는 남자로. "안녕, 에디. 나 피곤해. 좀 누울 수 있을까?"

헨리는 내 곁에서는 잠을 잘 수 있었다. 때로는 3일 내내 쉼 없이 내리 잤다. 그는 심지어 자고 있는 동안에도 내 삶의 회전축이 되었다. 그를 중심으로 내 날(日)들과 주(週)들과 느낌들이 움직였으며 오로지 그의 현존을 통해서만 작동했다.

나는 내가 여전히 헨리를 사랑한다는 사실에 미칠 것만 같다. 비록 아주 작은 불꽃이라 할지라도. 마음을 아리게 하기엔 충분하지만 나를 불태울 정도는 아닌 아주 작은 불꽃.

맥박 측정기와 심장 모니터의 삐삐거리는 소리가 갑자기 빨라진다.

"무슨 일이에요?" 나는 이마를 찌푸리는 닥터 포스에게 묻는다. "정상인가요?"

아무도 내게 대답하지 않는다.

헨리의 심장이 미친 듯이 뛴다. 그건—아니, 그것은 헨리의 불충한 심장이 전기에 의해 비틀거리는 걸음이 아니다—그건…….

푸른색 커튼이 양옆으로 갈라지며 주근깨 있는 소년의 얼굴이 나타났다. 소년은 눈을 크게 뜨고 있다. 너무 빠르게 자란 몸이 짙은 파란색 바지와 엷은 파란색 폴로셔츠와 짙은 파란색 교복 상의를 입고 그 위에 청록색의 방문자 가운을 걸치고 있다.

소년은 숨을 헐떡이며 침대로 뛰어든다.

심장이 한 번 뛰는 사이 마스크가 미처 가리지 못한 소년의 얼굴이 충격으로 확 늙는 걸 보는데, 내 심장이 경련하듯 오그라든다.

소년의 목에서 절망적인 탄식이 새어 나온다. "아빠?"

잠깐. 아빠라고?

헨리 M. 스키너에게 *아들*이 있다고?

샘

대략 천 명의 사람들이 아빠를 에워싸고 있다. 아빠는 잠을 자고 있는 듯 보인다. 심장이 한 시간에 겨우 한 번 고동칠 정도로 깊은 잠을.

그들은 아빠를 덮은 푸른색 시트를 벗겼다. 아빠는 살갗으로 이루어진 속옷을 입고 있다. 베이킹파우더처럼 밝은 속옷. 단지 양팔만 짙게 그을려 있다. 가슴에 기이한 눈처럼 생긴 전극들이 부착되어 있다. 길고 푸른 속눈썹들이 기계와 연결된 기이한 눈들.

나는 스코트와 미하엘 슈마허를 떠올리고, 사람이 생의 한가운데서 죽지 않고 사라질 수 있다는 생각을 한다.

"아빠?"

내 목소리가 노란색 4처럼 들린다. 약하고 작게. 나는 그걸 증오한다.

"샘, 왔구나. 아빠가 기뻐할 거야." 닥터 포스가 말한다.

나는 나도 모르게 아빠의 손을 잡는다. 지난 14일 동안 그랬듯이. 하지만 내 손이 아빠에게 닿기도 전에 아빠의 팔이 높이 튕겨 오른다. 나는 뒤로 물러나다 포스 곰에게 부딪친다.

아빠가 신음한다. 한 팔이 허공을 가르며 옆으로 떨어진다. 아빠의 몸이 뒤틀리고 꼬인다. 정원의 호스가 연상된다.

닥터 포스가 나를 옆으로 민다.

사람들의 등이 내 앞을 벽처럼 가로막는다.

그 너머에서 아빠가 느껴진다. 아빠가 여러 지대를 가로지르고 원반 세계를 꿰뚫고 질주하는 것만 같다. 삶의 둥근 형태들을 꿰뚫고. 코마, 잠, 혼미, 곧장 중심을 향해, 깨어남을 향해 — 그와 동시에 어둠이 아빠를 뒤쫓아 오는 듯하다. 아주 가깝게 바싹, 벌써 아빠를 휘감아서 도로 끌고 갈 것만 같다.

나는 전에 없이 뚜렷하게 아빠를 느낀다.

"아빠!"

"심실빈맥 심전도 검사, 맥박 없음." 누군가가 말한다.

손들이 주사, 캐뉼라, 소식자, 튜브를 주고받는다.

"360줄!"

아빠 가슴의 빨간색 전극 눈 주변에 푸른색 전극 눈들이 추가된다.

"닥터 사울? 심실세동!"

"다들 침착해. 침착하라고. 글루코오스 수치!"

"3, 2, 1."

윙윙거리는 소리. 자동차 범퍼들이 충돌하는 듯한 소리.

어둠이 검은 연기처럼 부딪쳐 흩어진다.

지금 아빠가 여기 있다. 완전히 **여기 있다!**

등대, 폭탄, 우유 항아리 — 이런 이미지들이 빠르게 머릿속을 스쳐 지나간다. 나는 그것들이 어디서 오는지 모른다. 아니다. 그건 사실이 아니다. 나는 그걸 알고 있다. 하지만 이해하지 못한다.

나는 아빠에게서 그림자, 용기, 절망을 본다. 아빠 안의 형상들을 본다.

"심장마사지 30, 2.*"

아빠의 흉곽을 누르는 포개진 주먹들. 스파게티가 부러질 때 같은 소리가 난다.

"심정지."

그때 가운들 사이로 빈틈이 생긴다.

아빠의 눈이 뜨여 있다! 아빠가 나를 본다. 아빠가 나를 본다!

"아빠!" 나는 속삭인다.

아빠가 나를 보려면 분명 엄청나게 많은 힘이 들 것이다.

아빠의 눈빛이 점점 또렷해진다. 그렇다, 아빠가 깨어나는 듯하다. 아빠가 돌아온다, 아빠가 돌아온다!

아빠가 나를 본다. 아빠의 눈빛은 유일무이한 질문이다.

"침착해. 침착하라고. 약한 저체온증. 시간!"

"5초입니다, 닥터 사울."

귀를 멍하게 하는 소음, 높고 날카롭다.

"아드레날린."

"7."

"아이를 내보내!"

"8, 9……."

조용하다, 아주 조용하다. 여기저기서 외치는 고함을 빼고는.

* 일반적으로 30회 흉부 압박과 2회 인공호흡을 1세트로 본다.

아빠가 나를 본다. 하지만 아빠의 존재가 희미해진다. 해체된다. 아빠가 슬퍼한다. 한없이 슬퍼한다. 그리고…….

"항부정맥제 아미오다론 준비, 서둘러요. 11초의 시간이 있어요. 지금부터 위기입니다. 나는 간신히 구한 환자를 다시 잃는 불상사를 원하지 않아요, 알아들었죠! 그리고 아이를 데리고 나가요. 계속 소리 지르고 있잖아요!"

"최종 결과!"

나를 붙잡은 손, 짙은 초록색 8처럼 어둡고 확실하게 조용히 말하는 목소리. "샘, 저 사람은 죽지 않아. 죽을 수 없어. 내 말 잘 들어, 저 사람은 죽을 수 없어. 벌써 몇 년 전에 죽는 법을 잊었거든. 샘? 이리 와! 나랑 나가자!"

날카로운 소음이 내 외침으로 압축되어 다시 말로 갈라진다. "싫어, 싫어, 싫어!" 분노, 아빠를 향한 분노로 변한다. 그리고 증오, 모든 걸, 모든 걸 제대로 해내지 못하는 의사들을 향한 증오로 변한다.

그런 다음 추락하고 추락하고 또 추락하는 느낌.

낯선 여인이 옆에 있다. 여인의 눈이 늑대의 눈처럼 밝게 빛난다. 여인은 어디선가 나타나 옆에 있다. 그리고 내가 산산이 부서지기 전에 나를 붙잡는다.

헨리

나는 쓰러진다.

아스팔트에서 나를 향해 맹렬하게 빠른 속도로 다가오는 내 그림자가 보인다.

달걀 껍데기가 사기 접시 끄트머리에 부딪치는 듯한 소리가 들린다.

나는 쓰러진다, 수천 번째 쓰러진다. 쓰러지는 동안 뭔가가 나를 바라본다. 그것은 나를 주의 깊게 바라보고 나를 위해 입을 활짝 벌리는 듯하다. 활짝 벌린 거대한 입. 이제 호수 밑바닥이 나를 위해 벌어져서 나를 빨아들인다.

그러나 나를 다시 위로 내동댕이친다.

나는 검은 화구호에서 솟구쳐 오른다. 마치 낚시꾼이 나를 낚싯줄로 낚아채고 낚시 고리가 내 심장 깊이 파고들어 심장을 잡아채는 듯하다.

나는 호수에서 눈부신 빛 속으로 뻣뻣하게 올라간다.

"아드레날린."

"7."

"아이를 내보내!"

……나는 균형을 잃어버린다. 나는 두 팔을 높이 올린다. 그런데 마치 두 팔이 떨어져 나간 듯한 느낌이다. 나는 몸을 제어하려

한다. 그런 다음 나를 바라보는 소년이 보인다. 소년의 눈빛이 나를 붙잡는다.

"아빠." 소년은 말한다.

"8, 9, 10." 목소리가 수를 센다.

외침이 목소리를 뒤덮는다.

요동치는 불빛들 너머로 형광등이 보인다.

가운들과 튜브들이 보인다. 기계 소리가 들린다. 딱딱한 침상이 느껴진다.

나는 여기…… 여기 있다!

제발, 나 여기 있어요! 나는 말하려 한다.

아무도 나를 알아채지 못한다.

오직 내 아들만이 나를 알아챈다.

누군가가 내 손을 잡는다. 손가락 생김새와 피부의 결, 그 아래 근육의 밀도가 손에 익숙하다. 나는 이 손을 안다. 이 손은…… 에디의 손이다!

나를 붙잡아, 에디! 나는 죽고 싶지 않아. 제발 부탁이야, 나를 붙잡아줘!

그런 다음 나 자신이 보인다.

링거 주사액 두 개가 달린 금속 기둥에 비친 내 모습이 보인다. 내 얼굴이 보인다. 얼굴이 반쯤 삐뚤어지고 머리는 으스러졌다. 내 눈빛이 초점 없이 매끄럽고 단단해지는 게 보인다. 그 너머에서 내가 나 자신 안으로, 깊숙한 곳으로 사라지는 게 보인다.

에디! 날 붙잡아! 날 붙잡아줘!

에디가 나를 꼭 붙잡고 있다. 나는 에디의 손에 의지해 방 안으로, 삶 속으로 되돌아가려 한다. 하지만 내겐 힘이 없다.

그러다 이해할 수 없는 일이 벌어진다.

에디의 손이 나를 놓는다!

나는 나락으로 추락한다.

내 위에서, 멀리, 저 멀리 위에서 뭔가가 닫힌다. 거대한 원반, 코팅된 쇼윈도 같은 원반. 나는 가라앉고 가라앉아 내 안으로 침몰한다. 원반이 닫히고 호수가 단단하고 검은 층으로 나를 뒤덮는다. 나를 세상과 단절시키는, 뚫고 나갈 수 없는 얼음 혹은 유리의 층.

내가 점점 더 깊이 미끄러지며 색채들과 소리들과 냄새들을 흘려 내보내는 동안, 원반은 더 높이 올라가는 듯 보인다.

…… 무(無)의 세계에서 살아 있는 모든 것의 적막한 부재.

에디는 나를 더 이상 사랑하지 않는다.

그녀는 나를 더 이상 사랑하지 않는다. 더 이상 고동치지 않는 내 심장이 운다.

에디

닥터 사울이 우리를 밖으로 내보냈다.

“저 둘을 예배당으로 데려가!” 그는 말했다. 그래서 우리는 지금 병원에서 가장 고요한 공간에 앉아 있다. 바다 밑바닥에 있는 것처럼 고요하다.

소년은 내 품에서 웅크리고 있다. 눈을 감고 엄지와 집게손가락을 마주 비빈다. 쉬지 않고 손가락을 비비며 속삭인다.

나는 소년을 붙잡고 있다. 소년의 머리와 내 팔오금이 서로를 위해 만들어진 양 꼭 붙어 있다.

네 아빠가 내 손을 눌렀다고 나는 소년에게 말하려 한다. 내가 그의 아들을 안으려고 손을 놓을 때까지.

나는 소년에게 그 말을 한다. 곧.

소년의 이름은 샘이다. 헨리의 아들이다.

헨리에게 아들이 있다.

나는 헨리의 아들을 꼭 붙잡는다. 내가 모르는 그의 인생. 내가 모르는 그의 아들. 친구들, 출판사 직원들의 갓 태어난 아기를 안았을 때처럼 놀랍다. 그렇게 작고 격렬한 삶이 존재한다는 게 놀랍다. 아주 작지만 완벽하게 완성되어 있다는 느낌이 든다.

샘이 계속 뭐라고 속삭인다. 이윽고 나는 샘이 뭐라고 기도하는지 알아듣는다. “돌아와!”

나도 함께 기도한다. 처음에는 소리 없이, 그러다가 나도 속삭인다.

"돌아와!"

우리의 속삭임이 나란히 호흡을 맞출 때까지 오랫동안. 그렇게 우리는 우리의 아버지들에게 기도한다. "돌아와! 돌아와!"

에디

나는 눈을 감고 소년을 더 바짝 끌어당긴다.

아빠, 나는 생각한다, 날 도와줘요!

이번에는 내 어깨를 누르는 아버지 손의 촉감을 억누르지 않는다. 아버지가 다른 세상으로 간 그날 밤처럼.

아버지가 돌아가셨을 때처럼. 에드위나, 착각하지 마. 지금 있는 그대로 생각해. 그 말은 죽는다는 뜻이야. 그건 멀리 가는 게 아니야. 멀리 가는 건 다시 돌아온다는 걸 뜻해. 하지만 아버지는 다시 돌아오지 않을 거야. 아버지는 떠났어. 영원히. 네 평생. 영원히. 그리고 네가 무얼 느꼈든지, 그건 사실일 리가 없어! 아버지는 떠났어. 영원히.

그때 느꼈던 아픔, 아버지를 두 번 다시 내 몸 밖에서는 듣지 못하고 오로지 내 안에서만 들을 수 있다는 감각은 지금도 생생하다. 아버지, 아버지의 목소리, 아버지의 냄새, 뚜벅뚜벅 아스팔트를 울리는 아버지 걸음에 대한 기억은 서서히 사그라지는 별들 같다.

샘의 억누르는 흐느낌이 새어 나온다.

내 어깨에서 아버지의 손길이 느껴진다. 어둠 속에서 아버지의 목소리가 들려온다.

"에트헨, 위니라인,* 자, 자, 이리 온! 이리 와서 아빠 말 들어!

아빠 말 듣고 있니?"

내가 밤에 두려움에 질려 숨을 헐떡이며 잠에서 깨어나면 아버지는 늘 이렇게 말했다. 그러고는 늘 노래를 불러줬다. 그럴 때 아버지는 마침 생각나는 대로 노래를 불렀다. 때로는 아버지가 관리하는 등대에서 발견한 책이나 때마침 읽은 시에 멜로디를 붙여 부르기도 했다. 또는 순간적으로 뇌리에 떠오르는 것에 즉흥적으로 멜로디를 붙여 부르기도 했다. 가사 없이 오로지 소리로만.

아버지는 극도로 겁에 질린 새를 붙잡듯 나를 따뜻한 손으로 붙잡아주었다. 그러면 나는 아버지 가슴에 기대어, 아버지의 고동치는 심장 옆에서 세상으로 흘러나오는 소리에 귀를 기울였다.

"깊이 생각하지 마." 언젠가 내가 어떻게 가사 없이 위로의 노래를 부를 수 있냐고 물었을 때 아버지는 말했다. 결코 글로 쓰인 적도 없고, 또 앞으로도 결코 쓰일 리 없는 위로의 노래들.

"깊이 생각하지 마. 네 안에서 떠오르는 이미지를 좇아서 네 목소리로 그걸 천천히 본떠 만들어. 네 고통과 위로를 표현할 말을 찾지 마……. 너를 위한 장소를 찾아 그걸 노래해."

* '에트헨', '위니라인'은 에드위나의 애칭이다.

헨리

"곧 도착할 거야." 아버지가 안심하라는 듯 말한다.

아버지는 내 뒤에 앉아 있다. 우리가 늘 앉아 있던 것처럼, 아버지가 노를 젓고 내 양발 사이에 갯가재 그물이 놓여 있었을 때처럼.

이루아즈 해, 그 사납게 날뛰는 바다가 매끄럽고 잔잔하다. 푸른 금속 빛으로 반짝이는 투명하다시피 한 바다. 해가 지기 직전 대서양은 아주 잠깐 그런 색깔을 띤다. 따사한 햇살이 등으로 느껴진다. 밝고 따사하다, 방금 방에서처럼…….

방금? 어째서 방금? 어떤 방?

다리. 타르 냄새. 추락하는 느낌. 점점 더 깊이. 이윽고 내 위에서 닫히는 유리 뚜껑. 내가 물에 빠졌는데도 나를 놓은 손. 나를 겁에 질리게 하는 기억들이 연기처럼 흩어져 사라진다. 잠깐 졸면서 꿈을 꾼 게 분명하다. 우리가 푸른색의 작은 배를 타고 바다에 나가면 가끔 그럴 때가 있다. 겨울에는 플롱에서 멀지 않은 말로 할아버지의 집, 튀 케르크의 정원 담장에 그 배를 세로로 세워 놓고 바람 불지 않는 겨울날에 할아버지 말로나 아버지 이반이 배의 벌어진 틈새를 메운다. 그러면 배는 그 겨울을 뺀 나머지 계절들 내내 바다에 나간다.

손과 다리, 피부 곳곳에 따사한 빛이 느껴진다. 졸음이 밀려오고 엄청 편안한 기분이 든다. 그림자가 한숨을 쉬며 내게서 물속으로 스르르 빠져나가 조용히 멀어지는 듯하다.

모든 게 경쾌하고 평화롭다. 두 달간의 방학이 시작되는 첫날처럼. 한없이 펼쳐지는 높고 푸른 하늘처럼.

나는 몸을 반쯤 돌려 뒤돌아본다. 아버지가 나를 보고 미소 짓는다. 나는 다시 시선을 앞으로 향한다.

아주 고요하다.

바람은 어디 있지? 파도는 어디에서 모래나 바위를 문지르고 있을까? 왜 하늘은 저토록 꼼짝하지 않을까?

모든 게 이상하다.

그러다 나는 무엇이 잘못되었는지 알아챈다. 해변 고유의 실루엣이 보이지 않는다. 섬들의 실루엣도 보이지 않고 등대들도 사라지고 없다.

이럴 리가 없어. 영국 해협에서 몰려오는 파도와 대서양 켈트해의 높은 파고가 맞부딪치는 브르타뉴의 끝자락 이루아즈 해, 이 분노하는 여인만큼 등대들과 섬들과 거대한 화강암 바위들로 가득 찬 바다는 이 세상 어디에도 없다.

그런데 등대들이 어디에 있지? 쥐망, 피에르 노이르, 푸르?*

섬들은 어디에 있지? 옛 전설에서 무한함이 시작되었던 몰렌 섬과 웨상 섬은?

"곧 도착할 거야." 아버지가 단언한다.

* 브르타뉴 해안에 위치한 등대들의 이름.

나는 아버지를 돌아본다. 아버지는 필터 없는 담배를 피우고 있다. 언제나처럼 엄지와 집게손가락 사이에 담배를 끼고서. 그런데 담배 냄새가 기이하게도 희미하다. 아버지의 얼굴은 바다의 얼굴이다. 아주 고요하다. 눈빛이 먼 곳을 보고 광활함을 참아내는 데 익숙하다. 밤에는 빛도 없고 끝도 없으며, 낮에는 일렁이며 숨을 쉬는 거대한 존재.

아버지 이반은 어부들이 즐겨 입는 흰색과 푸른색 줄무늬 스웨터와 빛바랜 청바지를 입고 있다. 왼쪽 어깨에 단추가 세 개 달려 있고 양말은 신지 않는다. 이반 르 고프는 사월에서 시월까지 늘 맨발에 신발을 신는다.

돌아가신 날에도 그랬다.

30년도 더 전에.

별안간 내가 벌떡 일어나는 바람에 배가 출렁인다. 나는 아버지 곁을 떠나 의자를 폴짝 넘어간다.

아버지는 마흔둘에 익사했다.

내가 열세 살이었을 때.

아버지는 죽었다!

“아버지는 돌아가셨어요.” 나는 아버지에게 속삭인다. “내가 그 자리에 있었어요.”

아버지는 대답하지 않는다. 계속 노를 젓는다. 푸른색 배가 잔잔한 물살 위로 소리 없이 미끄러진다.

하지만 내가 그 자리에 있었다.

우리는 그물을 점검하러 바다에 나갔다. 부표를 따라서. 갯가재 철이 한창이었다.

그러다 아버지가 망망대해 쪽으로 등을 돌렸다. 평소에는 절대 그런 적이 없었다. 브르타뉴 어부들의 첫 번째 규칙, '절대 바다에 등을 돌리지 마라!' 모든 여인들 중에서 가장 예측이 불가능한 여인, 바다.

그런데 아버지는 육지 쪽을 바라봤다. 나는 배의 균형을 잡으려 하며, 나중에 아버지와 할아버지에게 할 거짓말을 생각했다. 두 분이 내 말에 넘어가도록 능청스럽게 거짓말할 생각이었다. 그때까지는 두 분을 속인 적이 한 번도 없었다.

"여기가 좋겠다, 헨리. 배가 움직이지 않도록 해." 아버지가 미끌미끌한 밧줄을 붙잡으며 소리쳤다. 밧줄을 부표에 꽂고 그것으로 바다 밑바닥에 있는 어살을 잡아끌었다.

나는 자전거로 포스트포더의 페스트 노즈(프랑스 브르타뉴 지방의 전통 축제.-옮긴이)에 가겠다고 둘러대고 사실은 시오니와 만날 생각이었다. 시오니는 내게 키스를 약속했다.

"이게 무슨 일이지?" 아버지가 밧줄을 잡아당기며 물었다. 배가 흔들거렸다. 아버지는 여전히 바다에 등을 돌리고 있었다.

갈매기 한 마리가 화가 났는지 끼룩끼룩 울며 우리 위로 날아갔다. 그러더니 갑자기 침묵을 지켰다.

바닷새가 침묵하면, 정적 후 좋지 않은 일이 일어난다. 나는 갈매기를 올려다보았다.

그리고 파도를 보았다.

큰 파도였다. 엄청 컸다.

"아빠!" 나는 외쳤다.

하지만 이미 파도는 우리를 덮쳤다. 파도가 우리 위로 높이 솟구쳤다. 노호하는 회색의 벽. 벽 한가운데서 암흑이 퍼져 나갔다. 파도가 망치처럼 배를 내리쳤다. 그런 다음…….

한순간 통증이 머릿속을 강타한다. 깊고 하얀 통증. 나는 의자에 주저앉아 머리를 붙잡는다. 톱처럼 윙윙 울부짖는 소리가 들린다. 그러다 통증이 사라진다.

뒤이어 일어난 일에 대한 기억도 함께 사라진다.

나는 두 손을 식히려고 물속에 담근다. 두 손으로 관자놀이를 감싸 멍한 느낌을 누그러뜨리려 한다. 뱃전 밖으로 몸을 숙이고 거울 같은 수면을 손가락으로 찌르려 하는데 믿고 싶지 않은 광경이 보인다.

나는 얼른 손가락을 도로 뺀다.

그럴 리가 없어!

"그들을 내버려 둬!" 아버지가 말한다.

그들?

그들이 정말로 있는가? 바다 수면 아래서, 말없이 떠도는가? 눈을 뜬 채, 깊숙이 고정되어 있는 보이지 않는 끈에 매달려?

내가 이루아즈 해에서 본 적이 없을 정도로 깊숙이? 언젠가는 바닥에 이르기 마련이겠지만 내가 방금 본 것은 차마 꿰뚫어볼 수 없을 정도로 무한히 깊은 곳 위를 떠돌았다. 구름들이 그 옆의 바닥을 지났다.

"다 왔다." 아버지가 말한다.

배가 살포시 섬에 닿는다. 섬의 너비는 대략 100미터, 길이는 200미터쯤 될 것이다. 구릉진 풀밭 그리고 햇빛을 받아 금빛으로 어른거리는 화강암이 섬을 덮고 있고, 고운 모래사장이 물가로 이어진다. 해변에 푸른색 나무 문이 있고 문틀이 문을 에워싸고 있다. 문이 반쯤 열려 있다.

튀 케르크 집의 문과 똑같이 생겼다.

튀 케르크.

말로 할아버지가 벽난로 불에 구워서 바닷소금으로 간한 브르타뉴 전통 버터를 바르고 설탕을 뿌려 뜨거운 팬케이크 플레이트에서 바로 꺼낸 크레이프. 가을 저녁 불가에서 부드럽고 평화로운 피곤이 몰려온다. 사각거리는 눈, 꽁꽁 언 초원을 밟는 발걸음, 보랏빛 하늘의 별들.

튀 케르크. 모든 게 좋았던 유일한 곳.

아버지의 죽음. 내 잘못.

에디의 미소. 우리가 책을 읽는 동안 내 손은 책상 위에서 에디의 손을 감싸고 있다.

어떻게 내가 그녀를 바스러뜨리는가, 나의 에디. 어떻게 내가 그녀의 사랑하는 마음을 불태워버리는가.

샘의 주먹 쥔 손의 엄지손가락. 어떻게 내가 내 아이를 단 한 번 보고 그 후로 다시는 보지 못하는가.

아버지가 배에서 뛰어내려 노를 배 안에 내려놓는다.

"가자!" 아버지가 외친다. "곧 도착할 거야. 곧 집에 이를 거야."

아버지는 문으로 걸어간다. 나를 돌아보며 기다린다.

나는 아버지를 따라간다. 순순히.

아버지가 나를 부둥켜안을까? 마침내 다시 부둥켜안을까?

문 너머에는 아름다운 곳이 있다. 나는 그걸 안다.

그곳에서는 어떤 것도 끝나지 않을 것이다. 우리는 이 세상의 온갖 행복을 누릴 것이다. 지금 나는 이 문을 지나고, 이 문은 내 뒤에서 닫힐 것이다. 나는 마침내 다시 아버지와 함께 있을 것이다. 그리고 할아버지와도. 내 세상을 지탱하는 두 개의 극(極). 내 위와 아래, 내 호흡과 맥박, 내 달과 바다. 내 낮과 밤.

돌아와! 내 머릿속에서 두 목소리가 속삭인다.

나는 목소리들을 무시한다.

그리고 걸음을 더 빨리한다. 문 뒤에 퀴 케르크가 있다. 별들과 바다 사이에 말로 할아버지의 집이 있다. 분노하는 여인이 물을 절벽에 내동댕이치고 파도가 갈수록 높이 솟구친다. 200년 묵은 화강암 집을 험난한 바다의 배처럼 들이마시고 짓누른다,

하지만 집은 언제나 버텨냈다. 언제나.

아버지가 미소를 지으며 문을 지난다.

우리 할아버지, 말로가 벽난로 옆의 작은 나무 탁자에 앉아 시를 읽을 것이다. 이따금 소리 내어 시를 암송한다. 우리 아버지 이반은 틀림없이 그 방의 다른 구석에서 뭔가를 만들고 있을 것이다. 물에 떠내려온 나무로 액자나 전등을 만들 것이다. 브르타뉴의 넓적한 술잔으로 갓을 씌우고 옹이진 호두나무 뿌리로 받침을 만든다. 아버지는 할아버지가 암송하는 시구를 조롱하듯 논평하

거나 아니면 침묵하며 물건을 다른 물건으로 개조하는 데에 몰두할 것이다. 아버지는 언제나 그런 일에, 물건들을 변형시키는 데 능숙했다. 아버지는 물건들을 이해한다.

결코 사람들은 이해하지 못한다.

문이 나를 위해 열린다. 그러면 마침내 모든 것이 끝날 것이다. 모든 노고. 모든 괴로움. 모든 두려움. 모든 고통. 모든 슬픔. 모든 그리움. 모든 굴욕. 모든 불안. 모든…….

에디의 미소.

에디는 어떻게 나를 바라볼까. 나는 자고 있어서 에디가 나를 어떻게 바라보는지 모를 것이다.

에디. 내가 살아보지 못한 삶의 사랑. 태어나지 못한 내 아이들의 어머니.

"헨리?" 아버지가 다정하게 물으며 고개를 다시 푸른색 문 밖으로 내민다. "안 오니?"

돌아와! 갑자기 피부를 스치는 부드러운 바람이 속삭인다. 어딘가에서, 육지 없는 바다에서, 회색 유리 빛깔 수면 아래서 똑바로 선 형체들이 잠을 자고 꿈을 꾸며 자신들이 어디에 있는지 알지 못하는 듯 눈을 뜬 채 떠도는 바다에서.

돌아와—어디로 돌아오라는 걸까?

나는 걸음을 멈춘다. 귀를 기울인다.

샘. 잠잘 때 주먹 쥔 손의 작은 엄지손가락.

갑자기 돌풍이 불어 문을 조금 더 연다. 아주 살며시. 벽난로의 불이 벌써 타오르고 있지 않을까? 브르타뉴의 동화들, 오래되고 신비스러운 중간 세계의 이야기들을 웅얼웅얼 읽는 말로 할아버지의 소리도 들리지 않을까?

아마 그것은 바로 내 이야기일지 모른다. 또 우리 모두는 지금 읽히는 이야기들일지 모른다. 이야기들은 우리를 구해줄지도 모른다. 우리가 언제까지고 소멸되지 않도록.

내 기억 속에서 뭔가가 가물가물 떠오른다. '언제나 글을 읽는 사람', 오스트리아와 이탈리아에 접한 산속의 수도사에 대한 기억. 그는 이야기 속의 사람들을 살아 있게 하려고 날마다 아침부터 저녁까지 글을 읽었다.

아버지가 걱정스런 표정으로 나를 바라본다.

"헨리, 어서. 너무 오래 망설이면 좋지 않아. 문이 영원히 열려 있지는 않아."

나를 이토록 꼭 붙잡는 게 무엇일까?

"헨리! 부탁이야. 이건 좋지 않아. 그 사이에서 너무 오래 머물러선 안 돼."

그 사이라고? 이 말이 무슨 뜻일까? 어디 사이를 뜻하는 걸까?

아버지가 예전처럼 나를 본다. 마치 이렇게 말하려는 듯하다. 그래, 넌 귀담아 듣지 않았지? 말로 할아버지가 바다의 본성에 대해 말했을 때 결코 귀담아 듣지 않았지?

라 메르(La Mer)*는 여자다. 라 메르는 모든 해안의 기슭을 잘 안다. 그리고 작은 배를 타고서 일 드 쌍(Île de Sein. 프랑스 브르타뉴

* '바다'라는 뜻의 프랑스어.

지방의 앞바다에 있는 작은 섬.-옮긴이)을 떠나 속세의 지도에 표시되지 않은 섬들을 발견할 때까지 항해하는 죽은 자들을 보호한다. 라 메르는 시간의 연인이다. 바다와 시간이 함께 죽음과 꿈, 인간을 낳았다. 이것들은 바다와 시간의 피조물들이다.

"가는 도중에 쉽게 길을 잃을 수 있어. 어서 와라, 헨리! 부탁이야. 또다시 내게서 사라지지 마라."

내가 아버지에게서 사라졌다고? 어째서 내가 아버지에게서 사라졌단 말이지? 아버지가 *내게서* 사라졌는데.

문이 갑자기 꽝 닫혔다가는 살며시 다시 열리고 다시 거세게 닫힌다. 열렸다 닫힌다. 끔찍하게 요란한 소리를 낸다. 소리들은 위협하며 말한다. 어서 서두르는 게 나아!

문이 열리면 그건 간청이다. 유혹. 감미로운 유언, 더없이 아늑하고 양지바른 튀 케르크의 품에 안기라는 초대. 평온하고 푸근하고 안전한 그 품에 아버지가 이따금 웅얼거리는 소리, 말로 할아버지가 이야기를 읽으며 나지막이 웃는 소리, 개가 잠을 자며 숨을 몰아쉬는 소리, 고양이가 그르렁거리는 소리, 불이 바삭거리며 타오르는 소리가 은은히 울려 퍼진다. 모든 게 좋을 것이다. 영원히.

그런데도 나는 움직이지 않는다. 나는 어떻게 이 유혹을 버틸 수 있는지 그 힘이 어디서 솟아나는지 모른다.

아버지가 나를 본다. 다정하게 말한다. "얘야, 헨리, 시간이 없어. 자, 봐라!"

아버지는 내게 손짓을 한다. 내 모든 세포 구석구석을 뚫고 들어올 정도로 격렬한 감각의 파도가 갑자기 나를 덮친다. 파도는 모든 것을 감싸 안을 정도로 크다. 그것은 나를 채운다. 나는 형상들과 감정들과 앎으로 넘친다.

그런 다음 그것이 보인다. 이제 모든 것이 보인다.

사람이 죽어서 아무것도, 그야말로 순전히 아무것도 만회할 수 없는 최후의 시간이 시작되면 무엇을 가장 깊이 애석해하는지 보인다.

그것이 보인다. 그것은 너무 자명하다.

그걸 잊어버리다니 인류는 얼마나 어리석은가. 잊어버리고 또 잊어버린다. 죽음에서 죽음으로 또다시 죽음으로, 삶에서 삶으로! 나도 그걸 잊었다. 그뿐이 아니다. 나는 내 삶의 중심으로 밀고 나갈 기회가 있을 때마다 번번이 뒤로 물러났다.

"네 시간은 지났어, 헨리. 너를 놓아!"

물론이다. 내 존재는 그래야 마땅했을 것이다—버림받고 잊히는 것. 그건 삶이 아니었기 때문이다.

나는 뛰어들어야 하는 곳에서 망설이지 않았고, 머물러야 하는 곳에서 도망치지 않았고, 말해야 하는 곳에서 침묵하지 않은 대가로 무엇을 주게 될까!

내 안의 뭔가가 나 자신을 당황해한다.

나는 천천히 걸음을 옮긴다. 한 걸음 또 한 걸음. 푸른색 작은 배를 향해 뒷걸음친다.

아버지는 섬의 해변에서 움직이지 않고 서 있다. 두 팔을 내려뜨리고. 바다처럼 크고 고요한 아버지의 얼굴에 무한한 슬픔이 어려 있다.

"헨리! 그렇게 간단히 돌아갈 수는 없어. 너는 그 사이에서 길을 잃게 돼! 모든 것 사이에서. 무슨 말인지 알지?"

'모든 것 사이에서'라는 말이 무슨 뜻인지 나는 모른다. 발아래 모래가 느껴지지 않는다. 전혀 아무것도 느껴지지 않는다. 보트를 바다로 밀 때도 근육의 힘으로 미는 게 아니라 배가 스스로 원해서 저절로 움직이는 듯하다.

아버지가 모래사장에 주저앉는다. 아버지의 시선이 내게서 떨어지지 않는다. 아버지는 절망스러운 듯 두 손을 맞잡고 비빈다.

나는 어정쩡하게 배에 타 노를 잡는다. 바다가 내 손에서 노를 채 가려 한다. 나는 노를 더욱 단단히 붙잡는다.

"조심해야 한다! 배를 떠나지 말고 폭풍을 피해라!" 아버지가 뒤에서 외친다. "그리고 물에 빠지면, 밤이 오면, 그러면……."

아버지가 무슨 말을 하는지 더 이상 들리지 않는다. 죽어가는 사람들의 바다가 이미 나를 움켜쥐고 세차게 앞으로 몰아대기 때문이다.

나는 노로 바닷물을 가른다. 노가 부르르 떨며 저항한다. 하지만 내가 물보라를 날리며 일렁이는 바닷물을 노로 연거푸 힘차게 가르자 노들이 내 움직임을 따른다.

나는 누구에게 돌아가게 해달라고 기도해야 할지 모른다. 다만 눈을 뜨고 에디를 보고 싶은 마음뿐이다. 에디. 내가 영원히 눈을 감기 전 마지막으로 보고 싶은 얼굴. 그리고 샘. 내가 가려 했다고 샘에게 말하기 위해. 내가 가려 했다고.

수평선의 어른거리는 푸른색 속으로 벌써 사라진다, 열린 문이 있는 섬이.

몸을 돌리자 암초가 몇 개 보인다. 암초의 화강암 대열이 어두운 주먹들처럼 파도 위로 솟아 있다. 넓게 퍼져 있는 암석들 가운데 고래처럼 보이는 암석 하나에 푹 고꾸라진 형체가 앉아 있는 듯 보인다. 그냥 거기 앉아서 바다를 바라보는, 금발을 길게 기른 소녀처럼 보인다.

"안녕!" 나는 외친다.

소녀는 돌아보려조차 하지 않는다.

육지의 모습은 보이지 않는다. 그 어디에서도.

내가 가는 곳의 하늘은 푸르고 정겹다. 하지만 내 등 뒤에서 어둠이 거대하고 육중한 구름 산처럼 뭉친다. 우레 같은 소리가 들린다. 오래 바라보고 있을수록, 물이 그곳에서 뭔가에 부딪쳐 부서진다는 확신이 든다.

저기! 나는 손을 이마에 얹어 햇빛을 가린다. 그렇다, 저기 뒤편에!

보이지 않는 절벽들. 파도가 높이 치솟아 절벽을 덮쳤다가는 우윳빛 물거품이 되어 물러나며 해체된다. 바닥과 바위와 보이지 않는 장애물에 다시 거세게 부딪친다.

바다가 넘실거린다.

줄줄이 이어지는 절벽들, 유리 제방. 그리고 그 안에…… 안개일까?

나는 노 젓는 자리에 앉는다.

그 여자아이를 데려와야 한다고 생각한다. 하지만 방금 아이가 앉아 있던 고래 바위를 바라보자—아이가 사라지고 없다.

푸른색 배의 뱃머리 아래에서 소용돌이는 거세진다. 밀물이 방향을 바꾼다. 썰물.

넘실거리는 파도 소리가 점점 커진다. 바다가 거대한 폭포로 변해 수천 미터 아래 우레 같은 소리를 내는 검은 심연으로 곤두박질치는 듯하다.

나는 푸른색 배에서 뒤를 돌아본다.

파도가 산처럼 높이 치솟는다. 여러 층 높이의 건물처럼, 가장자리가 허물어지고 바스러져서 부서진다. 파도가 일종의 기다란 관에 부딪쳐 산산이 부서지는 게 이제 눈에 보인다. 유리관은 아니지만 안개로, 밤으로 채워진 관.

내 두려움에서 피 맛이 난다.

겨울철 이루아즈 해의 해변에서 험악하게 넘실거리는 회청색 바다가 육지로 뛰어올라서는 바람에 파도치는 구릉진 풀밭을 질주해 사람들을 침대에서 끌어내려는 듯 보였다.

파도들이 밤과 쏟아져 나오는 구름안개로 이루어진 기다란 관들을 그때처럼 맹렬한 기세로 덮친다. 그 안에서 별들이 이동하는 게 얼핏 보인 것 같기도 하다. 나무 우듬지와 산봉우리, 도시의 그림자들이 거기에서 간간이 나타나는 듯하다. 하지만 너무 빠르게 지나가서 잘못 본 게 아닐 거라는 확신이 든다. 관이 육지 없는 수평선까지 좌우로 이어진다. 파도가 그 제방에 부딪쳐 하얀 물보라를 날리며 물러난다. 하늘도 흐려졌다. 하늘은 고름처럼 노르스름하면서도 연기처럼 잿빛이고 독을 품고 있는 듯 보인다.

배가 위로 치솟았다 내려오고 위험하게 좌우로 기우뚱거린다. 물거품이 뱃전을 넘어온다.

나는 몸을 앞으로 숙이고서 파도가 제방에 부딪쳐 만들어내는 소용돌이를 바라본다. 누가 죽어가는 이들의 바다를 갈라놓는 이 경계를 수호하는가?

여기는 삶이 끝나는 곳인가—아니면 시작되는 곳인가?

제방 너머에는 무엇이 있는가…….

……또는 제방 안에는?

내 아래서 소용돌이가 폭포처럼 벌어진다.

소용돌이가 내 배를 심연으로, 관 쪽으로 끌어당기기 시작한다. 내가 생각할 수 있는 것은 오로지 하나뿐. 그래! 나는 알고 싶다. 거기에 무엇이 있는지 알고 싶다.

배가 마지막 물봉우리 위에서 한순간 균형을 잡는다—그러더니 홱 뒤집어진다.

갈기갈기 찢어지는 듯한 느낌이 든다. 머리, 팔, 척추.

안 돼. 안 돼. **안 돼!**

크고 납작한 냉기가 갑자기 내 위로 치솟는다. 그러더니 그림자가 망치질하듯 거세게 나를 내리친다. 거대하고 납작한 물손이 냉혹하게 힘껏 나를 물속으로, 관 속으로 처넣는다. 나는 추락한다. 흘러간다. 빛과 색깔과 목소리들이 나를 둘러싼다. 나는 가라앉는다. 해체된다. 추락한다. 점점 더 빠르게. 나는 추락한다. 그리고…….

샘

그녀의 심장이 뛰는 소리가 들린다. 내 귀 바로 옆에서. 그녀의 향수 냄새가 난다. 얇은 유리를 다루는 듯 내 머리카락 위에 살며시 놓여 있는 그녀의 손끝이 느껴진다. 그녀의 공포가 팽팽하게 긴장하고 그녀의 희망이 밀고 나오려는 게 느껴진다. 그리고 그 아래 뭔가가 더 있다.

온기가 감돈다. 안온하다. 그것이 나를 숨 쉴 수 있게 해준다.

그녀의 숨소리가 들린다. 그러다 나는 내 영혼을 그녀의 심장에 기대고, 어떻게 그녀의 숨결이 소리로 변하는지 듣는다.

소리는 멜로디가 되고 산들바람이 된다. 하지만 매들린 병실의 피아노 소리와는 다르다. 그것은 오랫동안 대지 위를 탐색하다가 서서히 일어나 점점 밝아지는 바람이다. 드넓고 광활한 강물을 단단히 뒤덮은 얼음장. 바람은 서리에 덮여 은빛으로 빛나는 얼음장 위를 탐색하며 따사하게 녹여주는 햇살로 변하고, 햇살은 정적으로 불꽃을 싸안은 채 움직이지 않는 얼음 동상 위에 내려앉는다. 얼음 동상 한가운데서 심장이 고동친다. 내 심장이.

에디 아줌마의 노래하는 목소리가 얼음을 녹이고, 이윽고 그 음향은 내 심장을 에워싼다. 온화한 바람이 나를 멀리 데려간다. 수천 개의 산과 검은 숲을 넘어, 모든 것이 밝고 안온한 곳으로 도로 데려다준다.

심장이 두 번 고동친 후 예배당 문이 열린다.

닥터 사울이 우리에게 다가와 바닥에 앉는다. 머리를 벽에 기대고 눈을 감는다.

에디 아줌마의 노랫소리가 그친다.

"새뮤얼." 닥터 사울이 말한다. 나는 신이 내 성을 빼고 이름만 부르면 좋은 징조인 걸 안다.

17일

에디

뇌 스캔 사진들과 뇌전도 결과가 많은 네모 칸에 잔뜩 기입된 매우 복잡해 보이는 종이가 사울의 책상에 놓여 있다. 사울이 그것들을 샘과 내 쪽으로 돌려놓는다. 나는 '글래스고 혼수척도'와 에든버러 우울증 척도 2를 읽는다. 헨리가 '글래스고 혼수척도' 6에 표시되어 있는 걸 읽는다. 그 옆에 '중간에서부터 심한 정도의 코마'라고 쓰여 있다. 3이면 헨리는 뇌사일 것이다. 15인 경우에는 내가 예전에 알았던 남자일 것이다.

나는 시선을 샘에게로 향한다. 샘의 얼굴은 굳어 있고 지나치게 조숙해 보인다. 샘은 책상 아래서 엄지손톱을 잡아 뜯는다. 그것은 샘이 보여주는 유일한 움직임이다.

"스키너 씨는 18분 동안의 심정지 후 다시 코마 상태로 돌아갔어요. 코마 자체는 병이 아닙니다. 뇌의 보호 반응이죠. 자기 자신에게로 물러나서 고통과 두려움을 안겨주는 이 세상으로부터 자신을 분리시키는 것입니다."

두 손을 들고 방어하듯 자신의 삶으로부터 뒷걸음치는 헨리의 모습이 눈앞에 떠오른다. 그러니까 헨리에게 코마는 원칙적으로 삶이 움직이던 방향을 계속 좇는 것에 지나지 않는다. 그냥 이곳을 떠나자!

나는 그 생각을 하지 않으려 한다. 하지만 헨리에게 너무 분통이 치민다. 진심으로 뭔가를 때려 부수고 싶다. 나 혼자 이걸 감당할 수 있을지 모르겠다. 와일더에게 전화를 걸어 이곳으로 와달라고 간청하고 싶다. 하지만 와일더는 내가 이곳에 있다는 사실조차 모른다. 내 인생에 헨리가 존재했다는 사실도 모른다. 물론 지금 다시 존재한다는 것도. 이토록 비현실적인 방식으로 일그러져서는.

언제나 이런 식이었다. 빌어먹을 언제나. 헨리, 결코 현재하지 않는데도 늘 현재하는 남자.

닥터 사울이 종이 한 장을 꺼내 동그라미를 여러 개 그린다.

"새뮤얼에게는 이 모델을 벌써 설명한 적이 있어요." 그는 '깨어 있음'을 나타내는 한가운데 지점을 손가락으로 톡톡 두드린다. 그 점을 중심으로 안에서 바깥쪽으로 원들이 포진해 있다. 혼미, 잠과 꿈, 의식 불명, 코마—그리고 죽음. 먼저 닥터 사울은 의식 불명을 나타내는 부위에 십자 표시를 한다.—"스키너 씨는 여기에 있었어요."—그에 이어 죽음의 영역에 십자 표시를 한다.—"그리고 여기에도 있었죠." 닥터 사울은 마지막으로 '코마'에 십자 표시를 한다. 나는 그것이 가장자리에 너무 바짝 붙어 있다고 느낀다. 죽음에 너무 지나치게 바짝 붙어 있다. 정확히 죽음의 한 귀퉁이에 있다.

"저건 장소들이에요. 상태들이 아니라." 샘이 속삭인다.

나는 서로 마구 뒤엉켜 질주하는 생각들의 타래에서 끄집어낼 수 있는 첫 번째 것을 말한다.

"헨리가 돌아올 수 있을까요?"

닥터 사울은 1초 동안 침묵을 지킨다.

1초 동안. 두려워하지 않는 성인의 심장이 한 번 고동치는 시간. 빛이 29만 9,792킬로미터를 나아가는 데 필요한 시간. 한 인간 없이는 **존재하고** 싶지 않다는 걸 인식하는 데 걸리는 시간.

하지만 1초의 두려움은 얼마나 무기운가!

왜 사울은 곧바로 대답하지 않았을까? 우리에게 거짓말하려고? 아니다. 나는 그를 좋아하지 않지만, 그렇다고 그가 거짓말쟁이는 아니다.

닥터 사울은 천천히 신중하게 말한다. "우리로서는 알 수 없어요." 어쨌든. 그는 그렇다고 대답하지 않는다.

아니라고도 말하지 않는다.

"그러면 지금 거의 죽은 상태인 건가요?" 샘이 십대 변성기의 걸걸한 목소리로 묻는다. 그러면서 동심원들의 맨 가장자리에 외로이 있는 작은 십자 표시를 가리킨다.

닥터 사울이 고개를 끄덕인다. "그래, 샘. 하지만 네 아빠는 살아 있어. 다만 다른 방식으로 살아 있을 뿐이란다. 알아듣겠니? 코마도 *삶이야*. 다만 독특한 방식의 삶일 뿐이지. 경계 상황이란다. 위기, 그래, 그렇다고 너나 나나 탐린 부인이 살고 있는 삶보다 덜 중요한 삶은 아니야. 그래서 우리는 누군가가 코마로 살고 *있다*고 말한단다. 코마로 *누워 있다*고 말하지 않아."

"하지만 이 이틀은…… '영원'의 시작이 아닌가요?"

닥터 사울이 내 질문에 또다시 너무 오래, 지나치게 오래 침묵한다.

제발 헨리가 오늘밤 깨어날 수도 있다고 말해줘요. 아니면 내일. 아니면 언젠가.

고통이 다시 찾아왔기 때문이다. 아버지를 두 번 다시 내 몸 밖에서는 듣지 못하고 오로지 내 안에서만 들을 수 있다는 고통. 기억 속에서만. 서서히 사그라지는 별들 같은 기억.

샘을 생각하면 가슴이 미어진다. 아버지를 알기도 전에 잃어버리다니, 너무 이르다. 그런 그리움은 치유가 불가능하다. 나는 소년의 손을 잡아주고 싶다. 하지만 소년은 여전히 자기 자신만을 고집한다. 그 점은 제 아빠를 조금 닮았다.

나는 또다시 숨을 멈췄다. 나도 모르게 '푸우' 숨을 내쉬자 닥터 사울이 그걸 회의의 표시로 오해한다.

"코마는 아직까지 별로 연구되지 않은 현상에 속해요, 탐린 부인. 우리는 코마에 대해 충분히 알지 못하고, 구체적인 원인이나 과정에 대해서는 별로 알려주는 것 없는 통계에 의존하고 있어요. 숫자는 이틀이 대부분 '영원'의 시작이라고 말하죠. 하지만 언제나 그렇지는 않아요."

"아빠가 두려워해요?" 샘이 묻는다. 샘의 엄지손가락이 그사이 피가 나도록 뜯겨 있다. 이제 소년은 입술을 깨문다.

"코마 환자가 무얼 느끼는지는 우리도 모른단다, 새뮤얼. 코마 환자가 뭔가를 느낀다고 추정할 수 있어. 그래, 스캔 사진도 그렇다고 말하지." 닥터 사울이 자신 앞의 사진들을 가리킨다.

"우리가 깨어 있을 때 완전히 긴장을 풀고 느긋하게 있으면 넘쳐나는 말과 형상들, 감정들. 내 몇몇 동료들은 뇌가 코마 상태에서도 그런 모든 것들을 쏟아 낸다고 가정한단다. 대뇌변연계와 뇌간이 최소한의 의식을 보완하는 부위를 떠맡는다고 확신하는 학파가 있어. 또 엔지니어들도 있단다. 그들은 우리가 느끼고 생각하는 모든 것을—사랑, 증오, 근심, 롤링스톤스의 음악—우리의 시냅스가 전기 작용으로 만들어내는 시끄러운 소리로 여기고 영혼의 생각을 동화쯤으로 여기지. 그들에게 코마는 조직의 정전 사태일 뿐이야."

샘이 십자 표시에 다시 손가락을 갖다 댄다. 샘의 집게손가락이 파르르 떨린다.

"아빠가 여기에서 죽은 사람들을 볼 수 있나요?" 샘은 속삭이며 십자 표시를 톡톡 두드린다.

이번에는 닥터 사울이 단 1초도 망설이지 않는다.

"아니." 그는 대답한다. "샘, 네 아빠는 임상학적으로 죽었었어. 다시 살아난 환자들이 삶의 건너편에서 우리를 기다리는 걸 보았다고 얘기하는 일이 종종 있긴 해. 빛의 터널, 허공을 떠도는 듯한 느낌, 우리를 기다리는 친지들의 목소리, 긴장 완화에 대한 온갖 비슷한 보고들이 있어. 하지만……." 닥터 사울이 눈을 가늘게 뜬다. "……우리는 이런 느낌들이나 체험들을 대부분 아주 명확하게 설명할 수 있단다. 터널의 끝에 보이는 빛은 신체적인 불능의 상태에서 시력이 정지되면 나타나는 현상이라고 설명할 수 있어. 허공을 날거나 자신 위를 떠도는 느낌은 균형과 밸런스를 담당하는 뇌 부위의 기능이 정지될 때 나타나는 전형적인 증상이란다. 자신의 몸에서 벗어나는 느낌도 마찬가지로……."

"의사 선생님 말이 무슨 뜻인지 알겠어요." 나는 닥터 사울의 말을 끊는다. 닥터 사울이 자신의 모든 학문적인 전문 지식을 우리에게 쏟아 붓는 동안, 새뮤얼은 의자 깊숙이 웅크리고 앉아 있다. 지금 지식은 그 아이에게 아무 도움이 되지 않는다. 아이는 다른 걸 원한다. 아마 희망을. 그리고 희망은 지식으로 만들어지지 않는다.

"의사 선생님은 통계 외에 나머지는 믿지 않으시네요."

"저는 아무것도 믿지 않습니다, 탐린 부인. 통계도 전문가도 믿지 않아요. 그리고 이런 말이 부인에게 위로가 될지는 모르겠지만, 제가 모든 걸 안다고도 믿지 않습니다."

"그렇군요. 그 말씀이 엄청난 위로가 되네요."

닥터 사울은 어깨를 으쓱한다.

"무슨 말을 듣고 싶으십니까? 임사 체험? 천사, 하느님, 부활? 아니면 인간이 코마 상태에서 자신의 몸을 떠나 시간과 공간을 여행한다는 것? 제가 무슨 말을 해드릴까요? 저는 신경과 전문의입니다! 헨리 M. 스키너가 지금 누구를 보는지 아니면 보지 못하는지, 현재 어디에 머무는지, 또는 무엇을 느끼는지, 우리는 전혀 모릅니다. 다만 우리에겐 헨리 M. 스키너가 우리의 말을 듣거나, 우리를 보거나, 느끼거나, 냄새 맡는지조차 알려주지 않는 이 스캔 사진들만 있을 뿐이죠."

샘이 울음을 삼키는 소리가 들린다. 얼른 옆을 돌아보자, 샘의 눈물 글썽한 눈이 반짝인다. 샘은 울음을 참으려 애쓴다. 나는 샘이 앉아 있는 의자의 팔걸이에 손을 올려놓는다. 손바닥을 위로

하고 나는 샘을 꼭 붙잡아줄 수 있길 바란다. 온 힘을 다해.

"하지만 저는 아빠를 느낄 수 있어요." 샘이 쉰 목소리로 속삭인다.

"아마 네가 그러길 바라는 것일 테지, 샘. 하지만 그건 불가능해." 닥터 사울이 말한다. 그의 마음이 정말로 연민에 가득 차 있는 듯 들린다.

이제 헨리의 아들은 눈물을 펑펑 쏟는다. 갈라지는 목소리로 크게 외친다. "아니라니까요!"

"샘, 스스로를 속이는 건 아무 도움이 되지 않아."

샘은 얼굴을 두 손에 묻는다. 나는 닥터 사울이 최소한 아이에게서 이런 고통을 덜어줄 수 있을 만큼 온유하지 않은 것에 정말로 분노가 치민다.

"당신은 참을 수 없을 정도로 역겨운 인간이에요, 닥터 사울." 나는 단호하게 말한다.

"그 말이 전적으로 옳을 수도 있어요, 탐린 부인. 제 집사람도 제게 이혼 서류를 보내기 직전에 그렇게 주장했어요. 심지어 저하고 한 번 더 말을 나누는 걸 피하려고 그걸 이메일로 보냈죠."

닥터 사울은 빛이 밝게 비치는 책상 위의 자료들을 정돈한다.

그런데도 그가 샘의 소리 없는 울음에 당황한 걸 알 수 있다. 소년의 어깨가 들썩거린다. 방 안에는 정적만이 감돈다.

외로움을 나누는 순간이다. 닥터 사울은 일이 마치 연인이라도 되는 양 일만 한다. 샘은 제 아빠를 그리워한다. 나는…… 나는 헨리 없는 지난 2년 반이 나를 얼마나 야멸차게 만들었는지 미처 알지 못했다.

나는 자리에서 일어나 샘 앞에 무릎 꿇고 아이를 두 팔로 안는다. 그 고난에 처한 아이를. 샘은 울면서 내게 매달린다. 나는 앞으로 무슨 일이 일어나든 꿋꿋하게 이겨내야 한다는 걸 그 순간 깨닫는다.

그러다 샘이 울음을 멈추고 속삭인다. "됐어요, 이제 괜찮아요." 나는 다시 자리에 앉는다.

닥터 사울은 헨리가 2년 이상 전에 서명한 사전 의료 지시서를 이제 방문객 의자에 살짝 엉덩이만 걸치고 앉아 있는 샘과 내 쪽으로 민다.

나는 날짜를 본다. 내가 헨리에게 사랑을 고백한 직후였다. 하지만 그는 그 사랑을 원하지 않았다.

그런데도 그는 그 문서에 내 이름을 기록해두었다. 대체 이 바보가 무슨 생각을 한 걸까?

문서에는 작은 흠이 하나 있다. 내 서명이 빠져 있다.

"헨리 스키너가 코마에서 깨어나 생존하는 경우 재활 치료가 필요합니다. 하지만 무엇보다도 정서적인 안정이 필요하죠. 그것은 단순히 며칠에 끝나는 것이 아니라 몇 주, 몇 개월이 걸립니다. 앞으로 얼마나 살지는 모르지만 어쩌면 평생 걸릴 수도 있어요."

닥터 사울이 몸을 앞으로 숙인다. 그의 두 가지 빛깔의 눈동자가 뜨겁게 달아오른다.

"샘, 너는 열세 살이야. 난 너를 아주 좋아한단다. 너는 내가 아는 대부분의 사람들보다 영리해. 그래서 너한테 거짓말을 하거나 너를 멍청이처럼 대하거나 터널 끝의 천사나 예수에 대해 얘기하지 않으려고 늘 조심할 거야." 이제 닥터 사울은 나를 돌아본다. "제가 부인에게 요구하려는 걸 샘에겐 요구하지 않을 겁니다, 탐린 부인."

그는 사전 의료 지시서를 손가락으로 톡톡 두드린다.

"죽음에 이렇게 가까이 있다 보면 관료적인 일에서 벗어날 수 없게 돼요. 굴욕감을 느끼게 하는 관료적인 과정들이 한없이 쌓이죠. 부인이 여기에 서명하면, 새뮤얼의 아버지에 대한 책임을 떠맡게 됩니다. 할 수 있겠어요, 탐린? 책임을 떠맡을 수 있겠어요? 삶에 대해? 또 죽음에 대해?"

닥터 사울이 몸을 뒤로 기댄다. 그의 가죽 의자가 삐걱거린다.

젠장! 나는 헨리에게 퍼붓고 싶다. 나는 여기 앉아서 *당신* 삶에 대한 책임을 떠맡을 것인지 이 꼰대에게 대답해야 한다고! 왜 나를 이렇게 괴롭히는 거지, 헨리?

"부인이 책임을 떠맡을 의사가 있는지, 떠맡을 수 있는지 잘 생각해보십시오. 헨리 스키너 곁을 지킬 수 있는지. 그가 어디에 있든 그와 함께 대화를 나누고 그의 마음을 움직이고 그를 도와줄 것인지. 부인이 원한다면 그와 함께 살 것인지. 부인이 다른 어떤 사람과 함께 사는 것보다 더 강렬하게 살 것인지. 날마다. 언제까지일지 시간은 절대 기약할 수 없습니다."

그러니까 영원히. 영원히, 지금 생에서뿐만 아니라 다른 모든 생에서도.

나는 뭔가를 말하려 한다. 하지만 닥터 사울이 한 손을 들며 내 말을 막는다. 목수의 손처럼 굳은살이 박여 있다. 그는 즉시 말을 잇는다. "아니, 아닙니다! 지금 당장 대답하실 필요 없습니다, 탐린 부인. 오늘 대답하지 마십시오. 저는 부인이 오늘 하는 말을 진지하게 받아들이지 않을 겁니다. 부인은 충격받은 상태에 있어요. 감정들과 아드레날린에 취했다고 할까요. 부인은 제게 그걸 제대로 보여주고 증명하고 싶을 겁니다. 그건 좋아요. 그걸 보면, 부인이 그 어떤 것에도 쉽게 쓰러지지 않는 여장부라는 걸 알 수 있어요. 까다롭고 강인하면서도 신뢰할 수 있죠."

닥터 사울은 내가 헨리 의지의 대리인으로서 병원과 체결할 계약서를 내 쪽으로 민다. 내 시선이 글자들을 잡아먹을 듯이 노려본다.

웰링턴의 재활 치료비는 1년에 50만 파운드이다. 헨리의 언론 보험은 2년 동안 간호 보험을 보장한다.

그러니까 그 말은 영국이라는 국가가 한 인간을 죽음으로부터 데려오기 위해 투자하는 평균 시간이 2년이라는 소리다. 그건 뭔가를, 예를 들어 닥터 사울이 책장의 수백 권의 책 앞에 진열해놓은 섬세한 민물 가재와 거북과 해마들을 때려 부수고 싶어질 만큼 적다는 생각이 든다.

나는 해당 구절을 읽는다. "환자가 합법적으로 지명한 보호자에게는 다음과 같은 권한이 있다……." 한 번 더 천천히 읽는다.

나는 모든 치료와 처치를 결정할 권한을 갖게 될 것이다. 나는 생명을 유지시키는 기계들을 차단할 권한을 갖게 될 것이다. 나는 헨리를 죽게 할 권한을 갖게 될 것이다.

"24시간 동안 천천히 생각하십시오. 아니, 사흘 동안 생각하는 게 더 낫겠군요. 부인이 무모한 일을 하거나 지나치게 모험적인 행동을 하는 경우, 그 사실을 털어놓을 수 있는 누군가와 이야기를 나누십시오. 그런 사람 있습니까?"

"네." 나는 말한다. "그런 사람들이 있어요. 의사 선생님은요?"

닥터 사울은 보일락 말락 미소 짓는다.

"별로 없어요. 그런데 그를 사랑하세요?"

"뭐라고요?"

"사랑하냐고요." 닥터 사울이 한 번 더 말한다.

"헨리 스키너를 사랑하세요?"

"꼭 그래야 하나요?"

닥터 사울은 천천히 고개를 가로젓는다.

"아뇨. 그건 사태를 더 힘들게 할 뿐이죠."

내가 아직 그를 사랑한다면 미친 사람일 것이다. 헨리는 자신의 삶을 위해서 나를 원하지 않았다. 그런데 그의 죽음을 관리할 사람으로는 적임자라니. 사랑? 나는 그렇게 미치지는 않았다. 그건 아니다.

지금 내겐 위스키가 필요하다.

"코마 상태에 있는 사람을 보살피는 것은 부인을 사랑한다고 절대 말하지 않을 사람과 결혼하는 것과 같아요." 닥터 사울이 좀 더 조용히 말한다. "그런데도 부인은 부인의 모든 애정과 에너지를 그에게 쏟아 부어야 합니다. 부인의 모든 사랑을. 부인이 그에게 사랑을 느낀다면 말이죠. 행복한 결말 없이. 현재하지 않는 사람과 부인 인생의 많은 부분을 보내게 될 겁니다."

그게 무슨 대수라고?

그건 특별한 일이 아니다.

헨리와 함께 지낼 때는 늘 그랬다.

닥터 사울이 의자 깊숙이 몸을 기댄다. 나는 사전 의료 지시서와 서명하지 않은 계약서를 단단히 만다.

나는 일어선다. 그러니까 내가 3주 전에 계획했던 모든 것이 완전히 물거품이 돼버렸다. 헨리는 혜성처럼 강제로 내 일상을 뚫고 들어온다. 도망갈 길이 없다. 샘이 나를 바라본다. 샘의 시선에 모든 게 담겨 있다. 희망, 두려움, 신뢰, 그리고 깊은 단호함. 샘은 눈빛으로 내게 결정을 강요할 수 있다는 듯 나를 바라본다.

하지만…… 그건 안 된다. 또다시 마약에 중독되고 싶지 않다. 마약 중독자. 나는 헨리를 사랑할 때 그랬다. 중독되어 있었다. 내 감정들, 사랑의 감정이 내 안에 맹수를 낳아놓았다. 나는 그 맹수를 길들이기 위해 굶주리게 했다. 하지만 맹수는 깨어난다.

이리 와, 맹수는 으르렁거린다. 우리 뛰어오르자!

그 모든 밤들! 족히 수백 밤은 될 것이다.

그 모든 눈물들! 족히 수십만 방울은 될 것이다.

그 모든 도주. 실루엣이나 걸음걸이가 헨리와 비슷하거나 그와 같은 화장수를 사용하거나 이름이 헨리이거나 자즈(Zaz. 프랑스 출신의 여가수. – 옮긴이)와 에이미 와인하우스와 밥 말리를 좋아하는 남자들만 보면 도망쳤다.

그 모든 순간들. 그를 생각하면서 그를 생각하지 않으려 했던 모든 순간들.

피해 다녔던 그 모든 추억의 나라.

내 사랑의 짐승은 그 고통들에 개의치 않기로 선언한다.

이리 와, 그것은 으르렁거린다. 우리 사랑하자.

안 돼.

안 돼!

샘

"지금 네 아빠를 보러 갈 거야. 같이 갈래?" 에디 아줌마가 묻는다.

아줌마의 목소리가 붉은 분노와 굶주린 갈망 사이에서 투명한 푸른색으로 떨린다. 동시에 한쪽 눈에서 은빛으로 빛나는 눈물이 또르르 흘러내린다. 아줌마는 얼른 손등으로 눈물을 훔친다. 그러자 아줌마의 손가락과 뺨에 검은 줄이 생긴다. 다른 쪽 눈에서 두 번째 눈물이 흘러내린다. 겨울 바다가 쏟아져 나오는 맑은 눈. 아줌마의 노랫소리가 여전히 내 귓가를 맴돈다. 아줌마가 아빠에게도 그런 노래를 불러주지 않았을까 상상해본다.

아빠. 그리고 에디 아줌마.

아줌마는 모든 걸 알고 있고 나는 아무것도 모르는 듯한 기분이 든다. 아줌마에게 많은 것을 묻고 싶다. 아니, 사실은 단 한 가지만 묻고 싶다. 아빠가 내 얘기를 한 적이 있어요?

아빠는 죽을 때 나를 바라보았다. 나는 아빠가 누구인지 까마득히 오래전부터 알고 있었다. 나는 세월의 그림자를 볼 수 있었다. 뒤로 물러나는 따사함, 선량함을 볼 수 있었다. 그리고 아빠가 나를 알고 있는 것을 느꼈다.

그건 우리 사이의 재회였다.

어쩌면 이 모든 것은 나만의 상상일지도 모른다. 예전에도 눈에 보이지 않는 친구들을 상상한 적이 있었다.

그래, 예전에 — 몇 개월 전에. 합리적인 사고는 네 뇌가 좋아하는 분야가 아니야, *모 나미*." 스코트는 말할 것이다.

"아니, 안 갈래요. 왜냐면……." 나는 핑계를 찾는다. 모든 게 뒤죽박죽이다. 내 안의 모든 것이 아프고 뜨거우면서도 무감각하고 차갑다. 마치 닥터 사울의 방 안에서 끊임없이 눈이 내린 동시에 불이 타오르는 듯하다.

에디 아줌마가 떠난다는 생각을 하면 마음이 아프다.

아줌마가 아빠를 사랑할지도 모른다는 생각을 해도 마음이 아프다.

아줌마가 아빠를 사랑하지 않을지도 모른다는 생각을 해도 마찬가지로 마음이 아프다. 하지만 다른 식으로 아프다.

눈물이 에디 아줌마의 눈을 씻었다.

"그래, 좋아. 우린 어차피 중환자실에서 할 일도 없을 거야. 엄마가 널 데리러 오기로 했니?"

"그럼요." 내 거짓말에 아줌마는 대답한다. "잘 됐구나. 지금 네가 혼자 있게 되면 어쩌나 싶어 걱정했는데. 정말 걱정했단다, 새뮤얼."

아줌마가 날 쳐다본다. 그 눈을 마주 보며 거짓말하기는 어렵다.

"나하고 출판사에 갈 수도 있어. 그러면 나중에 내가 너를 집에 데려다줄게. 사변 소설 읽니?"

"판타지 소설요?" 나는 고개를 가로젓는다.

"판타지 소설 말고. 사변 소설. 그건 말하자면 확장된 현실이야.

그에 비해 판타지 소설은 초자연적인 것들이 등장하는 이야기란다. 예를 들어 요정이나 뱀파이어, 오크, 퍼처,* 간달프, 골리앗, 마녀 같은 것들이 등장해. 사변 소설이 현실에 더 가까워." 이제 에디 아줌마는 더 초록색으로 말한다. 더 이상 붉은색으로 말하지 않는다. "사변 소설은 이론적으로 가능한 것들에 대해 이야기해. 공간과 시간의 연속성에 생기는 틈이나 시간 여행에 대해. 이를테면 미래로 돌아가는 이야기. 사변 소설은 *리얼리티 크래쉬*야. 우리 출판사 이름이 바로 *리얼리티크래쉬*란다. 그래, 사변 소설을 읽니?"

나는 고개를 끄덕인다. 그리고 아줌마의 말들이 남기는 여운에 잠긴다. 출판사. 집. 사변 소설. 리얼리티크래쉬. 그것들은 완전히 다른 세상을 묘사한다. 그 세상이 내 세상에 부딪친다. 마치 우리가 우연하게도 나란히 서가에 꽂힌 두 권의 책인 양. 책에 불이 붙어 겉장이 녹아내리고 우리의 알파벳들이 서로 뒤섞여 쓰러진다. 스코트가 뭐라고 말할지 전혀 감이 잡히지 않는다. 아마 이렇게 말할지도 모른다. "마티 맥플라이**와 엘리자베스 베넷***이 만나는 거야?"

커다란 병원 엘리베이터가 내려오고 문이 스스로 열리자 에디 아줌마가 한 발을 들여놓고 나를 기다린다.

내가 엘리베이터를 함께 타고 가면, 아줌마는 엄마가 날 데리

* 미하엘 엔데의 소설《끝없는 이야기》에 등장하는 행운의 용.
** 영화〈백 투 더 퓨처〉의 주인공.
*** 영국 작가 제인 오스틴의 소설《오만과 편견》의 여주인공.

러올 때까지 기다리려 할 것이다. 하지만 엄마는 오지 않을 것이다. 내가 이곳에 있는 걸 알지 못하기 때문에. 알아서도 안 되기 때문에. 어쨌든 아직은 안 된다.

문이 닫히기 시작한다. 에디 아줌마는 팔꿈치로 문을 막는다. 문이 도로 열린다.

"샘, 그런데 왜 오늘 엄마가 함께 오지 않았지?"

"엄마는…… 엄마는 내 동생 맬컴을 치과에 데려가야 했어요." 거짓말은 번쩍거리고 내 목소리는 하얗다. "맬컴이 혼자 치과에 가는 걸 무서워해요. 그리고 저는, 어쨌든……."

"넌 무섭지 않단 말이지."

나는 고개를 끄덕인다. 이 자리에서 당장 땅속으로 꺼지면 좋을 텐데.

"저는…… 저는 손을 씻으러 가야겠어요." 나는 웅얼거린다. 에디 아줌마가 걱정스러운 표정으로 나를 바라본다. 그러더니 마침내 엘리베이터 안으로 들어간다. 엘리베이터 문이 닫히는 동안 아줌마는 오른손을 쳐든다. 집게손가락과 가운데손가락을 하나로 모으고, 새끼손가락과 약손가락을 다른 편으로 모아 쭉 편다. 미스터 스팍의 벌컨족* 인사.

나도 모르게 그 인사에 답한다. 엘리베이터가 내려간 후에도, 나는 안드로메다 성운에 홀로 남겨진 최후의 트레키**처럼 그 자

* 영화 〈스타 트랙〉에 등장하는 상상의 종족. 미스터 스팍은 벌컨족의 일원이다.
** 영화 〈스타 트랙〉의 열광적인 팬을 가리키는 말.

리에 선 채로 손을 쳐들고 있다. 천년의 시간이 흐른 듯한 느낌이 든 후에야 비로소 다시 엘리베이터 스위치를 누른다.

그녀는 고개를 숙이고 책을 보고 있다. 침착하게 손을 놀려 볼펜으로 책에 뭔가를 쓴다. 아직은 나를 보지 못했고, 나는 이대로 발길을 돌릴 수 있을 것이다. 아마 그게 최선일지도 모른다. 하지만 *브레인맨* 스코트는 말할 것이다. "네가 살 수도 있을 다른 삶들이 존재한다는 걸 무시하면 안 돼. 그것들은 불과 30초, 그리고 학교에서 한 번 징계받을 만큼 떨어져 있어."

내가 간호사실의 유리를 살며시 두드리자 그녀가 고개를 든다.

"어머, 안녕! 젊고 낯선 신사 양반."

"안녕하세요……." 나는 얼른 이름을 한 번 더 읽는다. 짙은 보라색의 간호사복 상의 주머니에 이름이 필기체로 수놓아져 있다.

"안녕하세요, 매리언 간호사님."

매리언 간호사는 읽고 있던 책에 갈피끈을 넣고 책장을 덮는다. 표지에 매들린 차이들러라고 쓰여 있다.

"이름이 뭐니?"

"새뮤얼 발렌티너예요, 매리언 간호사님."

"그래, 발렌티너라고? 네가 찾아온 발렌티너라는 사람은 여기 위층엔 없는 거 같은데, 그렇지?"

나는 고개를 젓는다.

"내가 뭘 도와줄까, 새뮤얼 발렌티너?"

"저는…… 저는 매디의 기분이 어떤지 알고 싶어요." 나도 모르게 매디라는 이름이 입 밖에 나오는 일이 벌어진다. 정체불명의 열기가 내 볼을 후끈 달아오르게 만든다. "엿들어서 죄송해요. 좀 전에. 죄송해요."

열기가 스멀스멀 사방으로 퍼진다. 볼 전체로, 모근 밑으로, 목 아래로. 심지어는 발바닥 밑으로까지 퍼지는 듯한 기분이다.

스코트가 사춘기를 뭐라고 부르더라? "아마 남자로서 겪는 가장 고통스러운 시간. 대충 일흔 살에 끝나."

매리언 간호사는 서두르지 않는다. 바퀴가 달리고 실용적인 푸른색 의자 깊숙이 몸을 기댄다. 두 팔을 포개고는 나를 유심히 살펴본다. 그런 채로 최소한 100시간은 지난 듯한 느낌이 든 후, 이윽고 묻는다. "그런데 왜 매디의 기분이 어떤지 알고 싶지?"

왜, 왜냐고? 왜 이틀 전부터 밤낮으로 끊임없이 아빠와 매들린 생각을 했을까? 끊임없이, 심지어는 꿈에서조차. 꿈에서조차 생각한 게 확실할까? 나는 그 이름을 생각했고 그 이름을 숨 쉬었다.

"꼭 알고 싶어요." 마침내 나는 대답한다.

매리언 간호사가 좀 전과 같은 눈빛으로 다시 나를 바라본다. 나는 그 얼굴에서 두 여자를 본다. 젊은 여자와 나이 든 여자. 이윽고 매리언 간호사가 미소 지으며 말한다. 마치 나이 든 여자가 젊은 여자에게 얘기하는 듯하다. "인생은 넘기 어려운 산이야, 그렇지 않니?"

나는 그 말이 무슨 뜻인지 잘 모른다. 그래서 입을 다물고 있다. 매리언 간호사가 갑자기 벌떡 의자에서 일어나 말한다. "가자. 매디가 지금 기분이 어떤지, 직접 네게 말해줄 의사가 있는지 우리 가서 물어보자."

간호사는 나보다 키가 별로 크지 않다. 맨 끝 병실을 향해 복도를 따라가는데 붉은 곱슬머리가 내 앞에서 찰랑거린다.

"내가 이 병동을 책임지고 있어. 내가 여기 없으면 밤 근무 중이거나 아니면 중환자실을 돌아보는 중일 거야."

나는 두려움에 떨 시간이 없다. 매리언 간호사가 벌써 복도 끝 병실에 이르러 노크를 하고는 문을 빠끔히 연 채 병실 안을 향해 나지막이 말하기 때문이다. "안녕, 매디. 손님이 찾아왔어. 이틀 전에 왔던 젊은 남자가 다시 왔어. 이름이 새뮤얼이래. 우리 들어가도 될까?"

매디가 대답한다. "그럼요, 우린 마침 몸을 푸는 중이었어요."

물론 이 말은 매디가 한 말이 아니다. 리즈라는 이름이 새겨진 푸른색 상의와 흰색 바지 차림의 여자가 한 말이다. 리즈는 마침 매들린과 함께 기이한 행동을 하고 있다. 매들린은 바닥에 깔린 두툼한 매트 위에 모로 누워 나를 올려다본다.

리즈는 매들린의 한 발을 손으로 잡고서 마사지하고 조심스럽게 돌리고 이리저리 구부린다. 뒤에서 클래식 음악이 흘러나온다.

"매디, 오늘도 차이콥스키니?" 매리언 간호사가 묻는다.

"안녕, 내 이름은 리즈야. 매들린의 심리 치료사란다." 리즈는 반갑다는 인사로 왼손 새끼손가락을 내게 내밀며 말한다. 그러면서 매들린의 발을 사방팔방으로 구부린 뒤 이어서 다리를 각지게 세운다.

"안녕, 매들린." 나는 말하려 한다. 그런데 엄청나게 크고 바삭

하고 눈에 보이지 않는 비스킷이 갑자기 입안에 가득 든 것처럼 말이 나오지 않는다. 매들린을 바라보는데 혀와 입, 목소리가 어디론가 종적을 감춘다. 매들린의 얼굴, 뺨, 손목. 모든 게 여리여리하고 너무 아름답다.

카테티가 매디의 잠옷과 운동복 바지 아래로 사라지고, 두 개의 줄이 매디의 집게손가락으로 이어진다. 매들린 옆 탁자에는 안약이, 문 가까운 곳의 탁자에는 다른 물약들이 놓여 있다. 침대 옆의 기계들은 수시로 혈관과 심장의 산소량을 측정한다.

매들린도 쇄골에 삽입된 존데(Sonde. 진단이나 치료를 위해 장기 또는 조직 속에 삽입하는 대롱 모양의 기구. – 옮긴이)를 통해 영양분을 공급받는다. 목에 관이 하나 꽂혀 있고, 거기에 인공호흡기가 부착되어 있다.

그런데도. 나는 감각 백치가 아닌 사람들처럼 매디에게서 거의 아무것도 보지 못한다. 매디가 어떤 사람인지 보이지 않는다.

모든 것이 적막한 강물 위 꽁꽁 얼어붙은 얼음 같다. 매디는 전기 충전된 얼음 부레 같은 뭔가에 완전히 에워싸여 있다.

매디는 나를 바라보지만 나를 보지 않는다.

우리 둘은 최소한 그 점에서만큼은 서로 닮았다.

"리즈, 여긴 새뮤얼이야. 새뮤얼이 오늘 매디의 기분이 어떤지 직접 묻고 싶대."

아니, 이대로 폭 쓰러져버리면 가장 좋을 텐데.

"지금 우린 춤을 추고 있는 중이야. 하지만 곧 1막이 끝날 거야. 그런 다음 매디는 말하기 연습을 하고 작업 치료를 받아야 해. 일정이 꽤 빡빡하단다."

리즈는 아주 조심스럽게 몸을 움직인다. 아주 조심조심. 그런데도 나는 겁이 난다. 매디가 아플까 봐 겁이 난다.

하지만 매들린의 얼굴에는 움직임이 없다. 눈이 여기 있는 모든 것을 넘어 무한히 먼 곳을 향해 있다. 나는 매디에게 좀 더 주의를 집중하려 한다.

매리언 간호사가 창가의 작은 탁자에서 클립보드를 집어 든다. 오늘은 오렌지색 튤립이 꽃병에 꽂혀 있다. 리즈가 매디의 발과 다리를 움직인다. 매리언 간호사가 무릎을 꿇고 매디의 손가락에 살며시 손을 댄다. 부드러운 공을 매디의 한 손에 쥐여주었다가 다른 손으로 옮긴다. 그러면서 종이에 뭔가를 계속 기입한다.

너무 빨리 하지 말아요, 나는 생각한다. 그러면 매디가 깜짝 놀란단 말이에요. 하지만 매리언 간호사는 깃털을 들고 그것으로 매디의 팔 아래를 스친다.

그걸 보는 것만으로도 간지러운 느낌이 든다.

손, 나는 생각한다. 매디의 손을 잡아야 해.

내가 이 생각을 하는 순간 매디 안의 뭔가가 느껴졌다.

뭔가가. 아스라이 멀리에.

"나중에 한 번 더 촉각 테스트를 하러 올게요. 매디의 춤은 어때요?" 매리언이 묻는다. '춤은 어때요'라는 말이 두 여자 사이의 암호인 듯 들린다.

리즈, 심리 치료사는 마침 매디 뒤에서 무릎을 꿇고 눈에 띄지 않게 살며시 고개를 젓는다. 매디는 틀림없이 저걸 볼 수 없을 거야, 난 볼 수 있는데.

"상승 작용이 없어." 리즈가 입 모양으로 말한다.

나는 꼭두각시처럼 두 팔과 두 다리를 움직이게 내버려두는 매디를 본다. 거울처럼 고요한 그녀의 눈빛 아래에서 이번에는 어떤 것도 느껴지지 않는다.

매디는 아빠의 경우와는 다르다. 매디는 마치 사람들이 자신을 찾아내서는 안 되는 것처럼 숨을 죽이고 있다. 하지만 아빠처럼 멀리 가라앉아 있지는 않다. 매디는 여기 있으면서도 옷장 안의 소녀처럼 사람들에게 발견되지 않기를 바란다.

매디에게 기분이 어떠냐고 물을 필요가 없다.

매디의 기분은 좋지 않다. 아주 좋지 않다. 매디는 어디에 있든 완전히 혼자다.

나는 매디의 눈을 바라보며 더 많은 것을 감지하거나 매디의 기분이 어떤지 알고 있다는 걸 말하려고 더욱 힘껏 노력한다.

그와 동시에 일말의 의심이 고개를 든다. 내가 혹시 착각하고 있는 게 아닐까?

"매디, 내일 또 와도 될까?" 얼마 후 나는 묻는다.

매디가 곧바로 '안 돼'라고 말하지 않아서, 나는 그 침묵을 '그래, 좋아.'라고 해석한다.

"샘, 내가 엘리베이터까지 데려다줄게." 매리언이 조용한 목소리로 상냥하게 말한다. 하지만 그 상냥함 아래에서 나는 분노를 감지했다. 나는 분노가 윙윙대는 소리를 들을 수 있다.

내가 뭘 했지?

내가 뭘 했다고?

우리가 간호사실에 들어가자마자 매리언 간호사가 씩씩거린다. "새뮤얼 발렌티너, 너 뭔가 흥분되는 걸 여기에서 체험할 수 있다고 믿는 거 아냐? 코마에 빠진 소녀를 이따금 찾아오고 심지어는 몰래 사진 같은 걸 찍어 학교 친구들 앞에서 잘난 체할 수 있을 거라고. 그러다 재미없어져서 더는 찾아올 흥이 나지 않을 때까지 말이지. 절대로, 한 번 더 말하는데, *절대로* 다시 와서는 안 돼. 알아들었어?"

나는 말없이 고개를 끄덕이며 열기가 뺨을 타고 기어오르는 걸 느낀다.

"좋아. 그렇담 다행이군. 지난 몇 년 동안 뇌-식물을 구경하려고 6층에 찾아온 사람들은 그 점을 분명하게 깨닫지 못했어. 네가 그 점을 분명하게 깨달았다면, 네 아빠를 따로 불러 아들이 곤경에 처한 아이들을 놀리려 한다고 이야기할 필요가 없겠군. 그리고……."

"우리 아빠는 3층에 누워 있어요. 멀리 가실 필요 없어요."

매리언은 오랫동안 숨을 내쉰다. 이윽고 마음을 가라앉히려는 듯 잠깐 눈을 감는다. 매리언의 분노가 발포정처럼 스르르 녹아 없어진다.

"미안해, 새뮤얼. 정말 미안하다, 미안해."

매리언이 나를 본다. 그녀의 푸른 눈이 다정함으로 넘친다. 하지만 많은 질문으로 가득 차 있다.

"이곳에서 우리는 쉽게 포기하지 않아, 샘." 그러고는 진지하게 말한다.

"그럼 다시 와도 되나요?" 매리언이 아빠에 대해 뭐라고 더 말하기 전에 나는 묻는다. 그건 깨진 유리 조각 위를 걷는 것과 마찬가지이기 때문이다. "제가 매디의 부모님에게도 허락해주실 건지 여쭐게요."

매리언이 콧부리를 문지른다.

"어휴, 얘야." 그러더니 기운 없이 대답한다. "그렇게 간단하면 얼마나 좋겠니." 매리언은 다시 숨을 깊이 들이쉰다. "매들린은 좀 특별한 경우란다."

"알아요." 나는 말한다.

"아니, 넌 몰라. 너는 아무것도 모른단다, 존 스노우."* 매리언은 미소 지으며 좀 전에 뭔가를 적던 노트를 펼친다. 거기서 신문기사를 오려낸 걸 내게 건네고는 말을 잇는다. "매들린 차이들러는 열한 살이야. 7년 전부터 엘리자베스 파커 댄스 컴퍼니 옥스퍼드의 무용수이고 상을 16개나 수상하고 런던의 영국 왕립 무용학교 장학금을 받았어. 프랑스 가수 자즈의 뮤직비디오에서 두 번 춤추었는데, 그 비디오들이 유튜브에서 조회 수 100만을 기록했단다. 뒤로 공중제비를 넘을 수 있고 물속에서 2분 동안 숨을 쉬지 않을 수 있어. 그런 다음……."

'그런 다음'을 나는 신문 기사에서 읽는다.

* "You know nothing, Jon Snow." 드라마 〈왕좌의 게임〉에 나온 유명 대사. 적으로 만난 존 스노우를 사랑하게 된 여인 이그리트가 존에게 계속해서 하는 말.

7개월 전 차이들러 일가가 콘월에서 휴가를 보내던 중 타이어가 펑크 나는 바람에 가족을 태운 소형 버스가 반대편 차선으로 넘어가 경주마 네 마리를 운송하던 견인 트레일러와 충돌했다. 말 세 마리와 소형 버스의 거의 모든 승객이 목숨을 잃었다. 매디의 엄마 팸, 아빠 닉, 남동생 세바스찬, 할머니 캐서린, 이모 소냐와 이모부 나이젤.

매디만 살아남았다. 그리고 드라마티카라는 이름의 암말도.

〈온 가족이 죽고 매디만 살아남다〉—헤드라인에는 이렇게 쓰여 있었다.

“매들린은 완전 혈혈단신이야, 새뮤얼. 찾아올 만한 친척도 없어. 하다못해 대부나 사촌도 없고, 커다란 귀고리를 치렁치렁 달고서 요란하게 구는 독신녀 고모, 유산을 물려줄 만한 고모도 없어. 영국 국가가 매디의 후견인이야.”

말하자면 여왕이 후견인이군, 나는 이 생각만 한다. 다른 모든 생각들은 마음을 아프게 하기 때문이다.

“매디에게 무용을 가르친 노부인, 엘리자베스 파커가 처음에 옥스퍼드에서 몇 번 왔어. 리즈를 비롯한 우리 팀의 심리 치료사들에게 어떻게 매디의 몸을 움직이게 할 수 있는지 보여주었어. 매디가 춤추는 모습을 촬영한 비디오를 여기서 함께 보고, 매디가 무엇을 좋아하고, 무엇을 좋아하지 않는지도 써주었어.” 매리언은 책을 높이 든다. “하지만 그러다…… 그러다 파커 부인이 잘못 넘어져 대퇴골경부 골절상을 입었어. 그 후로는 찾아오는 사람이 아무도 없단다.”

"영국 여왕은 말할 것도 없겠죠." 나는 웅얼거린다. 매리언 간호사가 안타까운 표정으로 나를 바라본다.

"20일 후에 매들린 생일이야. 열두 살이 될 거야. 집이 아닌 곳에서 가족 없이 낯선 사람들과 함께 맞이하는 첫 번째 생일."

매리언 간호사의 목소리가 가늘게 떨린다. 마음속이 연민으로 넘친다. 태양처럼 따듯하고 커다란 금으로 이루어져 있는 듯이. 세상에서 보기 드문 색깔로.

"샘, 무슨 말인지 알겠니? 매디에게는 아무도 없단다. 아무도. 그런데 네가 그 아이와 친하게 지냈다가……."

"제가 매디를 책임질게요."

매리언의 푸른 눈이 반짝인다.

"그래." 그녀는 말한다. "바로 그거야, 새뮤얼. 할 수 있겠어? 그렇게 할 생각이 있어? 잘 모르는 사람을 위해 정말로 책임을 떠맡을 생각이 있어?"

좀 전에 '신'이 에디 아줌마에게 그렇게 물었다.

이제 아줌마가 어떤 기분이었을지 알 것 같다. 마치 공기가 더 무거워지고, 방금 전까지만 해도 중요했던 아주 많은 것들이 의미가 없어진 듯한 기분.

5분 후, 나는 C7에 서 있다. 어떻게 내가 여기에 왔는지, 왜 왔는지, 또 아빠에게서 뭘 원하는지도 모른다. 아빠에게 매디 이야기를 하고 싶다. 또 에디 아줌마에 대해. 모든 것에 대해 이야기하고 싶다. 어째서 내가 존 스노우 같은지 전혀 모르겠다는 것에 대해서도.

“발렌티너, 네 아빠는 코마 상태에 있어. 정신 차려!” 머릿속에서 스코트의 목소리가 말한다.

하지만 그 밖의 누구하고 이런 이야기를 하겠는가?

복도 끝에 있는 낯선 소녀를 혼자 두고 싶지 않다는 얘기를 할 수 있는 사람이 단 한 명도 생각나지 않는다.

아빠 말고는.

그리고…… 에디 아줌마. 아줌마는 *리얼리티 크래쉬*에 대해 잘 안다.

하지만 아줌마에게 매디 일을 이야기하려면, 엄마나 나머지 일들에 대해서도 말해야 할 것이다. 그래서…… 그래서 나는 여기에 있다. 바스락거리는 가운을 입고 우스꽝스러운 마스크를 쓰고서. 마스크를 쓴 채 말을 하면 코감기에 걸린 다스베이더의 목소리처럼 들린다.

지금 아빠의 얼굴은 사람이 아무도 살지 않는 땅 같다. 지금 아빠의 주름은 아무것도 말하지 않는다. 더 이상 웃지 않고 더 이상 고통에 시달리지 않고 더 이상 생각하지 않는다.

아빠의 몸도 벌써 오랫동안 비어 있는 집 같다. 더 움츠러들었다. 그리고 쓸쓸함의 베일에 덮여 있다.

나는 아빠를 찾는다. 방금 매디 곁에서는 뭔가를 발견했다. 아주 멀리 떨어진 곳에서. 외로움. 기다림.

나는 신이 그렸던 원들을 생각한다. 아빠는 삶의 가장자리에 있다. 나는 아빠를 찾아내려 한다.

"안녕, 아빠."

나는 나지막이 말한다.

사람들은 누군가가 아프면, 아주 많이 아프면, 대개는 그들이 아픈 사람이기 전에 어떤 사람이었는지 잊고 만다. 티모시가 그랬다. 우리 반이었던 티모시는 난치성 암에 걸렸고 1년 후 세상을 떠났다. 티모시를 기억하는 사람은 누구나, 암에 걸린 것이 무슨 직업이라도 되는 양 그가 얼마나 용감했는지에 대해서만 말했다. 티모시가 얼마나 멋지게 수영장에 뛰어들 수 있었는지 또는 어떻게 나무에서 어린 고양이를 구출했는지에 대해서는 아무도 이야기하지 않았다.

그래서 나는 아빠에게서 아픈 모습만을, 거의 죽은 모습만을 보려 하지 않는다.

아빠 안 어딘가에 어린 소녀를 구한 남자가 있다. 내가 어떻게 해야 할지 아빠가 알려줄 수 있다면 얼마나 좋을까.

신이 침대에 다가온다. 나는 정신이 산만해진다.

"발렌티너."

우리는 함께 아빠를 바라본다. 나는 조심스럽게 아빠의 손을 잡고 살며시 누른다.

아빠는 내 손을 마주 누르지 않는다.

"아빠는 여기 없어요." 나는 속삭인다.

"그래. 네 아빠의 영혼은 본래 지내던 거처를 떠났단다." 닥터 사울의 목소리가 평소와는 다르게 들린다. 마치 그 자신이 방금 긴 잠에서 깨어난 듯하다.

"아빠의 영혼이 다시 자기 거처를 찾아올 수 있을까요?"

"우리가 잘 보살피면 그럴 거야."

나는 몸을 숙여 보호 마스크를 뚫고 미동 없는 아빠의 볼에 살며시 입을 맞춘다. 그리고 신의 귀에 들리지 않도록 아주 나지막이 아빠의 귀에 대고 속삭인다. "난 매디의 거처를 보살필 거예요. 아빠의 거처도 보살피고요. 난 아빠를 찾아낼 거예요."

3층과 6층의 세상과는 극명하게 다른 세상을 향해 웰링턴을 나오는데 가죽 재킷 차림의 모습이 눈에 띈다. 나는 그 모습이 누군지 알아보는 데 조금 시간이 걸렸다.

그 모습은 육중한 오토바이에 기대어 서서 다정한 눈길로 나를 바라본다.

"안녕, 샘." 에디 아줌마가 말한다. "네 엄마는 널 데리러 오지 않아, 그렇지? 네가 이곳에 오는 걸 결코 허락한 적이 없어. 맞지?"

"아뇨." 나는 더듬거린다.

에디 아줌마는 내게 여분의 헬멧을 내민다. 내겐 너무 크다.

"너도 나처럼 거짓말엔 영 서툴러. 자, 어서 가자." 아줌마는 말한다.

에디

우리가 가는 길 아래로 런던의 잿빛 거리들이 흐른다. 햇빛에 달궈진 아스팔트 강들. 양다리 사이에서, 뱃속에서, 팔 위쪽에서 가속이 붙는 게 느껴진다. 도시의 전형적인 냄새들이 빠르게 스쳐 지나간다. 음식 냄새가 코끝을 스친다. 사방에서, 언제나. 도넛과 감자튀김, 볶음밥, 뜨거운 수프, 바삭한 와플 냄새. 늘 상큼하게 차린 식탁 냄새를 풍기는 서구의 도시는 없다.

소년이 내 등에 바싹 붙어 있는 동안, 나는 500cc BMW 모토라드를 평소보다 조용히 몬다. 나는 소중한 화물을 싣고 있다. 내게 해와 달, 숨결과 잠, 쾌감과 애정이었던 남자의 아들. 내 인생 최대의 좌절. 내 인생의 커다란 사랑.

우리는 '공포의 순환 도로', 도시 고속 도로 M25를 타고 러시아워를 가른다. 이 도로는 860만 명이 사는 런던이라는 섬을 에워싸고 있고, 그 중앙의 환초는 잠시도 고요할 날이 없다.

샘은 침착하다. 두려워하는 기색이 전혀 보이지 않는다. 좀 황당한 일이지만, 나는 이 아이를 알게 되었다는 격렬한 기쁨에 한순간 휩싸인다. 재앙을 통해.

우연들은, 아버지는 말했다, 우연들은 끝에 이르러야 비로소 그 의미가 드러나는 놀라운 사건들이란다. 그것들은 네게 삶을 변화시킬 것을 제안한단다. 너는 그 제안을 받아들일 수도 있고 거부할 수도 있어.

어머니는 이런 견해를 증오했다. 우연들은 어머니를 겁에 질리게 했다. 하지만 아버지에게는 세상을 향한 호기심과 기쁨의 원천이었다.

나는 샘 없이 혼자 헨리에게 다녀왔다. 포시는 마지못해 헨리를 보도록 허락했다.

"하지만 1분을 넘기면 안 됩니다!"

1분은 얼마나 순식간에 지나가는지.

헨리는 완전히 껍질만 남은 듯 보였다. 나는 2년도 훨씬 전에 그에게 하려고 했지만 끝내 하지 못한 말을 했다. 이제 와서 그의 적막한 육신에 대고 겁에 질려 속삭였다. 반복되는 기도처럼.

"가지 마!"

우리는 늘 서로의 손을 찾았다. 길을 걸을 때도, 말을 할 때도, 음식을 먹을 때도. 또는 책을 읽을 때도, 각자 앞에 책을 두고 읽으면서도 서로 손끝을 맞대고 있었다. 내 집게손가락 끝을 빙글빙글 스치던 헨리의 집게손가락의 감촉이 여전히 생생하다. 이야기가 고조되면 그의 손놀림도 함께 빨라졌고, 긴장이 풀리면 다시 느려졌다.

헨리의 손은 나를 사랑했다. 그의 손, 그의 눈빛, 그의 웃음, 그의 몸. 그것들은 나를 사랑했다. 그가 나를 사랑하지 않는다고 말했을 때, 나는 마치 그가 쏜 총에 맞아 쓰러진 것만 같았다. 우리가 손을 맞잡고 있는 동안 그가 방아쇠를 당겨 내 심장을 쏜 듯했다.

나는 샘과 함께 이스트 엔드*의 콜롬비아 로드에 들어선다. 옛 튤립 창고의 옆 건물에 자리한 캄파니아 카페 앞에 샘을 내려준다. 옛 튤립 창고의 맨 위 두 층에는 내 출판사와 집이 있고, 아래층에는 광고 대행업체와 양복점이 있다. 샘은 소년답게 눈을 크게 뜨고 주위를 둘러본다.

오토바이를 타고 오느라 얼굴이 붉게 상기되고 두 눈이 반짝인다. 아까보다도 어려 보인다. 샘이 웰링턴에서 나왔을 때는 푸른색 양복 차림의 진지하고 작고 늙은 남자처럼 보였다. 정복할 수 없는 삶과 극복할 수 없는 죽음에 사력을 다해 맞서기로 신중하고 단호하게 마음먹은 사람처럼.

지금은 다시 원래대로 교복을 입고 책가방을 멘 소년처럼 보인다.

"이스트 엔드에 와본 적 있니?"

샘은 고개를 가로저으며 천 개의 눈으로 이루어진 세상을 들이마신다. 주말이면 콜롬비아는 런던의 꽃 시장으로 변한다. 콜롬비아 로드는 런던이 자라-도시풍-남성복-프라이마크**-보행자 전용 구역 식의 전형적인 형태로 조성되기 전의 모습을 간직한 몇 안 되는 거리 중 하나이다. 이곳에는 주인이 직접 운영하는 작은 상점이 80개 이상 있다. 가게마다 쇼윈도나 차양의 색깔이 다르다. 그래서 해가 비치는 날에는 거리 전체가 세상에서 가장 긴 노상 카페처럼 보인다.

런던의 다른 거리들에서는 삶이 이처럼 있는 그대로 다채롭게

* 전통적으로 노동자 계층이 모여 사는 런던 동부 지역.

** 영국의 초저가 패스트 패션 의류점.

펼쳐지지 않는다는 사실을 나는 이따금 잊어버린다. 다른 거리들에서의 삶은 선발되고 분류된다.

명성을 지향하는 계층의 구성원임을 증명하는 콜렛 코트 교복 차림의 샘이 지금 이 세계 속으로 조심스럽게 걸음을 내딛는다. 샘은 쫑긋 귀를 기울이고 냄새를 맡고 수염과 앞발로 세상을 감지하는 아주 예민한 고양이를 연상시킨다.

나는 샘과 함께 먹고 마실 우롱차와 스콘을 몇 개 가지러 헬멧을 팔 아래 끼고 캄파니아로 들어간다. 우리 리얼리티크래쉬 출판사 팀은 매일 이곳에서 커피를 가져다 마신다. 나는 적은 보수에도 묵묵히 일해주는 팀원들을 위해 카페에서 커피와 차를 마실 수 있게 해두었다.

베니토와 엠마가 운영하는 캄파니아에는 학교에서 쓰다 버린 반들반들한 책상들과 식탁들이 있고 채소가 자라는 화분이 있다. 그곳에서 나는 수십 명의 남녀 작가들을 만났다. 그들은 내게 자신들의 세계를 펼쳐 보였다. 그들은 모두 이야기를 쓰는 데 평생을 바칠 수 있도록 내가 자신들의 원고를 출판해 자신들을 작가로 만들어주길 바랐다.

나도 그들 모두에게 그렇게 해주고 싶었다.

내가 초고를 검토한 후 만나자고 한 사람들은 전부 말로 표현할 수 없는 것들을 이야기하는 데 대체로 능숙했다—그것이 문학의 마법이다. 우리는 이야기를 읽고 뭔가 달라진다. 우리는 무엇이 달라졌는지, 왜 달라졌는지는 모른다. 어떤 문장을 통해 달라졌는지도 모른다. 그런데도 세상은 변했고, 다시는 이전으로 돌아갈 수 없다. 우리는 책이 우리의 현실에 금을 가게 했다는 사실과 그 금을 통해 우리도 모르는 사이 답답함과 의기소침에서 벗어났다는 사실을 몇 년이 지난 후에야 알아채기도 한다.

엠마가 우리를 위해 작은 쟁반에 음식을 준비한다. 샘이 언제나처럼 시선을 바닥에 고정시킨 채 수줍게 다가가자 엠마는 손을 내밀며 말한다. "안녕, 난 엠마야. 그런데 내가 좋아하는 출판사 사장님의 잘생긴 동반자인 너는 누구니?"

샘이 얼굴을 붉히며 웅얼웅얼 이름을 말한다.

소년은 헨리와 내가 늘 즐겨 앉았던 자리에서 불과 몇 미터 떨어진 곳에 있다. 낡은 수업용 지구본이 있는 테이블에서. 헨리가 무척 별난 사람들에게 다녀온 후 집에 두 사람이 먹기에 충분한 아침 식사가 없으면 우리는 그 테이블에 앉곤 했다.

그는 담장 틈새에 숨겨둔 열쇠를 찾아 내가 아직 자고 있는 다락방으로 올라왔다. 새벽 비행기로 도착하는 경우도 자주 있었다. 내가 눈을 뜨면 헨리는 내 침대 앞 벽에 몸을 기대고 앉아 나를 지켜보고 있었다.

나는 홀로 지내는 많은 저녁들을 내일 아침 잠에서 깨어나면 그가 내 곁에 돌아와 있기를 바라는 마음으로 보냈다.

"샘?"

샘이 나를 돌아본다. 어린 학생의 얼굴에서 한순간 어린 헨리의 모습이 보인다. 헨리를 향한 그리움. 그의 따사한 몸, 그의 피부, 그의 냄새, 그의 목소리를 향한 그리움이 내 심장을 갈가리 찢는다.

우리는 지구본이 놓인 테이블에 마주 앉는다. 나는 지구본을 빙그르르 돌린다. 지구본의 표면은 종이로 덮여 있고 대륙들은 오징어 먹물 색깔의 옛 지도들을 본 따 그려져 있다.

나는 지구본의 한 지점에 손을 댄다. 남수단. 파란색의 아주 작은 잉크 얼룩을 손가락으로 톡톡 두드린다.

"여기에 네 아빠가 있었어." 그리고 나지막이 말한다.

나는 작은 지구본을 계속 돌린다. "여기." 캐나다 로키 산맥. "그리고 여기." 카불, 콜롬비아, 푸에고 섬, 모스크바, 다마스쿠스, 티베트, 몽고. 헨리는 자신이 어디에 있었는지 캄파니아 카페의 지구본을 돌려가며 알려주었다. 그곳에 볼펜으로 점을 찍었다.

샘이 그 점들을 집게손가락으로 쓰다듬는다.

"저는 아빠의 모든 르포와 사진들을 집에 가지고 있어요." 샘이 나지막이 말한다. 소년의 눈이 아주 맑다. 아주 해맑다. "몽골에서 아빠는 말 타는 법을 배웠어요. 캐나다에서는 어느 날 가족을 버리고 황야로 떠난 대학교수를 만났어요. 그리고 다마스쿠스에서는 예전에 아랍 왕실의 왕자와 공주를 가르친 사람을 찾아갔어요."

샘이 점들을 다시 쓰다듬는다.

"아빠는 어떤 사람이에요?" 그러더니 나지막이 묻는다.

어떤 사람'이냐고' 묻는다. 어떤 사람'이었느냐'가 아니라.

나는 볼펜으로 찍힌 점들을 바라본다. 헨리가 그 점들을 찍은 순간순간이 뇌리에 떠오른다. 헨리는 결코 거창한 몸짓으로 그 점들을 찍은 적이 없었다. '이거 보라고, 내가 얼마나 많은 곳을 다녔는지', 결코 이런 말을 하며 점을 찍지 않았다. 이 작은 지구본이 헨리의 자기 찾기 과정을 기록한 유일한 증거인 양 진지하고 성실했다.

그것이 일종의 자기 찾기였다는 생각이 이제야 처음으로 떠오른다.

헨리는 자기 자신을 찾아 온 세상을 돌아다녔다.

"네 아빠처럼 사람 말을 잘 들어주었던……." 나는 말문을 뗀다. 목이 메는 걸 간신히 참고 말을 정정한다. "사람 말을 잘 들어주는 사람은 없어. 네 아빠가 누군가의 말에 귀를 기울이면, 그 순간 세상엔 그 사람보다 더 중요한 사람은 없게 돼. 네 아빠는 누구든 자기 이야기를 하게 만들어. 네 아빠 앞에서는 자기 자신을 더 잘 볼 수 있게 된 듯한 기분이 들어. 네 아빠와 함께 있으면, 자신에게 정말로 중요한 일인데도 다른 누군가가 웃거나 아니면 눈을 부릅뜰까 두려워 결코 말하지 못했던 일들을 말할 수 있게 돼. 또는 스스로 이해하지 못해서 말하지 못했던 일들을. 헨리는 사람들에게 있는 그대로의 자기 모습을 보게 만들어."

추억들이 몰려온다. 헨리가 이야기하는 모습. 자신이 성을 '르고프'에서 '스키너'로 바꾼 프랑스 사람인 걸 드러내지 않으려고 무척 꼼꼼하게 신경 쓰는 평소와는 달리 고향의 노래하는 듯한 억양으로 말하는 목소리.

"네 아빠는 브르타뉴 사람이야. 정확히 말하면 모든 걸 버리고 고향에서 도망친 브르타뉴 사람. 모국어, 죽은 아버지, 죽은 할아버지, 어머니와 할머니의 무덤까지도 다 버렸어. 나는 사람이 얼마나 외로울 수 있는지 네 아빠를 만났을 때 처음으로 이해했단다. 내가 나 자신을 알기에 앞서 나를 아는 사람이 아무도 없다는 것. 내가 존재하기 때문에 나를 사랑하는 사람이 더 이상 아무도 없다는 것. 내가 가진 전부가 나 자신뿐이라면, 그것은 나를 세상과 단절시켜."

헨리의 영어는 완벽했다. 그런데도 그는 자기 자신이나 스스로 느끼는 감정에 대해 절대 말하지 않았다. 혹시 모른다 — 자기 고유의 언어가 아닌 다른 언어로는 우리가 실제로 누구인지를 표현하는 게 불가능하기 때문일지도.

나는 우리의 마지막 대화를 떠올린다. 여기 캄파니아에서 우리는 대화를 나누었다. 헨리는 차를 마시고 위스키도 마셨다. 헨리의 눈가에 주름이 깊게 패었다. 그는 자기 자신에게서 도망치면서 자기 자신을 찾도록 내몰린 사람이었다. 그러면서도 그는 자신을 발견한 순간 자신에게서 도망칠 정도로 빠르지는 못했다.

정말로 특이한 사람들은 자신이 특이하다는 걸 알지 못하는 듯하다.

"나는 미얀마의 마약 제후들에 대한 글을 쓰고 있어. 그들은 현실을 가난한 자들과 부유한 자들과 마약 중독자들로 나눠. 나는 다른 부부들에게 자신의 배를 빌려줘 아기를 낳아주는 여인을 만나고 있어. 그 여인은 세상을 유죄와 무죄로 나눠 — 자식 없는 운명은 부부의 잘못이 아니야. 하지만 여인은 자신의 죄를 속죄할 수 있어. 여인은 과거의 삶에서 자신을 구할 수 있다고 믿어. 나는 지금 콜트레인이나 신코티보다 연주를 더 잘하는 열한 살짜리 피아노 신동과 얘기를 나눠. 이름은 잭. 잭은 만일 뭔가를 사랑한다면 연습해야 한다고 말해. 뭔가를 잘할 수 있으려면 계속 연습을 해야 한다고 말이야. 그게 아니면 무엇 때문에 그렇게 오래 사느냐는 거야. 여기에 대해서는 그 어린 녀석이 다른 사람들보다 더 나은 거 같아."

마지막으로 만났을 때 헨리는 이런 얘기를 했다. 그는 절망으로 가득 찬 답답한 마음을 안은 채 런던에 왔고, 나는 이렇게 소리치기 일보 직전이었다. 빌어먹을, 그게 어쨌단 말이야. 우리 함께 지내자. 난 당신을 사랑해. 지금 있는 그대로 당신을 너무 사랑한단 말이야. 우리 지금의 생과 다른 모든 생들을 함께 보내자. 난 결코 당신한테 싫증 나지 않을 거야.

그는 수많은 사람들에 대해 이야기했다. 그런데도 아들 새뮤얼에 대해서는 단 한 마디도 말하지 않았다.

나는 지구본을 돌린다. 겨우 몇 바퀴 돌렸을 뿐이지만, 그것은 나를 2년 전으로 데려가는 시간 여행이다.

"나는 글을 쓰고 여행을 다니고 술을 마시고 밤을 멀리 하려고 해. 밤의 어스름은 적군이야. 아일랜드에서 나는 에티엔을 만나. 캐나다에서 아일랜드로 이주한 에티엔은 해도(海圖)를 그리는 사람인데 대부분의 사람들은 결코 보지 못할 방식으로 세상을 봐. 세상을 푸른색 혹성으로 보는데, 그것의 가장 강력한 특성은 고체가 아니라 액체라는 거야. 현실은 실제로 고정된 것이 아니야." 헨리는 근사한 지구본에 그려진 대륙들의 윤곽을 손가락으로 톡톡 두드리며 말했다. "면적으로 환산하면 우리가 탐구해낸 것은 우리가 아직 알지 못하는 것보다 훨씬 작아. 다른 말로 표현하면,

우리는 세상을 보지만 세상을 알지는 못해. 현실은 우리가 인지하는 것보다 훨씬 크고 복잡하거든."

바로 이 문장을 나는 샘에게도 말한다.

샘이 천천히 고개를 끄덕인다. 그의 얼굴이 묻고 싶은 게 있다고 말하는 듯하다. 그러면 나는요? 아빠가 나에 대해서도 이야기했어요?

"차가 준비되었어요!" 엠마가 부른다.

내가 BMW를 뒷마당으로 끌고 가는 동안 샘이 쟁반을 들고 있다. 그런 후 우리는 예전에 튤립 구근 창고의 엘리베이터였던 출판사 엘리베이터를 탄다. 엘리베이터 안에는 튤립 잎과 꽃, 구근이 그려져 있다. 엘리베이터는 롤프와 안드레아, 포피가 일하는 5층에서 멈춘다. 5층에서 집까지는 나선형 금속 계단이 이어진다.

각기 종이로 뒤덮인 책상들 옆에 소파나 안락의자 몇 개, 수놓은 쿠션들이 있는 긴 나무 의자가 있다. 롤프는 주변을 오리엔트 가구들로 꾸미는 걸 좋아한다. 롤프의 라이트테이블 옆에는 아틀리에 책상도 있어서, 그는 이따금 그곳에서 표지를 만들기 위해 수채화를 그리거나 수동 인쇄기로 동판화를 찍어낸다. 포피는 고딕 양식이라 불리는 온갖 것으로 에워싸여 있고, 안드레아는 책들로 빙 둘러싸여 있으며 꼼꼼하게 라벨을 붙인 플렉스글라스 보관함에 원고들을 넣어둔다.

한가운데에는 우리가 '종'이라고 부르는 커다란 작업대가 있다. 책의 출간을 앞두고 중요한 점검 작업이 시작되면 우리 넷은 그 작업대에서 함께 일한다. 표지 안쪽 날개의 책 소개, 겉표지의 광고문, 인쇄 준비. 교정쇄가 준비되면 그때서야 우리의 교정부원 블루도 거기에 합세한다. 블루는 A4 용지에 인쇄된 원고에 오탈자가 없는지 점검한다. 커다란 이어폰이 메탈리카나 엑토르 베를리오즈의 음악을 그녀의 귓속에 울리는 동안 그녀는 책장들을 쓱쓱 넘긴다.

샘이 먹이 냄새를 맡은 고양이처럼 슬금슬금 걸음을 옮긴다. 그러다 '먹이 창고' 앞에서 걸음을 멈춘다.

지난 20년 동안 리얼리티크래쉬에서 출간된 모든 책들이 튤립 창고의 긴 벽을 따라 진열되어 있다. 원간본, 번역본, 보급판, 재판본, 문고본.

샘의 얼굴이 황홀한 경외심으로 넘친다. 나는 스스로 자부심을 느끼는 걸 깨닫고 당황한다. "우리는 사변 소설만을 출간해. 우리 출판사는 크지는 않지만 특수하게 전문화되어 있어. 우리가 가장 성공을 거둔 책들은《슈뢰딩거의 고양이》와《천 개의 문이 있는 집》이야. 나는 스물세 살에 리얼리티크래쉬를 설립했어. 난 마이클 무어콕*의 열광적인 팬이었지."

샘이 나를 보며 속삭인다. "《제리 코넬리우스 연대기》!"

나는 대답한다. "《시간의 유목민》!"

샘은 황홀한 표정으로 무어콕의 책을 말한다. "《영원한 영웅들》!"

* 영국의 공상 과학 소설 작가. 그의 대표작《엘릭 사가》는 1960~70년대 판타지 작품들에 지대한 영향을 미쳤다.

"나는 그들, 그 영원한 영웅들을 사랑했어. 그들은……."

"……다중 우주의 균형을 유지하고 평행 세계들이 결합하지 않도록 애써요."

우리는 행복한 표정으로 놀라 서로 마주 본다. 나는 한순간 다시 열세 살로 돌아간 듯한 기분이다. 같은 또래의 친구들은 대체로 잘 모르는 주제들에 탐닉하는 천진난만한 책벌레. 친구들은 연애소설을 읽었고, 나는 스팀펑크*를 읽었다. 친구들은 《히트!》나 《브라보》**를 읽었고, 나는 어슐러 르 귄***의 초광속과 시간 이론에 관한 책을 읽었다. 내 인생의 중요한 격언을 말한 사람도 어슐러 르 귄이었다. "진실은 상상력의 문제다."

나는 그 독특한 취미 탓에 많은 시간을 혼자 보냈다. 만약 샘처럼 그런 책을 많이 읽는 친구를 사귈 수만 있었다면, 냉큼 영국을 떠날 수도 있었을 것이다.

우리는 쟁반의 찻잔을 들어 조심스럽게 건배한다.

또각또각하며 다가오는 굽 높은 펌프스의 소리와 함께 진짜 유령이 나타났을 때 샘이 뒤돌아본다.

"에드위나의 숨겨놓은 보물인가요? 그치만 사장님은 《천 개의 문》 기념본의 표지 구상에 대해 아직 아무 말도 하지 않았어요."

* 대체 역사물의 하위 장르 중 하나이다. 내연기관과 전기동력 대신 증기기관 같은 과거의 기술이 크게 발전한 가상의 과거, 또는 그로부터 발전한 가상의 현재나 미래를 배경으로 하는 공상 과학 소설을 일컫는다.

** 《히트!》, 《브라보》는 독일어권 국가들 사이에서 유명한 청소년 잡지.

*** 미국의 공상 과학 소설 작가. 그녀의 대표작 《어시스 연대기》 시리즈는 전미 도서상과 네뷸러 상을 비롯해 각종 문학상을 휩쓸었고, J. R. R 톨킨의 《반지의 제왕》, C. S. 루이스의 《나니아 연대기》와 함께 세계 3대 판타지 소설로 꼽힌다.

포피가 베티 페이지(1950년대에 유명했던 미국의 핀업 걸.-옮긴이)처럼 일자로 반듯하게 자른, 검게 빛나는 앞머리를 후 불어 날린다. 우리 출판사의 홍보 마케팅 담당자는 약간의 핀업 걸 경향이 있고 로커빌리* 패션을 추종하는 아가씨다. 오늘은 검은 바탕에 흰색 물방울무늬가 있고 빨간 옷깃이 달린 원피스 차림에 심 스타킹과 끈 달린 에나멜 펌프스를 신고 있다.

"포피, 여기는 새뮤얼 노엄이야. 샘, 여기는 포피란다. 샘은 사변 소설을 읽어."

"어머, 잘 됐군. 난 사변 소설을 읽지 않는 사람들은 좋아하지 않거든." 우리 출판사의 비밀 병기가 앙증맞은 흰 손을 샘에게 내밀며 말한다. 손가락 없는 검은 망사 장갑을 끼고 있다.

나는 포피가 그야말로 모든 걸 할 수 있다는 말을 샘에게 하지 않는다. 포피는 작가들의 비위를 맞추고 책을 홍보하고 언론의 환심을 사고 헨드릭 진토닉을 일곱 잔 마시고도 트위터에서 근사한 문장들을 읊조릴 수 있다. 나는 처음 리얼리티크래쉬 문을 열었을 때부터, 그러니까 20년 전부터 포피를 알아왔다. 그리고 현실을 다르게 보려고 하는 성향을 포피와—그래픽 예술가인 롤프와 편집장인 안드레아하고도 마찬가지다—공유한다.

출판계에서 포피는 등의 문신으로 살아 있는 전설이 되었다. 포피의 등에는 그녀가 좋아하는 책의 문장들이 새겨져 있다. 어

* 초창기 로큰롤 음악에서 뻗어 나온 스타일 중 하나로 록(rock)과 힐빌리(hillbilly), 즉 컨트리가 합쳐진 장르.

떤 작가들은 맨부커상보다 포피의 등에 영원히 기록되는 것을 더 가치 있게 여긴다.

포피가 내게 인쇄물을 내민다. 우리는《천 개의 문이 있는 집》의 출간 10주년을 기념하는 기념본을 출간한다.

"무슨 내용이에요?" 샘이 묻는다.

"다중 세계에 대한 이야기야." 마침 플렉스글라스 보관함의 원고를 손에 들고 다가온 안드레아가 대답한다. "젊고 소심한 형사 소송 변호사가 어느 날 그전까지 한 번도 본 적이 없는 문을 사무실에서 발견하게 돼. 그 문을 통과해 다시 자기 사무실에 들어서 보니―삶의 바로미터가 조금 달라져 있어. 변호사는……."

"……직장 상사의 부인과 불륜을 저지르고 있지." 약방의 감초처럼 어떤 일이든 빠지지 않는 롤프가 덧붙인다. "엄청 괴팍하고 변덕스러운 여자. 글쎄, 그런 상황에서 남자라면 어떻게 할까?"

"변호사는 도망치면서 자신이 *두 번째* 사무실의 숨어 있는 문을 통과하는 사실을 알아채지 못해." 안드레아가 다시 설명한다.

"그는 천 개의 문 사이에서, 인생을 보낼 수 있는 수천 개의 가능성 사이에서 절망적으로 '최상의' 삶을 찾아 헤매지." 포피가 내용 설명을 마무리 짓는다.

나는 그 책의 초고를 돌아가신 아버지에게 읽어드렸다는 사실을 샘에게 말하지 않는다. 10년도 훨씬 전에. 아버지의 시신을 지키면서. 나는 그 책을 거의 외울 수 있다. 그리고 그 책을 볼 때마다 그 공간을 채웠던 정적이 생각난다. 그가 부재한 삶은 얼마나 공허했던가. 나는 아버지의 죽음으로부터 4년이 지난 후에야 비로소 눈물 없이 웃을 수 있게 되었다.

“이 표지 어때?” 나는 샘에게 묻는다.

샘은 찻잔을 내려놓고 무척 진지한 표정으로 책을 받아 들어 자세히 살핀다.

고전적인 분위기의 표지다. 바다 위를 떠도는 푸른 문. 자세히 보면 바다도 문들로 이루어져 있다. 책 표지는 얼굴과도 같다. 항상 모든 사람의 마음에 들 수는 없으며, 또 늘 책의 전체적인 특징을 담아내는 것도 아니다.

나는 바랐다. 헨리와 만나지 않는 삶의 문을 지날 수 있기를.

아니면 헨리와 한 쌍을 이루는 삶의 문을.

우리가 귀여운 딸을 갖는 삶.

헨리가 코마 상태에 빠지지 않은 삶.

샘이 고개를 들며 말한다. “표지가 여자아이들을 위한 것 같아요. 이야기는 남자아이들을 위한 것인데. 이야기는 흥미로운데 그림은 완전 유치해요.”

“어휴.” 안드레아가 신음소리를 내뱉는다. “그럴 줄 알았다니까!” 롤프는 말한다. 그리고 포피는 샘의 어깨에 한 팔을 두르며 제안한다. “어때, 새뮤얼 노엄, 우리가 앞으로 표지를 프레젠테이션하는 자리에 참석할 수 있겠니? 내 생각엔 진정한 독자의 생생한 눈빛이 우리 모두의 뇌에 활력을 불어넣을 수 있을 거 같은데. 자, 네 생각은 어때?”

샘이 당혹스러운 표정으로 안드레아를 바라본다. 실제로 안드레아의 눈을 바라보며 아주 작게 말한다. “좋아요!” 샘은 신이 나서 어쩔 줄 모르는 듯 보인다.

나는 언젠가 이렇게 말한 적이 있다. 포피는 모든 걸 할 수 있어. 심지어는 불행한 소년들을 젊은 남자로 만들 수도 있어. 1분 동안 아주 행복한 남자로.

"샘, 나도 아주 좋은 아이디어라고 생각해." 롤프도 끼어든다. "네 주변에 또 사변 소설을 읽는 사람이 있으면……."

"제 친구 스코트가 있어요!"

아, 이 작은 꼬마 녀석, 너는 정말 사랑스러운 아이구나, 나는 생각한다. 너는 혼자 즐기기보다는 금방 친구와 나눌 생각을 하는구나. 샘이 내 마음을 사로잡는다.

샘의 시선이 간이 주방의 한쪽 구석을 차지한 〈닥터 후〉* 타디스 전화박스 모형 옆 벽에 걸린 커다란 시계를 향한다.

"저는 곧 가야 해요." 샘이 침울하게 말한다. "SIG 모임이 금단의 혹성에서 있어요. 그런 다음 우리는 키스터 존스의 집에 갈 거예요."

"SIG?" 나는 묻는다. 우리 모두 금단의 혹성이 무엇인지는 잘 알고 있다 — 런던에 위치해 주로 공상 과학 소설이나 사변 소설, 컴퓨터 괴짜들에 대한 책을 가장 큰 규모로 다루는 서점으로 우리 출판사 책들과 비슷한 내용의 서적들을 판매한다.

"Special Interest Group." 포피가 냉큼 말하고는 샘에게 묻는다.

* 영국의 공상 과학 드라마 시리즈. 타디스는 이 드라마에 등장하는 타임머신으로, 영국의 파란색 공중전화박스 형태를 하고 있다.

"너 멘사니? 와, 너 도대체 몇 살이야? 열다섯 살?"

"열세 살이에요. 곧 열네 살이 될 거예요." 샘은 몸을 더 똑바로 세우며 대답한다. 포피와 포피의 마법의 가루.

"그래, 키스터 집에 간다고?" 롤프가 말한다. "그럼, 내 안부 좀 전해줘. 키스터는 내게 술 한잔과 원고를 빚졌어."

"우리가 언제부터 키스터 존스의 책을 출간하지?" 내가 궁금증을 드러낸다. 우리에겐 그의 책을 출간할 여력이 없다.

"키스터가 내기에서 진 후로. 자세한 내용은 말할 수 없어요. 젠틀맨 사이의 협정."

"최소한 어떤 내용인지는 우리가 알아야 하지 않을까? 아니면 그것도 인쇄 들어갈 때까지 비밀인가?" 나는 날카롭게 묻는다.

"어어, 가제목은 《외줄타기》. 죽은 사람의 꿈속으로 시간 여행을 떠나려고 인위적인 코마 상태에 빠진 사람들의 이야기죠."

나는 샘을 보지 않고서도 롤프의 말 한마디에 지난 몇 시간 동안 삶으로 돌아가려고 싸운 샘의 천진난만한 경쾌함이 증발해버리는 걸 느낄 수 있었다.

고통은 원래 그렇다. 고통은 서커스의 동물들이 명령에 따르듯 특정한 낱말들에 반응한다. 코마라는 낱말을 들으면 샘과 나는 용기를 잃어버리고, 우리의 두려움은 뛰어올라 불타는 고리를 지난다.

"내가 금단의 혹성에 데려다줄게." 나는 웅얼거린다. 포피가 나무라는 표정으로 롤프의 팔을 치고, 안드레아는 말한다. "오케이, 《천개의 문》은 다른 표지를 찾아봐야겠어."

샘은 튜브까지만 데려다 달라고 말한다. 우리 사이의 깨지기 쉬운 친밀함에 금이 갔다. 우리는 계단 바로 옆에 서 있다. 지하철의 공기가 바람을 타고 올라온다. 매연과 인파의 독특한 냄새가 열차의 열기와 짝을 이루고 있다.

샘은 작별 인사를 하며 잠깐 내 눈을 바라본다. "수요일마다 멘사의 SIG 모임이 있어요." 샘이 작은 소리로 말한다. "우리는 늘 금단의 혹성에서 만나 키스터 존스의 집에 가요. 그러면 엄마가 그리로 절 데리러 와요. 엄마는 제가 온종일 스코트와 함께 있는 줄 알아요. 엄마는 제가 아빠에게 가는 걸 원하지 않아요. 저는 이번 일이 있기 전까지 아빠를 본 적이 없어요. 차 잘 마셨어요. 그럼…… 안녕히 가세요."

샘은 이런 알 듯 말 듯한 말을 남기고 층계를 내려간다.

"얘!" 나는 샘의 등 뒤에 대고 외친다. "다음번엔 스코트도 데려와!"

샘은 층계에서 한 번 더 뒤돌아보며 한 손을 올려 벌컨족 방식으로 인사를 한다.

나는 헨리와 함께 아이를 낳고 싶었다.

헨리와 함께 모든 걸 갖고 싶었다.

내가 탈리스커(스코틀랜드산 싱글몰트 위스키.-옮긴이)를 더 마시지 못할 정도로 녹초가 되었을 때는 이미 어두워진 뒤다. 수술용 마취제 냄새 같은 그윽한 향에 취해 정신이 몽롱해진다. 나는 끊임없이 같은 물음들을 제기한다. 하지만 그런 물음은 내 머릿속에서 점점 더 느리게 맴돈다.

내가 그걸 원하는 걸까? 내가 할 수 있을까? 닥터 사울이 요구하는 대로 헨리를 돌볼 수 있을까?

그걸 감내하라고 와일더에게 요구할 수 있을까?

헨리를 모른 체하라고 나 자신에게 요구할 수 있을까?

내가 헨리를 도로 데려올 수 있을까?

그러다 어느 날 내가 고약하게 굴면 어떡하지? 복수하고 싶어지면? 헨리를 죽게 내버려두고 싶어지면?

그런데 샘은 도대체 왜 아빠를 한 번도 보지 못한 걸까?

닥터 사울은 내가 너무 과도한 일을 감행하는 게 아닌지 다른 사람들에게 물어보라고 조언했다. "너무 무리하지는 마세요."

그래, 하지만 나를 아주 잘 알았던, 속속들이 잘 알았던 유일한 사람은 이제 이 세상에 없다. 그런데도 나는 그 사람에게 묻는다. 아버지에게 말없이 묻는다. 제가 어떻게 해야 하죠? 제가 이걸 해낼 수 있을까요? 제가 이걸 해내야 할까요?

아버지는 등대 관리인이었다. 아버지는 콘월의 등대들뿐만 아니라 셰르부르에서부터 브레스트만 바로 앞의 생 마티유에 이르기까지 영국해협 너머의 등대들도 관리했다. 그곳 바다에는 등대들이 많이 솟아 있었다. 아버지는 섬락(순간적으로 전기 불꽃을 내며 전류가 흐르는 현상. -옮긴이)을 야기하는 축전기 주변의 공기가 희박하다는 것조차 귀로 듣고 알 수 있었다. 또 바람이 등대 기둥과 열린 창문을 지나가며 내는 소리를 듣고 폭풍이 불어닥칠 것을 알았다. 아버지는 철저한 사전 준비 없이 등대에 오르는 법이 결코 없었다. 포말을 날리며 부서지는 높은 파도 속에 고집스럽게 솟아 있는 손가락. 겨울철 금방이라도 부러질 것만 같은 그 손가락 내부로 들어갈 땐 특히 더 그랬다. 바닷물이 사방에서 연거푸 등대를 후려쳤고 물거품과 분노로 이루어진 위력적인 옷깃을 더욱 높이 세웠다.

등대에 올라가기 전에 층계를 위까지 올려다보지 말고 첫 번째 계단만 보라고 아버지는 충고했다. 한 계단 한 계단씩만 보라고.

"너보다 훨씬 더 막강해 보이는 도전에는 이런 식으로 응하는 거란다. 그러면 도전을 이겨낼 수 있어."

세상을 작게 만들어라. 정확히 보아라. 네 앞에 놓인 기나긴 밤이 아니라 바로 앞의 순간만 생각해라. 아버지는 이렇게 말했다.

"길을 완전히 가늠하기 위해서는 끝까지 가봐야 한단다, 에드위나."

나는 베개를 껴안고 얼굴을 묻는다. 시간이 한참 지난 후에야 마침내 깜박 잠이 든다. 그러자 헨리가 나타나 내 배에 입을 맞춘다. 나는 그의 입술, 그의 숨결을 느낀다. 그가 내 가슴 언저리에, 내 목에 키스하고 그의 입이 내 입을 스치고 그가 내 감은 눈꺼풀에 키스하는 걸 느낀다. 이 세상에서 오로지 헨리만이 할 수 있었던 방식으로. 헨리 말고는 그 누구도 그렇게 키스할 수 없었다.

나는 그를 보려고 눈을 뜬다. 꿈을, 무서운 꿈을 꾸었다고 그에게 말하려 한다. 내가 그를 쫓아냈고 그가 수수께끼 같은 사고를 당해 코마 상태에 빠지는 끔찍하게 길고 흉측한 꿈을 꾸었다고 말하려 한다. 눈을 뜨자 헨리는 없다.

오로지 내 눈꺼풀만이 있다. 얇은 살갗을 덮은 촉촉하고 보드라운 막은 누군가가 입 맞춘 양, 정말로 입을 맞춘 양 물기를 머금었지만 열린 창문으로 들어온 바람에 말라 다시 서늘해진다.

나는 마흔세 살이다. 헨리는 오래전에 나를 거부했다. 나는 그에게 아무런 빚이 없다. 그의 삶을 위해 내 삶을 희생해야 할 이유가 전혀 없다! 아니, 나는 죄책감도 희생하고 싶은 마음도 느끼지 않는다. 오로지 내가 잘못된 결정을 내릴 수 있다는 것만을 알 뿐. 나는 와일더의 뜻에 거스르는 결정을 내릴 수 있다. 아니면 헨리의 뜻에 거스르는 결정을.

또는 나 자신에게 거스르는 결정을.

샘

엄마는 매일 저녁 잠자리에 들기 전에 샤워를 한다. 그리고 파리에서 직수입한, 비스킷 냄새가 나는 로션을 바르고 다 흡수될 때까지 팬티와 브래지어 차림으로 주방에 앉아 있다. 그러는 동안 슈퍼마켓에서 원 플러스 원으로 구입한 파스텔색 표지의 소설을 읽는다.

엄마는 새 소설을 읽을 때마다 결말이 해피 엔딩인지 알려고 끝 페이지를 먼저 읽는다. 해피 엔딩이 아니면 '그 시시껄렁한 물건'은 아예 읽지 않는다. 엄마가 그 의식을 치르는 동안에는 누구도 말을 걸어서는 안 된다. 나도 스티브도 절대 안 된다. 맬컴만은 어렸을 때 말을 걸 수 있었지만, 이제는 내 동생도 예외가 아니다.

나는 엄마가 왜 그런 의식을 치르는지 이제는 안다. 그것은 엄마가 안전함을 느끼는 유일한 순간, 좋게 끝나리라는 것을 아는 유일한 순간이기 때문이다. 엄마에게 좋게 끝나는 것만큼 더 절실하게 필요한 것은 없다. 엄마는 안전하지 않은 장소들에서 너무 오래 있었다. 엄마는 모든 지옥을 안다.

나는 집 뒤편 정원으로 나가 어둠 속에 앉아 있다. 우리가 사는 성냥갑 모양의 집을 바라본다. 줄을 잡아당겨 욕실의 불을 켜는 퍼트니(런던의 남서쪽에 위치한 구역. – 옮긴이)의 작은 연립 주택. 엄마는 잔디밭과 상록수 울타리로 이루어진 이른바 정원 때문에 이

사암 벽돌집을 샀다. 불이 밝게 비치는 창문으로 주방의 *마망*과 텔레비전 앞의 스티브가 보인다. 스티브는 축구 중계방송을 보고 있다.

작고 안전한 성냥갑 집 속의 삶.

나는 '아빠가 이곳에 있다면' 하고 상상하는 놀이를 한다. 놀이는 이런 식으로 진행된다. 나는 눈을 감고 상상한다. 내가 생생하게 상상하는 모든 것이 눈을 뜨면 현실이 된다.

그러면 문학 서적으로 가득 찬 엄청 넓은 서재가 있을 것이다. 우리는 '겨울가죽'이나 '찬미가'라는 특별한 이름을 가진 개를 기를 것이다. 나는 테리 프래쳇 경*처럼 검은색의 뾰족한 모자를 쓰고, 아빠는 '국제 수건의 날'에 온종일 줄무늬 목욕 수건을 두르고 더글러스 애덤스**의 책 구절을 인용하며 집 안을 돌아다닐 것이다. 아빠는 젓가락과 그라피토 물감통을 이용해 어떻게 혼자서 지뢰밭에서 벗어날 수 있는지 내게 보여줄 것이다.

에디 아줌마가 오토바이를 타고 올 것이다.

그리고 매디도 올 것이다.

에디 아줌마가 BMW에서 내려 집 안으로 들어오는 상상을 하는 동안 나는 눈을 감고 있다. 아빠는…… 아빠는…….

두 사람은 입 맞출 것이다.

그러면 매디는?

* 영국의 판타지 소설가. 총 41권짜리 《디스크월드》 시리즈로 수많은 고정 팬을 거느리며 영국에서 최고의 인기를 구가했다.

** 《은하수를 여행하는 히치하이커를 위한 안내서》로 유명한 영국의 소설가.

매디는 내게 올 것이다. 혼자 술래잡기하듯 두 손으로 눈을 가리고. 그런데도 어디로 가야 하는지 정확하게 알고 있을 것이다. 그런 다음 내 앞에 서 있을 것이다. 바로 앞에.

그런 다음 눈에서 천천히 손을 떼고 나를 바라볼 것이다.

나는 눈을 뜬다. 집 안에 있는 책이라곤 여전히 내 방의 책들과 엄마가 슈퍼마켓에서 산 소설들뿐이다. 스티브는 축구를 보고 맬컴은 게임기에 열중해 있다.

"연마기의 거장." 스코트는 언젠가 스티브를 이렇게 불렀다. 타일공인 스티브는 건축자재 시장에서 일한다.

나쁜 사람은 아니다.

내 이름을 기억하지 못하는 듯 툭하면 나를 "어이, 친구"라고 부르긴 하지만.

스코트는 늘 그를 "어이 친구 — 스티브"라고 부른다.

나는 다섯까지 센다. 그리고 마음을 가다듬는다. 한 번 더 다섯까지 세고는 억지로 집 안으로 들어간다.

"샘, 숙제 다 했지?" 엄마가 큰 소리로 묻는다. 엄마의 잔이 비어 있다.

도대체 언제? 나는 되묻고 싶다. 도대체 언제 숙제를 했겠어요?

나는 아무 대답 없이 내 방으로 간다.

잠시 후 목욕 가운을 걸친 엄마가 내 방문에 서 있다. 계란 케이크 냄새와 함께 알코올 냄새가 살짝 풍긴다.

"프랑스어 어휘 공부는 했니?"

"음."

"3주 후면 시험이야."

"네."

"샘, 너도 그 시험이 무얼 의미하는지 알지?"

"네, *마망*."

우리는 날마다 정확하게 이런 대화를 나눈다. 좀 전에 키스터 존스의 집에서 돌아오는 차 안에서도 마찬가지였다. 내가 인생을 아무렇게나 살까 봐 엄마는 무척 두려워한다.

"샘, 네가 품위 있는 사람이 되고 싶다면 이번 시험은 정말로 중요해. 전망이 있는 직업을 갖고 싶다면 말이야."

"그러면 스티브는 진즉 시험에 합격하지 못했을 거예요. 안 그래요?"

엄마가 가쁘게 숨을 들이쉰다.

왜 그런 말을 했는지 나도 모른다. 어쨌든 그건 신사적이지 못하다. 또 내가 다른 곳에서 살고 싶어 하는 건 엄마 탓이 아니다. 여기만 아니라면 어디든 좋다. 이 성냥갑 집만 아니라면. 나를 "어이, 친구"라고 부르는 스티브와 함께 살지만 않는다면.

"새뮤얼, 너 오늘 오후 학교 수업 빼먹었지."

"아냐, 빼먹지 않았어!"

"어디 갔었니?" 엄마가 내 앞에 우뚝 선다.

"그냥 돌아다녔어요." 나는 우물우물 말한다. "금단의 혹성에 있었어요. 프래쳇의 신간이 출간되었거든요."

"새뮤얼." 엄마는 말한다. "너는 학교 수업을 빼먹었어. 그리고 금단의 혹성에도 없었어. 내가 그곳에 전화해봤어. 거기 사람들은 너를 잘 알고 있어. 자! 어디 갔었니?"

내가 사실대로 말하면 엄마는 배신감을 느낄 것이다. 병원에 갔다고 털어놓으면. 지난 17일 동안 날마다. 지금까지 항상 그랬다. 내가 아빠를 좋아할 거라고 인정하면, 엄마는 마음이 상해서 며칠 동안 침묵을 지켰다. 그래서 나는 지금도 엄마를 속이고 거짓말을 한다. "스코트하고 담배 피웠어요."

스코트는 배꼽을 쥐고 웃을 것이다. 나는 딱 한 번 스코트의 럭키를 피웠는데 너무 어지러워서 30분 동안 누워 있어야 했다.

아빠를 보러 병원에 갔다고 털어놓는 경우, 엄마는 슬픔과 실망에 잠겨 침묵시위로 일관할 것이다. 그럴 바에야 욕설 퍼레이드가 백번 낫다. 엄마의 노발대발한 꾸지람은 그 허섭스레기 판타지 소설을 더 이상 사서는 안 된다는 엄격한 금지로 이어지고 결국 용돈 박탈과 텔레비전 시청 금지로 끝난다.

엄마는 문에서 한 번 더 뒤돌아본다,

"샘, 네 인생을 망가뜨리지 마라!"

엄마는 문을 닫는다. 나는 앉은 채로 엄마에게 울부짖고 싶다. 엄마가 생각하는 것과는 전혀 다르다고요! 아빠는 어떤 아이를 구했고 제가 선물한 매듭을 차고 있어요. 지금은 죽기 직전의 코마 상태에 있다고요. 게다가 그 병원에는 한 소녀가 있어요. 내가 앞으로 평생 같이 지내고 싶은 매디가. 내 인생이 매디의 인생처럼 망가질 리는 절대 없어요! 매디는 결코 시험을 치르는 일도 없을 거고 영원히 닫힌 인생을 살 거예요.

하지만 나는 말없이 책상에 앉아 주먹으로 책상을 꾹 누른다.

엄마는 상처 받은 사람이다. 내가 세상에 태어난 후로 엄마의 영혼에는 그늘이 져 있다. 엄마에게 또다시 상처를 입힐 필요는 없다. 나는 이따금 무엇보다도 엄마를 보호하고 싶고, 엄마를 얼마나 사랑하는지 말해주고 싶다. 다만 어떻게 말해야 할지 모를 뿐이다.

스티브가 텔레비전 채널을 이리저리 바꾸는 소리가 들리고 엄마가 이제 자자고 그에게 외치는 소리가 들린다. 얼마 후 침실에서 득득 긁히는 소리가 리드미컬하게 들려온다. 침대 머리 부분이 벽지를 긁는 소리다.

그것은 매번 9분 동안 지속된다. 그 후 화장실 물 내리는 소리. 맬컴이 내 방에 온다. 왜 그런 소리가 나는지 동생은 아직 모른다. 맬컴은 내 침대에 눕는다.

그러고는 나를 보며 소리 죽여 말한다. "근데 형한테서 담배 냄새가 하나도 안 나."

나는 곧바로 대답하지 않는다. 맬컴은 '다른 편'에 있다. 행복한 가족의 품에. 물론 이건 허튼소리다. 하지만 맬컴을 볼 때마다 내가 이 집에서 눈엣가시 같은 네 번째 요소라는 생각이 든다. 하지만 그와 동시에 내가 동생을 위해서라면 뭐든 할 수 있다는 걸 안다. 어째서 다른 이들이 거짓말을 하거나 비열하게 구는지 이해하려 하지 않는 사람은 얼마 안 된다. 맬컴은 그중 하나이다.

맬컴이 다시 침대에서 일어나 앉는다.

"형은 담배를 피우지 않았어. 어디 갔었어?"

내가 어디 갔었냐고? 좋은 질문이다. 내 삶은 절단되었다. 다른 삶으로 포맷되었다. 내가 '원래' 살아야 하는 삶으로. 가족이 없는 아빠 곁으로.

아니면 모든 게 지금과는 다르다면 어떨까?

라이프핵*이 라이프핵이 아니고 온 세상을 혼란스럽게 바꿔놓는다면? 어쩌면 나는 비밀의 문을 통해 또 다른 사무실로 들어가, 어떤 삶이 본래 자신의 삶인지 모를 때까지 삶과 삶 사이를 이리저리 돌아다니는 그 변호사의 처지와 다름없는 걸까?

나는 생각의 미로 속을 헤매는 걸 그만둔다. 500까지 세는 사이에 동생은 잠이 든다. 나는 내가 아직 현실에서 살고 있는지 아닌지 알아내려 한다. 그래서 묵직한 서류철 두 개를 숨겨놓은 스키신발 상자를 살그머니 옷장 안에서 꺼낸다.

첫 번째 서류철을 펼치고 철해둔 신문 기사들의 제목을 쭉 읽는다.

〈유럽에서 길을 잃다. 발칸전쟁에서 잊힌 아이들〉

〈폭탄 배낭을 멘 소녀〉

〈왜곡된 전쟁. 언론인들은 어떻게 미국 군대의 검열을 받는가〉

〈반란군들에게 납치되다. 협상 집단으로서의 기자들〉

이런 식으로 계속된다. 전쟁 르포, 에세이, 사진.

13년 전 내가 태어날 때까지 아빠는 전쟁 르포를 썼다. 나는 그

* Life Hack. 작업의 질이나 효율, 생산성을 올리기 위한 도구나 기술.

것들을 거의 전부 모았다. 인터넷에서 출력하고 신문에서 오리고 벼룩시장이나 이베이에서 산 낡은 잡지에서 잘라냈다. 학교에서 신문사 편집부에 편지를 보내 옛 신문의 복사본을 신청했다.

두 번째 서류철에는 2002년《타임 애틀랜틱》*의 사진이 있다. 잡지 표지에 실린 아빠의 얼굴. 빨간색 테두리로 에워싸인 그 아래에는 이렇게 쓰여 있다.

'두려움을 모르는 남자.'

아빠는 카메라를 보고 있다. 푸른 눈은 마치 아빠가 멀리 있는 뭔가를 주시하는 듯 보인다. 아빠의 피부는 갈색으로 그을리고 갈라져 있다. 아빠의 각진 턱에는 은회색의 짧은 수염이 점점이 보이고, 왼쪽 눈썹 가운데에는 흉터 자국이 있다. 그 부분만 눈썹이 자라지 않는다. 인터뷰에서 아빠는 칼이 그 자리를 스쳐 지나갔다고 말했다. 부코바르(크로아티아 동부에 위치한 도시. – 옮긴이)에서 어느 술 취한 군인이 불심 검문을 하며 칼을 휘둘렀다. 아빠는 그 군인 앞에서 2시간 동안이나 무릎을 꿇은 채로 오줌 세례를 받고 구타를 당한 후에야 본래 가려던 길을 갈 수 있었다. 그전에 아빠는 세르비아의 고아 소년을 차에 몰래 숨겨 국경 너머로 데려다 주었다.

나는 언젠가 그 이야기를 스코트에게 들려주었다. 스코트는 오랫동안 침묵을 지켰다. 그러더니 별난 일이 일어났다. 스코트의 눈에 눈물이 글썽였다.

* 영국 런던에서 발행하는 유럽판《타임》. 지금은《타임 유럽》이라고 불린다.

"네 아빠는 진정한 인간이야, *모 나미*. 괜히 잘난 척 으스대는 사람이 아니야. 결코 너저분한 일에 끼어드는 사람이 아니라고. 근데 나한텐 그런 면이 있어. 나는 너저분하게 굴어. 이런 시계를 차고 다니잖아. 이봐, 시시껄렁하게 아는 체하는 전문 인력 백치, 네 아빠는 진정한 삶을 사는 사람이라고."

《타임》은 헨리 M. 스키너를 삶의 어두운 측면을 세상에 알리기 위해 매 순간 목숨을 거는 종군 기자들을 대표해 '올해의 인물'로 선정했다.

내가 태어나고 나서 아빠는 전쟁터를 누비는 종군 기자 일을 그만두었다.

엄마는 나와 아무 상관없는 일이라고 말한다. 하지만 왜 아무 상관이 없을까? 엄마는 《타임 애틀랜틱》에 실린 인터뷰를 읽지 않았지만 나는 읽었다. 나는 그 인터뷰를 달달 외울 수 있다. 아빠가 이렇게 말하는 구절도. "종군 기자에게 가족이 있어서는 안 됩니다."

나는 잡지의 책장을 넘긴다. 남수단의 아동 병사들에 대한 르포. 지프 안에서 앞으로 고꾸라진 남자의 사진이 거기 실려 있다. 뒤쪽에는 아빠가 손에 총을 든 소년과 함께 웅크리고 있고, 앞쪽에는 산산조각 난 조개 목걸이가 있다.

그 사진은 엄마가 찍은 것이다. 살아 있다는 걸 엄마가 아직 그렇게 두려워하지 않았을 때.

나는 계산해보았다. 맞아떨어진다.

그곳에서 일어났을 수 있다. 아프리카에서.

엄마는 언제 아빠를 만났고 그 후에 무슨 일이 있었는지 결코 말하지 않는다. 내가 네 살이었을 때 왜 파리에서 이곳으로 왔는지도.

맬컴이 침대에서 잠에 취해 묻는다. "뭐 읽어?"

나는 서류철을 들고 침대에 걸터앉아 아빠의 얼굴 사진이 있는 《타임》 표지를 맬컴에게 보여준다.

"다니엘 크레이그?" 맬컴이 묻는다.

"그런 비슷한 사람." 나는 대답한다. 아빠는 다니엘 크레이그와 좀 닮아 보인다. 진지하고 외로워 보인다. 마치 어떻게 웃는지 모르는 듯하다. 다만 머리카락 색깔만 아빠가 좀 더 검다.

"뭐하는 사람이야?"

"자고 있어. 지금 너처럼."

맬컴은 순순히 눈을 감고 금방 다시 잠이 든다.

잠이 몰려와 정신이 몽롱해지고 글자들이 가물가물해졌을 때, 나는 다시 조심스럽게 서류철을 스키신발 상자에 담아 옷장 뒤쪽으로 깊숙이 밀어 넣는다.

세상을 이해하기 위해 세상에 대한 글을 쓰다. 사람들을 보여주기 위해 사람들에 대한 글을 쓰다. 광기에 사로잡히지 않기 위해 내 생각에 대한 글을 쓰다. 나는 이미 작년에 메모장을 샀다. 하지만 지금까지 한 번도 메모장이 펼쳐진 적은 없다. 메모장이 마치 내게 묻는 듯하다. 네가 무슨 할 이야기가 있겠어?

나는 맬컴을 조심스럽게 벽 쪽으로 밀고 맬컴 옆의 비좁은 자리에 눕는다.

아빠와 엄마가 헤어지지 않았더라면 어떻게 되었을까?

나는 자연스럽게 아빠가 지금 살아 있다는 상상을 한다.

이 상상 속의 장면에 에디 아줌마가 어떻게 어울릴지는 모르겠다. 그런데도 아마 함께 있을 것이다. 어떤 식으로든.

나는 아빠와 엄마, 맬컴, 매디와 에디 아줌마를 한 장면에 담으려고 애쓰다가 잠이 든다. 그리고 매디의 꿈을 꾼다. 매디의 얼굴이 두껍게 얼어붙은 강물 아래를 떠돌며 나를 올려다본다. 매디 아래에서 검은 바다가 넘실거린다. 바다가 갈라지고, 나는 학교에 입학하기 전에 꾸었던 꿈속으로 풍덩 떨어진다. 소아과 의사는 그 꿈을 파보르 녹투르누스*라고 말하고, 소아 정신과 의사는 공포 체험에 대한 스트레스 반응이라고 말한다.

하지만 이제 생전 처음 꾸는 꿈을 꾼다.

기차가 길고 어두운 터널을 빠져나와 가까이 다가온다. 나는 두려움에 질린다. 끔찍한 두려움에 질린다. 선로 바닥에 누군가가 누워 있고 곧 기차에 치일 것이기 때문이다. 나는 이 꿈을 계속 연달아 꾼다. 기차가 다가오고 헤드라이트 빛이 내 얼굴을 스치면—나는 꿈에서 깨어난다. 한밤중에 심장 뛰는 소리가 쿵쿵 귓속을 울린다.

* pavor nocturnus. 야경증이라고도 부르며 밤에 자다가 갑자기 공포감과 불안감을 느끼며 깨어나는 질환이다.

20일

헨리

나는 달리는 지프에서 떨어져 마리프랑스의 몸을 내 몸으로 덮고 두 손을 그녀의 머리 위에 올려놓는다. 마리프랑스는 내 몸 아래에서 비명을 지른다. 뜨겁게 달구어진 모래가 바지를 뚫고 내 무릎을 태운다.

지프는 몇 미터를 더 달리다가 벽을 세게 들이받는다. 운전기사인 넬슨이 운전대 위로 푹 고꾸라진다.

와우*, 바르 엘 가잘** 도로변의 말라붙은 풀 옆에 유엔 평화유지군 두 명이 얼굴을 남수단의 태양을 향한 채로 죽어 있다.

기관총을 든 소년이 벌벌 떨며 구덩이에서 기어 나온다. 소년은 구덩이 속에 웅크리고 있다가 넬슨을 총으로 쏘았다. 판지로 덮은 땅 구덩이에서.

마리프랑스가 흐느낀다.

저격병은 어리다. 열세 살가량 되어 보인다. 하지만 소년의 눈은 죽음만큼 늙어 보인다. 소년은 나만큼이나 겁에 질려 있다.

소년은 쪼그리고 앉아 무기를 앞으로 늘어뜨리고 눈을 감는다.

"가지 마, 가지 마, 가지 말라고!" 내 몸이 자신을 떠나는 걸 알

* 남수단의 28개 주 가운데 하나.
** 남수단의 북서부에 위치한 지역으로 와우 주는 이 지역의 일부이다.

아 챈 마리프랑스가 외친다.

나는 몸을 일으켜 천천히 소년에게 다가간다. 두 손바닥을 위로 하고 무방비 상태로. 소년은 내게 눈길조차 주지 않지만 손에 든 무기를 가져가도록 내버려둔다. 나는 탄창을 비우고 무기를 멀리 훌쩍 내던진다.

그러고는 소년 옆에 쪼그리고 앉는다.

소년은 앞뒤로 몸을 흔든다. 앞뒤로. 우리 주변에 적막이 감돈다. 수단은 두려움과 열기로 마비되어 있다. 나는 서른한 살이고 이미 오래전부터 전쟁터를 누비고 다녔다. 그리고 이런 겉늙은 아이들을 많이 봐왔다. 너무 많이. 지난주 유니세프는 그런 아이들 중 2500명을 비행기로 멀리 실어 날랐다. 나머지 아이들은 지금 사바나에 서둘러 지은 아동 구호 시설에 모여 있다. 그 아이들은 무장 해제 후 새로운 여권을 발급받아 새로운 신원을 갖춰야 한다. 그러면 더 이상 자신이 태어난 요일 이름으로 불리지 않아도 된다. 그런데 이름, 그게 뭘까? 이름을 불러줄 누군가가, 더불어 살아갈 다른 이들이 없는 생에서 우린 그 어떤 것도 될 수 없다.

우리는 무장 해제된 미성년 병사들과 아동 구호 시설에서 대화를 나눌 예정이었다. 그 아이들은 글을 읽을 줄도 쓸 줄도 모르지만 총을 겨누고 방아쇠를 당기고 지뢰를 찾아낼 수 있다. 이곳에서는 우리가 알고 있는 법률이 통용되지 않는다. 오로지 무기의 법칙만이 통용된다.

나는 첫 총성이 울리자마자 마리프랑스를 지프 밖으로 밀쳐 냈고, 지금 마리프랑스는 지프 뒤에서 몸을 웅크리고 있다. 우리는 서로 좋아하지 않는다. 하지만 런던과 파리의 편집국은 우리를 한 팀으로 배정했다.

그러다 어느 땐가 마리프랑스가 초록색의 카메라 가방에 손을 뻗어 가방을 모래 먼지 날리는 바닥 위로 끌어당기는 모습이 보인다. 그녀는 모로 누워 카메라를 사이에 두고 자신과 공포 사이에 거리를 만들어낸다. 넬슨과 유엔 평화 유지군, 그리고 어린 킬러 옆에 쪼그리고 앉아 킬러의 떨리는 어깨 위에 손을 올려놓은 나를 찍기 시작한다.

별안간 이 광경을 이미 어디선가 본 듯한 기분이 든다. 마리프랑스가 지금 찍는 사진 속의 나를 이미 본 듯하다. 앞쪽에 피로 범벅된 넬슨의 근육, 뒤쪽에 아동 병사와 나.

눈앞에서 열기가 어른거린다. 데자뷰의 순간, 이 찰나들을 이미 체험했으며 이 사진이 어떻게 보이고 어떻게 사라질지 정확하게 알고 있다는 확신.

"이름이 뭐니?" 나는 묻는다.

소년은 나를 바라보며 나지막이 말한다. "보이." 그러고는 다시 시선을 돌린다.

그림자들이 위치를 바꾸고 마리프랑스가 사진을 찍는 동안, 나는 소년 옆에 쪼그리고 앉아 있다. 그밖에 도로에는 아무것도 없다. 마치 우리가 아프리카, 아니 어쩌면 세상의 외진 구석에 남은 최후의 인간인 듯한 느낌이 든다. 파리 떼와 염소들, 뼈대만 남은 차체들, 플라스틱 병들, 쓰레기. 그밖에는 아무도 없다.

'보이'는 한때 아버지가 자신을 아콜이라 불렀다고 말한다. 하지만 그 아버지는 죽었다고도 말한다. 어머니도 여동생도 죽었고 누나만 아직 살아 있어요. 누나는 사령관들을 위해 요리를 해요. 그러면 밤에는 지휘관들 옆 막사에서 자도 돼요. 나한테는 죽은 나무 두 그루 사이에 매단 비닐 덮개 밖에 없고, 나는 그 아래서 웅크리고 자요.

나는 유니세프가 너 같은 소년들을 도와주는 걸 알고 있냐고 묻는다.

"그게 뭔데요?" 소년은 묻는다.

소년은 자신이 총을 쏘지 않으면 그를 훈련시킨 민병대들이 누나를 이탈리아로 팔아버릴까 무섭다고 말한다.

나로서는 더 이상 어떻게 해볼 도리가 없다는 생각이 든다. 이 모든 걸 더 이상은 어떻게 해볼 도리가 없다. 나는 이 현실을 집으로 가져가 오로지 텔레비전을 통해서만 전쟁을 아는 사람들에게 알리려고 거듭 시도했다.

그들은 외면한다. 이 현실에 대해 너무 많은 걸 보게 되면 그들은 늘 외면한다.

나는 그 이유를 이해한다.

나는 아콜이 달아나도록 내버려둔다. 이제 내게는 탄창 없는 무기, 내면의 뭔가가 돌처럼 단단하게 굳은 마리프랑스, 그리고 캠프까지 2시간 거리의 행군이 남아 있다. 마리프랑스는 '프레스(PRESS)'라는 글자가 새겨진 무거운 방탄조끼를 들어줄 테니 벗으라는 내 제안을 거절한다. 하지만 내가 초록색의 카메라 가방을 들어주는 것에는 고마움을 표한다.

두려움이 우리를 덮쳐서 지나치게 현실적인 세계로 우리를 내몬다. 법이 통용되지 않는 전쟁의 세계에서 두려움은 결코 치유되지 않을 불치병이자 우리가 공유하는 유일한 것이다.

밤에 프레스 캠프에서, 특별히 낙타딜 담요가 깔리고 가느다란 양초 두 개가 타오르는 야전 침대에서 마리프랑스는 혼자 자려 하지 않는다.

"죽기 전에 한 번 더 사랑하고 싶어요." 그녀는 말한다.

"당신은 지금 죽지 않아요." 나는 대답한다.

"혹시 내가 싫은가요, 교만한 얼간이 양반?"

죽음에 대한 두려움 앞에서 하필이면 사랑을 떠올릴 만큼 사람들이 사랑의 어떤 점을 그렇게 중요하게 여기는지 나는 모른다. 나라면 방탄조끼와 위스키를 선택할 것이다.

내가 이렇게 말하자 마리프랑스가 나를 때린다. 내 얼굴을 때리고 가슴을 때린다. 내가 그녀의 손목을 꽉 붙잡고 몸을 내게로 바짝 끌어당길 때까지. 마리프랑스는 운다. 당혹감과 미움이 얽힌 눈빛으로 날 바라보는 바람에 나는 결국 그녀에게 키스한다.

그건 바로 그런 순간이다.

뭐라고?

어떤 순간?

마리프랑스의 입술이 내게 응답하자 다른 생각은 나지 않는다. 마리프랑스는 내게 키스한다. 그녀는 마치 키스할 때마다 더 편하게 숨을 쉴 수 있는 듯 보인다. 나는 그녀의 키스에 답한다. 그녀를 껴안고 그녀의 등을 어루만진다. 내 손길 아래서 그녀 어깨의 긴장이 풀린다. 나는 그녀의 귀에 입을 대고 흥얼거린다. 그녀의 목에 키스한다. 이윽고 마리프랑스가 울음을 그치고 나는 몸을 떼려한다. 그러자 그녀의 두 손이 나를 움켜쥐고 더 바짝 잡아당긴다.

"나랑 자요." 그녀가 속삭인다.

그녀의 몸이 내 고독을 열어젖히고 스스로 가지고 있던 고독을 내게 전하려 하기에, 또다시 그녀의 마음을 상하게 만들고 싶지 않기에, 때마침 나 역시 절실히 살고 싶어졌기 때문에, 나는 그녀의 말을 따른다.

나는 그녀의 몸이 이완되고 긴장이 풀리면서 쾌감 속으로 빠져드는 걸 느낀다. 나는 키스를 통해 두려움을 쫓아낸다. 그녀 안에서 가볍게 움직인다. 나는 흥얼거린다. 그녀의 볼에 기대어 노래를 부른다. "무지개 너머 어딘가에(somewhere over the rainbow)."

그녀의 몸이 나긋해진다.

이 부드러움, 그녀의 무릎이 벌어지면서 끌어당기고 유혹하는 이 부드러운 쾌감. 나는 한순간 마리프랑스의 영혼을 인지한다. 나는 그녀 아주 가까이에 있다. 이루 말할 수 없이 가까이.

"가지 마요!" 마리프랑스는 내 하중이 금방 자신을 떠나려 하는 걸 느끼고 말한다. 내 등을 휘감은 뜨거운 두 손으로 나를 더욱 가까이 끌어안는다.

이렇듯 그녀 품속에 안겨 위로받는다.

그런데도 여기에 흠뻑 취하기 전에 마리프랑스에게서 멀어지고 싶은 충동을 느낀다. 이것은 반사 작용이다. 우리는 무방비 상태에 있다, 삼중으로. 우리는 상처 입은 영혼으로 벌거벗고 있다. 우리는 젊다. 우리는…….

"어서!" 마리프랑스는 속삭인다. "어서! 내 안에서."

원래의 계획보다 한 걸음 더 나아가는 것. 단 한 걸음만.

이번에는, 나는 생각한다. 이번에는 다르게 해야지.

그러고는 더 이상 아무 생각도 하지 않는다.

나는 절정에 이르는 동안 그녀 안에 머무른다. 마치 숨을 내쉬는 것과도 같다. 길고 깊숙이 안도의 숨을.

"그래도 난 당신을 증오해." 갑자기 마리프랑스가 자포자기하듯 신음소리를 내뱉으며 나를 껴안는다. 나는 우리가 결코 서로 사랑하지 않았고 앞으로도 사랑하지 않을 것을 안다.

그 후 캠프의 짓누르는 긴장감과 열기 속에서 나는 잠깐 깊이 잠이 든다. 마리프랑스와 등을 맞대고. 그때 우리에게 아들이 생기는 꿈을 꾼다. 우리 아들이 아버지와 아들의 날에 학교에 올 거냐고 내게 묻는다. 아들이 나를 아직 한 번도 본 적이 없기 때문에 나는 간다고 말한다. 그런 후 나는 죽는다. 익사한다. 바닷물 맛이 나는 강에서.

나는 그 황당한 꿈에 대해 마리프랑스에게 아무 말도 하지 않는다. 또는 데자뷰에 대해. 갈림길에 서 있다는 이 기이한 감정에 대해. 내가 예전에 이미 이 야전 침대에 누워 있었고 마리프랑스에게 키스할 것인지 아닌지 선택해야 했던 적이 있었던가? 마리프랑스 안으로 들어갈 것인지 아닌지.

이틀 후 우리는 카이로를 경유해 파리행 비행기에 몸을 싣는다. 비행기가 지중해 위를 나는 동안, 마리프랑스가 내 어깨에 기대 잠이 든다. 잠에서 깨어나서는 당혹스러워한다. 비행기가 파리에 도착할 때까지 김 서린 창문에 바짝 몸을 붙이고 있다.

샤를 드골 공항에 도착해 우리가 휴가객들과 양복 입은 사람들, 트롤리 백과 꼭 끼는 스커트 차림의 에어프랑스 스튜어디스들 사이에서 청회색 불빛 아래 마주 서 있을 때, 나는 묻는다. "우리가 다시 만났으면 좋겠어요?"

그녀는 어깨를 으쓱한다. 그건 '잘 모르겠어요.'라는 뜻일 수 있다. 아니면 '내게 한 번 더 물어봐요.'라는 뜻일 수도 있다.

나는 마리프랑스에 대해 별로 아는 게 없다. 그녀는 스물일곱 살이다. 아이들을 좋아하지 않고 그림을 사랑한다. 그리고 결코 로즈 와인을 마시지 않는다.

"그럴 필요 없어요." 마리프랑스는 말을 길게 늘여 빼며 대답한다. 특유의 손놀림으로 머리카락을 귀 뒤로 쓸어 넘기며, 소녀처럼 자신감 없는 커다란 눈으로 나를 바라본다.

나는 본연의 자신을 상실하기 전, 그러니까 '보이'가 되기 전까지 아콜이라 불렸을 살인범을 생각한다.

그리고 자신을 설득해주길 바라는 탓에 '아니요'라고 말하는 여자들이 있다는 생각을 한다. '네'라고 말해서 패배한 여자가 되고 싶지 않은 탓에.

나는 발을 내디뎌야만 비로소 생기는 길을 생각한다. 영화 〈인디아나 존스〉에서처럼.

나는 가방을 한쪽 어깨에서 다른 쪽 어깨로 옮긴다. 이대로 몸을 돌려 도망치고 싶은 충동이 내 안에서 치미는 걸 느낀다. 빠른 걸음으로. 이 충동은 도착하는 사람들과 출발하는 사람들이 북적거리는 공항 한복판에서 긴 복도를 따라 열리는 길을 탐색하고 싶어 하지 않는다. 그냥 런던으로 놀아가 빨래를 빨고 주점에 가고 싶어 한다. 잠을 잘 수 있을 때까지 거나하게 술을 마시고 싶어 한다. 그런 다음 한 달 내내 잠을 자고 어딘가로 다시 떠나고 싶어 한다. 머무르고 싶어 하지 않는다.

하지만 늘 그랬다. 여자하고 잠을 자고 나면 나는 늘 도망쳤다.

우리가 두 번 다시 서로 만나지 않는다면 얼마나 간단할까, 나는 상상한다. 처음에는 안도감과 수치심이 교차할 것이다. 대부분의 저널리스트들이 여행 도중 함께 자는 건 눈감아줄 수 있는 일이다.

하지만 마리프랑스가 임신할지도 모른다. 우리 아들을. 내가 여기 머물러 가정을 꾸리는 대신 진을 들이켜고 다음 런던행 브리티시 에어라인에 비겁하게 서둘러 올라탄다면, 그녀는 아이를 낙태할지도 모른다.

내가 제정신이 아닌 게 분명하다!

“자, 그럼.” 마리프랑스가 카메라 가방과 여행 배낭을 들려고 몸을 숙인다.

지금이야, 나는 생각한다. 자 어서, 헨리! 다르게 행동해. 이번에는 다르게 행동하라고.

또다시 ‘이번에는’.

“잘 가요.” 마리프랑스는 웅얼거리며 내가 예의상 입을 맞추도록 몸을 살짝 앞으로 내민다. 나는 왼쪽에 한 번, 오른쪽에 한 번, 마리프랑스의 볼에 닿지 않게 입술을 내민다.

갈까?

머무를까?

내가 런던으로 돌아가거나 카불로 떠나는 대신 파리에 머무른다면. 마리프랑스 옆에 머무른다면. 그녀의 곁에서 발견할지 모를 새로운 가능성이 나를 사로잡는다. 마음이 움찔거린다. 자, 어서! 마침내 어른이 되라고!

그리고…….

반항심.

나는 이 반항심이 어디서 오는지 모른다. 반항심은 ‘이번에는 이렇게’라는 생각을 수반한다.

나는 세 번째 키스를 하며 마리프랑스의 볼에 기대어 말한다. “당신 곁에 머무르고 싶어요.” 이렇게 말하는 순간, 이 말이 진심이 아니라는 걸 안다.

나는 공포를 닦아낸다. 틀림없이 이건 정상이야. 처음으로 어딘가에 머물려는 남자들은 모두 이런 심정일 거야.

마리프랑스가 나를 꼭 껴안으며 속삭인다. “난 지금도 당신을 증오해. 하지만 예전만큼 많이는 아니야.” 그녀는 나를 놓아주지 않는다.

나는 런던행 비행기를 그냥 보낸다. 카불로 향하지 않고 파리에 머무른다.

3개월 후 마리프랑스가 초음파 사진을 보여준다.

"난 아이를 원해. 하지만 당신은 원하지 않아." 그녀는 말한다.

"물론 당신은 나를 원하지 않아. 당신은 끊임없이 원하지 않는다고 주장해. 그런데도 나는 당신 말을 믿지 않기 때문에 이곳에 머물러."

마리프랑스는 두 팔로 나를 안으며 대답한다. "맞아." 하지만 그녀는 나를 사랑한다는 말을 결코 하지 않는다. 그녀는 그 말을 할 수 없고 나도 마찬가지다.

그사이 나는 마리프랑스가 자신을 향한 내 애정을 시험한다는 걸 알 만큼 충분히 그녀에 대해 알게 되었다.

그녀는 다시 자신에게 돌아오도록 부러 나를 멀리 보낸다. 오로지 그런 식으로만 우리의 관계는 *거의* 사랑에 가까울 수 있다. 그런데도 우리 두 사람은 그게 사랑이 아니라는 걸 알고 있다.

이 관계는 그날 밤의 기적이다.

우리의 아들, 새뮤얼 노암은 두려움에서 태어난 아들이다.

우리는 우리가 함께하지 않을 경우에 대해서는 이야기하지 않는다.

마리프랑스는 오로지 하나의 조건만을 내세운다. "아이가 태어나면 더 이상 전쟁터에 가지 마. 나는 아이가 당신 때문에 두려워하는 걸 원하지 않아."

나는 약속을 지킨다.

마리프랑스는 내가 자신 곁에 머무는 걸 원하지 않는다고 말한다. 그런데도 나는 떠나지 않을 거라고 그녀를 안심시키며 3년 반을 보낸다. 그녀는 넬슨의 근육 사진으로 상을 받고, 나는《르 몽드》에서 파트타임 일을 한다. 전쟁터에는 더 이상 가지 않는다.

새뮤얼은 예민한 아이다. 아이가 낯선 방 앞에서 별안간 걸음을 멈추고 들어가려 하지 않거나 울음을 터트리면 마리프랑스는 종종 절망한다. 아이가 무서운 꿈을 꾸고 그림자를 가리키며 침대 구석으로 도망가면, 그녀는 밤에도 피곤한 기색 하나 없이 잠자리에서 일어나곤 한다. 아이를 안고 어르긴 하지만, 내가 알고 있는 꿈에 대해서는 모른다. 나는 얼른 새뮤얼의 방으로 간다. 마리프랑스는 샘을 내면서도 내가 힘들어하지 않고 우리의 아들을 돌보는 걸 고마워한다. 고마워하는 마음은 다정함으로 표현되고, 그것은 늘 근사한 시간으로 이어진다. 나는 샘을 단 일 초도 힘들게 느껴본 적이 없다. 샘은 말을 잘 못한다. 샘이 말을 하면 기이한 낱말들이 튀어나온다고 유치원 교사들은 생각한다. 언어 치료사도 걱정하긴 마찬가지다. 나 혼자만 대수롭지 않게 여긴다. 샘의 말은 어쩌면 조금 티베트 말처럼 들릴지도 모르겠다. 혹시 샘은 꿈속에서 사물들을 매우 논리적으로 표현하는 낱말들을 배우고 있는 걸까? 다만 여기 현실에서 그 언어를 이해할 수 있는 사람이 없을 뿐.

마리프랑스는 직속 상사와 내연 관계다. 상사의 부인이 내게 그 이야기를 하며 우리도 관계를 맺자고 제안한다—"그래야 균형이 맞지 않겠어요?" 하지만 나는 샘을 떠올린다. 마리프랑스는 이런 관계로 자기 자신에게 기쁨과 동시에 씁쓸한 근심을 안겨주는 걸 우리 둘에게 숨기려 애쓴다. 그러면 샘은 무척 예민하게 반응한다. 그렇다, 샘은 엄마의 마음을 감지할 수 있고 엄마와 함께 느낀다. 아마 그게 내가 마리프랑스를 고약하게 여기지 않는 이유일지도 모른다. 내 아들이 내게 공감하는 법을 가르친다. 마리프랑스가 멍하니 있으면, 샘은 떼를 쓰는 게 아니라 사랑스럽게 군다. 오동통한 다리로 아장아장 걸어가서는 의자 위에 올라가 엄마의 볼을 어루만진다. 샘이 감기에 전염되듯 엄마의 기분에 전염된다는 느낌이 이따금 든다.

나는 마리프랑스 상사 부인의 제안을 거절한다.

그리고 한동안 마리프랑스를 관찰한다. 그녀가 어떤 핑계를 생각해내는지. 언제, 어떤 거짓말을 하는지. 그런 경우 많은 다른 여자들과 마찬가지로 그녀는 나하고 예전보다 더 자주 잠자리를 가지려 한다. 나와 함께한 모든 합법적인 시간이 그 남자와의 금지된 시간에 대한 보상이라도 된다는 듯. 마리프랑스의 분열된 모습이 안쓰럽다. 나는 이따금 그녀가 부끄러워하길 바란다. 그래서 결국은 우리가 단 한 번만이라도 서로에게 솔직하길 바란다. 우리 모두를 위해.

나는 그녀와의 섹스를 대부분 거절한다. 그녀는 내심 안도하면서도 다른 한편으로는 의심하고 불안해한다.

"당신 나랑 안 자면 누구하고 자?" 우리가 알몸으로 서로를 안지 않은 지 서너 개월 지났을 무렵 마리프랑스가 묻는다.

"그럼 당신은?" 나는 되묻는다. "지금도 클로드하고 자?"

마리프랑스가 소리 죽여 말한다. "당신을 증오해." 심지어 나는 왜 그녀가 나를 증오하는지도 이해한다. 우리는 우리에게 속고도 마음 아파하지 않는 사람들을 증오한다. 하지만 나는 정말로 마음이 아프지 않다. 별로 신경 쓰이지 않는다. 심지어는 마리프랑스가 그 남자를 사랑하기를 바란다. 사랑하는 것이 그녀에게 도움이 되기를 바란다.

내가 마리프랑스를 사랑하지 않아 그녀는 괴로워한다. 하지만 우리에게 일어난 기적은 여전히 강력하다. 아이라는 기적. 나보다 그녀가 샘을 더 낯설어 할지라도.

나는 마리프랑스의 상사 클로드가 아침 일찍 아내 샹탈과 헤어지면 저녁에 마리프랑스가 그의 곁에 있을 거라고 추측한다. 하지만 내가 마리프랑스를 대하는 것과는 달리 샹탈은 남편에게 그리 호락호락하지 않다.

나는 샘을 한없이 사랑한다. 샘은 마리프랑스와 나 사이의 사랑 없음이 만들어낸 기적이다. 마리프랑스가 이따금 지친 몸으로 축 늘어져 집에 오면, 백포도주와 클로드의 애프터셰이브 로션과 그녀의 몸이 누웠던 호텔 침대의 세제 냄새를 풍기면, 나는 조용히 일어나 샘이 자는 모습을 지켜본다.

이것이 삶의 의미이다.

나는 아내를 더 이상 사랑하지 않는데도 가족을 떠나지 않는 남자들을 처음으로 이해한다. 이 작은 인간들이 있기 때문에. 꾸밈없고 거짓되지 않은 이 작은 인간들. 이들을 사랑하는 일은 매우 단순하며, 그렇기에 도저히 사랑하지 않고는 배길 수 없다.

샘은 울거나 잠을 자거나 기어서 달아나는 것 말고는 저항할 수단이 없는 한, 세상에 대해 극히 예민하다.

샘이 편안한 목소리나 음조가 들려오면 작은 머리를 돌리는 모습을 나는 관찰한다. 샘은 목소리에서 마음에 들지 않는 뭔가를 인지하면 외면한다. 이를테면 샘은 거짓말을 들을 수 있다. 과장된 말이나 슬픔도 듣는다. 샘은 그런 것들을 거의 참아내지 못한다. 그러면 울음을 디트린다.

샘과 함께 있으면 나는 세상을 더 잘 볼 수 있는 듯한 기분이 든다.

샘은 공간과 장소에도 반응한다. 우리가 걸을 수 없는 거리들이 이따금 있다. 한번은 샘이 어떤 집 문 앞에서 자지러지게 울었다. 나중에 나는 그 집의 문지방에서 강도 살인 사건이 있었음을 걸 알게 되었다.

눈에 보이지 않는 현실을 감지하는 내 작은 지진계. 샘은 인간 본연의 낯선 감각으로 주변의 모든 것과 나를 본다. 샘은 디지털화된 현대 인간에게는 보이지 않는 5차원의 현실을 볼 수 있다.

5차원. 첫 번째 생에서는 물리학자와 생물학자였고, 두 번째 생에서는 비합리적인 것을 연구한 어느 정령 연구가가 그렇게 불렀다.

"하늘과 땅 사이에 있는 것. 당신은 기이한 우연의 일치를 아실 겁니다. 누군가가 죽고 아이가 태어납니다. 당신이 30년 전에 마지막으로 만난 친구를 생각하고 있는데 갑자기 전화벨이 울리고 전화기에서 그의 목소리가 들립니다. 옛 폐허를 거닐 때 또는 예전에 전쟁터였던 곳을 차를 타고 지나갈 때의 야릇한 느낌. 노르망디 해변은 현재도 피의 그림자에 덮여 있어요. 그곳에 가본 적이 있습니까?"

그렇다, 나는 그곳에 가본 적이 있었다. 말로와 이반과 함께. 정령 연구가의 말은 사실이다. 하늘은 더 진한 잿빛이고 풀은 더 축 늘어지고 지은 지 수백 년 넘은 돌집들은 더 기죽고 더 슬퍼 보였다. 그곳의 땅은 침울했다.

당시 나는 내가 그렇게 느낀 까닭을, 그 땅이 과거의 비극을 지금까지 기억하고 있어서라기보단 내가 수천의 죽음을 알고 있기 때문이라고 여겼다.

피의 그림자들.

시민 교육을 받은 인간의 제한된 감각과 이성으로는 인지하지 못하는 많은 것이 있다고 정령 연구가는 선언했다. 그것을 육체적으로나 정신적으로 인지할 수 없기 때문에—또는 인지하려고 하지 않기 때문에. 다만 그뿐이었다.

"아이들, 개들과 고양이들은 우리가 부정을 저지르는 것을 감지할 수 있어요. 어른이 된다고 해서 늘 더 영리해지는 것은 아닙니다. 대개는 더 아둔해져요."

하지만 샘은 그 모든 것을 본다. 샘의 감각은 나보다 1,000개는 더 많은 눈과 귀를 가지고 있다. 어쩌면 모든 사람들보다도 더.

이런 기이한 일도 있었다. 샘이 구석을 가리키며 말했다. "파피! 파피!" 그건 할아버지를 뜻하는 말이다.

말로 아니면 이반을. 경우에 따라서.

내 눈에는 아무것도 보이지 않았다. 하지만 샘은 까르르 웃었다. 내 아버지를 보고 있을까? 내 할아버지를? 아이들에겐 죽은 자들이 보일까?

나는 5월 1일에 샘에게 수를 가르치려 한다. 계속 4라는 수를 알려주려고 시도한다—손가락 네 개, 작은 신발 네 개, 풀줄기 네 개—갑자기 샘이 큰 소리로 또렷하게 말한다. "노란색."

"아니, 샘. 4. 노란색이 아니야."

샘은 작은 머리를 가로젓는다. 내 손가락을 톡톡 두드리며 다시 힘차게 말한다. "노란색."

그러고는 내가 기다란 나뭇가지로 모래에 써놓은 숫자들을 가리킨다. 바생 드라 발레트 호수 변의 공원에서. 페탕크(구슬치기, 컬링과 비슷한 프랑스의 전통 구기 스포츠.-옮긴이)를 하는 사람들로부터 멀지 않은 곳에서.

샘은 8을 가리키며 말한다. "퇸."* 이 말은 초록색을 뜻한다. 그리고 5를 가리키면서 말한다. "플라우."** 6은 빨간색, 7은 연두색이다. 3은 파란색과 노란색이고, 2는 회색과 빨간색이다. 샘은 1은 전혀 좋아하지 않는다.

"그렇구나. 그러면 노란색에다 노란색을 더하면……?"

"퇸." 샘은 즉시 말하며 8을 가리킨다.

샘은 8을 사랑한다. 짙은 초록색을 띤 것은 뭐든 사랑한다.

우리는 온종일 '숫자-색깔 놀이'를 한다. 저녁에 나는 내 아들이 숫자만 색깔로 보는 게 아니라는 걸 깨닫는다. 내 아들은 친절

* 독일어로 초록색을 뜻하는 단어 grün을 아이 나름대로 발음한 것으로 보인다.

** 독일어로 파란색을 뜻하는 단어 'bleu'를 아이 나름대로 발음한 것으로 보인다.

함이나 강함, 비열함 같은 특성들과 소리에도 색깔과 숫자를 연결 짓는다. 지하철이 도착할 때의 소음은—'비에프', 이 말은 '하얀 11, 하얀 11!'이라는 뜻이다,—귀를 막을 때 들리는 심장 뛰는 소리는—"플라우, 꿈! 아빠, 꿈 푸른색."이다. 나는 샘이 다른 사람들에게서 인지하는 감정들도 색깔들과 연결 짓는다는 것을 이해했다. 또 사물들도. 샘은 그림자와 물웅덩이를 가리킨다. 나는 샘의 언어를 배우는 데 내 평생을 바칠 수 있을 거라고 생각한다.

샘은 내 손을 잡고 오동통한 다리로 바스티유 광장을 건너면서 백짓장처럼 창백한 얼굴로 말이 없다.* 나는 등에 내리쬐는 햇살을 느낀다. 따사하다.

"길에 흰색과 빨간색이 있어." 샘이 말한다. 물론 정확히 이렇게 말한 건 아니다. 그보다는 200년, 300년 동안 틀림없이 그 자리를 지켰을 벽들과 기둥들을 가리키며 말한다. "아파. 시끄러워." 샘의 지혜롭고 늙은 눈에 눈물이 글썽인다.

그날 나는 샘을 드디어 완전히 이해하기 시작한다. 내 아들은 감각 수용체를 다른 사람들보다 몇 개 더 많이 가지고 있다. 보통 사람들은 전혀 인지하지 못하는 인상들이 샘을 덮친다. 샘은 공감각을 소유하고 있다. 나는 마리프랑스에게 가능한 한 침착하게 이 사실을 이야기하기로 마음먹는다. 이 재능을 견뎌내기 위해서는 샘에게 많은 용기와 노력이 요구될 것이다. 세상의 '더 많은

* 프랑스 혁명의 도화선이 된 바스티유 습격 사건이 벌어졌던 장소이기 때문이다. 감옥을 지키던 수비병들과 지원 부대가 시민들과 충돌을 일으키면서 수많은 희생자가 발생했다. 샘은 이를 공감각적으로 느끼고 괴로워하고 있는 것으로 보인다.

것'을 견뎌내기 위해서는.

샘과 함께 집으로 가기 위해 나는 길모퉁이와 광장, 창문턱에서 폭행이나 살인, 폭동, 절망, 폭력 린치가 많이는 일어나지 않았으리라 확신이 드는 길을 찾는다. 집으로 가는 도중 샘에게 짭짤한 버터를 넣은 커다란 캐러멜 아이스크림을 사준다. 내 고향 이루아즈, 브르타뉴의 피니스테르에도 있던 아이스크림.

샘이 아이스크림을 먹는 동안, 나는 내 아들이 세상의 더 많은 것을 이겨내도록 최선을 다해 도와주겠다고 나 자신과 샘에게 약속한다.

나는 내 아이를 향한 애정을 주체하지 못하고 그만 입속을 깨문다. 아프지만 적어도 울 정도는 아니다.

갑자기 샘이 나를 올려다보며 묻는다. "아빠, 아야?"

나는 고개를 끄덕인다. 아빠 아야. 하지만 좋은 아야.

나는 마리프랑스에게 그 이야기를 할 기회를 얻지 못한다.

우리, 샘과 나는 메트로를 기다린다. 그 '하얀 11!'의 소리가 가까이 다가오자, 슬픔에 잠긴 술 취한 아코디언 연주자도 가까이 다가온다.

그는 아코디언의 가죽 끈에 걸려 휘청거리며 어깨로 나를 친다. 나는 중심을 잃는다. 샘의 손이 내 손에서 미끄러져 나간다.

나는 역사로 진입하는 메트로 바로 앞 선로로 추락한다. 나는 추락한다…….

아직은 아냐! 제발, 아직은 아니라고!

25일

헨리

……나는 달리는 지프에서 떨어져 내 몸으로 마리프랑스의 몸을 덮고 두 손을 그녀의 머리 위에 올려놓는다. 지프는 몇 미터를 더 달리다가 벽을 세게 들이받는다. 운전기사인 넬슨이 운전대 위로 푹 고꾸라진다. 그는 와우, 바르 엘 가잘의 도로변에서 숨을 거둔다.

기관총을 든 소년은 어리다. 열세 살가량 되어 보인다. 하지만 두 눈은 죽음만큼 늙어 보인다. 나는 이런 늙고 지친 아이들을 많이 봐왔다. 아주 많이. 우리는 서로를 바라본다. 소년은 늙고 슬픈 눈을 내리뜬다. 소년의 가녀린 손에서 무기가 미끄러져 떨어진다. 늘 반복되는 것, 죽이고 죽이고 또 죽이는 것에 지친 듯, 한없이 지친 듯 보인다. 똑같은 삶을 반복해 살아야 하는 것, 매 시간을 반복해야 하는 것. 모든 잘못을, 하지 않은 모든 것을. 그것은 틀림없이 지옥일 것이다.

지프 뒤에서 마리프랑스는 몸을 웅크리고 있다. 그녀가 초록색의 카메라 가방에 손을 뻗는 모습이 보인다. 그녀는 늘 전문가라는 생각이 든다. 이런 순간에도.

열기가 눈앞에서 어른거린다. 나는 사진이 어떻게 보일지 알고 있다고 한순간 생각한다.

게다가 일주일 후 마리프랑스가 편집장과 함께 라이트테이블에 앉아 있을 것도 안다. 그들은 슬라이드 필름과 밀착 인화지를 훑어볼 것이다. 두 사람의 몸이 서로 닿고 뭔가를 협상할 것이다. 이 협상의 끝에, 몇 주와 몇 번의 시선 교환 끝에 두 사람은 알몸으로 숨을 헐떡이며 하나로 엉킬 것이다. 그리고 누군가는 눈물을 쏟을 것이다. 또다시 몇 년 후.

나는 눈꺼풀을 한 번 감았다가 뜨는 사이에 이 모든 걸 본다. 내 눈이 눈물을 흘리고 내 머리가 쿵쿵 울린다. 목이 마르다. 결코 채워지지 않을 갈증.

편집장 그레고리가 나를 회사 전속 의사에게 보냈다. 의사는 내 머릿속에 더 이상 빈자리가 없다고 말했다. 사진들, 내가 여러 해 동안 인간 압지처럼 빨아들인 진실한 필름들과 다발성 외상에 의한 감정들이 내 머릿속을 꽉 채우고 있다는 것이다. 빨아들이기만 했을 뿐 소화하지 못한 것들이. "예를 들어 치료의 의미에서 말입니다, 스키너 씨."

어떤 치료가 사람의 머릿속에서 전쟁을 끄집어낼 수 있을까?

그림자들이 이동하고 마리프랑스가 사진을 찍는 동안, 나는 소년 옆에 쪼그리고 앉아 있다. 그 위험한 아이는 한때 아버지가 자신을 아콜이라 불렀다고 말한다. 하지만 아버지는 죽었다는 것이다. 어머니도 여동생도 죽었고 누나만 아직 살아 있다고 한다. 지휘관들이 있는 곳에—아직.

"나히아." 나는 속삭인다. 소년은 고개를 끄덕인다. 아콜이 누나의 이름을 말한 적이 없다는 사실을 나만 알아차린다.

내가 그 이름을 어떻게 알까?

어떻게 된 걸까? 여기에서 무슨 일이 일어나는 걸까?

내가 말라리아에 걸려 헛생각을 하고 있는 걸까. 나는 죽을 것이다. 나는 죽을 것이다.

나는 죽을까?

현실이 전복된다. 보이와 나히아, 그리고 자동차 좌석과 산산이 찢긴 넬슨의 근육 사슬에 뚝뚝 떨어지는 피, 어느 날 편집장과 잠을 자게 될 마리프랑스.

나는 죽는다. 많은 것을 하지 못했다는 쓰라림. 아주 많은 것을.

아콜이 벌떡 일어나 달려간다. 달려간다. 무기를 그대로 둔 채.

우리는 걸어서 캠프로 돌아간다. 마리프랑스는 '프레스' 표시가 새겨진 무거운 방탄조끼를 들어주겠다는 내 제안을 받아들인다. 카메라 가방은 본인이 직접 든다.

"더 이상은 못하겠어요." 어느 땐가 그녀는 말한다. "다시는 사람을 찍을 수 없을 것 같아요."

밤에 캠프의 야전 침대에서, 두 개의 가느다란 양초 옆에서 나는 위스키를 마시고 마리프랑스에게 위스키 병을 건네준다. 연거푸 위스키를 따라준다. 위스키가 마리프랑스를 잠들게 해주는 우유인 듯 연거푸 따라준다.

"죽기 전에 한 번 더 사랑하고 싶어요." 어느 땐가 그녀는 말한다. 자음이 분명치 않다.

"당신은 사랑하게 될 거예요." 나는 전혀 모르는 클로드 편집장을 떠올리며 대답한다.

"혹시 내가 싫은가요, 교만한 얼간이 양반?"

마리프랑스는 내 대답을 기다린다. 위스키 탓에 내 사지가 말을 듣지 않는다. 그러지만 않았다면 벌써 오래전에 마리프랑스를 부둥켜안았을 것이다. 마리프랑스의 고독이 외치고 간청하는 소리가 들린다. 그녀의 분노 아래에서 부드러움, 선함이 보인다. 그녀를 위로하지 않으려면 정신을 바짝 차려야 한다. 실제로 나는 그녀를 원하지 않기 때문이다. 이건 다만 연민일 뿐이다.

"사람들이 죽음에 대한 두려움 앞에서 왜 하필 사랑을 떠올리는지, 사랑의 어떤 점을 그렇게 중요하게 여기는지 난 모르겠어요. 나라면 차라리 방탄조끼와 위스키를 선택할 겁니다."

마리프랑스의 손이 내 따귀를 갈길 것처럼 움찔한다. 하지만 그녀도 녹초가 되어 있다. 그 대신 돌처럼 차가운 대기를 향해 거절하듯 손을 흔들고는 뒤로 고꾸라져 거의 잠이 든다.

"최소한 키스는 해줘요." 그녀는 혀 꼬부라진 소리로 웅얼댄다.

나는 마리프랑스에게로 몸을 숙인다. 그녀의 입은 과일이다. 그녀는 아름다운 여인이다. 그리고 그녀는 나와는 다르게 삶을 갈망한다.

삶을 향한 강한 갈증.

나는 그녀의 입술에서 곧바로 삶을 마실 수 있을 것이다!

지금이 바로 그런 순간이다.

뭐라고?

어떤 순간?

낙타털 담요를 끌어올려 마리프랑스를 덮어주는데, 그 생각이 사라진다. 와우는 밤에 무척 춥다. 그녀에게 키스하고 싶은 욕구는 사라졌다.

그녀와 자지 않았다는 아쉬움이 마음속에 희미하게 남아 있다. 하지만 다행이라는 생각도 든다.

이틀 후 우리는 파리행 비행기에 몸을 싣는다. 그리고 환승 구역에서 작별 인사를 나눈다. 종종걸음으로 밝은 색의 커다란 트래버틴 타일을 지나 터미널을 벗어나서는 수하물 컨베이어 벨트 옆에서 걸음을 멈추는 마리프랑스의 뒷모습을 바라보는데 다시금 애수 어린 마음이 솟구친다. 그녀는 생각에 잠겨 자신의 납작한 배를 어루만진다.

나는 왠지 불만스럽고 공허한 느낌이 든다. 뭔가 아름답고 청아한 것을 빼앗긴 것만 같다. 왜 이런 변덕스러운 기분이 드는지 이해가 가지 않는다. 다만 온도 차이 때문이겠거니 생각한다. 그리고 와우 때문이겠지.

나는 넬슨을 떠올린다. 군인들이 그의 시신을 거두어 가족에게 보냈다.

삶은 얼마나 빨리 끝날 수 있는가. 죽음이나 삶에 이르는 길은 얼마나 기이한가! 미세한 결정들, 작은 움직임들의 총계—그러면 한 시간이나 하루 전에 끝났을 것과는 전혀 다르게 삶이 끝난다.

그러면 나는?

나는 마리프랑스에게 키스해야 했을까? 그녀와 자야 했을까? 그건 나를 죽음에 더 가까이 데려갔을 결정이었을까 아니면 죽음으로부터 멀어지게 했을 결정이었을까?

이런 생각들을 떨쳐버리려 하는데도 그것들은 고집스럽게 내게 늘러 붙어 있다. 피를 빨아먹는 두려움의 거머리.

삶을 이겨내기. 한 순간 한 순간. 모든 것을 올바르게 하기. 하지만 무엇이 올바른지 어떻게 알 수 있을까?

나는 한 번 더 마리프랑스를 돌아본다. 하지만 내가 그녀와 뭘 어쩌겠는가? 나는 그녀를 그다지 좋아하지 않는다. 그녀에게는 상처받기 쉬운 자아에서 유래하는 잔인한 구석이 있다. 그것은 공격적인 에로스를 일깨운다. 또 위로가 마리프랑스를 좋은 사람으로 만들어줄 것처럼 그녀를 위로해야 한다는 감정도 일깨운다.

그럴 수도 있다. 우리의 삶이 잠깐 마주 닿았다는 감정이 농축된다. 내가 지나갈 수 있었을지도 모를 문이 거기 있었던 것만 같고, 내가 문을 닫아버린 바람에 놓친 뭔가가 있을 것만 같다.

나는 힐튼 호텔의 바로 가서 취하도록 술을 마신다. 그러고는 내 삶을 이유 없이 낭비한다는 혐오스런 감정에 사로잡혀 순전히 분노와 반항심에서 카불로 향하는 비행기를 탄다.

나는 잠이 든다. 내 꿈들은 공격적이고 혼란스럽다. 내가 병원 침대에 꼼짝없이 누워 있는 꿈을 꾼다. 귀먹고 벙어리가 되어. 아무도 내 얼굴을 보지 않는다. 나는 혀 없이 소리친다.

나는 꿈에서 잠깐 깨어나 이마를 서늘한 비행기 창문에 갖다 댄다. 목이 마르다. 머리가 아프다. 목이 아프다. 깜박 잠이 들어 각성 상태의 표면 아래로 잠시 가라앉자마자 나는 다시 병원에 있다. 낯선 얼굴들이 내게 몸을 숙이고 있다. 하지만 나를 보지는 않는다.

맑은 눈을 가진 여인의 얼굴도 있다. 어디선가 그녀를 본 듯하다. 하지만 여인은 다시 사라진다. 내가 점점 제정신이 아니라는 확신이 든다.

10년 전 편집장 그레고리는 영혼을 위한 일종의 구명조끼라며 내게 조언했다. "자네는 자신이 누구인지 알고 있어야 해. 그렇지 않으면 전쟁터에서 길을 잃게 돼. 자네는 자네가 누구인지 아나? 자네에게 만트라, 헤드라인이 있어? 헨리 스키너, 자네에게 자네 자신을 상기시키는 머리기사 제목은 무엇이지?"

나는 여전히 그것에 대해 곰곰이 생각한다.

나는 그렉의 부인 모니카를 안다. 해마다 그렉의 생일이면 모니카는 딸기 소스를 얹은 뉴욕 치즈케이크를 편집실에 가져왔다. 그러면 그레고리는 진지한 표정으로 자랑스럽게 케이크를 나누어주었다. 냉소적이고 잘난 체하기 좋아하고 모든 감정을 적대적으로 경멸하는 늙은 기자 녀석들이 조롱 섞인 논평을 하려 들면, 그렉은 침착하고 차가운 눈빛으로 그들을 침묵시키며 말했다. "자네들을 구해주는 건 가족이야. 모든 남자에겐 영혼을 구해주는 가족이 필요하다고."

내게는 가족이 없다.

내 조상들의 상처가 내 핏속에 남아 내게 어디로 갈 것인지 명령을 내리는 것만 같다.

내게는 어머니가 안 계신다. 어머니는 나를 낳고 곧바로 돌아가셨다. 할머니도 안 계신다. 할머니는 혼자 산책을 하다 폭풍우에 휩쓸려갔다. 말로는 오랜 세월 바닷가 절벽에 서서 할머니가 돌아오길 기다렸다.

그렉은 내게 이런 말도 했다. "헨리, 자네가 하는 일을 적절한 시기에 그만두라고! 언젠가는 전쟁을 *뒤로하고* 가족을 일궈야 해. 하지만 전쟁터를 다니는 동안에는 가족을 일구면 안 돼. 헬멧과 조끼와 여권을 챙겨 들고 집을 나설 때마다 번번이 아내와 자식들을 두려움에 떨게 만들어선 안 돼. 전쟁이라면 진절머리가 나고 진정으로 살고 싶은 마음이 들 때까지 기다리라고. 그러다 자네를 사랑하는 사람, 머릿속의 전쟁 때문에 밤에 잠 못 이루는 걸 참아내는 사람을 찾아봐. 하지만 늦어도 서른다섯 살까지는 기다려. 그런 다음 전쟁을 떨쳐버리기 시작하라고. 그래야만 전쟁도 자네를 떨쳐버릴 기회가 생겨."

하지만 여자 곁에 머무르기는커녕 여자에게 키스할 결정도 내리지 못하는 주제에 무슨 수로 가족을 일구겠는가?

비행기가 착륙할 때 나는 두통을 느낀다.

독일 군용 비행장에서 카불의 미국 캠프로 가는 길에 수통의 물을 마신다. 나는 아프가니스탄 사람들이 카불이라고 부르는 곳에 이미 수차례 머물렀다. 어떤 사람들은 그곳에 너무 자주 머무르면 언젠가는 그곳을 떠날 수 없게 된다고 말한다.

지난번에 만난 차 상인을 떠올린다. 그는 이른바 죄를 씻은 신의 전사를 소개시켜주겠다며 네덜란드 캠프에 와서 나를 카불의 아편 하우스에 데려갔다. 우리는 술을 마셨다. 우리는 아편을 피웠다. 아프가니스탄의 토담집에는 화장실과 창문이 없다. 하지만 장롱 안에는 언제나 칼라시니코프 소총이 들어 있고 집 뒤편에는 양귀비 밭이 있다.

어쩌면 그걸 다시 시작해야 하지 않을까. 아편을 피우는 것. 평화. 더 이상 꿈을 꾸지 않는 것. 두 번 다시는. 꿈꾸는 것에 넌덜머리가 난다. 나는 평생 꿈을 꾼다. 나는 피곤하다. 너무 피곤하다.

"당신은 너무 일찍 왔소." 미국 군영 지휘관이 호통을 친다. "우리는 당신이 3일 후에나 올 줄 알고 있었소!"

"그게 자유로운 언론의 단점이죠." 나는 대답한다. 나는 지휘관이 못마땅해하는 걸 이해한다. 그들은 다만 일정한 수의 저널리스트들만을 응대할 수 있기 때문이다. 게다가 미국인들은 자신들이 통제할 수 있는 기자들을 더 많이 부대에 두고 싶어 한다. 이미 오래전에 공정한 보도를 포기한 *종군 기자*들을.

나는 지휘관을 피해 버새가 끄는 수레를 타고 곧장 카불로 향한다. 내가 돌아오면 《타임 애틀랜틱》이 몇 가지 질문을 할 거라고 알리는 메일이 그렉에게서 와 있다.

카불의 작열하는 열기는 수단의 열기와는 또 다르다. 불과 매연, 달콤한 차, 카레 냄새가 배어 있는 건조한 열기. 나는 먼지 날리는 점토 바닥을 가로지르고 회색 자루에 담긴 병아리콩을 판매하는 가판대를 지난다. 대부분의 자루에 '독일 연방 우체국'이라고 쓰여 있다. 독일 군대의 낡은 우편낭이다.

페르시아 양념을 발라 직접 불에 굽는 양꼬치 냄새가 난다. 행상들이 당나귀에 싣고 온 물건들을 사라고 크게 외친다. 무화과, 대추야자 열매, 멜론. 상인들이 상점 문을 열어 놓고 실크 면사포와 유럽풍의 헌 옷과 고물 전기 기구 사이에 앉아 《아니스(Anis)》 신문의 헤드라인 이야기와 음담패설을 큰 소리로 주고받는다. 바닥까지 끌리는 담청색 부르카를 입은 여인들이 시장을 어슬렁거린다. 눈만 빼고 얼굴 전체를 가리는 니캅을 쓴 여자들도 있고, 얼굴을 드러내는 최신식 듀파타를 걸친 여자들도 많다. 듀파타는 강제 결혼보다는 최신식 두건을 쓴 그레이스 켈리를 연상시킨다.

나는 목이 마르다.

기관총을 든 군인들과 낮은 휠체어를 탄 다리 없는 걸인들이 보인다. 이슬람 사원의 탑 바로 옆 푸른 대기 속을 떠도는 종이 연들. 연줄에 붙어 있는 유리 조각들이 햇빛을 받아 반짝거린다. 그 유리 조각들을 이용해 서로 상대방의 벌이줄을 끊는다. 눈처럼 하얀 힌두쿠시의 산봉우리들이 지평선에 보인다. 지나가는 두 남자의 부드럽게 흘러내리는 바지와 무릎까지 닿는 상의처럼 하얗다. *페라한 와 톤반.**

나는 지난번에 만난 연락책을 찾는다. 내 걸음이 군중들 사이로 길을 낸다. 뚱뚱한 환전상과 수레 안의 낙타 대가리들 옆으로. 상인들이 낙타 대가리를 사라고 손님들을 유인한다. 햇빛 아래에서 잿빛으로 변한 양 내장 옆을 지난다. 파리 떼들이 시꺼멓게 들러붙어 윙윙거린다.

나는 상큼한 페퍼민트 차를 사서 허겁지겁 마신다. 입의 긴장

* perahan wa tonban. 파키스탄 서부 지역과 아프가니스탄 동부 지역에서 남자들이 입는 전통 의상.

이 풀어진다.

소년이 별안간 어디서 나타났는지 나는 모른다. 소년은 내 길을 막고 고개를 저으며 두 손을 올린다. 내게 계속 말을 건다.

"뭐라고?" 나는 소년에게 물으려 한다. 페르시아 말을 떠올리려 애쓰며 군인들에게 주워들은 다리어(아프가니스탄의 공용어 중 하나. –옮긴이)로 한 번 더 묻는다. "왜 그러지?"

소년은 자신의 물병을 가리킨다. 그래, 나도 목이 마르다. 늘 목이 마르다. 이 갈증은 겨우 잠시 동안만 그치기 때문이다.

하지만 소년이 나를 바라보는 눈빛.

불안하다. 최면에 걸린 듯 가물거린다.

바닥에 깔린 매트리스 옆의 촛불처럼. 와우에서, 내가 마리프랑스와 잔 밤에.

나는 주위를 둘러본다. 내가 미행당하고 있나?

하지만 나는 결코 마리프랑스와 자지 않았다. 다만 그렇게 상상했을 뿐이다. 그렇다, 비행기 안에서 잠들기 전에. 하지만 나는 마리프랑스와 자지 않았다.

현기증이 인다. 열기. 알코올. 갈증.

소년이 내 팔을 잡아 흔든다. 여덟 살쯤 되었을까, 어딘가 고위 관청에서 일하는 바차바지*인 듯싶다. 심부름꾼, 사환, 무슨 일이든 시킬 수 있는 아이.

그야말로 무슨 일이든.

* Bacha Bazi. 아프가니스탄의 권력자들이 성적 노리개로 삼는 십대 미소년을 일컫는 말.

그 아이가 내 자식이라면 나는 그 아이를 부리는 사람을 총으로 쏘아 죽일 것이다! 갑자기 내 안에서 이해할 수 없게도 분노가 치민다.

소년은 이슬람 학교의 전형적인 학생들과는 달리 머리를 짧게 깎고 있지 않다. 검은 머리카락이 그들에 비해 더 길고 밝은 적갈색을 띠고 있다. 수놓은 모자 아래로 머리카락이 삐져나와 있다. 두 눈―야위었지만 잘생긴 얼굴에 박힌 두 개의 밝은 초록색 구슬. 소년이 내 손을 붙잡는다.

"이브라힘." 소년은 말한다. "저는 이브라힘이에요. 아저씨를 데려오라는 지시를 받았어요."

나는 소년의 손에 끌려간다. 아주 쉽게 끌려간다. 발걸음을 내딛을 때마다 내가 더 가벼워지는 듯한 느낌이 든다. 허공을 떠도는 듯하다.

나는 소년에게 이끌려서는 안 된다. 내가 *소년의* 손을 잡아야 한다. 하지만 달리 어쩔 수 없다고 뭔가가 내게 말한다. 더 이상은 어쩔 수 없다고. 지금은 더 이상 어쩔 수 없다고.

내가 그녀에게 키스하지 않았기 때문에. 그때 이 삶이 시작되었다. 이렇듯 완전하게 다른 삶이―그녀에게 키스했더라면, 나는 파리에 있을 터였다.

나는 이 어처구니없는 생각을 털어낸다.

나는 아프리카에서 병에 걸렸다. 뎅기열에 걸렸을까? 환각이 보인다. 나중에 군의관에게 약을 좀 얻어야겠다.

우리는 가판대와 상점, 손수레와 새장들을 지난다. 색깔과 향긋한 냄새들이 어지러이 소용돌이친다. 마치 소용돌이치는 한없이 긴 관 속을 미끄러져 지나는 것만 같다. 순간 장밋빛 배낭이 눈에 보인다.

내 머릿속에서 저음의 목소리를 가진 여인이 크게 말한다. "가지 마!"

하지만 나로서는 어쩔 수 없다. 나 자신을 잃어버려서 달리 어쩔 수 없다.

이런 엉뚱한 생각 직후, 뜨거운 열기에 녹아내린 전선과 머리카락 타는 냄새가 난다. 누군가가 외친다. "아드레날린!" 내 심장이 오그라든다. 그대로 돌이 된다. 통증이 숨을 막히게 한다.

그런 다음 육중한 폭음이 들린다. 폭발, 거대한 폭탄이 떨어진다. 내 옆으로 불과 몇 미터 떨어진 곳에. 장밋빛이 폭발한다.

나는 뒤로 튕겨 나와 거세게 암벽에 부딪친다. 통증과 어둠이 머릿속을 강타한다.

이브라힘의 손이 내 손에서 떨어져 나간다.

세상이 어두워진다. 밤이 몰려온다. 아래에서, 위에서, 사방에서. 이 암흑 뒤에 그림자들이 있다. 그림자들이 내게로 몰려와 나를 붙잡고, 찌르고, 내 목을 움켜쥔다…….

한 소년이 소리를 지른다. 소년이 지르는 소리가 귀에 들린다. 소년은 외친다. "아빠! 아빠!" 공포에 질린 소년의 목소리가 높고 날카롭게 울려 퍼진다.

어둠이 물러난다. 소리를 지르는 건 이브라힘이다. 소년은 계속 소리를 지르고 또 지르더니 갑자기 뚝 그친다.

낙타 대가리 상인이 어쩔 줄 모르고 자신의 동강난 종아리를 바라본다. 수놓은 자줏빛 모자, 실크와 멜론 조각들이 나뒹군다.

핏빛의 먼지 안개 속에서 아버지가 나타난다.

아버지는 조용히 나를 향해 다가온다. 아버지는 빛바랜 청바지와 브르타뉴 전통 줄무늬 어부 옷을 입고 있다. 함께 바다에 나갔다가 나 혼자만 집에 돌아온 바로 그날처럼. 아버지는 무릎을 꿇고 아주 나지막이 말한다. "아, 헨리! 너는 아직도 그 사이에서 떠돌고 있구나. 모든 것 사이에서, 모든 시간과 모든 길 사이에서."

신문지 한 장이 바람에 날려 내 옆을 스쳐 지나간다. 헤드라인이 눈에 들어온다. '폭탄 배낭을 멘 소녀.'

그 아래 내 이름이 쓰여 있다.

나는 어떻게 된 영문인지 모른다.

이브라힘이 꼼짝 않고 서 있다. 소년의 눈에서 피가 흐른다.

안타까워요, 나는 아버지에게 말하려 한다. 올바른 길이 어디에 있는지 몰라서 안타까워요. 하지만 이제 저는 용기도 없고 기운도 없어요.

현실이 갈라진다.

갈라진 틈새로 푸른색 상의를 입은 여자들과 남자들이 보인다. 그들은 내게 몸을 숙이고 있다. 그들 뒤에서 나를 바라보는 소년의 모습이 보인다,

방금 나는 무슨 영문인지 깨달았다. 깨닫긴 했지만 이를 붙잡을 수 없다.

'그 사이에서.'

병원.

강물 속의 소녀와 이 여인.

그녀에게로. 그녀에게로, 늘 그녀에게로.

그녀에게 뭔가 말하기 위해. 아주, 아주 중요한 것을.

이 세계가 사라진다.

나는 무(無) 너머의 정적 속으로 떨어진다. 나는 떨어진다, 그리고…….

27일

샘

"뭘 보는 거야, *모 나미?* 발레?" 스코트가 묻는다.

나는 유튜브 동영상을 끌 만큼 민첩하지 못한 탓에 아예 스마트폰의 화면을 끈다.

"글쎄." 나는 거짓말한다.

"글쎄라고? 그거 혹시 우리 엄마가 사무실 문을 노크할 때마다 아빠가 끄는 그런 건 아니지?"

"너네 아빠가 뭘 끄는지 내가 어떻게 알아."

"*모 나미*. 너도 그런 건 전혀 알고 싶지 않겠지." 스코트의 목소리는 밝은 노란색이다. 그건 요즘 스코트의 행동거지에 잘 어울린다. 현재 그는 교복에 리벳 벨트를 차고 교정의 싸움꾼 행세를 한다. 너드(지능은 뛰어나지만 사회성이 떨어지는 사람을 일컫는 말. –옮긴이)는 지나간 과거이다.

스코트는 필드하키 구장 뒤편 양탄자처럼 짧게 깎은 잔디밭에 벌렁 드러누워 럭키 담뱃갑을 꺼낸다. 흡연, 그건 아빠의 화를 돋우기 위한 반항이다. 스코트는 지난달에는 수중 발레 선수가 되려고 했다. 그전에는 자수와 레이스 뜨기를 배웠다. 스코트의 아빠는 아들을 증오한다.

스코트는 담배에 불을 붙인다. 담배를 한 모금 빨지만 얼른 다시 연기를 내뿜는다. 그러고는 도로 잔디에 드러누워 천천히 담배를 빤다. 그는 고리 모양으로 연기를 내뿜으려 한다. 나는 스코트가 그 짓거리를 하면 현기증이 인다는 것을 안다. 하지만 스코트가 그걸 절대 인정하지 않을 것도 안다.

"오늘 오후 금단의 혹성에 갈 거야, *모 나미?* 토요일 특별 SIG 모임이 있어."

나는 고개를 가로젓는다.

스코트의 실패한 고리 모양 연기가 연기 공이 되어 하늘로 올라간다.

"또 채소 칸에 갈 거야?"

"음."

지난 4주 동안 나는 학교 수업을 빼먹었을 뿐만 아니라 멘사 SIG에도 대부분 참석하지 않고 웰링턴에 갔다.

"네 엄마는 정말 아무것도 몰라?"

나는 어깨를 으쓱한다.

"그런데 방금 그 비디오 영상은 뭐야?"

"네가 빌리 엘리어트 같은 사람이 되고 싶다고 네 아빠에게 말할 수 있지 않을까 생각했어. 발레용 스커트를 입고 말이야."

"담배 연기에 찌든 폐로 말이지? *모 나미*, 연기에 그을린 백조를 보고 싶은 사람이 어디 있겠어?"

나는 방금 본 발레 비디오에 대해서는 더 이야기하지 않는다. 뜬 눈으로 모든 세상을 볼 수 있지만 이 세상만은 볼 수 없는 소녀의 비디오.

비디오 영상에서 소녀는 춤을 춘다. 춤을 추며 웃고 어릿광대

짓을 한다. 세상에서 가장 환상적이고 아름다운 소녀. 소녀는 이야기를 춤으로 출 수 있고 몸으로 모든 걸 이야기할 수 있다. 소녀의 눈과 동작은 허공에 감정과 숲과 웃음을 그린다. 카메라가 소녀의 푸른 눈을 가까이 끌어당기면 그 눈은 나를 본다. 눈이 빛을 발한다. 바다에서 반짝이는 햇살 같은 눈. 칠월의 청명한 날 같은 눈.

유튜브에는 인터뷰도 있다. 나는 아마 그 동영상을 백 번은 봤을 것이다. 그걸 볼 때마다 내 가슴속의 뭔가가 더 넓어졌다가 더 좁아진다.

"이봐, *모 나미!* 말 좀 해봐!"

나는 스코트가 뭘 질문했는지 전혀 알아차리지 못했다.

"키스터 존스 집에 늦게라도 올 거지?" 스코트가 다시 묻는다. "오늘 집에서 낭독회를 할 거래. 동료 몇 명을 초대해서—조앤, 데이브……—아직 출간하지 않은 책을 낭독할 거야.《슬랙라인》."

나는 대답 대신 비디오 영상을 스코트에게 내민다.

"와." 잠시 후 스코트가 말한다. "그 여자애잖아."

그는 나를 바라본다. 입가에 담배꽁초가 매달려 있다. 스코트는 호들갑스럽게 눈썹을 높이 치켜뜬다. "너 도대체 무슨 생각을 하는 거야? 이 *브레인맨*이 무슨 일이 있는지 모를 거 같아? 문학 시간에 네가 춤 동영상을 본 걸 모르는 줄 알아? 그러니까 이 여자애 누구야, 언제 다시 만날 거야? 나한테 이 여자애를 소개시켜 주지 않는 이유가 뭐야? 이 여자애가 *브레인맨*을 보자마자 반할까 봐 겁내는 거야?"

나는 스코트에게 매디에 대한 모든 이야기를, 아니 거의 모든 이야기를 들려준다. 내가 매디의 방을 나설 때마다 무엇을 하는지만 빼고.

나는 번번이 아주 빨리 뒤돌아본다. 매디가 혹시 시선을 날카롭게 해서 초점을 맞춰 몰래 내 등 뒤에서 비죽이 웃으면 그 장면을 급습하려고.

아직까지는 그럴 만큼 충분히 빠르지는 않은 것 같다.

"너 정말로 모르겠어, 발렌티너?" 얼마 후 스코트가 묻는다.

"뭘?"

"삶이 네게 호의적이라는 걸."

"호의적이라고? 넌 그걸 호의적이라고 말하는 거야?"

"그래, 이 얼간아. 사실이 그래. 내 말 잘 들어. 지금 네가 살고 있는 삶은 이곳에 있는 우리 가운데 그 누구도 살지 못하는 아마 가장 생동감 있는 삶일걸. 그건 어쩌면 잘 먹고 잘 자고 휴대폰 충전기만 있으면 되는 단순하고 편안한 삶은 아닐 거라고 생각해. 그건 네 모든 걸 있는 그대로 발휘할 수 있는 올바른 삶이야. 이런 위기 상황이 아니라면 자신이 어떤 사람인지 보여줄 기회가 언제 있겠어?"

스코트는 눈살을 찌푸리며 나지막이 말한다. "세상에, 내가 어쩌다 이런 뛰어난 헛소리를 하게 된 거지?" 그러고는 비죽이 웃는다. 나는 스코트의 말이 맞다는 걸 안다. 모든 점에서. 또 스코트가 우리 중에서 실제로 가장 뛰어나다는 것도 안다. 재능도 많고 재주도 많고 더 총명하고 더 용감하다.

"너 지금 나를 부둥켜안든지 아니면 그런 비슷한 역겨운 짓을 하고 싶은 모양이지. 분명히 경고하는데, 나 그거 딱 질색이거든."

스코트는 무뚝뚝하게 말한다. 나는 고개를 끄덕이고 이런 비슷한 주장을 한다. "부둥켜안는다고, 지금 무슨 꿈꾸는 소릴 하는 거야?" 그 대신 나는 리얼리티크래쉬에 대한 이야기를 들려주고 스코트더러 포피를 꼭 만나봐야 한다고 말한다.

첫 번째 수업 시작종이 울린다.

우리는 일어나 서로 마주 본다. 우리는 벌써 자주 이런 대화를 나누었다. 하지만 이번만큼은 좀 다르다.

우리.

필드하키 구장 뒤편의 따사한 잔디에 앉았다가 다시 일어난 사이에 우리가 영원히 변한 듯한 느낌이다. 무슨 일인가가 일어난 것만 같고, 우리가 더 이상 어린아이가 아닌 것만 같고, 우리가 어떤 사람일 수 있는지 처음으로 알게 된 것만 같다.

"*모 나미*, 언젠가는." 스코트가 말한다. "언젠가는 우리가 지난날을 되돌아보며 소년들에게 무슨 일이 일어났는지 묻게 될 거야. 우리 서로 약속 하나만 하자. 한 사람이 자신만의 작은 새장에 갇혀 생선 젤리처럼 경직된 얼간이가 되면, 다른 한 사람이 꺼내주는 거야. 오케이? 내가 우리 아빠처럼 되기 시작하면 나를 꺼내줘. 내가 여자를 잘못 만나 결혼하면 나를 꺼내줘. 내가 *브레인맨*이길 중단하면 꺼내주라고."

나는 고개를 끄덕인다. 스코트는 말한다. "아니, 제발 부둥켜안지는 마." 나는 그의 어깨를 툭 친다. 그런데도 우리는 부둥켜안는다.

그런 다음 스코트가 우리 엄마의 사인을 흉내 내어 서명한 새 결석계를 내 손에 쥐여준다. 나는 본관으로 달려가 행정실 직원의 자리에 결석계를 놓고 학교를 나온다.

45분 후 웰링턴 6층으로 올라간다. 간호사실을 지나가는데, 아직까지 한 번도 본 적이 없는 여인이 매들린의 이름을 말하는 소리가 들린다. 나는 걸음을 멈추고 신발 끈을 묶는 척한다.

"매들린 같은 경우, 모든 심인성 거부는 일종의 항의죠. 그들이 현실을 내보내고 받아들이는 감각의 통로를 찾아내는 것이 중요해요. 사랑하고 사랑받는 것은 두려움이나 증오와 더불어 가장 중요한 자극이죠." '신'이 그 여인을 바라보고 있다가 내 존재를 감지한 듯 돌아본다. 그도 공감각자이다.

"발렌티너." 그가 말한다. "안젤라를 소개해줄까? 안젤라는…… 공감 치료사란다." 여인은 진짜 상냥해 보인다. 그런데도 신은 여인을 쫓아버리고 싶어 하는 눈치가 역력하다. 영국 방방곡곡에서 남녀 의사들이 매주 매들린을 찾아온다. 심지어 미국과 프랑스에서도 온다.

매디는 '매혹적인 경우'로 간주되는 듯싶다. 매디의 식물 상태를 무조건 뇌 손상만으로는 설명할 수 없기 때문이다—그들은 그것을 식물 상태라고 부른다. 어떤 사람들은 최소한의 각성 상태라고 부르기도 한다. 신은 원반 그림을 보여주며 한 번 더 그 차이에 대해 설명한다. '각성 상태'라 불리는 영역에는 삶의 표면 바로 아래에 놓인 장소들이 있다. 하지만 마치 뚫고 나갈 수 없는 박편이나 얇은 막이 그 장소와 세상 사이를 가로막고 있는 듯하다. 모든 것을 들을 수 있고 때로는 느낄 수도 있지만, 이해하지 못하고 표현할 수도 없다.

신은 원들을 오려 포개 놓았다. 매디는 '혼미 상태'에 있는 동시에 '코마 상태'에 있다. 그런 상태는 원래 가능하지 않다. 매디는 '수면'이나 '의식 불명'에 이르지 않고 원반들 사이를 오르락내리락한다. 매디의 뜬 눈은 매디의 일부가 '이곳'에 있지만 더 본질적인 부분은 어딘가 아주 다른 곳에 있다고 말한다. 그리고 매디와 나 사이를 가로막는 건 얇은 막이나 박편이 아니라 얼음과 고독의 두터운 층이다.

매리언 간호사는 이 '특이한 경우'를 직접 보고 매디를 이 '상태'에서 벗어나게 해주겠다며 끊임없이 병실 문을 열고 나타나는 '침엽수들'보다는—여기서 침엽수는 전문가들을 가리킨다*—어쨌든 나를 보는 편이 매디에게 낫다고 말했다.

매리언은 이 전문가들이 — 여자든 남자든 — 매디의 현재 '상태'에 대해 무슨 말을 하든 아무짝에도 쓸모없다고 확신한다.

"샘, 의사들은 자신들의 말을 아무도 귀담아듣지 않는다고 느끼기 시작하면 마치 자동차 얘기를 하듯 사람들 얘기를 해. 하지만 매디에게 필요한 건, 잘난 척하는 논문을 자기들 사진과 함께 《고등 뇌의학 저널》에 거들먹거리며 발표하려고 하는 침엽수들이 아니야." 매리언은 그들이 매디에 대해 쓴 책을 보여준다. "매디에게 필요한 건 기쁨을 주는 것들이야. 코마에 빠진 사람들을

* 침엽수와 전문가를 뜻하는 독일어 낱말 'Koniferen'과 'Koryphäen'은 발음이 유사하다.

'각성 상태' 가까이 끌어당기는 것들은 늘 작은 일들, 작고 소중한 일들이란다."

고약하게도 매디가 무얼 좋아하는지 말해줄 수 있는 사람은 이제 세상에 없다. 〈길모어 걸스〉*를 좋아할까? 아니면《윔피 키드》?** 테일러 스위프트나 바르토크***를 좋아할까? 고양이나 개를 좋아할까? 스파게티나 초밥? 말이 많은 사람을 좋아할까 아니면 적은 사람을 좋아할까?

매리언 간호사는 코마 병동을 '천상의 맨 아래 계단'이라고 부른다.

지금 신과 공감 치료사가 거기 앉아 있다. 그들은 '생체 시계'와 '하루의 주기'에 대해 얘기를 나눈다. 신이 공감 치료사의 말을 잠시 끊고 내게 말한다. "지금은 매디에게 갈 수 없단다. 안젤라가 먼저 매디를 볼 예정이거든."

"매디의 책을 좀 봐도 돼요?" 나는 묻는다.

닥터 사울이 책을 찾아준다.

매리언은 '천상의 맨 아래 계단'에 앉아 있는 모든 이들에 대해 기록한다. 그녀는 자신이 환자의 가족과 간호 인력, 의사들과 함께 작성한 그 책들을 내게 한 번 보여준 적이 있다. 즐겨 먹는 음식, 취미, 일상적인 습관, 좋아하는 낱말들. 중환자실에서 간호 인력이 그 책들을 쓰기 시작하면, 나중에 책들은 환자들과 함께 옮

* 미국에서 제작된 텔레비전 드라마.
** 미국 작가 제프 키니의 소설. 영화로도 제작되었다.
*** 헝가리 출신의 작곡가.

겨 다닌다.

매디의 책은 내용이 그다지 많지 않다. 과거 매디의 무용 교사였던 파커 부인은 자신의 피후견인에 대해 아는 게 별로 없었다. 그건 무관심 때문이 아니라 말하자면 본질적인 것, 춤에 집중했기 때문이다. 물론 나이에서 오는 건망증도 있었다.

매디가 좋아하지 않는 것.

— 모차르트.

매디가 좋아하는 것.

— 러시아 작곡가들.

— 작은 물방울무늬가 있고 푸른색을 띤 모든 것.

— 조명이 켜지기 전 비어 있는 무대 냄새. 파커 부인이 언젠가 이야기해줬다.

그리고

— 제인 오스틴.

그럴 가능성이 많다.

《오만과 편견》은 사고 후 매디의 배낭에서 발견된 책이다. 공감 치료사가 사라지길 기다리는 동안 나는 그 책을 읽는다. 무슨 내용인지 사실은 별로 이해하지 못한다. 결국 모두가 결혼하는 이야기인 듯싶다.

책 앞쪽에 장서표가 있다. 매디의 고향 옥스퍼드 도서관에서 빌린 책이다. 대출 기간이 만료되었다.

갑자기 온몸이 뜨겁게 달아오른다.

어쩌면 내가 이 책을 반납할 수 있을 것이다. 그리고 어쩌면 도서관 직원이 매디에 대해 이야기해줄 수 있을 것이다!

그런데 무슨 수로 옥스퍼드에 가야 할지 막막하다. 기차로? 그래, 기차로. 하지만 엄마에게 들키지 않고 어떻게 온종일 사라질 수 있을까?

내가 이제 겨우 열세 살이라는 게 끔찍이 싫다. 열세 살은 사람이 아니다.

나는 그 책을 가방에 집어넣는다.

그러고는 매디의 책을 계속 넘긴다.

매리언 간호사, 리즈, 여의사들—모두들 날마다 뭔가를 기록한다. 매디에게 시행한 테스트에 대해. 세상에 대해. 또 당연히 날씨에 대해. 기상 상황에 대한 논쟁을 하지 않고 실제로 살아 있다고 느끼는 영국인은 한 사람도 없을 것이다.

'케이트 미들턴은 말 알레르기가 있다.' 또는 '도널드 트럼프가 대통령이 되려 한다.' 같은 문장들이 이따금 쓰여 있다. 또 병동의 소음, 침대 모서리, 산소 호흡기의 리듬에 대해서도. 매디가 이곳에 없는 동안 무슨 일이 있었는지 언젠가 이해할 수 있도록 도와줄 모든 것들이.

나는 책가방에서 연필을 꺼내 오늘 날짜 아래에 이렇게 쓴다.

"새뮤얼 노엄 발렌티너(13)가 다시 이곳에 왔다."

더 이상은 쓸 말이 생각나지 않는다. 언젠가 매디가 이 글을 읽으면 이렇게 물어볼지도 모르겠다. "이게 뭐야? '다시 이곳에 왔다'—학교 화장실의 낙서도 이것보단 더 창의적일걸."

그래서 한 번 더 시도한다.

"옛 이집트에서는 기르던 고양이가 죽으면 고양이 주인들이 고양이의 눈썹을 밀어버리는 관습이 있었다. 그런 다음 고양이를 쥐 미라와 함께 묻었다. 쥐들도 눈썹을 밀었는지는 알려지지 않았다."

좋아, 좀 낫군. 이제 매디에 대해서도 뭐라고 써야 하지 않을까.

"너는 대부분 눈을 뜨고 있었어. 이따금 감고 있기도 했는데, 그러면 네가 잠을 자는지 아닌지 아무도 알 수 없었어. 너는 지금 아무도 너를 찾지 못하는 곳에 있어. 네가 깨어나지 않으면, 나는 앞으로 평생 눈썹을 밀고 다닐 거야."

원래는 '죽을 거야'라고 쓰려 했지만 실제로 그렇게 쓰지는 않았다. 때마침 우주가 내 말을 듣고 오해할지도 모르기 때문이다. 마침표를 찍는데 심장이 쿵쿵 뛴다.

스코트가 말하는 소리가 들린다. "한평생은 상당히 긴 시간이야, *모 나미*. 전혀 모르는 여자아이에게 심각한 신체 훼손을 약속하는 게 요즘 네 영업 정책이냐?"

사람의 감정을 읽을 수 있다는 여자는 도무지 갈 생각을 하지 않는다.

나는 조용히 포기하고 6층을 떠나 비상계단을 이용해 아빠가 있는 3층으로 내려간다.

에디 아줌마가 왔을까? 아줌마는 항상 나를 위해 책을 가져오거나 또는 나를 위해 책을 두고 간다. 어떤 날은 몸에 꼭 달라붙는 가죽옷을 입고 오거나 어떤 날은 야회복 차림으로 온다. 며칠 전 아줌마가 그런 옷차림으로 유명 작가인 와일더 글래스와 함께 있는 모습을 인터넷에서 보았다.

두 사람은 팔짱을 끼고 있었다. 어딘가의 레드 카펫에서. 와일더 글래스는 턱시도를 입고 있었고 아줌마는 오후에 병원에서 아빠의 발을 씻어줄 때 입었던 드레스 차림이었다.

하지만 지금 아빠는 혼자 있다. 인공 심폐기가 아빠를 위해 숨을 쉰다. 아빠 얼굴에 아무런 움직임이 없다. 나는 15분마다 아빠의 상태를 확인하러 오는 남자 간호사에게 고개 숙여 인사한다. 러시아인 디미트리다. 디미트리는 아주 가볍다는 듯 아빠의 몸을 들어 올려 방향을 바꿔놓는다. 그는 아빠 침대 주변에 포진한 모든 장치를 설명해줬다. 아빠는 카테터 기기, 기록 장치, 기계들에 에워싸여 있다. 그것들이 아빠를 먹여 살리는 듯 보인다. 디미트리는 의사들에 대해서도 설명해줬다. 인위적인 혼수상태의 깊이만을 조절하는 의사들, 마취과 전문의들이 있다. 디미트리는 그 의사들을 '가스 검침원'이라고 부른다. 소변과 혈액 등등을 담당하는 의사들은 물론 함석공이라 불린다. 또 '신'이나 닥터 포스처럼 뇌에 주목하는 의사들과 순환계를 감독하는 의사들도 있다.

나는 어떤 의사가 감정들을 담당하느냐고 묻지 않는다. 아무도 없다는 걸 이미 잘 알기 때문이다.

두려움이나 용기에, 또는 외로움에 신경을 쓰는 사람은 아무도 없다.

나는 그사이 코마에 대해 알게 된 것들을 생각하지 않으려 한다. 운이 좋아 채소 칸을 거치지 않고 2주 만에 곧장 재활 병원으로 가는 사람들도 있다. 7퍼센트. 그러니까 100명 중 7명 또는 10명 중 0.7명.

15퍼센트는 곧바로 냉동 칸이라 불리는 병리학과로 간다.

그리고 나머지는 코마 상태에서 산다. 코마 상태에 머무른다.

영국에는 그런 사람이 1년이면 4만 명 있다.

깨어난 사람들은 코마 상태에 있을 때 다른 사람들이 한 이야기를 기억한다.

"*살뤼*,* 아빠." 나는 말한다. 아빠가 브르타뉴 출신이고 그래서 부모님 모두 프랑스 사람인 것을 알게 된 후로 나는 프랑스어 수업을 되도록 빼먹지 않으려 노력한다. 나는 가방 속에서 아빠에게 읽어줄 책을 찾는다. 그러고는 바퀴 달린 의자를 침대 가까이 밀고 가 아빠의 귀에 몸을 숙이고 내 목소리가 갈라지지 않도록 속삭인다. "*살뤼*. 오늘은 2015년 6월 14일이에요. 난 샘이에요. 아빠 아들. 난 열세 살이에요. 곧 열네 살이 될 거예요. 아빠 이름은 헨리 M. 스키너고요. 말로의 M. 그리고 스키너는…… 그건 모르겠어요. 난 아빠에 대해 잘 알지 못해요. 아빠 성(姓)은 예전에 르고프였어요. 아빠 나이는 마흔다섯 살이고 직업은 종군 기자예요. 예전에 그랬어요. 내가 태어나기 전까지. 아빠는 4주 전쯤 사고를

* '안녕'이라는 뜻의 프랑스어.

당했어요. 12일 전부터 쭉 코마 상태이고 심정지를 한 번 겪었어요. 지금 아빠는 웰링턴 병원에 있어요. 여긴 상당히 비싸요. 병동장은 '신'이라고 불려요. 날씨는 따뜻해요. 여자애들은 머리카락에 빨간 깃털을 꽂고 다녀요. 스코트는 지금 두 번째 반항 단계에 있어요. 담배를 끊지 않았어요. 하지만 여전히 심리학을 전공할 생각이래요. 그리고 난 에디 아줌마의 출판사에 가봤어요. 오늘은 처음으로 아빠에게 책을 읽어드릴 거예요. 정확히 말하면《얼음과 불의 노래》제1부를요."

아빠는 멀리 있다. 아주 멀리. 나는 아빠를 볼 수 있다. 늘 아빠를 에워싸고 있는 검은 고통을. 그것은 미세한 안개처럼 아빠를 감싸고 있다. 그런데도 나는 책을 읽는다.

"틀림없이 곧 하이 티* 시간이에요. 아빠는 튜브를 통해 맛있는 걸 먹을 거예요. 아마 거품기로 휘휘 저은 오이 샌드위치와 우유를 조금 탄 전해질을 섭취할 거예요. 난 빵을 먹을 거예요. 아 참, 오늘 또 학교 수업을 빼먹었어요. 그게 맘에 안 들면, 아빠가 깨어나서 맘에 안 든다고 직접 말하는 게 어때요."

나는 아빠를 살펴본다. 아빠가 혹시 다른 식으로 긴장해 있을까? 아빠는 무척 지쳐 보이고 얼굴 윤곽이 왠지…… 흐릿하다. 그렇다.

"좋아요, 아빠 생각이 그렇다면. 그치만 엄마 생각은 좀 다를

* 산업혁명시대에 광산이나 공장의 노동자들이 일을 마치고 집에 돌아오자마자 먹은 이른 저녁 식사를 의미하는 표현이었으나, 현대에 이르러서는 오후 다섯 시 반쯤 홍차를 마시는 영국인들의 티타임을 의미하게 되었다.

거예요. 엄마 이름은 마리프랑스고 사진가예요. 아빠는 언젠가 엄마하고 잠을 잤어요. 그런데 무슨 일인가가 생겼어요. 두 분은 헤어졌어요. 아빠는 내가 태어날 때도 곁에 없었던 것 같아요. 내가 초등학교에 입학하기 직전에 엄마는 처음으로 스티브가 내 아빠가 아니라고 얘기해줬어요. 하지만 스티브는 좋은 사람이에요. 직업이 타일공인데 건축 시장에서 일해요. 어쨌든 좋은 사람이에요. 이제 아빠에게 책을 읽어줄게요. 괜찮죠?"

나는 책을 펴고 큰 소리로 읽기 시작한다.

30일

헨리

나는 떨어져서 바닥에 부딪친다. 바닥은 딱딱하고 차갑다. 몽당초가 다 타버렸다.

우리가 함께 누워 있는 야전 침대에서 마리프랑스가 나를 밀어냈다. 나는 그녀를 안고 있었다. 알몸으로. 그런데 그녀가 자면서 뒤척이다 나를 침대 밖으로 떨어뜨린 것이다.

꿈에서 본 암살 광경이 머릿속에 남아 심장을 빠르게 고동치게 한다. 종군 기자의 정신은 끊임없이 과열되지만 임시변통으로 수선될 뿐인 기계와 다름없다.

나는 마리프랑스를 유심히 살펴본다. 우리는 서로 유혹한 게 아니라 순전히 삶에 대한 굶주림에서 서로 뒤엉켰다.

그레고리가 늘 말하는 회사 전속 의사를 한번 찾아가야 할 것 같다. 지금까지는 그걸 거부했지만, 이제는 중간에 깨지 않고 아침까지 푹 자는 밤이 거의 없다. 심지어 낮에는 과거인지 환상인지 확인할 수 없을 정도로 흐릿하고 어수선한 기억들이 이따금 덮쳐온다. 비몽사몽간에 수시로 깜박 잠이 들어 여명 속에서 혼란스러운 생각들과 형상들이 스쳐 지나가는 듯한 기분이다.

내가 나중에 커피를 금속 컵에 따라줄 때, 마리프랑스는 내 눈을 보지 않는다.

우리는 비행기로 와우까지 가서 카이로를 경유해 파리로 돌아간다. 지중해를 건널 때 마리프랑스는 내 어깨에 기대 잠이 든다. 잠에서 깨고는 민망해한다. 그녀는 나머지 구간 동안 김 서린 창문에 기댄다.

우리가 샤를 드골 공항에서 마주 서 있을 때 나는 마리프랑스에게 묻는다. "우리가 다시 만났으면 좋겠어요?"

마리프랑스는 어깨를 으쓱한다. 마르고 여린 어깨. 하지만 그 어깨는 많은 걸 견뎌낼 수 있다. 어쩌면 내가 자신의 영혼을 보았다는 것만 빼고.

"그럴 필요 없어요." 그녀는 말을 길게 늘여 빼며 대답한다.

내가 아무 대답도 하지 않자 마리프랑스는 조금 힘주어 말한다. "봉.*" 그녀는 몸을 굽혀 초록색의 카메라 가방을 든다. 그런 다음 나는 왼쪽에 한 번, 오른쪽에 한 번, 마리프랑스의 볼에 닿지 않게 입술을 내민다.

그녀의 검은 눈이 잠시 살피는 듯한 눈빛을 띤다. 내가 강하게 주장하지 않아서 마리프랑스의 자만심이 살짝 상처 입은 게 보인다. 하지만 마리프랑스가 스스로에 대해 놀라는 것도 보인다. 자신이 나를 몰아세우지 않는 것에 대해서도 놀란다.

갈까?

머무를까?

나는 세 번째 키스를 하며 마리프랑스의 볼에 대고 말한다. "고마워요." 이 말을 하는 순간 벌써 마음이 가벼워진다. 내가 머무르

* '좋아요'라는 뜻의 프랑스어.

길 마리프랑스가 실제로 원하지 않아서, 머무르고 싶은 척 꾸며댈 필요가 없어서 마음이 가벼워진다.

"사실 이 편이 더 낫다고 생각해요." 마리프랑스는 대답한다. 그러고는 스스로에 대해 한 번 더 놀라는 듯 고개를 흔든다.

마리프랑스는 멍하니 무빙워크 옆에 서서 배를 어루만진다. 내가 무빙워크에서 몇 걸음 멀어졌을 때, 갑자기 그녀가 뒤에서 소리친다. "헨리!" 내가 뒤돌아보자 묻는다. "헨리, 당신도 이런 일을 겪은 적이 있다는 생각이 이따금 들어요? 내가 예전에 여기 서 있던 적이 있을까요, 바로 이 자리에?"

"그래요." 나는 말한다.

"지금도?" 그녀는 묻는다.

"아뇨." 나는 거짓말한다. 사실은 지금도 그런 생각이 든다. 이전에도 바로 이 자리에 한 번 있었다는 감정이 강하게 밀려온다.

마리프랑스는 다시 어깨를 으쓱하고는 그곳을 떠난다.

나는 비행기를 타고 런던으로 돌아간다. 편집장 그레고리는 내가 전 세계의 모든 종군 기자들을 대표하는 열두 명 가운데 하나로서 《타임 애틀랜틱》과 인터뷰를 할 것인지 알고 싶어 한다. 나는 다른 열한 명의 기자들을 안다. 우리 모두는 공포의 보고자로서 우리 직업의 규칙을 잘 안다.

1) 우리는 어느 한 쪽을 편들어서는 안 된다. 우리는 지켜봐야 한다.
2) 우리는 아무도 구할 수 없다.

3) 우리는 적시에 일에서 손을 떼야 한다.

우리는 차례로 인터뷰를 한다. 이틀에 걸쳐. 인터뷰를 위해 특별히 빌린 클라리지스 호텔 스위트룸에서. 인터뷰는 흥미로운 동시에 거부감을 일깨운다. 뜨거운 총신을 움켜쥔 아콜의 가녀린 손이 내내 눈앞에 맴돌기 때문이다.

《타임》은 우리 모두에게 각자 서로에 대해서도 말해줄 것을 요청한다. 《워싱턴 포스트》의 시아는 나를 '두려움을 모르는 남자'라고 부른다.

내가 나 자신에게서 도망치는 까닭에, 가능하다면 살아남고 싶지 않은 까닭에, 그래서 나 자신에게 인정사정없이 구는 것 말고는 다른 방법이 없는 까닭에 온 세상을 여행한다는 걸 시아가 안다면? 그걸 안다면, 나에 대해 뭐라 말할까? 삶을 모르는 남자?

그로부터 하루가 지나 카불의 거리에서 폭탄이 터진다. 폭탄 가방을 메고 있던 건 일곱 살짜리 여자아이였다고 한다.

그렉은 즉시 나를 그곳으로 보낸다.

나는 무슨 일이 일어났는지 알아내려 한다. 그 과정에서 이브라힘이라는 이름의 바차바지 소년을 알게 된다. 폭탄이 터진 날 여동생을 찾아 헤매던 고아 소년.

이브라힘은 열두 살이고, 여동생은 납치되었다.

탈레반은 소녀에게 학교에 보내주겠다고 말했다. 소녀는 학교 대신 죽음으로 직행했으며 스물네 명을 함께 데려갔다. 소녀는 폭탄이 든 헬로 키티 가방을 메고 있었다.

소년의 검은 머리카락은 전형적인 이슬람학교 학생들과는 달리 비교적 길고 밝은 적갈색을 띠고 있다. 수놓은 모자 아래로 머리카락이 삐져나온다. 모자는 보라색이다. 소년의 두 눈—여위었지만 잘생긴 얼굴에 박힌 두 개의 밝은 초록색 구슬.

이브라힘은 내게 모든 걸 보여주려 한다. 모든 걸. 탈레반을 배반하고 복수하려 한다. 이 세상에 여동생보다 더 중요한 건 없기 때문에. 종교도 두려움도 돈도 중요하지 않다. 소년이 일하는 건물에는 탈레반 지휘관들이 들락거린다.

나는 종군 기자로서 준수해야 하는 첫 번째 규칙을 어긴다. 한쪽의 편을 든다. 나는 이브라힘을 구하려 한다. 소년이 혼자 행동하면 살아남을 수 없다.

나는 카불에 몇 주 머무른다. 그러는 동안 그렉이 내 사진이 실린 《타임 애틀랜틱》의 표지를 보내준다. 그리고 마리프랑스는 약국에서 구입한 임신 테스트기의 양성 반응 사진을 찍어 보낸다.

"나는 아이를 원해요. 하지만 당신은 원하지 않아요." 마리프랑스는 편지에 쓴다.

나는 우리 아이를 만나게 해달라고 부탁한다. 마리프랑스는 답신한다. "아이가 태어나면 더 이상 전쟁터에 가지 말아요. 나는 아이가 당신 걱정을 하는 걸 원하지 않아요."

그녀는 아이를 보게 해달라는 내 부탁에는 대답하지 않는다. 이제 내가 일에서 손을 떼야 하는 순간이다. 나는 곧 서른두 살이 된다.

나는 약속을 지키고 그 후로 두 번 다시 전쟁 지역의 기사를 쓰지 않는다. 그런데도 마리프랑스는 딱 한 번 아이를 보게 해준다—아이가 태어난 직후. 그녀는 잠자고 있는 아이 사진을 보낸다. 아이는 작은 엄지손가락을 주먹으로 감싸고 있다.

사내아이다. 마리프랑스는 아이를 새뮤얼 노엄이라고 부른다.

하느님에게 간청해 얻은 아이, 기쁨, 강인함.

나는 사내아이에게 이보다 더 좋은 이름은 있을 수 없다고 답장을 보낸다.

마리프랑스는 더 이상 사진을 보내지 않는다. 나는 다달이 마리프랑스에게 수표를 보내고, 그녀는 수표를 현금으로 교환하지 않는다. 나는 처음에는 매달 초순마다, 나중에는 육 개월마다 파리에 가게 해달라고 간청한다. 그녀는 허락하지 않는다.

내가 공항에서 머물러도 되겠냐고 묻지 않은 탓에 앙심을 품은 듯하다.

이브라힘의 여동생에 대한 이야기는 내가 종군 기자를 그만두고 첫 번째로 쓴 인물 기사이다. 나는 앞으로는 오로지 사람들에 대해서만 기사를 쓸 것이다. 사람들이 어떻게 지금의 모습이 되었고 그들이 누구인지에 대해.

인류의 삶을 유지하기 위해 늘 쉬지 않고 글을 읽는 사람.

나무 위에서 여생을 보내려 하는 여배우. 기증받은 심장을 이식하지 않고 하느님에게 가려 하는 여덟 살 소녀.

나는 온 세상을 여행하며 귀를 기울인다. 내가 전쟁터를 찾아다니며 증언해야 한다는 감정이 서서히 사라진다.

그레고리는 내 제안에 따라 이브라힘이 런던에 올 수 있도록 배려한다. 그렉과 아내 모니카는 소년을 자신들의 집에 묵게 하고, 몇 년 후 소년에게 입양하고 싶다는 의사를 표명한다.

그러다 한 여자 동료에게 마리프랑스가 신문사 편집장과 내연의 관계라는 말을 듣는다. 그 관계가 벌써 여러 해 되었다는 것이다. 편집장 이름은 클로드이다. 하지만 그는 이혼하지 않았다.

샘이 네 살 무렵, 마리프랑스는 런던으로 이주한다.

그녀는 내가 샘과 만나는 것을 여전히 허락하지 않는다. 그렉과 모니카는 내가 법적으로 이의를 제기할 수 있다고 말한다—하지만 굳이 그런 식으로 서로를 대해야 하는 걸까? 서로 고소해야 하는 걸까? 나는 두려움에 질려 절망한 여자와 잠을 잤다. 나는 마리프랑스에게 결코 소송을 걸지 않을 것이다.

혹시 내가 일을 너무 간단하게 여기는 건 아닐까?

혹시 내가 마리프랑스에게 몇 번이고 계속 간청해야 하는 건 아닐까?

내 아들이 같은 도시에 살고 있다는 걸 알면서도 어떻게 생겼는지조차 모른다는 건 먹먹한 아픔이다. 나는 수많은 소년들 속에서 내 아들을 본다.

나는 잠을 이룰 수 있으면 망망대해 꿈을 꾼다. 내 위로 굉음을 울리며 질주하는 길고 검은 지하철 꿈을 꾼다.

"스키너 씨, 당신의 불면증은 심한 트라우마의 징후입니다. 당신의 머릿속은 가득 차 있어요. 당신 머릿속에 당신 자신을 위한 자리가 없는 탓에 당신 자신을 잃어버리고 있어요." 나는 회사 전속 의사인 닥터 크리스테센을 여전히 습관적으로 찾아간다. 그는 그렉과 모니카, 이브라힘을 제외하면 내 삶에서 유일하게 항구적인 존재이다. 그는 내게 약을 처방한다. 하지만 그보다는 기꺼이 다른 삶을 처방해주고 싶을 것이다.

이브라힘은 어느새 열여섯 살이다. 곧 열일곱 살이 된다. 초록색 눈과 적갈색 머리카락만 보면 과거 아프가니스탄의 난민 소년보다는 아일랜드 사람처럼 보인다.

이브라힘은 아버지가 남자의 인생에서 가장 중요한 존재라고 말한다. 이브라힘에게 나는 '작은아버지'다. 그는 나를 그렇게 부른다. 그리고 그렉은 '두 번째 아버지'다.

"작은아버지도 작은아버지 자신에게 중요한 사람이 필요해요."

"네가 바로 그 중요한 사람이란다, 이브라힘. 나한텐 네가 있어."

"난 작은아버지 가족이 아니에요."

이브라힘은 카불에서 가져온 보랏빛 모자를 지금도 간직하고 있다. 바차바지 시절의 모자. 그것은 장롱 어딘가에 들어 있다. 그렉의 부인 모니카가 그걸 보이지 않는 곳에 치웠다. 모자는 다른 시대, 다른 삶에서 유래한다.

삶을 모자처럼 간단히 벗어버릴 수만 있다면.

우리가 처음 만나고 3년이 지난 후에야 비로소 이브라힘은 용기를 내어 나의 아버지에 대해 물었다.

이브라힘이 한 학년을 마치고 종업식 연설을 하기로 되어 있는 학교 교회를 향해 길을 나섰을 때였다. 해마다 각 학년에서 가장 뛰어난 학생에게 종업식 연설을 하는 기회가 주어졌다.

나는 이브라힘이 얼마나 자랑스러운지 말했다. 이루 말할 수 없이 자랑스러웠다.

런던의 초여름이, 햇빛을 받아 하얗게 빛나는 건물들이 택시의 차창을 스쳐 지나가는 동안, 이브라힘은 나의 아버지도 내게 그런 말을 했냐고 물었다. 내가 자랑스럽다는 말을 했냐고.

"내가 아주 어렸을 때 그런 말을 했단다, 이브라힘."

"그다음엔요?"

"그다음엔 우리 할아버지 말로가 그렇게 말했어."

이브라힘은 더 이상 물어서는 안 된다는 걸 감지한다. 하지만 그는 흥분해 있다. 고집스럽게 묻는다.

"하지만 아버지 말이에요. 왜 아버지는……."

"내가 네 나이였을 때 우리 아버지는 살아 계시지 않았거든, 이브라힘."

아프가니스탄 젊은이는 입을 다문다. 그러더니 고개를 떨구고 말한다. "죄송해요!"

나는 죄송해할 필요 없다고 이브라힘에게 말하려 한다. 하지만 침묵을 지킨다. 나는 아버지가 살아 계시지 않은 건 내 잘못 때문이라는 말을 단 한 사람에게만 했다. 오로지 말로 할아버지에게만. 말로 할아버지만 브르타뉴 해변 앞의 넓은 바다에서 무슨 일이 있었는지 안다. 그때, 내가 열세 살이었을 때, 어째서 내가 혼자 집에 돌아왔고 말로 할아버지의 외아들인 나의 아버지는 왜 함께 오지 못했는지.

할아버지가 나를 어떻게 바라보았던가. 말로 할아버지의 눈빛에 모든 것이 담겨 있었다. 혐오와 연민, 슬픔과 경악.

어떻게 할아버지가 나를 위로하려 할 수 있었는지 나는 모른다. 나를, 다름 아닌 나를.

내가 바다를 증오하고 내가 브르타뉴를 증오하고 내가 나 자신을 증오하는 데는 이유가 있다.

31일

에디

내가 서명한 지 14일이 지났다. "네, 해보겠어요."라고 말한 지.

나는 헨리와의 약속을 앞두고 늘 작은 예배당에 들르는 습관이 생겼다. 내가 실수로 신앙심이 깊어졌기 때문은 아니다—아니, 병리학과와 냉장실에서 옆으로 뻗은 복도를 세 번 지나야 하는 지하의 예배당은 미로 같은 웰링턴에서 사람들의 발길이 가장 뜸한 곳이다.

나는 바닥에 앉아 마치 화장을 하듯 내 몸에 용기를 바른다. 한데 엉겨 붙어 원망하고 싸우고 서로 가로막는 모든 흥분들을 깨끗이 갈라놓는다. 그중에서 결정적인 것 세 개만 남을 때까지. 그것들을 유지하는 데 주의를 집중하고 나머지 모든 감정들이 그것들에 접근하지 못하도록 금지한다. 자기 연민? 의심? 체념? 너희들은 사라져라, 썩 꺼져라! 나는 내게 남은 모든 애정을 다해 헨리를 생각하고, 와일더에 대한 양심의 가책을 솎아낸다. 와일더는 내가 새 여성 작가들을 만난다고 주장한 뒤로 실제로 무엇을 하고 다니는지 모른다.

나는 숨을 들이쉬며 애정을 생각한다.

나는 숨을 더 깊이 들이쉬며 용기를 불러낸다.

나는 숨을 들이쉬며 샘처럼 되게 해달라고 간청한다.

샘은 합리적으로 사고하며 자유로이 헨리에게 반응한다. 헨리와 대화하고 헨리에게 귀 기울인다. 그에 비해 나는 이성의 끊임없는 자기 검열의 습관에서 벗어나려 애쓴다. 샘과는 반대로 헨리를 보지 못하기 때문이다. 나는 헨리를 듣지 못한다. 마치 영혼이 떠나버린 육체와 대화하는 듯한 기분이다. 그러면서 결코 내 절망감을 드러내서는 안 된다. 이 상황에서 주변 사람들의 체념보다 더 해로운 것은 없기 때문이다.

나는 눈을 감고 새로이 정신을 집중한다.

용기.

애정.

샘처럼 되기.

듣기. 보기. 감지하기. 빌어먹을, 의심하지 않기!

의심하지 않기는 어렵다.

의식 불명 31일.

전신 마취 15일, 그런 다음 임상사(臨床死). 한없이 길었던 8분. 그런 다음 코마 16일.

흐르는 시간은 헨리를 희망으로부터 점점 더 멀리 떼어 내어, 내가 증오하게 된 통계 가까이 데려간다. 코마 상태에 오래 있을수록 그 사람이 예전의 모습과 비슷해질 가능성은 더 적어진다.

의사들은 열심히 헨리의 의식을 측정하고, 우리와 헨리를 갈라놓는 어둡고 머나먼 곳에 귀를 기울이려고 영혼의 음향 탐지기를 헨리 안에 내려뜨린다. 그들은 단층 촬영과 측정 기기들을 이용한다. 헨리의 무릎과 팔꿈치를 타진하고, 눈에 빛을 비추고, 후각과 청각 테스트를 하고, 빛과 온도와 상체의 각도를 조정한다. 그들은 헨리를 1초도 가만히 두지 않는다.

그런데도 바다는 고요하다.

아버지는 등대 안에 앉아 있으면 늘 그렇다고 말했다. 폭풍이 불 때는 두렵지 않아. 오히려 바다가 기이하게 침묵을 지킬 때 두렵단다.

희망의 다음 시험대는 3개월이라는 시한이다. 멀어진 영혼이 그때까지 계속 침묵을 지키면, 싸움이 본격적으로 시작될 것이다. 닥터 사울이 그렇다고 설명해줬다. 그는 두려움의 산 너머에 무엇이 있는지 하나도 숨기지 않는다.

"탐린 부인, 부인은 의료 보험과 작은 전쟁에 돌입하게 되고, 보험 행정이 얼마나 공감 능력이 없는 분야인지 깨닫고 놀랄 겁니다. 2년쯤 지나면 의료 보험은 치료비 지급을 중단하고 부인이 소유한 모든 것을 저당 잡히라고 설득하려 들 겁니다. 그 일로 부인이 녹초가 될 무렵이면, 부인의 친구를 평화로이 떠나보내라고 엄숙한 어조로 조언하는 다양한 전문가들의 호의적인 감정서들이 이어지죠. 그러니까 부인의 친구를 갈증과 굶주림으로 죽게 하거나 산소를 끊으라고 말이죠. 부인이 이런 생명 단축에 조금이라도 관심을 보이는 듯싶으면, 장기 적출을 위한 동의서가 부인 앞으로 날아듭니다. 물론 전부 가슴 아픈 경우들이죠. 부인의 친구가 빠른 시일 안에 세상을 떠야만 삶에 희망이 보이는 사람들. 당연히 부인은 밤에 그 모든 일로 잠을 이루지 못하고 인터넷에서 코마 환자들에 대한 모든 것을 찾아 읽을 겁니다."

나는 이미 찾아 읽었다. 날마다 밤낮으로.

닥터 사울은 말을 이었다. "부인은 원망하는 마음으로 길을 막고 어슬렁거리며 우리를 비난할 겁니다. 그리고 — 당연합니다만 — 환자 보호가 엉망이고 관리가 형편없고 어쨌든 인력이 부족하다고 분노를 터트릴 겁니다. 그래요! 당연합니다, 당연하고말고요! 결국 부인은 단호하게 결단을 내리고 외부의 도움과 답변을 찾아 나설 겁니다. 제게 사람의 뇌에 속삭일 수 있는 천재적인 능력을 지닌 전문가를 매주 새롭게 소개하면, 저는 그걸 존중할 겁니다. 다만 침대 옆에서 불을 지피지만 마십시오."

이 점에서도 닥터 사울의 말이 옳다. 나는 그걸 증오한다.

예를 들어 나는 '몸을 읽을 수 있는 여자'를 만나려 한다. 통증치료와 대안 의학을 전공한 신경과 전문의.

코마가 증상이라면 그 원인은 무엇일까?

나는 헨리가 멀리 도피한 원인을 알아낸다면 그를 구할 수 있을 거라고 믿는다.

이것도 정상이라는 글을 어디선가 읽은 적이 있다. 희망에서 희망으로, 원격 치료부터 공감 치료까지, 언제나 문을 찾아서, 혹시 문이 없을지도 모른다는 불안감을 떨쳐내며 헤맨다.

그런데도 여전히 나는 아는 게 너무 없다.

나는 날마다 코마 상태의 남자와 약속하는 법을 배운다.

그를 손으로 만지고 싶은 갈망.

뭔가를 잘못할지 모른다는 두려움.

"스키너 씨에게 중요한 사람이 되려고 연구할 필요는 없어요. 부인에게는 두 다리와 두 손, 용감한 심장이 있습니다. 부인은 필요한 모든 걸 가지고 있어요." 닥터 포스가 말했다.

"'문병'이라는 말 대신 '약속'이라고 말하세요." 매리언 간호사는 충고했다. "문병은 의무예요. 그에 비해 약속은 즐거움이죠. 부인이 돌봐줘야 하는 환자가 아니라 데이트 상대라고 여기세요. 그래요, 독특한 데이트죠." 나는 내 다리와 손과 심장을 이용하는 법을 매리언 간호사에게 배운다. 또 내 절망을 적절히 분배하는 법도 배운다.

"밤에 눈물을 다 쏟아내지 마세요. 그러다 정말 울고 싶은데 마음이 텅 비어서 절망스러운 경우가 자주 있어요. 텅 빈 것, 그게 제일 나빠요. 절망이 모조리 소진되어서 더 이상 고통을 표현할 수 없게 되는 것."

매리언은 위기에서는 벗어났지만 돌봄을 필요로 하는 코마 환자들을 6층 병동에서 관리한다. 그리고 주말에는 일부 의사들이 '채소 칸'이라고 부르는 층에서 야간 근무를 한다.

"우리 방랑자들은 낮보다 밤에 더 자주 돌아와요." 매리언 간호사는 이렇게 확신한다. 방랑. 그녀는 코마를 방랑이라고 부른다. 영혼의 방랑.

매리언은 갈수록 민감해지는 헨리의 피부를 어떻게 보호해야 하는지 가르쳐준다. 여기에서 얇은 피부는 메타포가 아니다.

그리고 헨리의 입을 어떻게 물로 축여야 하는지도 보여준다.

갈증이 제일 참기 어렵다는 걸 매리언 간호사는 알고 있다. 깊은 잠에 빠진 사람들이나 '수술 후 섬망' 증상을 보이는 환자들, 저편과 이곳 사이에서 반응 없이 깨어 있는 수없이 많은 환자들과 함께 수없이 많은 밤을 보낸 결과다. 그들은 다시 말을 할 수 있게 되면, 하나같이 갈증이 제일 힘들었다고 얘기한다. 갈증과 소음이 제일 힘들었다고.

매리언은 어떻게 페퍼민트를 넣은 얼음 조각이나 얼린 오랑지나(오렌지나 귤즙을 넣어 만든 탄산음료.-옮긴이)로 '칵테일 아이스크림'을 만드는지 알려주었다.

나는 헨리의 이름을 부르는 걸 배운다. 매리언은 어떤 깊은 곳에서 떠돌고 있는 헨리를 도로 데려올 수 있는 가장 긴 줄이 바로 이름이라고 했다. 그래서 나는 그 이름을 부르고 또 부른다. 나는 다섯 개의 알파벳으로 된 줄사다리를 헨리를 향해 던지는 상상을 한다. 나는 예배당을 향해 속삭인다. "헨리."

용기.

애정.

샘처럼 되기.

그리고 약간의 샤넬 넘버 5. 나는 작은 바디 로션 병의 뚜껑을 열고 목과 팔 아래에 로션을 바른다. 즉시 예배당 안이 재스민, 계피, 버터비스킷, 꽃, 그리고 내 살갗 냄새로 가득 찬다.

방랑하는 영혼들의 사막에서 가장 힘찬 외침은 향내이다—냄새들은 코마 상태조차도 뚫고 들어간다고 한다. 모든 감각 인상들은 그것들이 처리되기 전에 뇌의 시상, 즉 자아에 이르는 문을 지나야 한다. 시상이 손상되면, 코마 환자들은 우리의 말을 들을 수도 없고 우리를 느낄 수도 없다. 하지만 향내들은 곧바로 대뇌 변연계에 이르는 비밀 통로를 지난다. 그리고 변연계는 향내와 감정을 결합시킨다. 향내는 기억의 시작이다. 기억은 정체성이다.

그래서 나는 헨리에게 향내를 가져간다. 우리가 먹고 마셨던 것들의 향내. 지난 시절의 것들. 신문지. 축축한 모래. 로즈메리. 갓 구운 크레이프. 한번은 흙을 한 줌 퍼간 적도 있었다. 웰링턴 옆에서 비에 젖은 흙을. 여름의 향내가 났다. 나는 새로 세탁한 침대 시트를 헨리에게 가져간다. 그가 좋아했던 것들을 찾아 매일 기억을 더듬는다.

오늘은 우리가 함께 잤을 때 내게서 났던 향내를 가져간다. 내 살갗이 달아올랐을 때의 향내. 여자와 삶과 우리의 향내.

나는 만반의 준비를 갖추었다. 그런데도 병상에 다가가는 동안 헨리의 여윈 모습이 눈에 들어올 때면 순간 큰 충격을 받는다. 지난 열흘 동안 폐렴이 헨리를 괴롭혔다. 드디어 열은 내렸지만, 밤이 그를 혹사시켰다. 그의 쇄골 아래 포트에 더 많은 전해질이 달려 있는 게 보인다.

닥터 포스가 반응 테스트를 한다. 나를 보고 고개를 끄덕이며 인사한다. 얼굴 표정으로 보아 만족스럽지 않은 모양이다. 바다의 침묵. 배가 들어올 신호가 보이지 않는다.

포시는 헨리의 차트에 뭔가를 기록한다.

샘이 벽 앞에 서서 수줍게 미소 짓는다. 몰래 훔친 시간이 곧 다 지나가는지 이미 소지품을 챙겨들고 있다. 나는 가방에서 소설책을 꺼낸다. 샘에게 사나흘마다 새 소설을 가져다준다. 이번에는《더 본 시즌》*이다.

"이 책을 여기 아빠 옆에 둘래요." 샘이 웅얼거린다. 마치 헨리가 오늘 밤 그걸 읽고 싶어 할 것처럼 아주 자연스럽게 말한다. 나는 샘의 자신감이 부럽다.

샘이 나를 보지 않고 나지막이 말한다. "우리 함께 옥스퍼드에 한번 갈 수 있냐고 물으면, 이유를 물으실 거죠?"

"일단 시험해봐."

이번엔 샘이 외면하지 않는다.

"우리 함께 옥스퍼드에 갈 수 있어요?"

나는 고개를 끄덕인다.

내가 이유를 묻지 않아서 샘은 안도하는 눈치다.

갈수록 샘에게서 헨리가 보인다. 설명하길 그토록 싫어하던 사람. 자신의 삶을 드러내지 않던 사람. 샘의 어머니를 만나보고 싶다. 하지만 아직은 너무 이르다는 걸 안다. 너무, 너무 이르다.

"여기 더 있어도 돼요?" 샘이 묻는다.

나는 고개를 끄덕인다.

오늘 헨리는 모로 누워 있다. 헨리의 등이 드러나 있다.

등. 등의 자세는 자신을 받아들이는 걸 표현한다. 등을 구부리는 사람은 자기 자신을 받아들이려 하지 않는다—자신이 잘못을 저지른다는 걸 알고, 상대방이 그 잘못을 본다는 걸 예감하며 자신을 참아내려 하지 않는다. 두려움과 분노가 목과 엉치뼈 사이의 자세와 경도를 결정짓는다.

* *The Bone Season*. 영국 여성 작가 서맨사 섀넌(Samantha Shannon)의 초자연적인 모험 소설.

이 구절은 몸을 읽는 여인과의 서신 교환에서 유래한다. 나는 이 말에서 무엇을 기대해야 하는지 모른다.

"안녕, 헨리." 나는 조용히 다가가며 말한다. 두 손을 마주 비빈 다음 입김을 후 불어 따뜻하게 해서는 헨리의 견갑골 사이에 놓는다. 손가락 아래서 근육이 느껴진다. 맥박도 느껴진다. 내가 손을 대면 맥박이 아주 미세하게 변한다.

더 빨라진다.

"나 왔어, 헨리." 나는 속삭인다.

그런 다음 정신을 집중해 헨리의 리듬에 맞춰 숨을 쉬려 한다. 아니면 인공호흡기가 제시하는 박자에 맞춰. 일 분에 여덟 번 들이쉬고 여덟 번 내쉰다. 나는 눈을 감고 숨을 쉬며 내 용기, 내 애정, 내 온기가 헨리 안에 이르길 바란다.

나는 헨리의 손을 잡고 어루만진다. 손가락도 어루만진다. 특히 민감한 부위가 많이 집중돼 있는 손가락 뼈 옆 부분을 어루만진다.

"나 왔어." 나는 속삭이며 계속 용기를 생각한다. 빌어먹을, 제발, 용기!

나는 포시가 갈 때까지 기다렸다가 헨리에게 몸을 숙이고 나를 소개하는 의식을 거행한다. 날마다 그 의식을 거행한다. 날마다, 날마다, 날마다!

나는 아이팟을 네모난 무선 스피커와 함께 테이블에 내려놓고는 헨리가 좋아한다고 확신하는 노래 리스트를 선택한다.

내가 헨리에게 스텝 밟는 법을 알려준 탱고처럼. 카를로스 리베딘스키(아르헨티나의 음악가, 작곡가. – 옮긴이)의 *솔로 포 호이*(*Solo por hoy*).

오로지 오늘만.

당시 나는 머리를 짧게 자르고 결코 원피스를 입지 않았다. 나는 매일 밤 탱고를 추었다. 수백 명의 남자들과.

오로지 오늘만, 날마다.

그러다 헨리가 나타났을 때 그걸 그만두었다.

멜로디가 병실 안으로 흘러나와 우리를 환상으로 감싼다. 나는 헨리의 귀에 입술을 바짝 대고 말을 하기보다는 숨결을 불어넣는다. "안녕, 헨리. 나는 에드위나 탐린이야. 에디. 우리는 예전에 함께 춤췄어. 우리는 2년 반 동안 함께 무척 근사한 시간을 보냈어. 나는 당신이 원해서 여기 있어. 또 나 자신이 원해서. 난 당신 곁에 있어. 당신은 헨리 말로 스키너야. 당신은 코마 상태에서 살고 있어. 그런 당신에게 나는 제발 깨어나라고 간청하고 있어."

나는 내 가슴팍에서 올라오는 샤넬 향기를 맡을 수 있다.

"나 왔어." 나는 다시 속삭인다.

탱고가 우리를 감싼다.

나는 침묵하고 싶다. 그때처럼. 우리가 처음으로 마주 서서 침묵했을 때처럼. 밤새도록. 아침까지 내내.

우리는 어떻게 서로를 바라보기만 했던가. 어떻게 눈빛으로, 몸짓으로 부드럽게 서로를 스쳤던가. 첫날 밤엔 우리는 단지 손만 닿았을 뿐이다.

그런 다음 그가 어떻게 갔던가.

그리고 다시 왔다.

헨리는 탱고이다. 가까우면서도 멀다. 정열적이면서 다정하다.

친밀하면서도 낯설다. 머무르지는 않지만 늘 다시 온다. 당시 나는 그걸 알고 있었다. 그것이 오늘 내 희망을 북돋운다.

그는 오로지 오늘만 코마 상태에 있다. 오로지 오늘만.

헨리는 아마 우리를 듣지도 이해하지도 못할 것이다. 닥터 사울과 닥터 포스, 그 모든 엉터리 뇌 스캔들이 그렇게 말한다.

나는 헨리를 애무하려 한다. 그의 얼굴, 팔, 배, 모든 것을. 그가 혼자 있지 않다는 걸 손으로 말해주려 한다. 이것은 내가 구사하는 가장 명백한 언어다. 나는 헨리가 아직 여기 있는지 내 손가락으로 알아내려 한다. 그의 이름으로 불리는 이 기이한 인간 인형 속에.

나는 헨리에게 손을 댄다. 하지만 그의 얼굴은 밀랍 같고 그의 입은 말이 없고 그의 손가락은 내 손가락을 휘감지 않는다.

지금은 아니야. 아직은 아니야. 어쩌면.

'확정되지' 않은 것이 이렇듯 위안이 되기는 처음이다. 그 어느 것도 확실하지 않은 한 그 어느 것도 잃어버리지 않는다.

다음 노래. 존 파월(영국의 음악감독이자 작곡가. – 옮긴이)의 *암살범의 탱고*.

우리는 이 노래에 맞춰 춤췄다. 우리는 이 노래에 맞춰 사랑을 나눴다. 때로는 춤을 추며 사랑을 나눴다. 때로는 이 노래를 들으며 손만 잡았다. 옥상에서. 말없이. 내가 헨리만큼 말을 적게 나눈 남자는 없었다. 그러면서도 이렇듯 가깝게 느낀 남자도 없었다.

내 손가락이 천천히 헨리의 등을 미끄러져 내려간다. 다리를 지나 발까지. 나는 헨리의 맥박과 온기, 근육의 가벼운 긴장을 느낀다.

헨리는 달려가고 있을까? 도망을 칠까? 춤을 출까? 물속으로 잠수할까? 사랑을 나눌까?

"나랑 춤춰." 나는 속삭인다.

당신 어디에 있어? 헨리, 헨리, 헨리…… 당신 어디에 있냐고?

샘이 나와 헨리를 번갈아본다. 샘은 내가 지금 하는 걸 한 번도 본 적이 없었다. 나는 이걸 날마다 한다. 날마다.

나는 조심조심 헨리의 발바닥을 씻기고 따듯한 오일로 마사지하기 시작한다. 나는 하녀, 스스로를 낮추는 막달레나 같다. 나는 헨리를 씻기고 그의 이름을 부른다. 그와 함께 춤을 춘다. 그의 다리를, 그의 팔을, 그의 손을 움직인다. 헨리가 언젠가는 다시 똑바로 설 수 있길 바라며. 그가 내 곁을 떠나도 상관없다. 나는 그 점을 계산해야 한다. 그는 천성적으로 어디 한 곳에 머무르는 사람이 아니다.

나는 고통받는 그 몸의 긴장을 풀려고 정신을 집중한다. 날마다 처음 몇 분은 당황스럽지만 그 시간은 금방 지나간다. 그의 가슴에 내 손을 얹고, 그 위에 다시 그의 손을 얹는다. 눈을 감고, 예전에 춤을 추며 하나가 되었듯이. 지금까지 이토록 격렬하게 산 적이 결코 없었던 듯한 감각. 헨리의 몸을 어루만질 때마다 내 삶이 팽창한다. 나는 느낀다, 나는 사랑한다, 나는 싸운다. 모든 아름다운 것이 예전보다 더 아름답다. 그리고 모든 무가치한 것은 멀리 있다.

이 점에서 내가 정확히 옳다는 느낌이 든다.

33일

헨리

나는 이브라힘, 그렉과 모니카를 보려고 주기적으로 런던에 머무른다. 하지만 오래 견디지 못하고 번번이 다시 길을 떠나곤 한다. 공항의 환승 구역에서, 역 근처의 호텔에서, 항구 언저리의 펜션에서는 잠을 이룰 수 있기 때문이다. 나는 사람들이 길을 떠나고 도착하는 소음이 지배하는 곳이면 어디서나 잠을 이룬다.

그 밖의 장소에서는 잠을 이루지 못한다.

잠들지 못하면 두려움이 밀려온다. 죽을 것만 같은, 이루 형용할 수 없는 두려움.

그러면 마리프랑스에 대한 기억과 우리가 샘을 낳았을 때의 기억이 위로가 된다. 아이를 낳았다. 두 미숙한 인간에게서 새로운 생명이 태어났다. 창조는 이따금 이렇듯 관대하고 풍성하다. 모래땅에서 장미가 꽃피고 외로움에서 사랑이 움트고 죽음에서 생명이 생겨나듯이.

런던에 머물거나 어딘가 대도시에서 사흘 밤 이상 지내야 하는 경우, 나는 밤새도록 어둠 속을 걷거나 술을 마신다. 때로는 사람들의 물결이 어떻게 움직이고 이동하는지 지켜보려고 공항에 가기도 한다. 사람들이 어떻게 서로 몸을 대고 엉키고 다시 떨어지는지 보려고.

그런 후, 낯설면서도 친밀하고 지저분하고 어두운 거리를 몇 시간씩 배회하면서 불 켜진 창문들을 바라본다. 소년 시절 나 혼자서 푸른색 배를 타고 집으로 돌아온 후 내 삶은 중단되었다. 아버지를 남겨두고. 시간이 숨을 멈추었다. 그런데 어떻게 그 거리에서 삶이 계속되는지 바라본다.

나는 중간 세계를 떠돈다.

처음도 없고 끝도 없는 중간 세계.

그렇게 런던을 헤매던 어느 날 밤, 나는 불안에 쫓겨 호크니와 콜롬비아 로드 사이에 위치한 황폐한 콘크리트 건물에 이른다. 이스트 엔드 한복판. 바깥은 30도가 넘는데 실내는 서늘하다. 여름 동굴. 구석진 곳과 기둥 뒤의 그늘이 검은 물처럼 깊다. 유일한 광원은 등불과 촛불, 횃불이다.

회칠하지 않은 벽 앞에 다리가 휘고 등받이가 찌부러진 낡은 나무 의자들이 보인다. 그 사이에 호텔 창고에서 훔쳐온 듯한 소파와 안락의자들이 있다. 엎어놓은 과일 궤짝과 나무 상자 위에 널빤지, 헌 칠판, 문짝들이 놓여 있다. 그렇게 테이블이 된다. 그 테이블들 위에 병과 유리잔, 재떨이, 그리고 사람들에게 잊힌 빈손처럼 겹겹이 쌓인 장갑 몇 켤레가 있다. 테이블마다 크리스털 꽃병에 붉은 장미가 꽂혀 있다. 여자들이 소파나 기둥에 기대어 서 있다. 각기 떨어져서, 다들 혼자서. 남자들이 어스름한 빛 속을 배회한다. 마찬가지로 솔로들이다. 박쥐들이 남자들과 여자들의 눈빛처럼 서로 묻고 서로 피하면서 천장이 높은 미완성의 홀을 날아다닌다.

길쭉한 공간 한가운데의 벽돌 벽 앞에 반도네온(주로 아르헨티나 탱고 음악에 사용되는 소형 손풍금. —옮긴이) 연주자 두 명이 자리하고 있다. 콘트라베이스를 든 남자와 바이올린을 든 남자도 있다. 그 옆에 뚜껑 닫힌 케이스에 세워 놓은 기타도 보인다. 그들의 하얀 상의가 불빛을 받아 반짝인다.

그곳에서, 모두가 제각기 혼자인 그 장소에서 시간이 다시 숨쉬기 시작한다. 아주 천천히. 처음에 나는 그걸 알아채지 못한다.

반도네온 연주자 둘이 시선을 교환한다. 한 사람은 검은 머리카락에 윤기가 흐르고 몸에 꼭 끼는 흰 셔츠를 입고 있다. 그의 위팔 근육이 얇은 천 너머로 거무스름하게 어른거린다. 다른 한 사람은 콧수염을 길렀으며 마치 상대방 안으로 깊이 잠수하듯 바라본다. 두 사람은 강렬하고 육감적이고 특이하게 성난 듯한 남성미가 흘러넘친다. 콘트라베이스 연주자와 바이올리니스트는 눈을 감고 있다. 그 열중한 모습에 무아지경의 에로스가 담겨 있다.

첫 번째 반도네온 연주자의 발이 박자를 리드한다.

두 번째 연주자가 그에 화답하고 콘트라베이스 연주자와 바이올리니스트가 눈을 뜨지 않은 채 그 뒤를 잇는다.

그들은 음악 속에 푹 잠겨 있다.

내 안에서 처음 듣는 것에 대한 갈망이 인다.

양복 차림의 한 남자가 그늘에서 희미한 불빛 속으로 걸어 나온다. 그 남자도 눈을 감고 있으며 그의 팔은 보이지 않는 여인을 감싸 안고 있다. 그는 혼자 춤을 추지만 혼자가 아니다.

여자들이 여기저기 소파에서, 기둥에서, 벽에서 떨어져 나온다. 남자들이 움직인다. 새장 안을 빙빙 도는 듯하고, 하늘 아래를 배회하는 듯하다. 어찌 된 영문인지는 모르지만, 벌써 짝을 이룬 남녀들이 눈에 띈다. 그들은 지나가다 서로 붙들고 춤을 추고는 다시 떨어진다.

그들이 파트너를 바꾸는 모습에서, 처음에는 전쟁터에서 전쟁터로, 나중에는 사람에게서 사람으로, 고독으로 발길을 재촉하던 지난날의 내 불안한 삶을 보는 듯하다.

눈을 감아야만 부둥켜안은 여인을 볼 수 있다는 듯 언제나 눈을 감고 혼자 춤을 추는 남자처럼, 나는 텅 빈 공기를 부둥켜안는다. 그 공기가 누구를 에워싸고 있는지는 알 수 없다.

짝을 이룬 남녀들이 큰 동작을 취하지 않고 말없이 콘크리트 바닥에서 빙그르르 돈다. 그들은 스텝을 밟고 서로에게 안겨 빙그르르 돈다. 그들의 눈빛은 위협하는 동시에 기대에 가득 찬다. 한 걸음만 더 내딛어요. 그러면 나는 당신 것이에요!

절제하는 피부 바로 밑에 자유분방한 열정이 숨어 있다.

밤의 물속에서 떠오르듯 어둠 한가운데서 여인이 나온다. 내가 모르는 여인이다.

그런데 벌써 수천 번 보았다.

나는 여인이 누구인지 모른다.

하지만 나는 여인의 이름을 유한한 세상으로 불러내었다.

여인은 춤을 춘다. 이 남자 저 남자와.

여인이 어떻게 그럴 수 있는지 처음에는 보이지 않는다—지나가면서 남자들을 붙잡는 걸까? 여인의 손이 '나를 잡아요'라고 말하는 걸까? 여인의 몸이 가까이에서만 인지할 수 있는 어떤 은밀한 메시지를 보내는 걸까?

그러다 여인이 어떻게 하는지 눈에 보인다.

그건 여인의 눈이다.

눈은 묻지 않는다.

눈은 간청하지 않는다.

그저 말할 뿐이다. 이리 와요!

그러면 남자들이 따른다.

여인은 남자 몸에 기대고서야 비로소 눈을 감는다.

여인의 몸은 늘씬하다. 곡선을 그리지도 않고 풍만하지도 않다. 여성적인 소년의 몸, 아름답지만 아름다움이 대부분의 사람들에게 금방 눈에 띄지 않는 여전사의 몸 같다. 여인이 여전사의 몸을 움직이면, 내 눈에 내가 보인다. 여인은 나의 불안을 춤춘다. 나의 두려움을 춤춘다. 생존하고 싶지 않은 듯 춤춘다. 그런 식으로는 아니라는 듯. 그런데도 목숨을 부지하기 위해 투쟁하듯 춤춘다. 내 인생의 모든 음조들, 회색 음조들, 백색 음조들, 모든 색깔을 불태워버리는 강렬하게 번쩍거리는 음조들, 또 한없이 검은 멜로디들.

여인은 춤춘다.

나는 여인을 지켜본다. 몇 시간이고. 나는 수천 개의 삶 속으로 들어가는 꿈을 꾼다.

여인의 몸놀림은 항구다. 나는 난파다.

이 여인과 무엇이 가능할까? 내가 그 어떤 여자보다도 잘 아는 이 여인과.

나는 미지의 여인이 춤추는 모습을 보고 내 딸이 그녀의 발 위에 서서 왈츠를 배우는 걸 본다. 발로 발을 딛고 두 손을 맞잡고서.

내가 미지의 여인에게 튀 케르크를 보여주고 푸른 문을 여는 것을 본다. 내가 과거에 자물쇠를 채워버린 모든 것을 여는 걸 본다.

여인은 그 공간들을 소유하고 그 밝은 눈으로 모든 그림자를 몰아낼 것이다. 그렇게 될 것이다.

나는 미지의 여인을 보고 내가 그녀의 보드라우면서도 강인한 목에 키스하는 걸 본다.

나는 800년 묵은 바닷가 예배당에서 하얀 원피스 차림의 그녀를 본다. 그곳에서는 시간의 무게가 다른 걸 감지한 탓에 그녀의 팔에 소름이 돋는다.

시간이 더 가늘어지는 장소들이 있다. 거기에서는 어제와 오늘과 내일이 서로 가까이 있고 우리는 죽은 자들과 미래의 메아리를 감지한다.

그러다 그 낯선 여인이 나를 발견한다. 여인의 눈은 묻지 않는다. 간청하지 않는다. 그저 말할 뿐이다. 이리 와요!

나는 고개를 끄덕인다.

시간이 흐른 후 여인은 내 쪽으로 걸음을 옮긴다. 그녀의 눈빛은 밝은 푸른색이고 투명하고 맑고 깊다. 이 세상에서 그런 빛깔을 띤 것은 오로지 햇살을 흠뻑 머금은 이루아즈의 물뿐이다. 여인은 눈에 바다를 품고 있다. 처음으로 나는 바다를 증오하지 않는다.

이제 집에 가고 싶어, 나는 생각한다.

나를 데려다줘요.

여인은 말하지 않는다. 나를 건드리지 않는다.

그녀는 아주 가까이 온다. 그녀의 가슴이 오르락내리락하는 게 보인다. 여인은 바로 내 옆에서 걸음을 멈춘다. 그녀의 입과 코가 내 쇄골 높이에 있다. 그녀의 온기가 느껴진다. 우리 사이의 거리는 방금 전까지 춤추다 온 그녀가 내뿜는 열기로 따스해진다.

여인이 나를 올려다본다. 나는 마치 처음으로 숨을 내쉬듯 숨을 쉰다. 마침내 시간이 다시 맞물리는 듯하다.

밤에 우리는 하얀 시트를 새로 깐 낮고 널찍한 침대에 마주 누워 있다. 이스트 엔드의 옛 튤립 창고를 개조한 그녀의 집에서. 내 춤추는 여전사가 살고 있는, 옥상 정원 바로 아래 다락층. 옥상에서 은빛 풀이 따사한 밤바람에 살랑이고 부겐빌레아가 별을 향해 꽃봉오리를 내민다. 옥상 정원이 있는 곳은 칠월의 브르타뉴 초원처럼 보인다.

많은 촛불이 빛을 비추고 우리는 서로를 마주 본다. 아직까지는 말없이 눈빛으로만 서로를 탐색한다. 가까이 다가가고 싶은 갈망. 가까이에 있으면 두려움이 몰려오는 탓에 가까이 다가가지 못한다. 거리를 두고 싶은 갈망. 우리로 묶이고 싶지 않은 욕구를 공유한다. 이 해소할 수 없는 갈망 속에서 우리는 생전 처음으로 긴밀하게 하나로 녹아든다.

어느 순간 그녀가 눈을 감고 미소 지으며 우리 사이 한가운데에 한 손을 놓는다.

나는 그 위에 내 손을 올려놓는다.

그날 밤 내 잠은 평온하다. 나는 세상에서 가장 안전한 장소에 있다.

34일

헨리

밴쿠버에서 출발한 비행기가 런던 히스로 공항에 착륙할 때 나는 잠에서 깨어난다. 예정 시간보다 5분 일찍 도착한다. 손이 마비된 듯한 느낌이다. 그런데도 찌릿찌릿하다. 비행기가 게이트를 향해 가는 동안 비행기 엔진이 숨을 헐떡이는 것처럼 들린다. 목이 마르다. 하지만 어디에도 스튜어디스가 보이지 않는다.

런던은 두 세계를 가르는 이른 아침의 안개에 뒤덮여 있다. 불안한 걸음걸이로 밤의 어둠을 헤매는 방랑자들의 세계. 나도 한때 이 세계에 속했다. 한편 일터로 출근하기 위해 일찍 일어나야 하는 사람들의 세계. 두 개의 평행 세계. 두 세계가 마주치는 곳에서, 튜브에서, 버스에서, 이른 아침 김이 모락모락 나는 빵집에서, 그들은 서로 상대방을 무시한다.

밤의 방랑자들은 자신들 인생의 또 하루가 지나간다는 걸 참지 못하고, 끈을 놓치지 않으려 그 하루를 어둠 속으로 끌고 간다. 그리고 일찍 일어나는 사람들은 자신들 앞에 있는 하루를 허비하지 않으려 한다.

나는 화물용 승강기와 출판사 문도 열 수 있는 에디 집의 열쇠가 어디에 있는지 안다. 안뜰의 반쪽 벽돌 뒤 빈 공간. 벽에 그린 버그스 버니의 왼쪽 볼에.

열쇠가 더 이상 그곳에서 나를 기다리지 않는 경우를 상상한다. 내가 더 이상 환영받지 않는다는 걸 그런 식으로 깨우쳐주지 않을까 나는 번번이 두려움에 떤다.

왜 내가 그걸 두려워하는지는 모른다. 에디는 결코 그런 짓을 하지 않을 것이다. 그녀는 내 눈을 보며 직접 말할 것이다! 에디는 내가 아는 한 가장 솔직하고 신뢰할 수 있는 사람이다. 내가 아는 많은 사람들 중에서 에디는 여러모로 두드러진다. 에디에게 '아마'는 존재하지 않는다.

'예스'면 예스다. '노'면 노다. 어느 쪽이든 절대 협상의 여지가 없다. 아마 그 점이 내게 두려움을 일깨우는지도 모른다. 에드위나 탐린이 언젠가 내게 '노'라고 말한다면, 내게는 그녀의 삶 속으로 돌아갈 길이 없다.

우리가 만난 후로, 내가 그녀에게 말하지 않은 일이 하나 있다.

샘.

나는 내 아들에 대해 에디에게 침묵한다.

그녀는 이브라힘은 알고 있다. 우리는 그렉 부부와 함께 이브라힘을 공항에 데려다준 적이 있다. 지금 이브라힘은 워싱턴에서 법학을 공부한다. 인권이 그의 관심 분야다.

이제 겨우 새벽 7시가 지났을 무렵 택시가 콜롬비아 로드에 나를 내려놓는다. 에디가 아직 자고 있을까?

에디는 대개 새벽 서너 시까지 원고를 읽는다.

나는 안뜰로 가서 조심스럽게 토끼 그림이 그려진 벽돌을 꺼내고 구멍 속을 더듬는다.

열쇠, 이게 어디 있지?

공포가 몰려온다. 그러다 열쇠를 발견한다.

나는 문을 열고 조용히 출판사를 지나 나선형 층계를 올라간다. 넓은 다락 한쪽에 자리한 침실의 벽 앞 바닥에 앉는다. 잠든 에디는 젊어 보인다. 소녀처럼 앳되어 보인다. 마치 방금 누군가와 말을 나눈 듯 입을 쑥 내밀고 있다.

나는 거기 앉아 에디를, 에디의 잠을 바라본다. 마음이 평온해진다. 나는 오직 에디 곁에서만 '도망치고 싶다'는 내 안의 욕망으로부터 자유로워진다.

미안해, 나는 생각한다. 어쩌다 그런 일이 일어났는지 어떻게 설명해야 할까? 어떻게 샘이 태어났는지, 그리고 왜 내가 샘을 만날 수 없는지. 어떻게 하면 당신을 실망시키지 않고 당신 얼굴을 보며 그 사실을 말할 수 있을까?

내 침묵이 길어질수록 에디의 놀람도 커질 것이다. 나는 그걸 안다.

에디가 깨어난다. 생명이 마치 겨울 내내 비어 있던 집 속으로 흘러들어가듯 그녀의 몸속으로 흘러들어간다. 그러면 여름이다. 여름과 더불어 모든 웃음, 모든 욕망, 온갖 향기가 찾아온다.

두 눈이 초롱초롱하다. 그녀의 눈빛이 말한다. 이리 와!

나는 그 눈빛 앞에서, 여름의 매혹적인 장소 같은 그 몸 앞에서 옷을 벗는다. 에디가 어떻게 하는지는 모르지만, 내 몸에 닿은 그녀의 시선을 감지하면 내가 아름답다는 느낌이 든다.

그 눈이 나를 보기 때문에 나는 존재한다.

"조용히, 서두르지 마." 에디가 속삭인다. "난 하나도 놓치고 싶지 않아."

나는 셔츠의 단추를 풀고 벨트를 풀고 바지를 벗는다. 양말은 절대 신지 않는다. 아버지처럼.

에디 곁에서는 평소와는 다르게 아버지를 생각할 수 있다.

나는 오로지 에디 곁에 있을 때만 아버지를 생각할 수 있다. 내가 마흔 살이 된 지금에야 비로소 아버지에게서 무얼 물려받았는지 깨닫는다.

손가락 모양. 내 손가락은 아버지의 손가락을 닮았다.

맨발로 다니는 즐거움. 단순히 세상을 터벅터벅 걷는 것이 아니라 세상을 발로 느끼는 것.

나는 에디 곁에 눕는다. 그녀에게서 갈레트*, 설탕, 소금, 자유의 냄새가 난다. 무르익은 예쁜 과일, 살구, 꽃 같은 향기가 난다. 나는 재스민을 떠올린다. 에디는 온 세상이다.

나는 그녀의 얼굴을 두 손으로 감싼다. 내 손가락이 그녀의 얼굴을 액자처럼 에워싼다. 내가 그녀의 품에서 서서히 온기를 만들어내고 우리가 이음새 없이 하나로 녹아드는 동안, 그녀는 미소 지으며 눈을 뜨고 있다. 경계가 사라진다.

내 사랑, 나는 생각한다. 내 사랑, 내 사랑 에디. 내가 당신 없이 숨이나 쉴 수 있을까?

우리는 처음 만난 여름에 세상의 옥상에서 자주 사랑을 나눴다.

* 프랑스 브르타뉴 지방에서 유래해 주로 간식이나 디저트로 애용되는 팬케이크 형태의 빵과자.

나는 런던의 용마루들 위에 있는 에디의 마술 같은 정원을 그렇게 부른다. 밤하늘을 어지럽히는 전등 불빛들에도 불구하고 별들이 더 자유롭게 숨 쉬던 어느 날 밤, 그녀는 자신이 왜 풀밭을 조성했는지 내게 들려주었다. 우리는 옥상 정원에 누워 있었고 에디는, 그녀는 내 팔오금을 베고 있었다. 우리 위로 박쥐들이 날아다녔다. 하늘에는 푸른 달이 떠 있었다. 그 달의 두 번째 보름달.

"내가 아직 소녀이던 시절 나는 우리 집 뒤편의 풀밭이 무성하게 자라서 다람쥐가 거기에 숨을 수 있길 늘 바랐어. 그러면 새벽녘에 다람쥐가 어스름 속에서 나와 내 방 쪽을 엿보며 내가 창가로 다가오길 기다리는 거야. 우리는 서로 바라봐. 아주 잠깐. '네 곁은 안전해, 나는 그걸 알고 있어.' 다람쥐는 이런 비슷한 생각을 내게 보내고는 풀밭에 누워 천천히 고개를 떨구는 거야. 마침내 편안히 쉬는 거지. 다람쥐는 세상으로부터 안전해. 사람들에게 잡혀서 두들겨 맞고 고통받게 되는 것으로부터. 근사한 것들은 늘 파괴되거든. 대부분의 사람들은 특별한 것을 으스스하게 여겨."

나는 에디의 머리를 어루만졌다. 그녀 몸의 윤곽은 내게 얼마나 친숙했던가. 그녀는 내 팔오금에 어떻게 쏙 안겼던가. 그녀의 살결은 내 살갗 아래로 스며들었다. 내 손, 내 손가락, 내 입, 내 가슴, 내 허벅지, 내 엉덩이, 내 모든 것은 에디가 무엇을 느끼는지 알았다.

"아버지는 풀밭의 풀줄기를 수시로 낫으로 베었고, 나중에는 충전식 잔디 깎는 기계로 베었어. 어느 날, 내가 다섯 살 때였을 거야. 나는 아버지가 풀 베는 걸 말리려 했어. 그래서 잔디 깎는 기계 앞을 막아섰어."

다람쥐를 구하려고 회전하는 쇠 칼날을 막아서는 어린 소녀의 모습이 내 가슴을 찡 하고 울린다.

"아버지가 이유를 물었고, 나는 다람쥐 얘기를 했어. 아버지는 그 후로 두 번 다시 풀밭을 깎지 않으셨어. 두 번 다시. 어머니가 풀을 베려고 원예사를 불렀을 때, 아버지는 풀밭을 그대로 두려고 원예사에게 돈을 지불했어. 몇 주 동안이나 어머니는 우리하고 단 한 마디도 나누지 않았어. 하지만 풀밭은 온전할 수 있었어. 나를 위해. 다람쥐를 위해."

에디는 입을 다물었다. 그러더니 아주 나지막이 말을 이었다.

"다람쥐는 한 번도 나타나지 않았어. 그 후로 나는 설명할 수 없는 기적을 믿지 않게 됐어. 오로지 설명할 수 있는 일에만 주의를 기울였지. 그리고 아버지가 돌아가셨을 때 다람쥐도 죽었어."

나는 아버지들이 사랑하면 얼마나 깊이 사랑할 수 있는지 똑똑히 깨달았다. 내 아버지가 나를 얼마나 사랑했는지, 아버지가 내 곁에 없어서 얼마나 허전한지.

그 순간 너무 부끄러워 내 심장이 바닥으로 떨어진다.

그 아이를 사랑하는 누군가가 있을까? 내가 곁에 없는데 그 아이를 사랑하는 아버지가 있을까? 이 생각만 하면 미칠 것 같다. 죄책감과 수치심으로 미쳐버릴 것만 같다. 나는 꼼짝 않고 에디를 꼭 붙잡고 있다. 에디가 이걸 알아챌까?

나는 에디에게 한 번도 거짓말한 적이 없다. 우리는 서로에게 빚진 것이 없다. 오로지 서로 솔직하기만 하면 된다. 그런데도 나는 침묵을 지킨다.

“당신 아버지 이름이 뭐였어?” 나는 묻는다. 내 목소리가 갈라져야 마땅할 텐데 갈라지지 않는다. 내 침묵처럼, 내 심장처럼 갈라져야 마땅했는데도.

“에드워드.” 에디는 대답했다. “실제로 아버지는 늘 에드, 나는 에디였어. 나는 아버지의 축소판이었어. 나의 더 커다란 자아가 죽은 듯한 느낌이 이따금 들어. 더 현명한 자아. 더 많이 사랑하는 자아가.”

에디는 내 손을 잡아 그녀의 심장이 뛰는 곳에 갖다 댄다. 그녀의 선하고 사랑스럽고 커다란 심장.

에디가 어떻게 나 같은 사람과 같이 지낼 수 있을까?

“아버지하고 얘기를 나누고 싶어서 지금도 문득 전화를 걸려고 하는 때가 종종 있어. 부목을 대지 않은 채 부러진 다리로 움직이는 것처럼 고통스러운 충동. 이따금 눈을 감고 아버지의 말을 들으려고 할 때도 있어. 아버지의 조언을.”

에디가 내 품속에서 나를 바라본다.

그 순간은 길지 않다. 하지만 내가 지금껏 필요로 했던 모든 것, 내가 일찍이 필요로 했던 모든 것이 내 팔에 안겨 있다.

“낯선 양반, 당신은 어때? 당신도 아버지 꿈을 꾼 적이 있어?” 에디가 내게 묻는다.

꾸밈없이 자연스럽게 묻는다. 에디는 그렇다. 고통 앞에서도 주눅 들지 않고 두려워하지도 않는다.

결코, 결코 나는 거짓말하고 싶지 않다. 제발 묻지 마, 다시는 묻지 마.

나는 숨을 내쉰다. 그리고 고개를 끄덕인다. 내 안에는 늘 도피가 도사리고 있다. 가끔은 아주 사소한 이유만으로도 도피할 태세를 갖춘다.

"그래. 내 꿈속에서 대개 아버지는 자신이 돌아가셨다는 걸 모르셔." 나는 시인한다. "나는 그걸 아버지에게 말하지 않아. 그 순간을 아버지와 함께 즐겨. 아버지와 대화를 나누고 한 공간에 같이 머무르고 함께 자동차를 타고 가는 걸 즐겨."

그리고 바다에 나가는 걸. 그 마지막 자유를. 하지만 나는 그 광경은 차마 말하지 못한다.

그 꿈이 얼마나 자주 찾아왔던가! 끊임없이 계속. 아버지는 파도가 곧 우리를 덮칠 것을 모른다. 나는 늘 충분히 민첩하지 못하고 충분히 일찍 그걸 보지 못하고 충분히 아버지를 꽉 움켜잡지 못한다. 나는 에디에게 아버지가 익사했다는 말만 했다. 고기를 잡다가. 내가 곁에 있었다는 말은 하지 않았다.

무엇이 사실이고 사실이 아닌지 갈수록 분간할 수 없다는 말도 하지 않았다.

아버지가 나를 놓았을까?

아니면 내가 아버지를?

첫 번째 여름은 첫 번째 가을, 겨울, 봄이 되었고 첫해가 됐다. 첫해가 둘째 해로 넘어갔고 그러다 마지막 여름이 시작되었다.

에디는 결코 말하지 않았다. "여기 머물러!"

또 한 번도 말하지 않았다. "가지 마!"

그래서 나는 계속 에디를 찾아갔다. 그녀 곁에서 종종 반은 죽은 사람처럼 며칠 밤과 낮을 내리 잠만 잤다. 환승 구역과 라운지, 기차, 장거리 버스 안에서의 잠은 결코 충분하지 않았고 그 밖의 장소에서는 결코 푹 자지 못했기 때문이다.

때로는 내 모든 여생을 에디와 함께 보내면 어떨까 상상해봤다. 그러면 다시는 잠을 설치는 일이 없을 것이다.

그게 사랑이었을까?

아니면 감사하는 마음이었을까?

나는 내 사랑하는 능력을 전혀 믿으려 하지 않았다. 내 사랑은 힘이 없었다. 용기가 없었다.

이따금 순회 인터뷰를 마치고 런던에 머무를 때가 있었다. 하지만 에디에게는 내가 왔다는 말을 하지 않았다. 그녀가 베개 취급을 받아야 할 이유가 없었다. 그런 밤이면 나는 예전처럼 집으로 가지 않고 내 집의 불빛과 텅 빈 방을 피했다. 더 이상 견디기 어려울 정도로 몸이 녹초가 되고 날이 밝아 사물의 윤곽이 어른거리면 비로소 에디에게 갔다. 열쇠는 늘 벽 속에 있었다.

마지막 날은 온화한 햇살로 시작된다.

시월의 어느 날.

커피에 탈 우유가 충분히 데워졌는지 보려고 가스 불 위의 우유 냄비에 집게손가락을 집어넣는 에디의 모습이 보인다. 그녀는 늘 그렇게 한다. 이미 오래전부터 해온 습관이다. 우유가 뜨거워져 보글보글 거품이 일면 자동으로 집게손가락을 집어넣는다.

에디가 몸을 돌리는 순간 나는 얼른 눈을 감는다. 내가 왜 그러는지는 모른다. 다만 나는 그녀를 바라보는 것만으로 몇 시간을 보낼 수 있다. 셔츠 아래의 맨다리, 찡그린 이마, 뜨거운 우유를 후 부는 입. 우리는 자주 공간을 가로질러 서로를 바라본다. 우리는 눈빛으로 말을 나눈다. 그런데 이번에는 내가 그녀를 지켜보았다는 걸 숨긴다.

나는 두렵다.

에디의 눈빛이. 오늘 거기에 쓰여 있는 것이.

오늘.

그녀가 맨발로 하얀 시트에 들어설 때 나는 그녀의 그림자를 느낀다. 내 얼굴에 드리운 그녀 그림자의 약간 서늘한 기운을.

내가 비탈진 풀밭에서처럼 위태롭게 미끄러지는 게 느껴진다. 오늘은 삶이 이쪽으로든 저쪽으로든 넘어지는 그런 날 중의 하나이다.

에디에게 이불을 젖히고 내 옆에 누우라고, 내 등에 배를 대고 누우라고 속삭이고 싶은 욕구가 인다. 나를 보지 말라고. 말을 하지 말라고.

에디는 말한다.

"당신을 사랑해." 그녀는 말한다. "당신을 사랑해. 당신을 원해. 영원히, 아니 그 이상으로. 지금 생에서뿐만 아니라 다음 생에서도."

나는 눈을 뜬다.

"난 아니야." 나는 대답한다.

에디가 나를 바라본다. 사전 경고 없이 내게 한 대 얻어맞은 듯한 표정이다.

그 순간 나는 내가 거짓말했다는 걸 안다. "나는 당신을 사랑해! 좀 전엔 너무 공포에 질려 있었어. 미안해, 그럴 만한 이유들이 있어. 어쩌면 이유가 안 될 수도 있지만……." 하지만 즉시 이렇게 내 말을 철회하는 대신, 나 자신이 부끄럽고 당황스러워서 고집스럽게 침묵을 지킨다.

그 순간이 지나간다. 그리고 여름이 세 번 지나는 동안 에디가 나를 위해 활짝, 아주 활짝 열어두었던 그녀 안의 문이 닫히는 것이 보인다. 내가 방금 시작할 수 있었을 삶이 내게서 점점 멀어지는 것이 보인다. 급류에 휩쓸려가는 토막 난 나무줄기처럼.

"안 돼." 나는 간청한다. 이 말은 떠내려가는 것을 가리킨다. "나가! 꺼져! 가! 가라니까!" 하지만 이렇게 외치는 에디의 목소리는 고통으로 떨린다.

내 목소리는 나오지 않는다. 내가 에디의 심장을 갈가리 찢어놓았다는 걸 아는데도 목소리가 나오지 않는다. 에디가 백지장처럼 창백한 얼굴로 아주 침착하게 요구하는데도 그녀의 심장이 절규하는 걸 들을 수 있다. "나가, 헨리. 꺼져!"

나는 몸을 일으켜 옷을 입는다. 에디는 나를 쳐다보지 않는다. 그 눈이 나를 바라보지 않아서 내가 사라지는 게, 점점 작아지는 게 느껴진다.

하지만 나는 끝내 아무 말도 하지 못한다. 그녀를 향해, 그녀가 숨 쉬는 소리가 들리는 곳을 향해, 끝내 그 3미터를, 내딛지 못한다. 그녀는 울지 않는다.

맙소사, 내가 무슨 짓을 저지른 걸까?

나는 가방을 들고 문으로 향한다.

내가 여기서 어떡해야 하지?

나는 몸을 돌려 에디의 얼어붙은 눈을 똑바로 응시한다. 그러면서 내가 기도할 수 있길 바란다. 에디가 뭔가를 말하도록 해달라고 기도하길. "여기 머물러!" 또는 "가지 마!" 또는 "당신 지금 거짓말했지, 그렇지?" 그녀가 이렇게 말하도록 해달라고.

왜냐면 내가 거짓말을 했기 때문에.

내 고통이 점점 커지는 걸 느낀다. 이제야 비로소 그 감정을 인식한다.

그러니까 이게 사랑인가?

나는 말문이 열리지 않는다.

침묵 속에서 삶이 사라진다. 내게 가능했을 모든 것에서 나 스스로를 쫓아낸 듯한 기분이다.

사랑, 아이들, 마침내 다시 잠들 수 있을 밤들. 줄곧 두려워해온 죽음을 극복하는 것에서.

일주일 후 내가 벽 속을 더듬었을 때 열쇠는 없었다.

샘

"이런!" 우리가 함께 다리를 건너 해머스미스 역으로 가는 동안 스코트가 말한다. 에디 아줌마의 출판사 리얼리티크래쉬에 가는 길이라 스코트는 흥분을 억제하지 못한다. 하지만 그는 불붙이지 않은 담배를 손에 들고 선글라스를 끼고 70년대 사진에서 보이는 프랑스 실존주의자들처럼 옷을 입어 은근슬쩍 흥분을 감추려 한다. 검은 터틀넥, 회색 바지, 높이 세운 자코 칼라.

"이런!" 스코트는 한 번 더 말한다. "우리는 진실한 삶에 대한 대비가 전혀 되어 있지 않아, *모 나미*. 그러니까, 집세, 보험, 죽음 같은 것에 대해 말이야. 우리가 그런 것에 대해 뭐라도 조금 알까?" 그는 엄지손가락과 집게손가락으로 담배를 들고 그걸로 공기를 톡톡 친다. "그 대신 그들은 우리에게 기하 벡터와 아미노산에 대한 시험을 치게 하고 있어. 어쩌다 실수로 모반자가 된 너만 시험의 굴레에서 벗어났어. 너 정말 시험을 칠 계획 없어? 코앞에 닥친 네 미래의 몰락을 계속 무시할 거야?"

나는 대답하지 않는다. 내가 세인트폴 스쿨에 입학하기 위한 모든 시험을 소홀히 한 건 아니다. 다만 중요하지 않은 시험만을 소홀히 했을 뿐이다. 엄마는 아마 사태를 다르게 볼 것이다. 하지만 그건 아무래도 상관없다. 아빠가 사투를 벌이는 동안, 또 어쩌면 매디가 자신이 무엇을 좋아하는지 누군가가 알아내기만을 기다리는 동안, 나만 학교에 앉아 있을 수는 없다.

"잠깐 기다려." 나는 웅얼거린다. 우리는 해머스미스 다리에서 걸음을 멈춘다. 나는 아빠가 자동차에 치인 자리를 바라본다.

우리에게서 멀지 않은 곳에 낡은 스모킹 차림의 남자가 종이를 깔고 앉아 있다. 난간에 기대어 눈을 감은 채 햇빛을 향해 얼굴을 돌리고 있다. 영상에서 본 걸인이다.

거리는 이제는 완전히 평범한 거리처럼 보인다.

이 아스팔트 거리 같은 장소들이 세상에는 수도 없이 많다. 뭔가가 끝이 난 수많은 장소들. 삶, 믿음, 감정. 사람들은 그 장소들이 묘지인 것을 결코 알아채지 못한다.

스모킹 차림을 한 남자가 어느새 눈을 뜨고 우리를 유심히 살핀다.

스코트가 나와 나란히 초록색 단철 난간에 기댄다. 난간이 햇빛을 받아 따사하다.

한 장소에 두려움과 온기가 공존한다. 나는 매디를 생각한다. 매디 역시 여기 이 장소처럼 온기와 두려움으로 가득 차 있다는 느낌이 든다.

나는 아래를 내려다본다.

물속까지는 아주 멀다.

스코트가 계속 말한다. "그들이 우리에게 가르치는 모든 것은 위장 작전이야, *모 나미*. 이항 공식, 구연산 순환 사이클, 프랑스어 문법, 원근법 그림, 배란, 삼단뛰기, 대륙 이동설, 하플로타이핑.* 이 모든 것은 오로지 우리 가운데 그 누구도 이런 물음들을 제기할 생각을 못 하게 하려는 데 있어. '사람이 죽으면 어떻게 되지? 집을 어떻게 구하지? 내게 맞는 여자를 어떻게 찾지? 삶의 의미는 무엇이지?' 또는 이런 물음들도 있어. '결정적인 때가 오면 뛰어내릴까? 그런데 결정적인 때가 언제 올지 어떻게 알지?'"

스코트는 선글라스를 벗고 진지한 표정으로 나를 바라본다. "그런데 말이야, *모 나미*. 그들은 가장 중요한 건 우리에게 말하지 않아."

"그게 뭔데?" 나는 묻는다.

"우리가 어떻게 행복해질지."

나는 해를 향해 눈을 깜박인다. 내 아래의 난간이 느껴진다. 세상의 진동이 느껴진다. 사방에서, 동시에. 나는 템스강을 바라본다. 템스강이 바다, 대서양과 북해로 이루어진 게 눈에는 보이지 않는다. 나는 대부분의 사물들과 사람들이 무엇으로 이루어져 있는지 눈에 보이지 않는다고 생각한다. 두려움, 그리움, 슬픔, 욕구. 어린 시절이나 애정으로 이루어져 있는 게.

학교에서는 그런 건 알려주지 않는다.

어떻게 이 모든 세상이 동시에 존재하는 게 가능할까? 학교. 도시. 코마 상태의 아빠. 아빠가 한 소녀를 구하기 위해 뛰어내린 이 다리. 그런 후 아빠가 차에 치인 이 거리. 삶이 폭파되는 장소들은 온 세상에 널려 있다.

"그 장소들이 중요하냐고? 어쩌다 그 장소들을 지나게 되면,

* Haplotyping. 부모에게서 물려받은 유전자 중에서 한 가닥을 추출하는 방법.

그것들이 사람을 어딘가 다른 곳으로 내동댕이칠까? 아니면 어느 날 책을 읽거나 생각에 잠겨 있다가, 예정에 없던 곳에서 버스를 세우고 내리듯이 갑자기 자신의 삶에서 벗어나는 일이 있을 수 있을까?"

"와," 스코트가 말한다. "그거야 전혀 알 수 없지만, 어쨌든 네가 대답을 해서 좋다. 네 논평이 아마 다음번엔 내 질문들이나 삶에 대한 실존적인 생각들과도 좀 관계가 있지 않을까."

우리 둘은 말없이 강을 내려다본다.

나는 아빠에게서 받은 것이 하나도 없다. 커피 잔, 손목시계, 추억. 무엇을 붙들어야 할지 모르겠다.

내가 열세 살이라는 건 부당하다. 아무 쓸모없다. 지금은 삶이 다섯 번째와 여섯 번째 방위를 가리키는 순간이다. 잘못과 절망. 무엇이 옳고, 무엇이 그른지, 내가 어떻게 알겠는가?

나는 더 이상 어린애가 아니다. 그렇다고 아직은 성인도 아니다. 나는 그 사이에 있다. 왜 갑자기 여자애를 보고 시시하게 생각되지 않는지 모른다. 무엇보다도 한 여자를 보고 왜 갑자기 내 외모가 어떻게 보일지 신경 쓰이기 시작한 건지 모른다. 앞으로 평생 무엇을 어떻게 해야 하는 걸까. 나는 앞으로 어떤 여자애하고 키스하더라도 반드시 매디를 떠올리게 될 거라고 확신한다.

나는 입을 앙다문다. 그 모습이 꼴사납다는 걸 알지만, 늘 이런 식으로 울음을 참았다.

고통. 기쁨. 심장의 고동.

여자애를 떠올리는 행복. 그 여자애를 실제로 알지 못하면서도 그리워하는 행복.

내가 옆에 있다는 걸 그 여자애가 알아차리기는 하는지 도무지 알 수 없어서 느끼는 아픔.

그 여자애를 생각할 때의 감미로움.

이 모든 걸 동시에 느낀다.

"아니," 이윽고 나는 그들, 선생님들, 어른들이 도대체 가늠하기 어려운 세상에서 가장 중요한 것, 즉 어떻게 해야 행복해질 수 있는지를 우리에게 비밀로 한다는 스코트의 주장에 대해 말한다. "아니, 그게 아니야. 우리가 행복하다는 걸 어떻게 알아차릴 수 있는지, 그들은 그걸 우리에게 비밀로 하고 있어."

지금, 내가 바로 그렇다. 그러면서도 그렇지 않다.

두려움과 온기. 행복과 절망.

우리는 질문을 던지는 사람으로서 다리에 들어섰다. 그리고 다리에 들어설 때와는 다른 사람이 되어 다리를 떠난다. 조금 전까지와는 달리 이제는 두 번 다시 다른 사람들의 말을 전적으로 믿지 않을 거라는 앎과 대답을 향해 첫걸음을 뗀다. 이제 우리는 스스로 세상을 인식하는 법을 배워야 한다.

한 시간 후, 우리는 이스트 엔드에 도착한다.

스코트는 리얼리티크래쉬에 깊은 인상을 받은 걸 드러내지 않으려 애쓴다.

에디 아줌마는 우리가 올 줄 알고 있었다. 그런데도 아줌마는 긴장한 표정이다. 아줌마는 출판사의 모든 책들이 꽂혀 있는 서 가로 우리를 데려간다. 거기에서 마침내 스코트의 침착함이 와르르 무너진다.

"레이 브래드베리!" 다섯 살 아이처럼 흥분한 스코트의 입에서 불쑥 튀어나온다. "아이작 아시모프! 커트 보니것!"

"그래, 우리에게 한때 문고판 판권이 있었어." 우리 뒤에서 포피가 말한다. 스코트는 서가를 한 바퀴 둘러보고, 나는 기이한 과정의 증인이 된다. 종이 연이 펼쳐지듯 스코트의 심장이 스르르 열린 뒤 이어서 바닥으로 떨어지는 걸 느낀다. 스코트가 변한다. 영원히. 스코트는 포피를 바라본다. 그러고는 앞으로 결코 예전처럼 세상을 보지 않을 것이다. 나는 이 모든 걸 알아챘다. 그것이 왜 유익한지, 또는 정말 유익한지는 모른다.

안드레아가 김이 모락모락 나는 차와 스콘, 오이 샌드위치, 엄청 맛있는 냄새를 풍기는 파이를 가져온다. 스테이크와 감자, 채소, 오이절임, 갈색 소스로 속을 채운 파이는 따끈따끈하다.

스코트는 아무것도 먹지 못한다. 내면이 커다란 변혁에 휘말려 있는데 음식이 목에 넘어갈까?

우리는 블러브*가 무엇이고 왜 책의 뒤표지가 '표지 4'라고 불리는지 배운다.

"우리는 앞뒤 표지 사이의 400쪽보다 커버와 표지 4에 대해 더 오래 논쟁을 벌이곤 해." 포피가 설명한다. 나는 스코트가 거무스름한 립스틱을 바른 포피의 입을 넋 놓고 바라보는 걸 놓치지 않

* blurb. 책 표지의 날개나 뒷면에 책을 설명해놓은 글.

는다. "사람들은 대부분 커버나 표지 4의 특정 문구들이 맘에 드는 책을 집어 들어."

"어떤 문구요?" 스코트가 묻는다.

"젊은 신사 나리, 유감스럽게도 그건 알려지지 않았어." 롤프가 무뚝뚝하게 대답한다. "왜 사람들이 책을 사는지는 아무도 몰라. 이건 사실이야."

포피가 스코트에게 지금 무슨 책을 읽고 있느냐고 묻는다. 물론 스코트는 "로버트 실버버그의 《발렌타인 경의 성》."이라는 답변으로 포피의 감탄을 자아낸다. 포피가 내게도 같은 질문을 하자, 스코트가 내 대신 대답한다. "샘은 늘 제인 오스틴을 달고 다녀요."

그러고는 내 가방 속에서 매들린의 《오만과 편견》을 꺼낸다.

"건드리지 마!" 나는 씩씩거린다.

"어머, 도서관 장서용이네. 근사하군. 한번 봐도 될까?" 에디 아줌마가 말한다.

다른 누군가가 매들린의 손길이 닿았던 것에 손을 대면 견디기 어렵다. 매디와 함께 살았고 생각했고 꿈꾸었던 것에.

하지만 에디 아줌마는 어린 짐승을 다루듯 매우 조심스럽게 매디의 책을 손에 든다. 책을 펼치고 첫 페이지를 읽는다. 오랫동안. 거기 기재되어 있는 것들, 날짜, 마지막으로 기재된 내용 다음의 이름을 자세히 살펴보더니 나를 쳐다본다.

"매들린 차이들러." 아줌마는 나지막이 말한다. "얼음 소녀."

나는 멍하니 아줌마를 바라본다. 어째서 매디를 얼음 소녀라 부르는 걸까? 하지만 그 말은 맞다. 매디는 얼음 소녀다. 얼어붙은 기억들과 차갑게 응고된 희망들의 투명한 유리 층 뒤에 마비되어 있다.

다른 사람들이 커버 구상과 블러브에 대해 얘기하는 소리가 들린다.

"6층에 있는 소녀지." 에디 아줌마가 말한다.

나는 고개를 끄덕인다. 심장이 터질 것만 같다. 심장이 속을 뒤집어 보이려 한다. 에디 아줌마에게 모든 걸 말하고 싶은 충동이 인다. 하지만 막상 매디를 생각할 때의 내 마음이 어떤지 표현하려고 하자 말이 나오지 않는다.

나 자신이 마치 상처인 듯하고, 귀 기울여주길 기다리는 웃음인 듯하다. 매디와 함께 삶을 살고 싶은 이 격렬한 바람. 매디 없는 삶을 견뎌야 하는 이 끔찍한 두려움.

"죄송해요." 나는 웅얼거린다. "화장실에 갔다 올게요."

1000년 아니면 5000년쯤 지난 후 화장실에서 돌아오자, 에디 아줌마가 간이 주방에 서 있다. 아줌마는 여전히 책을 손에 들고 있다.

"3일 후면 매디의 생일이에요." 나는 말한다. "그런데 매디가 뭘 좋아하는지 아무도 몰라요. 하지만 그건 중요해요. 그걸 알아야 해요. 아빠랑 비슷해요."

나는 에디 아줌마를 바라본다. 아줌마는 내 말이 끝나길 기다렸다가 고개를 끄덕이고는 대답한다. "난 네 아빠가 무얼 좋아하는지 알아. 네 아빠가 그걸 너무 좋아해서 어서 돌아오길 고대하고 있어."

"매디를 아는 사람이 아무도 없어요. 혹시……."

"도서관 사서."

나는 어깨를 으쓱한다. 갑자기 허무맹랑하다는 생각이 든다.

"혹시 우리가 옥스퍼드에 가야 하지 않을까." 에디 아줌마가 말한다. "책도 반납할 겸."

"네, 그래야 할 거 같아요. 방학에……."

"아니, 샘. 방학에 가자는 말이 아니야. 지금 가자는 말이지. 우리 지금 옥스퍼드에 가자. 이 도서관에. 매들린의 도서관에. 무조건 그곳에 가서 매디가 뭘 즐겨 읽었는지 알아보자."

나는 아줌마를 쳐다본다. 아마 내 입은 벌어져 있을 것이다. 아니면 고양이들이나 해마들이 하늘에서 우수수 떨어지는 걸 보는 암소 같은 표정을 하고 있을지도 모른다. 하지만 아줌마는 매우 진지하다. 나는 3일 후면 매디의 생일이라는 생각을 한다. 매디의 코마 책에는 거의 아무것도 쓰여 있지 않은데, 여전히 내 심장은 속을 뒤집어 보이려 하고 모든 것이 밖을 향해 외치려 한다는 걸 깨닫는다. 내 심장은 매디를 생각할 때의 느낌을 노래하려 한다.

"진짜로 지금 가요?" 나는 묻는다. 혹시 아줌마가 농담을 하는 걸까? 잔인한 농담을?

이때 아줌마가 두 손으로 허리를 받친다.

"진짜로 지금." 아줌마는 대답한다. "그냥 한번 시도해보자. 매디를 찾아보자." 아줌마는 말한다. 삶이 문을 활짝 열고 햇살을 듬뿍 받아들인다.

그래서 나는 스코트에게 외친다. "나는 아줌마하고 옥스퍼드에 갈 거야! 오늘 저녁에 보자, 알았지?"

스코트는 포피를 슬쩍 쳐다보고는 어깨를 으쓱한다. 그러고는 곧 열네 살이 되는 소년답게 무관심하게 말한다. "물론이지. 난 여기서 아직 할 일이 남아 있어."

이제 모든 창문으로 낮의 햇살이 쏟아져 들어온다.

20분 후, 에디 아줌마는 옥스퍼드로 향하는 국도로 접어든다. 날씨가 다시 영국에 대한 상투어들 편을 든다. 비가 부슬부슬 내린다.

"네 아빠는 결코 영국의 저녁에 내리는 비 같지 않았어." 에디 아줌마가 불쑥 말한다. 나는 얼른 아줌마를 돌아본다. 아줌마는 느긋하게 운전대를 붙잡고 있지만 앞을 주의 깊게 바라본다. "사람들이 날씨라면 네 아빠는…… 대서양의 폭풍일 거야."

내 배 속이 뜨거워지고 내 가슴속에 굶주린 깊은 구멍이 뚫린다. 더 말해줘요, 나는 말없이 간청한다. 아빠에 대해 더 많이 얘기해줘요.

아줌마의 입가가 씰룩거린다.

"우리는 처음 알게 되었을 때 말을 많이 하지 않았어. 말을 하면 모든 게 망가질 것 같았거든. 말은 오랜 시간에 걸쳐 감정을 갈아 없애는 사포 같은 거야. 감정이 완전히 사라져버릴 때까지. 나는 그 황폐한 큰 건물에서 처음으로 네 아빠를 보았어. 지금도 그들은 그곳에서 탱고를 춰. 당시 나는 거의 매일 밤 춤을 췄어." 아줌마는 미소 짓는다. 아줌마의 얼굴이 아름답고 자유로워 보인다.

"그 사람이 거기 어스름 속에 서 있는 걸 보았을 때, 그 사람의 눈빛과 그 안에 담긴 고독, 갈망, 그리고 가식 없이 나를 직시하는 강렬함을 보았을 때, 마치 자신이 과거에 어떤 사람이었고 훗날 어떤 사람이 될지 모든 걸 보여주는 것만 같았어. 그 사람은 자신의 인생을 뒤흔든 뭔가를 방금 본 듯한 눈빛으로 나를 바라봤어. 그리고 그 뭔가는 나였어."

에디 아줌마는 아직도 그때를 이해할 수 없다는 듯 고개를 가로저었다. 아줌마는 내게 한 번도 눈길을 주지 않은 채 계속 도로를 주시했다.

"그때 나는 마치 무대에 서 있는 사람처럼 무척 흥분했어. 비행기가 이륙하기 전처럼 속이 울렁거렸지. 그 사람 가까이에 있고 싶은 갈망에 현기증이 일 정도였어. 무조건 가까이 있고 싶었어. 그 사람을 보고 나를 그 사람에게 보여주고 싶었지. 말을 하려고 했더라도 나오지 않았을 거야. 나는 행복과 두려움에 마비된 것만 같았어."

아줌마는 히스로 공항과 옥스퍼드를 왕복하는 공항버스를 추월한다.

"우리 집에서 헨리는 늘 같은 의자에 앉아 있었어. 20년 전 출판사를 차렸을 때 어느 친한 출판업자에게 선물 받은 낡은 임스체어. 나는 이따금 방에 앉아 그 의자를 바라보며 네 아빠와 이야기를 나눠. 네 아빠가 여전히 거기 앉아 있는 것처럼. 하지만 그건 오래전 일이야. 아주 오래전. 그런데도 어제 일인 것만 같아."

아줌마의 눈이 반짝인다. 그건 반대편에서 오는 자동차의 헤드라이트 때문이 아니다.

"무슨 일이 있었어요?" 나는 나지막이 묻는다.

나는 많은 걸 알고 싶다. 왜 두 분은 헤어졌을까? 나는 아빠도 에디 아줌마도 잘 모르지만, 두 분은 한 낱말의 앞뒤 같다.

"내가 네 아빠를 사랑한 만큼 네 아빠는 나를 사랑하지 않았어. 그게 전부야."

이제 눈물방울이 아줌마의 볼을 타고 흐른다.

"그런 일이 있단다, 샘. 그런 일이 있어. 그건 마음속에서 벌어지는 전쟁이야. 오로지 자기 자신하고 싸우고 늘 패배한단다."

아줌마는 나를 잠시 바라보고는 말한다. "때로는 반대일 수도 있어. 네가 어떤 사람을 생각하는 것보다 그 사람이 너를 더 자주 생각할 수 있어. 또는 네가 그 사람을 좋아하는 것보다 그 사람이 너를 더 좋아하든지. 사랑은 미련퉁이야."

나는 웃음이 나온다.

"사실이야!" 아줌마는 한 번 더 힘주어 말한다.

그러고는 와이퍼를 빠르게 작동시킨다.

우리는 몇 킬로미터를 말없이 달린다. 나는 매디를 생각한다. 매디가 날씨라면 여름 바람일 것이다. 어쩌면 우리는 아무것도 알아내지 못하거나 매디의 친구들을, 선생님들을 만나려 시도할 수도 있을 것이다. 하지만 그러려면 뭘 어떻게 해야 할까? 내 생각이 아빠에게로 흘러간다. 아빠에게 친구들이 있었을까? 친구들이 아빠를 좋아했을까? 아빠가 내 이야기를 한 적이 있을까?

나는 에디 아줌마에게 묻는다. "우리 아빠가 뭘 잘했나요?"

아줌마는 깊이 생각하지 않고 곧바로 답한다. "샘, 네 아빠는 편견이란 걸 모르는 사람이었어. 그건 네 아빠의 아주 큰 장점 중의 하나야. 네 아빠에겐 '이방인'도 존재하지 않았어. 네 아빠는 세상과 사람들을 솔직하게 볼 수 있었어. 아마 그런 사람들은 몇 명 되지 않을 거야. 아니면 솔직하게 보려 했던지! 그런데도…… 그런데도 네 아빠에겐 맹점이 있었어. 너 영혼의 맹점 아니? 자기 자신의 어떤 점을 볼 수 없거나 보려고 하지 않는 경우 사람들은 그걸 맹점이라고 불러. 네가 인정하려 하지 않는 약점일 수도 있어. 하지만 네가 불편해하거나 으스스하게 여기는 장점일 수도 있단다. 네 아빠는 자신이 자신에게 속는 걸 두고 보지 못했어. 자신은 사랑을 할 수 없는 사람이라고 생각했지. 이제 나는 그걸 이해했어, 샘. 사랑의 문제에서는 제아무리 현명한 사람들도 멍청하다는 걸."

나는 숨을 들이쉬고는 마음속으로 내달려 장애물을 넘는다.

"아빠가 아줌마에게 내 얘기를 한 적이 있어요?"

내 목소리가 노란색과 두려움 사이에서 위태롭게 비틀거린다. 균형을 잡는다. 다만 조금 갈라진다.

에디 아줌마가 고개를 가로젓는다.

나는 그런 줄 알고 있었으면서도 그렇지 않길 바랐다.

우리는 침묵을 지킨다. 그리고 한 시간 후 옥스퍼드에 도착한다. 옥스퍼드는 닥터 사울이 그렸던 원반 세계와 조금 비슷한 데가 있다. 시골과 도시의 경계가 맞닿은 변두리가 냉담하고 몽롱한 인상을 일깨우자 곧이어 차창 밖의 광경들이 농축된다. 우리는 텔레비전 드라마 〈모스 경감〉을 내세워 손님들을 끌려고 하는 아담한 음식점들과 무너진 집들을 지나고 영화 〈빌리 엘리어트〉의 한 장면처럼 보이는 길들을 통과한다. 도심은 활기차다. 서른여덟 개의 대학으로 이루어진 도시. 모든 대학들이 해리 포터의 호그와트 마법 학교와 영국 정원을 섞어놓은 듯하다. 템스강의 측설 운하에서 긴 장대로 조종하는 펀팅 보트들이 보인다. 베네치아의 보트처럼 생겼다.

옥스퍼드는 관광객들과 거리의 악사들, 이야기들과 내 머릿속에서 은은하게 웡웡거리는 소리들로 넘친다. 사상과 지식이 웡웡거리는 소리일까?

나는 그렇게 많은 뾰족뾰족한 교회 탑과 성첩(성 위에 낮게 쌓은 담.–옮긴이)을 한 번에 본 적이 없다. 구리, 바위의 회색, 흰색, 모래의 노란색.

"꿈꾸는 탑들의 도시." 에디 아줌마가 마치 내 생각을 들은 듯 말한다. "사람들은 옥스퍼드를 그렇게 부른단다. 나한테는 잠자는 이야기들의 도시지. 이곳에는 1제곱마일당 남녀 작가들이 지구상 그 어느 곳에서보다 많이 있단다. 좋아, 아일랜드 빼고. 샘, 바로 이곳에서 소설들이 탄생한단다. 심지어는 이곳의 공원과 집과 거리의 그림자들 속에서 이야기들이 자신들을 사람들에게 들려줄 수 있을 누군가가 지나갈 때까지 기다린다고 말하는 이들도 있어. 이야기들은 그에게 달라붙어 그가 자신들을 사람들에게 들려줄 때까지 놓아주지 않아. 그래서 자신이 작가가 될 수 있다는 걸, 아니 작가가 되어야 한다는 걸 이곳에서 처음 알아낸 사람들이 여럿 있어. 작가가 되겠다고 스스로 결정할 수는 없어. 작가이든지 작가가 아니든지 둘 중 하나야. 작가가 되지 못한 사람은 넋이 나가서 불행해지거나 방황했어."

에디 아줌마의 말은 내가 수첩을 보거나 아빠의 이야기를 읽을 때마다 느꼈던 익숙하면서도 기이한 방식으로 나를 잡아끌었다. 그와 동시에 내 감각들은 점점 더 격렬하게 반응했다. 그 도시의 거리들은 질문과 답변, 불안한 에너지로 넘쳤다.

나는 아빠에 대한 글을 쓰려고 생각한다. 그리고 인지 가능한 경계 바깥에 있는 탓에 대부분의 사람들은 보지 못하는 것에 대한 글도 쓰려 한다.

에디 아줌마는 능숙하게 차를 몰아 대학들을 에워싼 높다란 벽을 여럿 지나 비좁은 길들을 통과한다. 그리고 자연사 박물관에서 멀지 않은 보들리언 도서관 뒤편의 가로수 길에 차를 세운다.

매디의 도서관은 크라이스트처치 대학과 발리올 대학 근처의 옆 골목에 있다. 대부분의 사람들은 이미 이 대학들을 알고 있지만 그 사실을 깨닫지는 못한다. 영화 〈해리 포터〉 시리즈에 나오는 연회장들이 바로 이 대학들의 '홀'이다.

나는 매디가 이 도시 곳곳에 흔적을 남겼을 거라고 상상한다. 지붕을 얹은 시장 안의 빵집, 진한 캐러멜 향기가 흘러나오는 벤스 쿠키도 지나고, 고개를 들어 벽의 그림들도 뒤돌아보고. 거리를 따라 걸으며 춤도 추었을 거라고.

이윽고 우리는 작은 도서관에 이른다.

"내가 같이 들어갈까?" 에디 아줌마가 묻는다.

도서관은 두 채의 주택 사이에 꼭 끼어 있다. 마치 그곳에서 800년은 서 있었던 듯 보인다. 창문들이 첨두형 아치를 이루고 입구의 널빤지가 삐걱거린다. 물론 지붕에는 성첩도 있다.

키가 작고 우아한 여인이 대출 창구에 앉아 있다. 검은 단발머리에 흰색과 보라색 줄무늬 재킷을 입고 커다란 안경을 쓴 얼굴이 친절해 보인다.

"안녕, 무엇을 도와줄까?" 여인은 진심으로 내게 묻는다. 창구의 이름표에 '마이포니 쿡'이라고 쓰여 있다.

"이 책을 반납하고 싶어요. 한…… 여자 친구가 빌린 거예요."

내가 영원히 간직하고 싶은 책을 창구로 밀어 넣자, 사서는 책을 들춰보다 깜짝 놀란 표정으로 나를 바라본다.

"어머, 이거 매디 책이잖아!"

"매디를 아세요?"

마이포니가 고개를 끄덕인다. "그야 물론이지. 매들린……." 사서는 책을 부드럽게 쓰다듬는다. "매디가 도서관에 오지 않은 지 오래되었어. 안 그래도 이상하다는 생각이 들었는데. 보통 2주에 한 번씩 와서 책을 빌려 갔거든. 매디에게 무슨 일 있니? 순회공연 중이니? 또 유명 여가수들을 위해 춤을 추는 거야?" 마이포니는 내 얼굴을 보고 그게 아니라는 걸 깨닫는다.

"혹시 우리 어디 다른 데로 가서 매들린에 대해 얘기 좀 할 수 있을까요?" 에디 아줌마가 제안한다. 아줌마는 어느새 우리 옆에 서 있었다. 쿡 부인의 얼굴이 창백해진다.

"부인이 아마 우리를 도와줄 수 있을 거예요." 에디 아줌마가 채근한다.

"제가요? 도대체 무슨 일을?"

"매들린을 깨울 수 있도록." 내가 말한다.

마이포니 쿡이 퇴근할 때까지 2시간은 기다려야 한다. 그녀는 우리에게 주소를 두 개 써주었다. 하나는 매들린의 집 주소—"이 주소는 제가 개인 정보 보호를 언급하며 절대 알려주지 않은 것으로 해주세요."—또 하나는 뉴 칼리지의 주소. "매디는 회랑으로 에워싸인 그 교정의 호랑가시나무 아래 늘 앉아 있곤 했어요. 그 나무가 제일 좋은 친구라고 한 번 말한 적이 있어요. 나무와 음악이."

매디의 가족은 도심을 벗어난 곳에서 살았다. 부유한 동네는 아니고 퍼트니를 연상시킨다.

"괜찮니?" 매디의 집으로 향하는 동안 에디 아줌마가 묻는다.

아줌마의 차를 타고 가며 번지수를 찾을 때, 나는 금방 매디의 집을 알아본다. 그 주변에서 가장 쇠락한 집이다. 창문은 오랫동안 열리지 않은 듯 보이고 잔디가 무성하게 자라 있다. 집이 전체적으로 처량해 보인다. 사람이 살지 않으면 집은 오그라든다.

우리가 집 앞에 서서 뭘 어떻게 해야 할지 난감해하는데 옆집 문이 열린다.

"제가 도와드릴까요?" 여인은 묻는다. 앞치마를 두르고 있고 손을 수건에 닦는다.

"네." 에디 아줌마가 대답하고는 여인에게 다가간다. 아줌마가 여인에게 뭐라고 말하는지 들리지 않는다. 하지만 아줌마는 집을 가리키고 나를 가리킨다. 여인은 손으로 입을 막고 고개를 끄덕이더니 집안으로 들어간다.

30초 후 여인은 앞치마를 벗고 손에 열쇠를 들고 집밖으로 나왔다.

"이리 오세요." 여인은 말한다. "곧 집 안을 깨끗이 치울 거예요. 집주인이 집을 팔았거든요. 다음 주에 가재도구를 치울 사람들과 컨테이너가 올 거예요."

나는 속이 조금 울렁거린다.

우리가 오늘 오지 않았더라면 매디의 안식처는 이대로 사라져 버렸을 것이다. 그냥 이대로.

린다가—옆집 여인의 이름이 린다이다—자물쇠를 열고 내게 말한다. "자, 어서 들어가렴."

매디, 나는 생각한다. 매디.

지금 생각나는 것은 오로지 이것뿐이다. 그 이후에는 더 이상 아무것도 생각할 수 없어서 생각하지 않는다.

다만 느낄 수 있을 뿐이다.

온 집 안이 매디로 가득 차 있다.

밝은 색 가구들이 많은 밝은 집이다. 벽에 매디가 있다—춤을 추고 미소를 짓고 책을 읽는 매디. 때로는 혼자서 때로는 부모님과 함께. 매디의 부모님은 늘 손을 맞잡고 서로에게 바짝 몸을 붙이고 있다.

운명은 이런 뻔뻔한 방식으로 임무를 수행할까? 이 집에 한때 웃음이 있었다. 다정함, 신뢰와 많은 계획, 사랑이 있었다.

그것들의 부재는 그 자체로 길게 탄식하는 소리다.

"난 주방에서 기다릴게, 오케이? 천천히 둘러봐. 서두르지 마." 에디 아줌마는 내가 혼자 매디의 세계를 탐색할 수 있도록 나를 내버려둔다. 반은 도둑 같고 반은 고고학자가 된 듯한 느낌.

계단 옆 복도에 무희들의 사진들이 걸려 있다. 그들은 무대에서, 줄 위에서, 거리에서…… 춤을 춘다.

아래층에서 덜그럭거리는 소리가 들린다. "아줌마, 뭐 해요?" 나는 소리친다.

"사진들을 챙기고 있어. 매디를 위해. 매디가 틀림없이 갖고 싶어할 사진과 물건 몇 가지를 챙기는 중이야. 나중에 린다에게 말하자. 괜찮지?"

나는 그게 괜찮은 일인지 아니면 우리가 이 일로 감옥에 가게 될지 전혀 모른다.

나한텐 어찌 되든 상관없을 것이다.

더 이상 방 안에서 잠을 자거나 웃거나 손을 마주 잡는 사람이 없으면 방들은 적막을 받아들인다. 적막이 매디의 방을 차지하고 있다. 엄마와 스티브의 침실도 이따금 이렇게 적막하다.

매디의 침대 옆에 책들이 놓여 있다. 한쪽 벽에 거울과 수평봉이 부착되어 있고 꼼꼼하게 만 요가 매트가 그 옆에 세워져 있다. 침대 위쪽 벽지에 금속 갈매기가 걸려 있다. 노란 부리가 살짝 곡선을 그리고, 은빛으로 어른거리는 회색 날개를 활짝 펴고 있다. 날개 끝은 검은색이고, 날개 아래 섬세한 뼈의 윤곽이 드러난다.

브르타뉴의 재갈매기. 힘찬 새. 보통 소녀의 방에서는 보기 어려운 새. 하지만 매디에게는 아주 잘 어울린다.

내 심장이 가느다란 실에 간신히 매달려 있다.

나는 조심스럽게 침대에 앉는다.

이불을 젖힌다.

얼굴을 매디의 베개에 묻는다.

그리고 운다.

매디의 빈자리가 휑하다. 내 마음이 휑하다. 아빠의 빈자리가 휑하다.

베개에서 코코넛 샴푸와 세제의 향긋한 냄새가 나고, 사라진 온기가 아주 살짝 느껴진다.

나는 조심스럽게 침대 가장자리에 눕는다. 매디가 여기 누웠다면 무엇을 보았을까?

셜리 맥클레인.*

케이스에 담긴《페이머스 파이브》** 전작 시리즈.

매디의 발레 슈즈.

피아니스트 클라라 슈만의 사진.

롤링스톤스의 포스터.

그리고 모래와 흙이 든 작은 병들.

나는 침대에서 일어난다. 각각의 병 아래에 쪽지가 놓여 있다.

* 1955년에 데뷔해 60여 편의 영화에 출연한 할리우드의 배우. 대표작으로 아카데미 여우주연상을 수상한 〈애정의 조건〉이 있다.

** 영국의 아동문학작가 에니드 블라이튼의 베스트셀러 소설.

매디가 다녀온 곳들의 흙이다.

나는 책상에 놓인 밝은 파란색 편지지 한 장에 매디의 방에서 본 것 전부를 서둘러 적는다. 잠시 후 발걸음 소리가 들린다. 에디 아줌마가 문에 서 있다. 아줌마는 빈 과일 상자 하나를 손에 들고 있다.

"우리 매디에게 매디의 것을 좀 가져다주는 게 어떨까?"

우리는 스코틀랜드, 호주, 뉴욕의 센트럴파크, 파리의 흙이 담긴 병들과 책들을 상자에 넣는다. 나는 셜리 맥클레인의 포스터를 조심스럽게 떼어낸다. 음악 CD와 발레 슈즈를 상자 안에 넣고 창가에 걸려 있는 모빌을 맨 위에 올려놓는다. 모빌은 조개껍질과 나뭇잎, 나뭇조각, 유리로 만들어져 있다.

끝으로 매디의 베개를 가져간다.

"매디가 피아노 음악과 자연의 작고 예쁜 것들을 좋아한 게 분명해. 색깔은 틀림없이 파란색을 좋아해." 에디 아줌마가 말한다. 아줌마는 문틀에 기대어 서 있다.

"매디는 친구를 많이 사귀지는 못했지만 친구도 좋아해요." 나는 대답한다. 매디는 내게 가까우면서도 낯설다. 하지만 이제 나는 매디가 코코넛을 좋아하고 몰래 존 어빙을 읽고 이탈리아 작곡가들보다는 러시아 작곡가들을 선호하고 파란색을 좋아하고 책들은 잘 정돈하지만 자연은 가능한 한 정돈하지 않는다는 걸 안다. 매디는 나무와 관계있는 모든 걸 좋아한다. 나뭇잎, 나무껍질, 나뭇가지, 옹이구멍. 매디가 거울에 비친 자신의 모습을 바라보는 사진이 있다. 그 사진에서 나는 미래의 매디를 본다.

나는 그 곁에 있으려 한다. 매디가 어떤 사람이 되건 그 곁을 지키려 한다. 매디가 어떤 여성이 되건 그 모든 모습을 지켜보려 한다. 내가 떠나야 할 때까지.

나는 그 옆에서 내가 될 수 있는 남자가 될 것이다.

매디 없이 나는 내가 아니다.

"*모 나미*, 지금 너는 사랑을 위해 삶을 바친 우리 앞의 수많은 남자들 대열에 합류하고 있어. 진심으로 축하해." 스코트가 어김없이 이렇게 말하는 소리가 들린다.

에디 아줌마와 나는 상자 일곱 개를 집 안에서 들고 나온다. 자동차가 상자들로 꽉 찬다. 린다는 아줌마와 악수하고 나를 껴안는다.

"그들은 하나였어, 새뮤얼. 그들은 서로 달랐지만, 다르면서도 서로 잘 어울리고 서로 배려했어. 그런 사람들이 있단다. 그런 사람들은 소중한 가족의 품에서 가장 잘 지내. 그리고 다른 사람들은……."

린다는 더 이상 말을 잇지 않는다.

매디의 집이 우리의 뒷모습을 바라본다.

뉴 칼리지까지는 자동차로 15분 거리이다. 회랑은 그늘지고 서늘하다. 커다란 호랑가시나무가 오후의 햇살을 받아 은빛으로 반짝인다. 나는 매디가 호랑가시나무와 소곤소곤 얘기를 나누거나 나무 발치에 앉아 생각에 잠겨 있는 모습을 상상한다.

나도 나무 발치에 앉는다.

"매디?" 나는 묻는다. "너는 무얼 찾고 있니?"

나는 눈을 감고 한 손을 나무줄기에 댄다.

매디가 뭔가를 찾고 있는 걸까? 그래.

출구를 찾고 있을까?

어떤 방향으로?

외로움을 떠나 삶에 존재할지 모를 또 다른 외로움을 향해서, 아니면 이곳을 떠나 가족에게 가려는 걸까? 그곳에서 가족과 함께 있으려는 걸까? 우리 모두가 바라지만 실제로 존재하는지는 알 수 없는 곳에서.

나는 바닥에 떨어진 커다란 호랑가시나무 잎을 몇 개 줍는다. 매들린에게 가져다주려 한다. 혹시 매디의 나무가 매디를 도로 데려올 수 있지 않을까?

우리는 세인트 자일스 스트리트의 흰색 건물에 위치한, 이글 앤 차일드라는 이름의 펍에 간다. 동굴 같은 구석 곳곳에 테이블이 놓여 있고 카운터가 엄청 작다. 마이포니 쿡이 이미 그곳에 도착해 우리 모두를 위해 차를 주문한다.

나는 매디 이야기를 한다. 사고. 코마. 그리고 좋아하는 것이 주변에 있으면 정신이 더 쉽게 돌아올 수 있다고 말한다. 사서는 차를 한 모금 길게 들이켜고 종업원에게 신호를 한다.

"올리버, 진 한 잔 갖다줘요." 그녀는 말한다. "아니, 더블로 줘요." 그러고는 두 손을 비빈다. 그녀는 이야기를 시작한다. "매들린은 아주 어렸을 때부터 도서관에 왔어요. 이야기들을 아주 좋아했죠. 대부분 스스로 위기에서 벗어나는 소녀들에 대한 이야기들이었어요. 《헝거 게임》이나 《말괄량이 삐삐》 같은 이야기들.

쿡 부인은 매들린이 개보다 고양이를, 초록색보다 파란색을 더 좋아하고 부모님의 사랑을 듬뿍 받는다고 말한다—듬뿍 '받았다'고 정정한다. 그러더니 운다. 하지만 눈물이 안으로 흘러들어가듯 운다. 더블 진을 죽 들이켜며 눈물을 훔친다.

쿡 부인은 매들린이 타르트 타탱을 좋아한다는 말도 한다. "매디는 언젠가 프랑스 요리책에서 타르트 타탱에 대해 읽었어요. 계피와 캐러멜, 바다 소금으로 간한 브르타뉴 버터를 넣은 캐러멜, 그리고 뒤집어 굽죠." 그녀는 정말로 '바다 소금으로 간한'과 '뒤집어 굽죠'라고 말한다. 그 순간 나는 앞으로 매디 없이는 살지 않겠다고 결심한다. 절대로 더 이상. 평생.

"제가 런던으로 매디를 찾아갈 수 있을까요?" 쿡 부인이 묻는다. 나는 고개를 끄덕이고 에디 아줌마를 쳐다본다. 아줌마 없이는 그 모든 게 가능하지 않을 것이다.

"네." 나는 대답한다. "오세요 제발. 매디는 정말 혼자예요."

"애야, 그렇지 않아." 쿡 부인은 말한다. "네가 있잖니." 그 순간 나는 행복하면서도 마음이 아파서 시선을 어디에 두어야 할지 모른다.

하지만 나는 한 가지 더 물어야 한다. "매디가 특별히 무엇을 좋아하는지 말해주실 수 있어요? 아니면 무엇을 갖고 싶어 하는지를요."

마이포니 쿡은 생각에 잠긴다. 그러더니 이윽고 대답한다. "파자마 파티."

35일

헨리

나는 언젠가 삶의 출발점에 있었다.

나는 언젠가 불멸의 존재였다. 지금 나는 죽었거나 아니면 죽어가고 있다.

이건 사실이다, 진실이다. 나는 죽어간다.

나는 가로등 아래 엎어져 있다. 내 아래서 내 심장이 콸콸 피를 흘린다.

나는 왼손으로 아스팔트를 더듬는다. 그러다 불신의 표정으로 나를 바라보는 젊은 남자에게 내 시계를 풀어 내 얼굴 앞 가까이 들이밀어 달라고 부탁한다. 나는 내 최후의 시간을 알고 싶다. 내가 언제 죽는지 알고 싶다. 잿빛 하루의 끝에.

에디 없는 삶은 모든 밝음을, 모든 심장의 고동을 잃게 했다. 마치 시월의 밝은 마지막 하루가 잿빛의 긴 하루로 단번에 넘어간 듯하다.

나는 진실한 것을 찾으며 이 긴 잿빛 하루를 보냈다. 세상이 자꾸만 요동치는 듯 보였다. 세상이 가물거리고 그 가물거림 너머에 뭔가 다른 것이 있는 것만 같았다.

하지만 그건 알코올 탓일 수도 있다.

새 일거리가 나를 런던으로부터 구해주지 않으면 대도시의 새장에 갇혀 비참하게 죽어가는 기분이 들었다. 나는 술을 너무 많이 마셨다. 한없이 허우적거리는 이런 밤에 자신 곁에서 밤을 보낼 수 있다고 때로는 호전적으로 때로는 은근히 암시하는 여자들을 만나도 나는 따라가지 않았다.

내가 그 여자들에게 키스한다 한들 어쩌겠는가? 그 여자들을 부둥켜안는다 한들? 그 여자들의 옷을 벗긴다 한들? 그 여자들이 자신을 내게 보여준다 한들?

자신이 사랑하는 것을 붙잡을 수 없는 내게.

나는 늘 여행을 다녔으며 늘 그렇듯이 고통을 누그러뜨리려고 술을 입에 댔다. 하지만 늘 꿈꾸지 않고 푹 잘 수 있을 만큼은 취하지 못했다. 가로등 불빛이 비치지 않는 곳에서 그는 어둠 속에 숨어 나를 기다리고 있었다.

카를.

"이봐, 나는 도움이 필요해. 무슨 말인지 알지." 그는 설명한다. "난 카를이야. 넌 누구지?"

"난 헨리."

"내겐 자식이 둘 있어, 무슨 말인지 알지. 그런데 난 내 자식들을 괴롭혀. 우리 마누라는 그게 꼴 보기 싫대. 그래서 난 이곳에 있어. 날 도와줄 수 있어?"

나는 그가 도움이 되는 말이나 치료받을 곳을 원하는 게 아니라는 걸 알았다. 수중에 있는 돈을 몽땅 털어 그에게 주었다.

"이봐, 휴대폰은 없어?"

나는 휴대폰을 주었다.

"우라질, 뭐 이렇게 낡았어." 그는 내 모토로라 레이저를 덥불

속에 팽개쳤다.

그는 정말로 생활고에 시달리는 가장처럼 보였다. 하지만 밤의 어스름한 불빛에 비친 얼굴은 마약 중독자의 추한 면상이었다.

"난 코로 흡입하고 입으로 삼켜. 흥분시키는 것은 뭐든 가리지 않는다고. 그런데 지금 몇 시지?" 그가 음흉하게 물었다.

나는 시계를 보았다. "곧 3시가 될 거야."

"그 시계 이리 줘!"

"우리는 현금 인출기에 갈 수도 있어."

"그건 안 돼. 사람들이 너무 많아." 그는 몸을 긁었다. 두 눈이 충혈되어 있었다. "시계 이리 내놔!"

"지금은 돈을 쉽게 인출하도록 도와주는 파생 상품들이 있어. 그리고……."

"입 닥쳐! 어서, 시계 내놔!"

"안 돼. 이 시계는 우리 아버지 거야."

"그래서? 네 아버진 벌써 뒈졌잖아, 아냐? 그 빌어먹을 시계 이리 줘. 안 그러면 네 놈의 팔을 잘라버릴 거야!"

나는 시계를 주는 대신 녀석의 턱을 휘갈겼다. 카를은 내 왼쪽 겨드랑이와 가슴 사이를 잽싸게 찌르는 것으로 응수했다.

칼은 서늘했고 몸에서 빠져 나갈 때에야 통증이 느껴졌다.

나는 간신히 가로등 불빛이 비치는 곳에 이르렀다. 서식스에서 온 젊은 남녀가 거기서 나를 발견하고 구급차를 불렀다. 젊은 남자는 내가 죽는 시간을 알 수 있도록 시계의 숫자판을 보여준다.

내 눈에 보이는 최후의 것은 3시가 되기 5분 전에 멈춘 아버지의 시계다.

내 심장이 피를 전부 뿜어낸 후 멈춘다.

36일

헨리

나는 왼손으로 아스팔드를 더듬는다. 그런 다음 젊은 남자에게 나를 부축해주고 구급차를 불러 달라고 말한다. 젊은이는 불신하는 듯한 표정으로 나를 바라본다.

나는 늘 그랬듯이. 에디를 만나기 전 멈춘 시간 속에서 그랬듯이 밤마다 허우적거린다. 술에 취해 허우적거리며 돌아다니는 밤에 여자들을 만나면, 나는 따라가지 않는다. 내가 그 존재의 미지의 영역으로 뚫고 들어가본다고 한들 에디 곁에서 발견한 것을 찾지 못하면 어쩌겠는가?

그녀의 선함.

그녀의 너그러움.

그날 밤 가로등 불빛이 비치지 않는 곳에서, 카를은 어둠 속에 숨어 나를 기다리고 있었다.

"이봐, 나는 도움이 필요해. 무슨 말인지 알지." 그는 말했다. "난 카를이야. 넌 누구지?"

"난 헨리."

"좋아, 헨리. 내겐 자식이 둘 있어, 무슨 말인지 알지? 그런데……."

"그걸 나한테 설명할 필요는 없어. 돈을 원하는 거 아냐?"

"이런, 제대로 맞혔어."

그는 정말로 생활고에 시달리는 가장처럼 보였다. 하지만 그의 얼굴은 마약 중독자의 면상이었다. 주머니를 탈탈 털어 모조리 그에게 주었다.

"난 코로 흡입하고 입으로 삼켜. 흥분시키는 것은 뭐든 가리지 않는다고. 그런데 지금 몇 시지?" 그는 음흉하게 물었다.

나는 시계를 보았다. "곧 세 시가 될 거야."

"그 시계 이리 줘!"

"우리는 현금 인출기에 갈 수도 있어."

"그건 안 돼. 사람들이 너무 많아." 그는 몸을 긁었다. 두 눈이 충혈되어 있었다. "시계 이리 내놔!"

"지금은 돈을 쉽게 인출하도록 도와주는 파생 상품들이 있어. 그리고……."

"입 닥쳐! 어서, 시계 내놔!"

"안 돼. 이 시계는 우리 아버지 거야."

"그래서? 네 아버진 벌써 뒈졌잖아, 아냐? 그 빌어먹을 시계 이리 줘. 안 그러면 네 놈의 팔을 잘라버릴 거야!"

나는 시계를 주지 않았다. 그의 칼이 내 복부 가까이에 있었다.

"나하고 아버지, 우린 바다에 있었어." 나는 비벼서 빨갛게 충혈된 카를의 눈을 보며 말했다.

"그래서 어쨌단 말이야?"

"시계와 작별할 수 있는 시간을 좀 줘. 그렇게 해줄 거지? 먼저 내 이야기를 하고 나서 시계를 줄게."

그는 얼떨결에 고개를 끄덕였다. "하지만 빨리 끝내."

나는 천천히 시계를 풀며 말을 이었다.

"햇빛이 구름보다 더 많은 아침이었어. 바다는 기름처럼 매끄러웠지. 새우 철이었어. 조개와 갯가재는 아직 너무 작았어. 아버지는 늘 시계를 풀어서 재킷 호주머니에 넣어두곤 하셨지. 재킷은 아버지 자리의 쿠션 위에 놓여 있었어. 그러다 너울이 몰려왔어. 너울은 매끄러운 수면 아래 해저에서 암초를 덮치고 용트림해 솟구쳐 올랐지. 그러고는 또 다른 바위를 찾아 물 위로 몇 미터 부풀어 올랐어. 우리 위에서 우뚝 몸을 세우더니 순식간에 배 안으로 날아들었어. 그러고는 그때 마침 몸을 앞으로 숙이고 어살을 끌어올리던 아버지를 배 바깥으로 휩쓸어갔어."

카를은 칼을 조금 아래로 내렸다. 나는 여전히 시계를 손에 들고 있었다. 카를의 시선이 시계와 내 얼굴 사이를 바쁘게 오갔다.

"아버지는 배의 바깥 모서리에 머리를 부딪쳤어. 나는 아버지의 손을 잡았어. 꼭 붙잡았어. 몇 시간 동안. 아버지는 반 실신한 채로 파도에 실려 흔들거렸어. 아버지의 한쪽 귀에서 피가 흘렀고, 다른 쪽 팔은 부러졌어. 난 열세 살이었어. 그러다 밀물이 밀려왔어. 해가 지기 한 시간 전에 나는 더 이상 아버지를 붙잡고 있을 수 없었어."

나는 말을 멈추었다. 기억들이 내 주변을 맴돌았다.

그때 내 손가락은 시퍼렇게 차가워지고 목은 뻣뻣한 통나무로 변했다.

아버지의 친밀하고 강인한 손가락이 내 손에서 미끄러져 나갈 때의 느낌.

그러다 어떻게 아버지가 눈을 뜬 채 바닷속으로 가라앉았던가. 어두운 심연이 아버지를 삼키는 동안 어떻게 나를 바라보았던가.

나는 아버지를 쫓아 물속으로 뛰어들기를 얼마나 망설였던가.

나는 아버지를 뒤쫓아 가 구할 능력이 없었다. 그 바닷속으로 잠수할 수 없었다.

어둠 속에서 나를 올려다보는 아버지의 두 눈이 내 아래에 있었다. 나는, 나는 어떻게 거기 주저앉아 겁에 질려 숨을 멈추었던가.

그리고 어떻게 아버지를 거기 두고 왔던가.

아버지를, 그리고 나를. 아버지를 구할 만큼 강하지도 못하고 심연으로부터 아버지를 지킬 만큼 민첩하지도 못하고, 숨도 못 쉬는 무능한 존재.

다시 이야기할 수 있게 되었을 때, 나는 카를에게 말했다. "시계는 내가 그날 그 바다에서 유일하게 가져온 아버지의 물건이야. 시계와 재킷."

이 말과 함께 나는 아버지의 시계를 내밀며 말했다. "시계를 차기 전에 먼저 태엽을 감아."

카를은 촉촉이 젖은 눈으로 나를 바라봤다.

그러더니 내 손을 쳐냈다.

"등신." 그는 비틀거리며 어둠 속으로 달려갔다.

시계는 내 손에 그대로 두고 갔다.

그가 몇 미터 달려 어둠 속으로 사라지는데 그의 목소리가 한 번 더 바람을 타고 내게 날아왔다.

"아버지가 네 손을 놓았을 수도 있어. 네가 아버지 손을 놓은 게 아니라. 아버지들은 자식들을 구하기 위해 이따금 손을 놓을 수밖에 없어."

나는 시곗줄을 다시 손목에 둘렀다. 손가락이 떨렸다.

시계의 숫자판을 보니 새벽 3시가 조금 지나 있었다.

나는 후들거리는 다리로 간신히 가로등이 비치는 곳에 이르렀다. 거기에서 토했으며 기운이 없어 더 이상 일어서지 못했다. 서식스에서 온 젊은 남녀가 나를 발견하고 구급차를 불렀다.

얼마 후 중앙 병원에서 나를 치료한 여의사는 앞날을 위해 사전 의료 지시서를 작성하라고 조언한다.

"앞날을 위해서라고요? 또다시 강도의 습격을 받아 칼에 찔리는 경우를 대비해서 말인가요? 정말 그게 도움이 된다고 생각하세요?"

"맞아요, 이번처럼 다시 무사히 벗어나지 못하거나 예를 들어 중병이 드는 경우에……."

"또는 총에 맞는 경우에, 가령 튜브에서."

여의사는 농담이 아니다.

"그래요, 그럴 수도 있어요. 당신이 심하게 다쳐서 생명을 유지시키는 기기에 의존해야 하거나 심한 코마 상태에 빠지는 경우. 그리고 당신이 죽고 싶은지 살고 싶은지 더 이상 스스로 의사 표명을 할 수 없는 경우를 대비해. 누구든 더 이상 살고 싶지 않으면 평온을 누릴 권리가 있거든요. 그렇지 않아도 이런저런 교육을 받느라 과로한 의사들에게 그런 결정까지 떠넘겨서는 안 돼요. 당신이 장기 기증자라면 더욱 그래요."

그래서 나는 만일의 사태를 대비해 그날 밤 에디의 이름으로 사전 의료 지시서를 작성하기에 이른다. 어떻게 할 것인지 에디보다 더 잘 알 거라고 믿음이 가는 사람이 떠오르지 않는다.

에디는 오로지 서명만 하면 된다.

오로지 서명만.

나는 사전 의료 지시서를 에디에게 발송할까 이리저리 생각해 본다. 그리고 말할까…….

그래, 무슨 말을 하려고? 내 의료 보호자가 되어 내 죽음과 삶을 결정하겠냐고?

참 낭만적이군. 지독히 낭만적이야.

그 대신 나는 런던에서 도망친다.

나는 늘 사전 의료 지시서를 몸에 지니고 다니면서도 에디에게는 결코 발송하지 않는다.

에디. 에디가 한 번 안 된다고 말하면 그것은 절대 넘을 수 없는 불가침 국경선이다.

나는 다만 몇 개월에 한 번 런던에 가서 이 사람 저 사람과 휩쓸려 다닌다.

그러다 모든 것을 변화시킨 이메일이 온다.

> 사랑하는 아빠,
>
> 우리는 서로를 몰라요. 하지만 우리가 앞으로 이걸 변화시켜야 한다고 생각해요. 아빠도 나랑 같은 생각이면 5월 18일

아버지와 아들의 날에 콜렛 코트로 오세요. 콜렛 코트는 반즈에 위치한 세인트폴 스쿨 부속 소년학교예요. 템스강 바로 옆에 있어요. 제가 밖에서 아빠를 기다리고 있을게요.

—새뮤얼 노엄 발렌티너

내 아들이 나를 보고 싶어 한다.

5월 18일은 날씨가 온화해서 나는 걸어서 간다. 샘의 학교는 템스강이 굽어지는 곳에서 반도처럼 튀어나온 지역에 위치한다. 도심에서 서쪽으로 8킬로미터 떨어져 있으며, 4개의 노선이 해머스미스 역까지 간다. 거기에서 나는 신축 빌딩들과 옛 벽돌집들이 있는 찰스 디킨스 구역을 지난다.

뜬눈으로 밤을 지새우는 동안 어서 빨리 지나가라고 시간들에게 간청하고 싶었다. 앞으로는 지금까지와는 다른 삶을 살 것이기 때문이다. 나는 에디에게 "처음 춤추는 모습을 본 순간부터 사랑했다"고 말할 것이다. 그리고 오늘 내 아들을 기다리게 하지 않을 것이다. 더 이상은 절대 두 사람에게 나를 기다리게 하지 않을 것이다. 더 이상은 절대.

어서 달려가고 싶다!

해머스미스 다리에 발을 내딛는 순간 모든 것이 더욱 생생해진다. 태양의 온기. 마치 여름이 우리를 향해 미소 짓듯, 반짝이는 물살이 눈부시게 눈을 껌벅인다. 나무들에서 그윽하고 달콤한 내음이 풍긴다.

나는 숨을 깊이 들이쉰다.

에디가 지금도 나를 원할까? 샘이 나를 좋아할까?

세인트폴 스쿨의 강변로에서 봄날의 꿀빛 햇살을 향해 몸을 쭉 뻗고 핑크빛 꽃을 피운 벚나무들이 벌써 시야에 들어온다.

나는 키스를 하는 젊은 연인들을 보고 미소를 짓는다. 몇 미터 떨어진 곳에서 걸인이 초록빛 난간에 기대 있다. 그는 낡아 해진 스모킹 차림으로 양지 바른 곳에 두툼한 판지를 깔며 '일터'를 마련하는 듯 보인다.

나는 해머스미스 다리를 거의 다 지나서 잠시 걸음을 멈추고 따사한 날씨와 비단결처럼 보드라운 대기를 만끽한다. 곧 내 아들을 보게 될 것이다. 삶이 이토록 아름답다니. 왜 이걸 미처 알아차리지 못했을까?

템스강을 오가는 유람선 한 척이 옥스퍼드 방향을 향해 강을 거슬러 온다. 한 소녀가 난간에 서 있다. 난간의 맨 위 횡목에 발을 딛고. 소녀는 5월의 햇살을 향해 얼굴을 내밀고 있다. 파도가 유람선을 들어 올리자 아이는 앞으로 고꾸라진다. 소녀는 비명을 지르지 않는다. 소녀의 눈빛에는 무한한 호기심이 어려 있다.

우리는 아이가 떨어지는 걸 본다. 키스하는 젊은 연인들, 낡아 해진 스모킹 차림의 걸인, 그리고 나. 걸인이 웅얼거린다. "이런 세상에." 두 연인의 시선이 나를 향한다. 아이가 네 개의 첨탑이 있는 다리 쪽으로 강물에 떠내려오는 동안, 세 사람 모두 움직이지 않는다.

갑자기 생사의 문제에 얽히게 된다. 나는 초록색의 단철 다리

난간을 기어 올라간다. 작은 몸집이 내 쪽으로 떠오를 때까지 기다린다.

그리고 뛰어내린다.

37일

샘

오늘은 매디의 생일이다. 나는 학교 주방에서 케이크를 구웠다. 불어 선생님 마담 루피옹이 타르트 타탱 레시피를 알려주고 특별한 케이크 팬을 집에서 가져다주었다. 타르트 타탱을 만드는 법은 정식 케이크보다 간단하다. 먼저 케이크 팬에 바다 소금으로 간한 버터를 듬뿍 넣은 뒤, 이어서 설탕을 넣는다. 버터와 설탕이 끈끈한 캐러멜이 될 때까지 팬을 달군다. 그런 다음 얇게 썰어서 미리 — 마담 루피옹이 말한 것처럼 이 부분이 "아주 중요하다!" — 차갑게 식힌, 아니면 살짝 얼린 사과를 그 위에 얹고 다시 팬을 달군다. 페이스트리 반죽을 얹고 이번에는 오븐에서 20분 동안 다시 굽는다. 그런 다음 케이크가 식기를 기다렸다가 '뒤집는다.' 이제야 쿡 부인의 '뒤집는다'는 말이 무슨 뜻인지 이해가 간다.

나는 끝으로 케이크를 살구색 종이에 싸서 학교 복도의 내 사물함에 숨겨두었다.

여자애들이 어떻게 파자마 파티를 하는지 마담 루피옹에게 묻는 게 가장 어려웠다.

"여자애들이라니, 어떤 애들? 열여덟 살? 열네 살? 열두 살?" 내가 금방 대답하지 않자, 마담 루피옹은 말했다. "그건 엄청난 차이란다. 여자애들은 열두 살까지는 케이크를 먹지만, 열여섯 살이 되면 무조건 비건 스무디를 먹어야 하고, 열여덟 살에는 바카디—사과주스 칵테일 아니면 그 비슷하게 역한 것을 엄청 마시려 든단다."

나는—사실은 존재하지 않는—사촌 여동생이 열두 살 생일을 맞이한다고 말했다.

"어머! 우리 딸아이와 친구들은 열두 살 때 낭만적인 춤 영화를 보며 가라오케를 불렀어. 그리고 케이크의 장밋빛 촛불을 불어 껐지. 때로는 서로 화장도 해주었단다."

"그렇구나." 나는 기분이 좀 묘했다.

"그런데 왜 그런 걸 묻니, 새뮤얼?"

"아니, 그냥요." 나는 거짓말했다. "선물을 제대로 하고 싶어서 그래요."

"너는 아주 지혜로운 아이구나."

다행히도 해머스미스 지하철역의 드러그스토어 여점원들은 내가 무엇 때문에 푸른색 아이섀도, 딸기 맛이 나는 립글로스, 장밋빛 초, 장난감 마이크를 사려 하는지 묻지 않았다.

나는 아이튠즈 스토어의 '낭만' 카테고리에서 사람들이 춤추고 키스하는 영화를 골랐다. 〈더티 댄싱〉 아니면 그 비슷한 것이었다. 나는 한 번도 들어본 적 없지만 나름 인기 있는 영화인 듯싶었다. 어쨌든 여자애들에게.

웰링턴은 시간이 정지해 있다. 나는 접수대의 실라에게 고개 숙여 인사한다. 실라는 나를 보고 슬쩍 미소 짓고는 다시 자신의 세계 속으로 침잠한다. 나는 먼저 3층으로 간다.

이미 멀리에서부터 보인다. 고통은 검은색이고 마치 나를 찌르는 듯하다. 아빠는 엎드려 있다. 어째서 엎드려 있지?

닥터 포스가 나를 붙잡고 마스크를 손에 쥐여 준다. "오늘은 딱 2분이다, 샘. 네 아빠가 다시 폐렴에 걸렸어."

나는 발밑의 땅이 꺼지는 걸 느낀다. 너무 걱정이 되어 잠깐 현기증이 인다. 하지만 나는 불타오르는 공포를 억누른다.

"안녕, 아빠." 나는 속삭인다. 아빠 옆에 무릎을 꿇고 아빠의 얼굴을 본다. 아빠의 얼굴은 여전히 적막하고 텅 비어 있다. 어두운 고통으로 가득 찬 흉가.

"아빠, 난 매디에게 갈 거예요. 오늘은 매디의 생일이에요. 매디에게 뭐라고 전할까요?" 나는 매디 곁에서 무엇을 할 계획인지 아빠에게 얘기한다. 나는 파자마 파티가 매디를 깨울 거라고 기대한다. 파자마 파티 아니면 말괄량이 삐삐가 깨울 거라고.

아빠가 아무런 이의도 표명하지 않아서 나는 아빠도 내 생각에 동의한다고 믿는다.

"나한테 행운을 빌어줘요, 알았죠?"

아빠의 산소 호흡기가 덜그럭거린다.

그밖에는 아무, 아무, 아무 소리도 들리지 않는다.

아빠 안에서는 아무것도 움직이지 않는다. 내가 내 바지 주머니에 무엇이 들어 있는지 얘기하는데도 아무것도 움직이지 않는다. 매디를 위해 준비한 것들.

"새뮤얼 발렌티너." 갑자기 닥터 사울이 내 등 뒤에서 말한다. "네가 손에 들고 있는 거 케이크니?"

나는 고개를 끄덕인다.

"매디의 생일이에요." 나는 웅얼거린다.

신이 내게 눈을 찡긋한다.

"내 대신 매디에게 노래를 불러줘라."

의사 선생님은 아무것도 몰라요, 나는 생각한다. 의사 선생님은 아무것도 모른다고요.

"그런데 오늘 두 사람이 네 아빠를 찾아왔단다." 닥터 사울은 말한다. "이브라힘이라는 젊은이와 네 아빠의 오랜 친구인 그렉. 네 아빠가 그렉과 함께 일한 모양이야. 아는 사람들이니?"

나는 고개를 가로젓는다. 나는 모르는 사람들이다. 사고 전, 아빠의 삶과 내 삶은 마주치지 않았다.

한순간 나는 아빠를 향한 맹렬한 증오심을 느낀다. 아빠가 아파 누워 있어서. 아빠가 슬쩍 사라지려고 해서. 아빠가 그리워서.

신이 내게 명함을 하나 건네준다. "여기, 그렉의 전화번호가 있어. 저널리스트라고 하더라. 그 사람들에게 전화해서 네 아빠에 대해 물어봐. 그 사람들을 귀찮게 해. 그렇게 하겠다고 약속할 수 있지?"

나는 고개를 끄덕인 뒤 가방을 메고는 엘리베이터를 타고 6층으로 올라간다. 복도를 지나 매디의 병실 문을 발로 살며시 민다.

"안녕. 나야, 샘."

매디는 눈을 뜨고 침대에 누워 있다. 나는 매디의 눈에 보이도록 케이크를 조금 흔든다.

"오늘은 네 생일이야." 나는 멋쩍게 말한다.

그건 매디도 이미 알고 있다. 하지만 나는 정말로, 정말로 하고 싶지 않은 걸 하기 위해 마음을 가다듬는다.

노래하기.

"해피 버스데이 투 유……." 나는 시작한다. "해피 버스데이 투 유." 그리고 매디의 생일을 축하하러 온 사람이 나 말고는 아무도 없기 때문에, 더 큰 소리로 더 즐겁게 노래한다. "해피 버스데이, 디어 매디, 해피 버스데이 투 유."

매디는 내 쪽을 보지만 나를 보지는 않는다. 나는 매디의 병상 일지를 슬쩍 쳐다본다. 곧 안약을 넣을 시간이다.

"좋아," 나는 말한다. "이건 *타르트 오 폼므*야. 애플파이. 그러니까 타르트 타탱. 스테파니 타탱과 카롤리네 타탱이라는 두 자매가 있었어. 그들은 오를레앙에서 살았어. 잔 다르크의 고향 말이야. 이건 내가 구운 첫 번째 케이크야. 그러니까 너무 기대하지는 말라고. 하지만 나는 진짜 바다 소금으로 간한 프랑스 버터를 찾아냈어. 사과는 서식스산이야. 이 정도면 됐지. 이제 타르트를 자를까?"

매디는 대답하지 않는다. 그래서 나는 제안한다. "아니면 우리 먼저 영화를 볼까? 그런 다음 타르트를 먹을까? 내가 필요한 모든 걸 준비했어."

나는 엄마의 나이트 테이블에서 몰래 가져온 아이패드를 꺼낸다. 그리고 복숭아색 새틴 파자마도 주섬주섬 꺼낸다. 이것도 엄마 것이다. 맬컴이 막무가내로 갖고 싶어 했던 실내화도 꺼낸다. 실내화는 배트맨의 얼굴처럼 보인다. 근사한 물건들. 나는 서둘러 파자마를 입고 실내화를 신는다.

"짜잔!" 나는 이렇게 말하며 매디 앞에서 한 바퀴 돈다. 내 심장 뛰는 소리가 귀청을 울린다. 내가 정말 백치라도 된 것만 같다. 그래도 상관없어. 매디를 미소 짓게 할 수만 있다면 뭐든 할 거야. 또는 눈동자를 움직이게 할 수만 있다면.

"너는 벌써 잠옷을 입고 있잖아. 그러니까 슈퍼 생일 파자마 파티가 될 거라고 장담할 수 있어. 먼저 춤을 출래, 아니면 가라오케 노래를 부를래? 아님 내 선물을 풀래?" 나는 바지 주머니에서 작은 꾸러미를 꺼낸다. "아냐? 좋아. 그럼 선물을 여기 놓을게. 나이트 테이블 위에. 뭐라고? 우리가 조금 예쁘게 꾸며야 한다고? 그래, 좋아. 우연히도 마침 내게 뭔가가 있거든."

나는 드러그스토어에서 사 온 화장품들을 꺼낸다.

"좀 도와줄래?" 나는 매디에게 묻는다. "그래? 그럼 거울을 들고 있어." 나는 거울을 매디의 베개에 기대 놓고 푸른색 가루를 어떻게든 내 윗눈꺼풀에 바르려고 한다. 그러다 그만 손이 옆으로 미끄러진다. 지독히 따갑다. 여자들이 어째서 이런 걸 바르는지 정말 이해가 가지 않는다. 스티븐 킹의 소설에 등장하는 꼴사나운 어릿광대처럼 보인다. 딸기 립글로스에서는 리트머스 시험지 맛이 난다.

그런데도 나는 묻는다. "어때? 꼭 케이트 윈슬렛 같지 않아?"

나는 귀를 기울인다. 매디가 킥킥 웃는다는 확신이 상당히 강하게 든다.

어디선가.

아마도.

내 머릿속의 스코트도 마찬가지로 킥킥거릴 게 분명하다.

"너도 해볼래? 싫어? 이 색깔 별로야? 뭐라고? 립글로스? 그건 잊어버려. 내가 단언하는데, 딸기 맛이 아냐."

그런데도 매디는 립글로스를 원한다.

"톱밥으로 딸기 향을 만드는 걸 알고 있었다고? 맞아!"

그런데도 나는 매디의 입술에 립글로스를 아주, 아주 조심스럽게 조금 바른다. 내가 입술의 곡선을 따라 립글로스를 바를 수 있도록 매디는 가만히 있어준다. 나는 매디에게 거울을 보여준다.

"사실 이런 건 바를 필요 없어, 매디."

너는 이미 충분히 예쁘거든. 하지만 이 말은 하지 않는다.

지금 매디가 "고마워, 샘."이라고 말할 거라는 확신이 든다.

그걸 상상하자 쑥스럽다.

"그럼, 이제 뭐 할까?" 나는 매디에게 묻는다.

이제 영화를 보고 싶어, 샘.

"좋아, 매디. 춤 영화는 어때?"

낭만적인 영화야?

"그럴 거야. 그래, 틀림없어. 그럼 안 돼?"

아니! 네가 그런 생각을 해서 기뻐! 하지만 유치하지 않았으면 좋겠어.

"이 영화 알아? 〈더티 댄싱〉? 영화가 유치한지는 모르겠어. 하지만 일단 한번 보자고."

나는 조심스럽게 침대에 올라가 매디 옆에 앉는다.

그러고는 아이패드에서 영화를 찾아 튼다. 우리 둘이 작은 화면을 볼 수 있도록 기기의 위치를 조정한다.

"보여?"

매디는 화면을 뚫어져라 바라보며 침묵한다.

영화가 시작된다.

이런 맙소사.

"저 여자 뭐 *하는* 거야? 저거 수박 아냐? 매디?"

여자들은 그래, 샘. 우리는 부끄러워해.

"그렇구나. 근데 *그렇게* 부끄러워?"

영화의 줄거리는 진짜 희한한 내용이다.

"남자는 꽤 괜찮아, 그렇지? 옷이 웃겨. 저 여자들 머리카락을 어떻게 한 거지? 여자애들은 저걸 근사하게 여기나 보지? 그리고 베이비, 그게 이름이야?"

내가 알고 있는 대부분의 여자애들은 — 정확히 말하면 사실은 그리 많지 않다 — 늘 새침 떨며 말하고, 눈을 치켜뜨며 "어머, 진짜?"라고 말한다. 하지만 매디는 정말로 침착하다. 나는 그 점이 좋다.

이제 춤판이 시작된다.

아하.

우와.

여자애들은 *이런 걸* 좋아하는 걸까?

스코트는 뭐라고 말할까? "여자들을 좋아하기 위해 꼭 여자들을 이해할 필요는 없어. 실제로 고양이나 하마 역시 이해 못하는 건 마찬가지인데도 멋지다고 생각하잖아."

"미안해. 난 이런 식으로 낭만적인지 몰랐어."

에이 어쩌겠어, 샘. 그렇담 이걸 만회해야 하지 않을까. 지금 저 여자처럼 춤출 수 있어?

"아니."

부탁이야, 춤춰봐!

"매디, 나는 노래도 못하고 춤도 못 춰."

부탁이야, 샘!

나는 매디의 표정 없는 예쁜 얼굴을 본다. 매디가 지금 곁에 있지만 분위기를 망치지 않으려고 아주 조용히 있다는 확신이 든다. 그렇다. 틀림없다. 하지만 매디는 이걸 오래 견디지 못할 것이다. 나는 단호하게 결심했다.

"좋아, 해볼게. 하지만 웃으면 안 돼." 아, 제발, 제발 웃어! 네가 단 한 번만이라도 웃어준다면 무슨 짓인들 못하겠어.

나는 아이패드를 침대 옆의 작은 탁자에 내려놓고 매디의 얼굴 쪽으로 화면을 조종한다. '베이비'가 층계를 올라가며 춤을 추고 엉덩이 흔드는 걸 연습하는 장면을 한 번 더 튼다. 그런 다음 나는 그걸 따라 하려 한다.

"이렇게, 매디?"

나는 양팔을 허리에 받치고 엉덩이를 흔든다. 아니 최소한 그렇게 하려고 시도한다.

나는 복숭아색 파자마를 입고 배트맨 실내화를 신은 채로 푸른색 아이섀도를 바르고 〈더티 댄싱〉에 맞춰 춤을 춘다.

나는 매디가 깔깔 웃는다고 믿는다.

나는 춤을 추며 신명이 난다. 춤을 추며 생전 처음으로 푼수처럼 칠칠맞게 몸을 움직이는 동안 매디와 사랑에 빠진다. 매디가 앞으로 두고두고 듣게 될 내 삶의 노래인 듯 사랑에 빠진다. 이 노래는 바로 내 삶의 사운드 트랙일 것이다. 매디가 내 삶이기 때문이다.

그사이 내가 문에 신경 쓰지 않은 것은 당연하다.

"안녕, 샘? 아니면 안녕, 샘하고 비슷하게 생긴 소년? 푸른색 아이섀도를 발랐니?"

매리언 간호사가 들어온다. 나는 배트맨 신발에 걸려 비틀거리며 또다시 얼굴이 새빨개진다.

"초록색이 저한테 더 잘 어울릴 거라고 생각하세요?" 나는 숨을 헐떡이며 묻는다.

"건방지게 굴지 마. 너희들 뭐하는 거니?"

"우리는 매디의 생일 파티를 하고 있어요."

"그래?"

"여자애들은 이렇게 파티를 한대요."

"아, 그렇지. 그래. 물론이야." 매리언의 시선이 나를 이리저리 훑어본다. 나는 왼쪽 옷장 거울에 비친 내 모습을 보고, 조금만 노력하면 얼마나 바보 천치처럼 보일 수 있는지에 놀란다.

매리언이 아이패드를 가리킨다.

"뭘 보고 있니?"

"〈더티 댄싱〉. 수박이 문제예요."

"정말로? 네 발이 신고 있는 게 배트맨이니?"

"흠."

매리언은 안약으로 능숙하게 매디의 동공을 적시고는 함께 영화를 보려고 침대 다른 편에 앉는다.

나는 좀 전의 자리에 다시 앉아, 팔이 서서히 마비되는데도 아이패드를 높이 든다.

아무려면 어때.

나는 마구 키스하는 장면이 나올 때마다 얼굴이 새빨개진다.

"건강한 거야." 매리언이 설명한다. "박테리아들이 교환되면 면역 체계가 강화돼."

"으이." 나는 대답한다.

매디가 킥킥 웃는다. 나는 그렇다고 믿는다.

긴장되는 줄거리가 이어진다.

"근데 저 남자는 베이비의 아빠한테 자기가 아기 아빠라는 사실을 왜 말하지 않는 거예요?"

그러면 영화가 끝나버리잖아!

"아, 그렇구나. 와, 대단해." 나는 열광한다. 매리언이 옆에 있는데도 매디는 나하고 계속 이야기한다. 그러니까 내 머릿속에서만. 하지만 나는 그 정신 나간 생각에 이의를 제기할 수 없다고 믿는다.

쟈니가 멋지다고 생각하지 않아? 매디가 묻는다.

"내가? 아니. 왜? 너는?"

나도 아냐. 난 *네가* 멋져, 샘.

말도 안 돼. 매디는 절대 이런 말을 하지 않을 것이다. 절대, 절대, 절대. 매디의 대답을 내 맘대로 상상하는 걸 그만둬야지.

"똑똑, 여기 케이크가 있다는 말을 들었는데."

여의사 두 명과 심리 치료사 리즈가 들어온다. 세 명 모두 송년 파티에서 쓰는 것 같은 아주 작고 우스꽝스러운 종이 모자를 쓰고 있다. 리즈는 매리언에게도 모자를 하나 건네주고, 매리언은 유유히 모자를 머리에 쓴다.

그 순간 나 혼자만 바보가 된 듯한 느낌에서 벗어난다.

"너희들 뭐 하고 있니? 샘, 지금 네 발에……."

"네, 이거 배트맨이에요. 슈퍼맨 실내화도 있어요."

"틀림없이 그럴 거라고 믿어." 한 여의사가 굵고 낮은 목소리로 말하고 나머지 여자들은 킥킥 웃는다. 매디도 웃는다. 여자들은 참 이상한 면이 있다.

결국 우리 다섯 사람은 침대에 앉아 〈더티 댄싱〉을 본다. 모두들, 정말로 모두들 숨을 가쁘게 몰아쉰다. 나와 매디만 빼고.

조금 감동적이긴 하다.

"샘, 케이크 구워 왔니?" 엔딩 크레딧이 올라가자 매리언이 타르트를 가리키며 묻는다.

나는 고개를 끄덕인다.

"이거 타르트 타탱이잖아!" 리즈가 열광적으로 외친다.

"근데 초는 어디 있어?"

"먼저 가라오케 노래를 불러야 해요." 나는 가방에서 분홍빛 장난감 마이크를 꺼낸다.

"어휴, 이런. 한참 재밌어지는데 가야 하다니." 여의사 한 명이 한숨을 쉬고는 무선 호출기를 바라본다. 리즈도 안타까운 눈빛으로 타르트를 바라보며 작별 인사를 한다.

"난 근무가 끝났어. 그리고 가라오케를 좋아해." 다른 여의사가 말한다. 매리언 간호사는 매디의 측정기들을 점검하고는 2~3분 후 말한다. "자, 좋아. 너희들이니까 봐주는 거야. 매디는 오케이야. 땀을 조금 흘리고 있어. 매디, 즐거워?"

"가라오케에 무슨 노래들이 있니?" 여의사가 묻는다. 여의사의 이름표에 '벤 쉬린'이라고 쓰여 있는 게 보인다. 벤? 여의사는 호기심 어린 표정으로 아이패드를 바라본다.

"나는 베니야." 그녀는 설명한다. "베네딕타의 베니. 이름이 이름표에 다 들어가지 않아."

"아. 그렇구나. 저는 샘이에요. 새뮤얼 노엄 발렌티너. 제 이름도 이름표에 쓰기에는 너무 길 거예요."

"그럴 거야." 닥터 베니는 엄마의 아이패드에 들어 있는 노래들을 스크롤한다.

"아니! 세상에! 댄싱 퀸!" 닥터 베니가 갑자기 괴성을 지른다. "매리언, 이 노래 알아요?"

"나는 쉰한 살이에요. 백다섯 살이 아니라. 물론 아바를 알죠."

베니는 아이패드를 이리저리 만지작거리더니 볼륨을 크게 키우고는 선언한다. "오케이, 매들린. 이건 순전히 너를 위한 거야." 그러고는 내 손에서 분홍빛 마이크를 가져간다.

이제 두 여자는 매디의 침대 앞에 서서 가라오케에 맞춰 상당히 민망하면서도 엄청 장엄하게 〈댄싱 퀸〉을 노래한다. 베니가 리드 싱어이고 매리언은 백그라운드이다.

나는 그 노래에 맞춰 또 한 번 〈더티 댄싱〉에 나오는 여자처럼 춤을 춘다. 그리고 쟈니 역을 맡은 패트릭인지 뭔지 하는 남자 같은 헤어스타일을 하려고 한다. 나는 매디가 너무 웃어서 하마터면 오줌을 지릴 뻔했다고 확신한다. 나는 좀 더 이리저리 폴짝 뛰고, 얼음처럼 표정 없는 파란 눈의 소녀는 침대에 누워 있다. 우리는 소녀를 위해 춤을 추고 노래한다.

You are the dancing queen
…… You can dance, you can jive
Having the time of your life ……

그런 다음 매리언이 라이터를 가져와 열두 개의 초를 타르트에 꽂고 불을 붙인다. 나는 숫자 12처럼 보이는 스파클러도 준비했다. 마치 방 안에 별이 떨어지듯, 스파클러는 타다닥 소리를 내며 번쩍번쩍 불꽃을 튀긴다.

매디의 선물은 아직 펴보지 않은 채로 탁자 위에 놓여 있다.

"우리 한 곡 더 노래하자." 매리언 간호사가 웃으며 말한다. 붉은 곱슬머리가 근사하고 정다운 얼굴에 달라붙어 있다.

"'For she's a jolly good fellow'*를 불러요." 베니가 말한다.

그래서 우리는 이 노래를 부른다. 매리언 간호사가 천장의 불을 끈다. 열두 개의 초가 꽂힌 케이크, 번쩍번쩍 빛을 발하는 작은 스파클러, 우리 세 사람과 매디가 거기에 있다.

* 생일, 결혼식, 스포츠 경기 우승과 같은 행사에서 주로 불리는 노래. 원래의 제목은 〈For He's A Jolly Good Fellow〉이지만 매디의 생일이기 때문에 등장인물들이 He를 She로 바꾼 것이다. 영미권에서는 〈Happy Birthday To You〉만큼이나 대중적으로 불린다.

그렇게 우리는 매디의 열두 번째 생일을 축하한다.

“이제 네가 촛불을 끌 차례야, 매디.” 우리가 노래를 끝내고 촛불이 타오르는 내 애플파이를 미동 없는 얼굴 앞에 내밀었을 때, 나는 속삭인다.

“너를 위해 소원을 빌어. 아주 난난히 빌어. 그러면 이루어질 거야.”

한순간 나는 다시 매디의 눈에 까마귀가 날아가는 모습이 비친 것 같다는 엉뚱한 생각을 한다. 까마귀의 검은 깃털이 매디의 동공을 스치고 지나간다.

하지만 매디는 촛불을 불어 끄지 않는다.

물론 끄지 않는다.

매디의 산소 호흡기가 매디를 위해 숨을 쉰다. 매디의 심장 박동만이 아주 조금 더 빨리 뛴다.

“좋아.” 나는 나 자신이 너무 실망하고 지치는 것에 놀라 말한다. “내가 너를 위해 촛불을 끄고 소원을 빌게.”

나는 숨을 들이쉰다. 촛불을 불어 끄는 동안, 언젠가는 매디와 싸우고 싶다는 생각을 한다. 싸우고 화해하고. 매디가 분을 참지 못해 나를 쏘아보고는 결국 다시 웃을 때까지. 내가 오래오래 그녀를 부둥켜안는 것보다 더 아름다운 것은 상상이 되지 않는다.

하지만 매디는 나를 보지 않는다.

매디의 가장 큰 소원조차도 매디를 데려오지 못했다.

나는 커다란 호랑가시나무 잎 두 개를 침대 옆 탁자에 내려놓는다.

38일

헨리

날이 밝아온다. 밤으로부터 아주 부드럽게 나를 유혹해 끌어내는 따사한 햇살과 함께.

커피에 탈 우유가 충분히 데워졌는지 보려고 가스 불 위의 우유 냄비에 집게손가락을 집어넣는 에디의 모습이 보인다. 에디는 늘 그렇게 한다. 심지어는 우유가 뜨거워져 보글보글 거품이 일어도 그런다.

에디가 몸을 돌리는 순간, 나는 그녀의 시선을 붙잡는다. 겨울바다처럼 밝은 시선. 셔츠 아래의 맨다리, 찡그린 이마, 뜨거운 우유를 후 부는 입. 나는 결코 에디 없는 삶을 원하지 않는다.

내가 비탈진 풀밭에서처럼 위태롭게 미끄러지는 게 느껴진다.

이불을 젖히고 내 옆에 누우라고, 내 등에 배를 붙이고 누우라고 에디를 부르고 싶은 욕구가 너무 커서 나는 그대로 한다. "이리 와!"

에디가 맨발로 하얀 시트에 들어설 때, 그녀의 그림자가 내 얼굴에 드리우는 약간 서늘한 기운이 느껴진다.

"당신을 사랑해." 그녀는 말한다. "당신을 사랑해. 당신을 원해. 영원히, 아니 그 이상으로. 지금 생에서뿐만 아니라 다음 생에서도."

"나 역시 당신을 사랑해, 에드위나 탐린."

나는 마음이 한결 홀가분해지는 걸 느낀다. 이제야 비로소 그 감정을 인식한다. **이게 바로 사랑이야!**

일주일 후 우리는 브르타뉴에서 결혼하기로 한다. 올여름이 가기 전에.

에디는 몸을 앞으로 숙이고 옛 동화의 샘물을 마셨다. 우리 아이들은 트레마장으로 가는 도로의 127번지, 생 성송(St. Samson) 예배당 옆 샘물을 그렇게 불렀다. 물은 절벽에서 곧바로 솟아 나온다. 오래된 돌절구와 바위를 깎아 만든 여러 개의 돌기둥이 그 오래된 샘물을 둘러싸고 있다. 그 샘물은 아이들의 소원을 이루어준다고 전해져 내려온다. 그 옆에는 노란 금작화가 피어 있다.

"우리 아이를 낳자, 헨리." 에디가 말한다. 흰 드레스를 입은 에디는 아름답다. 방금 우리가 800년의 유서를 자랑하는 생 성송 예배당 안에 있었을 때, 소름이 에디의 살갗에 작고 오돌토돌한 점들로 이루어진 문양을 만들어냈다.

"이곳에서는 시간의 무게가 달라." 그녀는 속삭인다.

"이곳에서는 시간이 더 가늘어져." 나는 대답한다. "불가사의함의 밀도가 지구상 다른 어느 곳에서보다 더 높은 장소들이 있어."

"우리가 시간 사이에서 길을 잃으면 이곳에서 다시 만나자." 에디가 내 귀에 속삭인다. "그럴 거지?"

"그래." 나는 대답한다. "당신을 사랑해. 내가 이따금 잘못하는 일이 있더라도 용서해줘."

"우리 앞으로는 잘잘못을 따지지 말자." 에디가 대답한다. "그런 건 어차피 존재하지 않아. 당신은 그냥 살기만 하면 돼, 내 말 알아들어? 그냥 살기만 하면 된다고."

우리는 샘물을 한 번 더 마신다. 오늘 바다는 진한 터키옥색을 띠고 있으며 여기저기서 하얀 물거품을 일으킨다. 바람이 대서양과 영국 해협을 맞부딪치게 하고, 그 사이의 이루아즈가 거품을 일으키며 넘실거린다. 이루아즈는 세상에서 가장 아름다운 바다이다. 나는 세상에서 가장 아름다운 여인과 함께 그곳에 있다.

내일 우리는 여행을 계속한다. 해안을 따라. 나는 에디에게 모든 걸 보려주려 한다. 르 콩케, 생 마티외, 트레파세만 옆의 죽은 자들의 만, 그리고 시간이 제일 가늘게 흐르고 미처 살아보지 못한 모든 삶들이 서로 맞부딪치는 일 드 쌍. 그곳에서는 더 이상 그 삶들을 갈라놓는 것이 거의 없다.

우리는 손을 맞잡고 절벽 위의 오솔길을 걷는다. 이미 수백 년 전에 세관원들과 밀수꾼들은 작은 풀숲으로 이어지는 그 오솔길을 걸었다.

우리는 절벽을 내려온다.

우리 말고는 아무도 없다. 점심시간이다. 모두들 음식을 앞에 두고 앉아, 지금 살아 있음을 즐기고 호사스럽게 맛좋은 음식을 먹는 걸 즐긴다. 홍합과 갯가재, 놀래기와 대구.

나는 에디의 입에 내 입을 포갠다. 에디의 혀끝은 보드랍고 장난치듯 살며시 움직인다. 나는 내 신부를 꼭 끌어안으며 이 황량한 해변에서 기껏해야 커다란 갈매기들만이 하강하며 우리를 볼 수 있는 곳들을 안다고 그녀의 귀에 속삭인다.

우리는 널찍하고 평평하고 매끄럽고 따뜻한 돌을 찾는다. 에디가 그 위에 반쯤 몸을 눕히고 햇살을 듬뿍 머금은 다리를 나를 위해 벌린다.

나는 바다를 등진다. 해가 내 등과 목덜미를 따사하게 비친다.

나는 완전히 에디 안에 있다. 아주 깊이 있어서 어디에서 에디의 몸이 시작되고 어디에서 내 몸이 끝나는지 느끼지 못한다.

입안이 짭짤하고 목이 마르다. 나는 에디에게 키스하려고 몸을 앞으로 숙인다. 에디는 자신 안에 나를 꼭 붙들고 있다. 에디의 무릎 사이는 보드랍고 따사하고 미끈하다. 파도가 우리 아래 절벽에 부딪치는 리듬에 맞춰 나는 에디를 사랑하기 시작한다. 힘차게, 너무 빠르지 않게.

"당신을 사랑해." 나는 에디의 눈에 말한다. "당신을 사랑해. 당신을 원해. 영원히, 아니 그 이상으로. 지금 생에서뿐만 아니라 다음 생에서도."

에디는 내가 그녀를 받아들이는 것이 아니라 그녀가 나를 받아들이듯 나를 바라본다. 에디는 나를 받아들인다. 나를 맞이한다. 나를 자신의 모든 삶 속으로 받아들여 내 주변에 자신의 삶을 일군다. 나를 자기 안으로 끌어들이고 나를 환영한다. 마치 내가 내 영혼을 그녀 안으로 흘려보내는 것만 같다.

내가 그녀 안으로 흘러 들어가는데, 갑자기 크고 넓적한 서늘함이 등 뒤에서 위로 솟구치는 게 느껴진다. 그림자가 거세게 나를 덮친다. 거대하고 넓적한 물 손이 나를 바닷속으로 힘껏 내동댕이친다.

나는 추락한다. 흘러간다. 빛과 색채와 목소리들이 나를 에워싼다. 나는 기다란 관을 따라 미끄러지듯 점점 더 빠르게 흘러간다. 나는 용해된다. 나는 추락한다. 점점 더 빠르게. 나는 추락한다. 그리고…….

39일

에디

헨리!

나는 잦아드는 오르가슴의 마지막 물결에 실려 잠에서 깨어난다. 나는 누워 있고 두 손은 내 머리 옆에 있다. 해저를 따라 움직이는 보이지 않는 파도처럼, 서로를 덮치며 점점 더 높이 솟구치는 파도처럼 흥분이 내 안에서 높이 솟구친다. 내 몸속에서 뭔가가 불이 붙었다. 그게 뭔지는 모른다. 나는 처음으로 자면서 오르가슴을 체험했다. 나는 마흔네 살이고, 처음으로 꿈속의 쾌감 언저리에서 현실 속으로 떨어진다.

내 옆에 와일더가 누워 있다. 내 불두덩이 안에서 쾌감과 부드러움으로 이루어진 주먹이 뭉쳤다 풀어지고 뭉쳤다 풀어지고를 반복하는 동안, 그는 잔다.

내 허벅지 근육이 팽팽히 긴장해 있고 입술에서는 짭짤한 맛이 느껴진다. 나는 헨리와 잤다. 내 몸이 그걸 말한다. 그건 꿈이 아니라 현실이라고 내 몸은 말한다. 내 몸을 덮은 헨리의 하중이 여전히 느껴지고 내 안에서도 느껴진다. 나는 사랑받는다고 느꼈다.

와일더가 지금도 자고 있을까? 아니면 내 소리에 깨어났을까?

나는 헨리의 이름을 크게 말했다. 나는 그걸 알고 있고, 내 입의 촉감이 그걸 알려준다. 그의 입술이 내 입술에 남긴 온기와 숨결, 감촉이 여전히 생생한 듯하다. 그는 언제나 그렇게 따사했다.

난로, 불. 천년의 온기를 품고 있는 돌들이 있다.

꿈의 형상들이 흩어져 사라진다.

그러다 파도가 헨리를 덮쳐 내게서 빼앗아간다는 급작스러운 감정.

말도 안 돼!

나는 여기에 있다. 헨리가 코마 상태에 빠져서 자꾸 심한 폐렴에 걸리는 현실 속에 있다. 폐렴은 그를 더 멀리 데려가버렸다. 삶으로부터 멀리, 죽음 더 가까이로. 다시 그 원반 세계의 바깥쪽 가장자리로.

요즘 내 안에는 늘 두려움이 있다. 하지만 나는 두려움을 와일더에게 숨기려 한다. 지금 내가 와일더와의 미래를 망치고 있다는 걸 잘 안다.

하지만 내게는 다른 길이 없다. 아니 그보다는 다른 길을 가려고 시도하고 싶지 않다.

나는 내가 거의 5주 전부터 날마다 헨리를 찾아가는 걸 모르는 남자 옆에서 잠을 자는 현실 속에 살고 있다. 내일 어떻게 될지 더 이상 모르는 세계 속에서.

지금 내 안에서 삶의 가장 중요한 뭔가를 잃어버렸다는 강렬하고 고약한 감정이 퍼져나간다. 그것 없이는 웃음도, 아름다운 장소도, 하루 그 자체가 아무 의미 없을 만큼 중요한 뭔가를. 내 가슴에, 내 배에, 내 목에 한없는 슬픔이 내려앉아 있다. 나를 익사시키는 깊은 암흑. 나를 가라앉히는 넓고 어둡고 깊은 바다.

헨리가 죽었을까?

나는 와일더의 숨결에 귀를 기울인다. 하지만 그는 어둠 속에서 조용히 내 옆에 누워 있다. 내 다리에 한쪽 다리를 걸치고. 나는 주먹으로 내 입을 틀어막는다.

침대에서 일어나려고 내 다리 위의 와일더 다리를 아주 조심스럽게 밀어낸다.

그때보다 더 극심한 고통이 가슴을 엔다. 헨리를 다시는 보지 않고 어떻게 살아갈 수 있을지 알지 못했던 그 몇 개월보다. 헨리를 다시는 손으로 만지지 않고. 다시는 그와 얘기를 하거나 그의 미소를 보지 않고. 내 몸에 닿는 그의 눈길을, 그의 손길을 느끼지 않고.

더 이상 사랑받는다고 느끼지 않고.

실연은 죽음이다. 살아 있어도 산목숨이 아니다.

나는 왁스 칠한 낡은 마루를 맨발로 지나 널찍한 주방으로 향한다. 커다란 커피 잔을 수도꼭지 아래 대고 차가운 물을 가득 받아 꿀꺽꿀꺽 마신다. 물에서 소금 맛이 난다. 방금 헨리가 내게 입맞췄을 때 그의 입술에서 느꼈던 짭짤한 맛이다.

내 남편이 죽었다.

왜 내가 그런 생각을 하는지는 전혀 모른다. 내 남편이라고? 헨리는 내 남편이 아니다.

꿈. 기이하고 강렬한 꿈. 우리는 결혼했다. 모든 게 달랐다. 모든 게.

예배당은 바다 위쪽 초록빛 절벽 위에 있었고 문은 붉은색이었다. 생 성송, 바닷가 교회의 수호성인은 성자 삼손이었다. 우리는 서로를 잃어버리는 경우 그곳에서 만나기로 했다. 그건 약속이었다.

와일더는 그의 신간《곧 만날 때까지》의 낭독회를 하러 모레 미국으로 떠난다. 그 책은 그동안 살아온 삶에서 어느 날 예고 없이 사라진 사람들의 이야기다. 와일더는 그들을 추적해 찾아냈으며 그들의 이야기를 들려준다. 끝을 내고 새로 시작한 애절한 이야기들.

캐나다의 황야에서 살려고 저녁식사 도중 말없이 가족을 떠난 교수. 기차를 타고 휴가를 떠났다가 어느 역에서 화장실에 간다고 말하고는 그대로 기차에서 내린 여인. 공을 찾으러 숲으로 점점 더 깊이 들어갔다가 필드로, 자신의 삶으로 다시는 돌아오지 않은 골프 선수. 어느 날 밤바다를 보러 병원을 떠난 병든 소녀.

나는 와일더가 몇 주일 여행을 떠나게 되어 마음이 홀가분했다. 웰링턴에서 잠을 자며 헨리 곁에서 며칠 밤을 보낼 수 있게 되어. 마침내, 마침내, 마침내. 나는 헨리가 돌아오는 순간을 놓치고 싶지 않다. 그런데도 숨겨둔 연인을 만나듯 헨리와 함께 시간을 보낼 계획을 세우는 게 죄를 짓는 느낌이 든다.

40일

샘

평소와는 조금 다르다.

나는 엘리베이터에서 6층으로 걸음을 내딛으며 이미 그걸 알아챘다.

복도 끝에서 불안, 근심, 분주함이 짙게 농축되는 느낌이다. 세 사람이 매들린을 에워싸고 있다. 베니와 디미트리, 그리고 디미트리가 '가스 검침원들'이라고 부르는 의사들 중 한 명.

매리언 간호사는 얼굴에 마스크를 쓰고 있으며 어깨너머로 나를 흘낏 바라본다. '너까지 왔어.'라고 말하는 눈빛이다. 하지만 매리언은 조용히 내게 이른다. "샘, 밖에서 기다릴래?"

"무슨 일이에요?"

"밖에서 기다릴래?"

"매디에게 무슨 일 있어요? 무슨 일인데요? 매리언 간호사님? 매리언 간호사님!"

매리언은 대답하지 않는다. 다른 두 사람, 여의사 베네딕타와 러시아 출신의 남자 간호사 디미트리가 서둘러 정확하게 몸을 놀려 새로운 기기들을 매디의 몸에 연결한다. 매디의 손등과 쇄골 아래 캐뉼라를 꽂기 위한 준비가 끝나고 캐뉼라가 삽입된다. 갑자기 매디는 아빠처럼 기기들의 촉수에 엮여 있다. 총체적 감시로 이루어진 거미줄. 혈액의 산소량을 측정하는 기기가 아빠 병실에서는 한 번도 본 적이 없는 방식으로 깜박거린다. 매디의 몸 안에 산소가 너무 적다. 너무, 너무 적다.

매디는 눈을 감고 있다. 얼굴이 창백하고 땀에 절어 있다.

"산소량이 감소한지 얼마나 되었죠?" 의사가 묻는다. 그제야 나는 그 의사가 중환자실에서 인위적인 코마 상태의 깊이를 제어하는 마취의인 것을 깨닫는다.

"25분이요." 남자 간호사가 대답한다. "인두 면봉법과 생체 조직 검사를 하는 중입니다. 중심 정맥압이 계속 떨어지고 있어요."

"우리는 한 시간 이내로 적절한 항생제를 투여해야 하고, 여섯 시간 이내로 혈액 순환을 안정시켜야 해요, 그러지 않으면……." 베네딕타는 문에 서 있는 나를 보고 말을 끊는다. 그녀의 긴장이 병실을 채운다.

매리언이 나를 복도 벽으로 살며시 밀어낸다.

"저를 들여보내주세요." 나는 간청한다. "제발요!"

"샘, 지금은 안 돼. 위기 상황이란다. 무슨 말인지 알지?"

나는 무슨 말인지 안다. 유감스럽게도. 너무나 잘 안다. '위기 상황'은 재앙을 뜻한다.

엘리베이터의 자동문이 스르르 열린다. 닥터 포스에 이어 '신'이 엘리베이터에서 내린다.

신이 오면 불길하다. 아주 불길하다.

신은 나를 흘낏 바라본다. 신이 내 쪽으로 다가와 나를 지나쳐 매들린의 병실에 들어가며 나를 바라보기까지 5초밖에 걸리지 않는다. 그 5초 동안 모든 것이 일어난다.

그 말없는 시간이 마치 천년은 되는 듯하다. 그 시간 동안, 삶이 슬로 모션 영상으로, 내 피가 얼음물로 변하고, 신은 매디 같은 경우를 지금까지 한 번도 겪은 적이 없어서 무엇을 해야 할지 모른다고 내게 말한다.

신이 팀원들에게 말한다. "우리는 치료법을 선택하는 데 실수하면 안 됩니다. 광범위항생제, 항진균제. 약사에게 새 항균제를 준비하라고 하세요. 침대를 좀 더 높이도록 해요. 낮게 누워 있어선 안 돼요. 수액 치료와 정질액 투여. 30밀리리터에서 시작합니다. 정맥압을 높여야 해요. 혈액 배양 검사는 어떻게 되었죠?" 끝으로 그는 조용히 침착하게 묻는다.

"시작했습니다. 아직 결과가 나오지 않았어요."

"카테터 혈액을 채취했어요? 난 이 괴물들을 증오합니다. 이것들이 박테리아를 양산한다니까요."

"네, 하지만 음성입니다."

"매리언 간호사, 혈당 징후가 있나요?"

매리언은 고개를 가로젓는다. 충격을 받아 얼굴이 창백하다.

"그보다는 방광이 감염되지 않았을까 추측되는데요." 닥터 포스가 이의를 제기한다.

"소변 검사 수치로 보아 그건 아니에요, 포스. 치아 상태는 어떤가요?"

"양호합니다. 초음파 검사 결과 턱에서는 병소가 확인되지 않았어요. 그밖에도 패혈증의 원인을 알려주는 게 아무것도 없어요." 베네딕타가 대답한다.

"빌어먹을, 혈액 배양 검사는 왜 이렇게 오래 걸리지? 체액!" 이제 신은 크게 소리친다.

매리언 간호사가 매디를 조심스럽게 살짝 옆으로 돌리고 꼬리뼈 부위의 피부를 소독한다. 닥터 포스가 장갑을 낀 손으로 엉치뼈 아래에 캐뉼라를 꽂고는 뭔가를 채취해 작은 튜브 세 개에 넣는다.

신이 그 과정을 자세히 지켜보더니 척수액이 든 튜브 하나를 불빛에 비춰본다.

"투명해." 그는 깊이 생각한다. "그렇다면 뇌수막염은 아니고."

"CT를 촬영……." 닥터 포스가 의견을 말하려 한다.

"촬영 도중 아이가 우리 곁을 떠날 거야." 신이 닥터 포스의 말을 끊는다. "그런데 염증을 일으킨 이물질이 도대체 어떻게 갑자기 아이의 몸속으로 들어갔지? 아이가 반년 넘게 이곳에 있었는데."

"혹시 사고가 일어났을 때 체내로 들어간 파편들이 몸속에서 옮겨 다니며 남아 있었던 게 아닐까요."

신은 생각에 잠긴다. 그러더니 고개를 끄덕인다.

"하지만 먼저 아이를 아래로 데려가 안정시켜야 합니다. 약사들더러 서두르라고 전해요. 내가 직접 약을 투여하겠어요. 자, 어서 빨리!"

나는 병실을 나서는 신에게 외친다. "의사 선생님! 잠깐만요!"

신이 몸을 돌린다. 얼굴의 주름살이 깊게 패고 두 가지 색의 눈이 붉게 충혈되고 눈빛이 굳어 있다.

"발렌티너." 그가 조용히 말한다. "무슨 일이지?"

"제가…… 제가 매디에게 우리 아빠를 만나면 말을 전해달라고 부탁했어요……."

나는 말을 더듬거린다. 신은 피곤하다.

"뭐라고, 발렌티너? 무슨 말을 전해달라고 했지?"

"아빠가 꼭 돌아올 거라 믿고 있다는 걸요."

신이 고개를 끄덕인다. 한 손으로 얼굴을 쓰다듬더니 손이 입속에 머무른다. 누군가가 그런 몸짓을 할 때는 순간적으로 입안에 맴도는 말을 참으려 한다는 걸 나는 알고 있다.

"발렌티너, 난 너를 좋아해. 하지만 지금 너는 딱 네 나이에 맞게 굴고 있어. 지금 이 상황은 너하고 아무 상관없단다. 정말 아무 상관없어. 매들린은 패혈증에 걸렸어. 우리는 매디가 어떤 경로로 패혈증에 걸렸는지 아직 모른단다."

신은 내 어깨를 살짝 건드린다.

"그리고 샘," 그는 나지막이, 아주 나지막이 덧붙인다. "매들린과 네 아빠, 두 사람은 각자 자신의 세계 속에 있어. 그게 어디에 있는지는 몰라도. 내 말 알아듣지? 두 사람이 서로 만날 수 있는 한 장소에 있다고 생각하면 위로가 되겠지만, 그렇지 않아."

"그렇지 않다고요?"

"물론 아니야." 신이 몸을 돌린다.

신의 뒷모습을 뚫어져라 바라보는 내 눈이 따끔거린다.

나는 아빠가 외치는 소리를 들었다.

그리고 매디가 뭔가를 찾고 있다는 걸 느낀다. 그렇다, 매디는 뭔가를 찾고 있다. 그래서 고독을 떠난 것이다.

나는 그걸 알고 있다. 하지만 그걸 결코 증명할 수는 없다.

어쩌면 나는 결국 돌아버릴지도 모른다. 전에도 늘 그랬기 때문에. 처음부터. 나는 나 같은 감각 백치들이 갑자기 돌아버리는 일이 자주 일어난다는 걸 알고 있다. 우리가 너무나 많은 삶, 너무나 많은 감정들, 너무나 많은 인상들로 인한 충격을 견뎌야 하는 탓에.

얼마 후 매디가 이동식 침대에 실려 내 옆을 지나간다. 디미트리와 베네딕타가 엘리베이터를 향해 급히 걸음을 옮긴다. 나는 엘리베이터 문이 매디를 삼키는 것을 보고 나서 엘리베이터 숫자판의 2에 불이 들어오는 것을 본다.

중환자 병동.

매리언 간호사가 내 옆으로 다가온다.

"집에 가라, 새뮤얼." 그러고는 다정하게 말한다. "그들이 네 소녀를 돌봐줄 거야."

나의 소녀.

그렇다. 매디는 나의 소녀다.

"이제 어떻게 돼요?" 나는 중얼거린다.

"패혈증의 원인이 무엇인지 그들이 밝혀낼 거야. 박테리아, 균류, 이물질, 바이러스, 뇌막염⋯⋯ 가능한 원인이 많이 있단다."

매리언 간호사의 근심 어린 눈길이 복도의 커다란 시계로 향한다.

너무 근심에 차 있다.

"무슨 일이에요, 왜 저렇게 서둘러야 해요?" 나는 선명하고 붉은 공포에 질려 묻는다. 매리언 간호사의 턱 근육이 굳는다.

"샘, 병원에서의 패혈증은 병원 밖에서 걸리는 그 어떤 패혈증보다도 심각하단다. 병원에는 병원체도 너무 많고 내성 있는 균류와 박테리아도 너무 많거든. 닥터 사울은 어떤 방법으로 치료할 것인지 30분 안에 결정해야 해. 메디의 면역 체계를 완전히 마비시키지 않으면서 병원균을 퇴치할 수 있는 항생제를 선택해야 한단다. 알아들었지?"

30분이라고? 그런데 만일 닥터 사울이 잘못 선택하면? 오, 제발, 제발, 제발 안 돼!

항생제는 번번이 일련의 좋은 세포들도 죽인다. 우리는 그걸 생물 시간에 배웠다.

"하지만 닥터 사울은 그 분야의 전문가란다, 샘. 정말이야."

"매디가…… 죽을까요?"

"지금부터 여섯 시간이 고비란다. 그리고 밤도."

겨우 여섯 시간과 하룻밤.

여섯 시간 후면 나는 벌써 집에 있어야 할 시간이다.

여섯 시간 후면 엄마는 샤워를 끝내고 크레망(거품이 적게 나는 샴페인. -옮긴이)을 마실 것이다.

이대로 갈 수는 없어!

매리언 간호사가 나보다는 자기 자신에게 말한다. "난 언젠가는 이런 날이 오지 않을까 늘 두려워했어. 매디가 결정을 내리지 않을까."

"어떤 결정요?" 나는 묻는다.

"어떤 길을 선택할 것인지, 샘. 떠날 것인지 아니면 돌아올 것인지."

아니, 그건 아니에요! 나는 이렇게 말하려 한다. 매디는 도피했다. 매디는 지난 몇 주 동안 있었던 곳을 떠났다. 그 어느 것도 뚫지 못하는 외피에 싸여 홀로 있었던 곳을. 이제 매디는 자신의 자아를 향해 길을 떠났다. 자아로 직접 통하는 길을 택했을 뿐만 아니라 이제 비로소 다른 뭔가를 찾고 있다.

하지만 그게 아닐지도 모른다.

그저 나 자신이 매디의 잠수는 매디를 내게로 데려다줄 움직임의 시작이라고 믿고 싶을 뿐인지도 모른다. 매디가 처음으로 나를 보게 되면, 실제로 나를 보게 되면, 매디의 눈빛이 어떻게 변하는지 나 자신이 보고 싶기 때문에.

내가 매디를 좋아하는 만큼 매디가 나를 좋아하지 않을까 봐 두렵다. 하지만 매디가 다시는 눈을 뜨지 않게 되는 것이 훨씬 더 두렵다. 지금은 집에 갈 수 없다.

날이 어두워진다.

휴대폰 진동 벨이 울린다. 나는 그것을 무시한다.

스코트가 왓츠앱으로 메시지를 보낸다. 나는 엄마에게 거짓말을 좀 해달라고, 나와 함께 있다고 말해달라고 부탁하는 답신을 보낸다.

휴대폰 진동 벨이 울린다. 나는 다시 무시한다. 엄마는 스코트와 함께 극장에서 즐거운 시간을 보내길 바란다는 메시지를 음성

메시지함에 남긴다.

매디가 가면 나도 함께 간다.

내가 어디에 있는지 아무도 모른다.

매디가 어디에 있는지 아무도 모른다.

매디가 완전히 다른 곳으로 옮겨 가려고 준비하는 듯 보인다.

헨리

……이제 가라앉는 것이 멈췄다. 정말 멈췄을까?

물 흐르는 소리. 파도가 부딪치는 소리. 목소리들. 색깔들.

절대 바다에 등을 돌리지 마라. 무엇보다 중요한 규칙 1번.

나는 몸을 일으켜 앉는다. 하늘이 내 머리 위에 아치를 그린다. 하늘은 나를 완전히 에워싸는 검은 공이 되었다. 가슴팍이 아프다. 안에서부터 내 갈비뼈, 피부, 쇄골을 누르는 시퍼런 멍. 숨을 쉬는 게 고통스럽다.

날카로운 용접선이 있는, 한없이 기다란 관 속을 미끄러져 지나온 느낌이다.

수평선이 없다. 하늘, 바다, 모든 것이 하나다. 저 위 암흑 속에서 움직이지 않는 별들, 저 아래 축축하고 깊은 어둠 속에서 수면 위를 헤엄치듯 살랑대는 파도를 따라 움직이며 반짝이는 별들. 나는 물이 어둠 속에서 내 주변을 스치며 일렁이는 걸 느끼며 밀물이 빠르게 몰려오는 걸 직감한다.

그러다 모든 것이 생각난다.

모든 것이.

산(酸)처럼 뜨겁게 찌르는 듯한 인식이 내 안으로 뚝뚝 떨어진다. 나는 죽어가는 자들의 바다에 있다.

또다시.

다시 이 바다, 이 배, 이 무한함! 나는 언젠가 이곳에 온 적이 있다! 나는 노로 한 번 거세게 바다를 후려친다. 얼음처럼 차가운 냉기가 시퍼렇게 멍이 들도록 두들겨 맞아 아픈 가슴을 파고들어 내 심장을 짓누른다.

혹시 내가 충분히 죽지 않은 걸 알아채지 못하고 나를 땅속에 묻은 걸까?

꼬리를 물고 이어지는 생각들이 방금 전의 순간을 찾아 헤매며 서로 길을 가로막는다.

내가 이곳에 있기 전에 어디에 있었지? 내가 어디에 있었지? 내가 누구였지? 아니 그보다는…… 내가 아직 누구였지?

그러다 이해한다.

모든 것을.

나는 아주 많은 삶을 가졌다. 아주 많은 삶을. 나는 중간 세계에서 무한히 반복되는 궤도에 갇혀 있었다. 아버지의 말이 옳았다. 처음부터. 다만 내가 알려고 하지 않았을 뿐이다. 이해하려 하지 않았을 뿐이다. 그것은 위험하다. 중간 세계에서, 삶과 죽음의 접경지대에서 헤매는 것은.

남자로서, 혼으로서, 악령으로서, 무(無)로서.

나는 곧 문을 통과해야 할 것이다.

아마 그것은 지옥일지도 모른다. 그래, 틀림없이 지옥일 것이다. 몇 번이고 반복해서 살아야 하는 것. 수십 번 모습을 바꿔가며 번번이 처음부터 시작해야 하는 것. 번번이 같은 잘못, 늘 새로운 잘못, 출발하기 위해 다시 돌아가는 것. 이렇게 새로이 반복하는 삶, 어디에서도 또다시 산다는 사실을 모르는 것.

방금 내가 어떤 삶을 살았더라? 빌어먹을 진짜 어떤 허접한 세상을?

샘이 태어나지 않은, 샘 없는 세상?

내 아내 에디가 마흔네 번째 생일에 목숨을 잃는 세상, 에디가 죽는 세상? 우리가 다투고 술에 취한 에디가 해변 도로를 가로지른 바람에. 내가 불행하게 만든 탓에 에디는 자주 술을 마셨다. 탈리스커를 마셨다. 에디는 차를 타고 절벽 너머 하늘을 향해 그대로 돌진했다—그리고 추락했다. 점점 더 깊이. 바위에 부딪쳐 산산조각 났다.

아버지가 살아 계셔서 손녀를 품에 안은 세상이 모든 세상 중에서 가장 멋졌을까? 매들린 위니프레드 스키너. 에디의 할머니 이름을 따서 위니프레드.

그건 내가 에디를 사랑하지 않는다고 말하고 내 아들을 보지 못한 세상이었을까?

어떻게 내가 그럴 수 있었을까! 어떻게 내 삶을 수많은 부정(否定)과 두려움으로 그렇듯 마구 낭비할 수 있었을까? 그릇된 갈림길들에서 부정하고, 올바른 갈림길들에서 '나는 모른다'고 말할 수 있었을까? 내가 중요한 고비들을 인식했더라면 얼마나 좋았을까!

나는 이번에는 뭘 잘못했는지 전혀 알 수가 없어 절망한 나머지 절규한다. 털썩 무릎을 꿇고 몸을 웅크린다.

목이 마르다. 오랑지나, 물, 얼음처럼 차가운 콜라를 마신다. 이

렁듯 목이 마르다니.

지금 잠이 든다면, 내 손을 보며 깨어날 수 있을 것이다. 나는 떨리는 손을 쳐든다. 하지만 사실은 손이 아니라 움직이지 않는 발톱이라는 걸 알고 있다. 아마 손이 더 이상 존재하지 않는다는 걸. 그것들이 검은색과 하나로 녹아든다. 보이지 않게 된다.

파도들이 푸른색 작은 배에 가까이 다가온다. 불만스러운 커다란 개처럼 으르렁거리며.

우리 몸을 뒤집자! 물구나무서기 하자! 저 배를 가지고 놀자!

나는 아무래도 상관없다. 바다가 나를 익사시키고 싶다면 마음대로 하라지!

바다는 나를 익사시키지 않는다. 그 대신 내 시선이 뚫고 들어가는 곳에서 마치 바다가 밝아지는 듯 보인다. 그곳에서 그들이 다시 보인다. 그들은 마치 똑바로 선 채 잠을 자듯 팔다리를 진기한 포즈로 쭉 뻗고 있다. 머나먼 심연에서 솟아나 떠도는 형상들. 섬세하면서도 튼튼한 끈에 매달려 있다. 일부는 벌거벗고 있고 일부는 상의, 셔츠가 바람에 흩날린다. 눈은 감겨 있다.

그들은 누구인가? 바다를 떠도는 죽은 자들인가, 수백 년 동안 배들이 난파당했을 때 바다에 남은 자들인가?

"아니에요. 그들은 꿈꾸는 사람들이에요." 소녀가 말한다.

소녀는 검은 바위에 앉아 있다. 바위가 돌로 된 고래처럼 내 뒤에 솟아 있다. 썰물이 바위를 드러냈고, 하루에 두 번 물속에 잠기는 쪽들은 검은 조개들로 덮여 있다. 몇 시간 후면 수위가 다시 높아질 것이다.

소녀의 눈은 푸른 크리스털색이고 머리카락은 고운 금발이다. 열한 살가량 되어 보인다. 눈빛에 어린 슬픔이 내 심장을 오그라들게 만든다.

"얘야, 대체 어떻게 이곳에 왔니?"

"저는 죽을 거예요." 어린 소녀는 대답한다. "아저씨처럼."

"아니야." 나는 말한다. "너는 죽지 않아. 우리 둘 다 죽지 않아. 우리는 돌아갈 수 있어. 우리가 바다에 있는 한 돌아갈 수 있어."

"그럼 아저씨가 길을 알아요?" 이렇게 묻는 소녀는 내가 길을 모른다는 걸 알고 있는 듯 보인다. 나 자신이 어디서 왔는지도 모르고 어떻게 돌아갈지도 모른다는 걸.

나는 고개를 가로젓는다. 내 심장이 거칠게 움찔거린다. 심장의 주름들과 숨구멍들에서 그것, 두려움이 기어 나온다. 이 아이를 보호할 수 없다는 절망감도 함께 기어 나온다. 다른 아이처럼 이 아이도 보호할 수 없다는 절망.

"이리 오너라. 네가 바위에서 내려올 수 있도록 내가 도와줄게." 나는 아이에게 말한다. 몸을 일으켜 소녀를 향해 두 팔을 내민다. 배가 흔들거린다.

아이는 움직이지 않고 나를 내려다본다.

"혼이 아저씨를 스친 적이 있어요?" 아이는 묻는다.

"그런 일은 없는 거 같은데." 나는 대답한다. "이리 온! 뛰어내려! 내가 잡아줄게."

아이는 다시 바다 쪽으로 몸을 돌린다.

"우리 엄마가 저를 스쳤어요." 아이는 말한다. "엄마가 돌아가셨을 때. 그때 엄마가 저를 잡았어요. 엄마의 혼이. 여기를." 소녀는 한쪽 볼을 가리킨다. "저는 엄마가 흩어져서 하늘이 되고 바람이 되고 바다가 되는 걸 느꼈어요. 엄마는 제가 읽은 책장이 되고 제가 춤을 추는 음악이 되었어요. 죽는 건 그래요. 내가 사랑하는 것이 돼요."

"너는 죽지 않아." 나는 어쩔 줄 모르고 한 번 더 말한다. "이리 온! 우리 길을 찾아내자."

소녀는 미소를 짓는다. 소녀의 미소도 외롭고 슬프다.

"아저씨는 무얼 사랑하세요?" 소녀는 묻는다.

나는 한 번도 제대로 사랑해본 적이 없었다. 단 한 번도. 하지만 지금은 삶을 사랑한다, 아주 많이! 삶이 그립다, 삶이 그립다, 삶이 그립다.

"죽은 자들은 자신들이 죽은 자들 곁에 있는지 또는 산자들 곁에 있는지 몰라요. 그리고 어느 쪽이든 결국 차이도 없어요. 아저씨가 꿈을 꾸면서 꿈을 꾼다는 걸 모르는 거나 마찬가지예요. 죽으면 그래요." 소녀는 속삭인다.

"이리 온." 나는 두 팔을 뻗으며 다시 간청한다. "제발 이리 오너라. 넌 죽어서는 안 돼."

소녀는 맑고 아름다운 눈으로 나를 바라보더니 떨리는 목소리로 외친다. "하지만 전 죽을래요. 너무 힘들어요. 아저씨는 그게 힘들다는 걸 알고 있었어요? 저는 못 해요. 어떻게 하는 건지 몰라요."

소녀는 작고 사랑스러운 얼굴을 두 손에 묻고 운다. 가녀린 어깨가 들썩인다. 나는 소녀를 위로하고 싶지만 손이 소녀의 발치에도 미치지 못한다. 고래 바위는 미끌미끌하고 높다. 나는 죽고 싶다며 우는 아이를 앞에 두고서도 흔들리는 작은 배 안에 서 있는 것 말고는 아무것도 할 수 없다.

소녀의 손 아래로 흐느끼는 소리가 새어 나온다. "저는 모든 삶에서 무희였어요. 저는 〈호두까기 인형〉의 마리 역을 춤췄어요." 격한 흐느낌이 다시 소녀를 뒤흔든다. "한번은 아빠가 고속도로가 아니라 국도로 차를 몰았을 때 풀밭에서 놀다가 도랑에서 발목이 부러졌고 마리 역을 춤추지 않았어요. 참 멋진 여름이었어요. 아빠가 늘 저를 안고 다녔거든요. 어디를 가든. 다른 삶에서 저는 나이를 많이 먹었어요. 아주 많이. 아이들도 있고 남편도 있었어요. 남편 이름은 샘, 새뮤얼이었어요."

새뮤얼!

내 심장이 수천 개의 조각으로 산산이 부서진다.

소녀는 천천히 얼굴에서 손을 뗀다. 너무 울어서 얼굴이 아주 맑게 빛난다.

"샘이 아저씨가 돌아올 거라고 믿고 있다는 말을 전해달라고 했어요. 아저씨를 기다리고 있다는 말을. 샘은 아저씨를 볼 수 있어요. 샘은 나도 볼 수 있어요."

소녀가 일어서서 숨을 깊이 들이쉰다 — 그러고는 발레리나의 우아한 몸짓으로 고래 바위에서 별들이 흔들거리는 어두운 물속으로 곧장 뛰어내린다. 깊은 곳에서 꿈을 꾸는 환영들을 향해 힘차게 점점 더 아래로 내려간다.

그리고 또 뭔가가 보인다. 어둠 속에서 떨어져 나와 인어공주나 세이렌을 연상시키는 움직임으로 소리 없이 소녀를 향해 헤엄치는 다른 그림자가 보인다.

나는 흔들리는 배 안에서 무릎을 꿇고 그림자에게 외치려 한다. "저리 가! 아이를 내버려 둬!" 물속을 떠도는 형체가 아이의 발을 붙잡고 더 깊이 잡아끄는 것이 보인다. 그것은 길고 검은 손가락으로 아이의 종아리를 휘감는다. 무성한 덩굴 같은 기다란 머리카락이 아이를 에워싼다. 아이가 몸을 비틀고 움찔거리는 모습이 보인다—하지만 그 형체는 아이를 점점 더 단단히 휘감는다. 둘은 어두운 심연을 향해 가라앉는다.

아이는 벗어나려 하지 않는다.

아이는 나를 올려다본다.

아버지가 눈을 뜬 채 바닷속으로 가라앉았을 때처럼. 아버지가 어두운 심연 속으로 빨려 들어가는 동안 나를 바라보았을 때처럼. 그런데 나는 아무것도 하지 않았다. 아무것도 하지 않았다. 전혀 아무것도.

내 심장이 겁에 질려 비명을 지른다. 하지만 피해서는 안 된다.

나는 숨을 들이쉬고 바다로 뛰어든다.

바다는 차갑고 짬짤하고 친숙하다.

깊고 어두운 정적 속에서 뭔가가 나를 기다린다. 그것은 고개를 쳐들고서 내가 아이의 뒤를 쫓아 잠수하려는 걸 지켜본다.

차가운 손에 붙잡히듯 종아리에 경련이 인다. 나는 대서양을 향해, 수천 킬로미터에 이르는 무한함을 향해 나아가는 깊은 물살의 흡인력을 느낀다.

소녀가 나를 바라본다. 나는 소녀의 얼굴, 바다와 섞이는 그녀 눈동자 속의 바다를 본다. 소녀의 눈빛은 자신이 생각한 것과 다르다는 걸, 완전히 다르다는 걸 이해할 수 없다는 듯 절망감으로 휩싸인다. 소녀가 우리 위의, 파도 위의 실낱같은 빛을 향해 돌아가고 싶어 하는 듯 보인다. 내 폐가, 내 심장이 따끔거린다. 내 맥박 소리가 머릿속까지 쿵쿵 울린다.

두 번째 경련.

내 힘이 미치지 못할 것이다.

나는 물속 깊이 잠수하고 또 잠수한다. 내 발을, 다리를, 하체를, 얼굴을 더 이상 느낄 수 없게 되었을 때, 아이를 철통처럼 에워싼 채 끌고 가는 것이 내 쪽으로 몸을 돌린다.

나는 그것이 누구인지 알아본다.

그녀가 나를 바라본다. 그녀의 눈빛은 어둠 속에서 빛나는 빛의 파동이다. 다음 순간 벌써, 소용돌이가 몰려온다. 나는 그 둘을 더는 쫓아갈 수 없다. 나는 숨을 쉬어야 한다. 빛으로 가야 한다! 오로지 잠깐만, 그런 다음 다시 시도할 것이다. 몇 번이고 계속!

나는 위를 향해 헤엄을 치고 저 수면 위쪽에서 밝음이 춤추는 걸 본다. 폐가 고통으로 터질 것만 같다. 나는 공기가 필요하다! 곧, 머지않아 수면에 이를 것이다. 나는 위를 향해 두 팔을 뻗는다. 마지막 남은 힘을 다해 한 번 더 힘차게 두 다리로 물을 찬다. 곧 숨을 쉴 수 있을 것이다. 벌써 손가락이 파도를 가른다……. 그리고 원반에 부딪친다.

공포!

나는 입을 벌리지 않으려 필사적으로 애쓴다. 그런데도 입을 벌린다. 어쩔 수 없다. 공기가 필요하다. 나는 바닷물을 삼킨다. 바닷물이 나를 채운다.

에디! 도와줘, 부탁이야.

에디

와일더는 내가 자신의 세계에 머무르길 원한다. 그는 자신의 글에 대해 나와 대화를 나눈다. 자신의 글을 내게 보여준다. 와일더는 자신의 어머니에게 나를 소개했다. 그의 어머니는 자신의 사랑을 말로 표현하는 데 그치지 않고 실제로 보여주는 걸 즐긴다. 사랑을 말로만 표현하는 건 너무 부족하다고 여긴다. 아들의 와이셔츠를 다림질하고, 아들을 위해 요리하고, 자신이 나를 얼마나 아름답고 예의 바르게 여기는지, 아들의 신간을 읽고 어떤 점이 마음에 드는지를 아들에게 말하는 걸 즐긴다. 자신이 다른 사람을 위해 하는 모든 것에 사랑을 집어넣을 수 있는 사람들이 있다. 마치 사랑을 작고 수수한 봉투 속에 넣어 교활하게 미소 지으며 내미는 듯하다.

나는 와일더가 잡아끄는 대로 따라다닌다. 늘 사방팔방으로. 심지어 때로는 내가 실제로 어떻게 살고 있는지도 잊는다. 나는 와일더의 삶을 마신다. 취할 정도로. 예전에는 늘 피해 다녔던 사교 모임에 따라가면서까지. 빅토리아 임뱅크먼트에 5층짜리 출판사 건물을 소유하고 뉴욕과 베를린, 뉴델리에 지점을 둔 출판업자들, 텔레비전에 출연하는 여판사들, 자신의 의견을 말하면 전국적인 이슈가 되는 언론인들. 더 크고 더 빛나는 사람들. 나는 마침 그들 곁에 몸을 숨기고 그 삶을 마실 수 있다. 카테터로 인해 헨리에게 발생한 염증과 발등의 경련, 대충 읽어 넘긴 원고, 너무 빠르게 어른이 되는 것 같아 걱정되는 샘. 이 모든 생각에서 벗어나 기분 전환을 할 수 있다.

안과 밖, 이것은 두 개의 세계가 되었다.

나는 밖을 향해 귀를 기울이며 '아, 그래요?' 하는 표정을 짓고 적절하다고 여겨지는 대목에서 고개를 끄덕인다.

하지만 내 정신은 온통 헨리 곁에 있다.

이제 나는 가슴속에 두 세계를 품고 다니는 사람들을 거리에서 알아볼 수 있다. 그들은 사람을 보면서 사실은 보지 않는다. 그들은 외부 세계의 아름다움을 보지 못한다. 오로지 그들에게 근심을 안겨주는 것만을 느낀다. 시종일관 자신들의 내부 세계 속에 머무른다. 그들의 시선을 찾아 붙잡으면 나 역시 가면을 쓰고 있다는 수치심을 한순간 잊는다. 내 몸은 여기에 있지만 내 정신은, 내 마음은 병원에 있다.

나는 거짓 미소를 띤 채 얼음장처럼 차가운 고급 상세르(프랑스의 유명 포도주. –옮긴이)를 한 모금 마시며, 외부 세계의 교양 있는 대화에 귀를 기울이는 척한다.

별안간 그가 옆에 있다. 아주 가까이. 아주 크게!

에디! 도와줘! 부탁이야!

심지어 마법과도 같은 한순간, 그를 눈으로 볼 수 있다는 생각까지 든다. 식탁 끝에서, 방의 끝에서, 저기 플로어 스탠드의 그림자 속에서.

그의 얼굴이 일그러져 있다.

공포. 절대적인 공포. 그는 유리로 된 관 뚜껑을 마구 두드린다.

아냐, 에드위나. 아냐. 네가 너무 피곤해서 환청을 듣는 거야. 신경 쓰지 마!

에디! 도와줘! 부탁이야!

헨리의 소리가 다시 들린다. 아주 또렷이. 포도주 때문은 아니다. 나는 방금 첫 모금을 마셨을 뿐이다.

이곳을 나가야 한다. 당장.

"실례해요." 나는 웅얼거리고는 내 의자를 뒤로 민다. 조금 격렬하게 민다. 의자 다리가 마룻바닥에 큰 소리를 내며 부딪친다. 의자가 뒤로 넘어간다. 래커 칠한 나무가 나무에 부딪치며 흉측한 소음을 낸다. 음식이 차려진 길고 하얀 식탁 주변에서 독백들이 일제히 멈춘다. 즐거운 일화를 얘기하던 출판업자, 깊이 숙고한 의견을 펼치던 예술가, 재치 있게 구상한 재담을 늘어놓던 평론가. 모두들 나를 바라본다. 지금 뭔가 특별한 일이 일어나지 않을까 반은 기대에 차서, 내가 자신들을 방해한 까닭에 반은 깜짝 놀라서.

마침 출판업자 쪽으로 몸을 숙이고 자신의 새로운 책에 대한 구상을 얘기하고 있던 와일더가 나를 돌아본다.

"괜찮아, 에디?"

숨을 들이쉬자. 숨을 내쉬자!

와일더가 빳빳하게 풀을 먹인 냅킨을 주워든다. 내가 일어설 때 냅킨이 무릎에서 미끄러져 떨어졌다.

"에드위나?" 그가 좀 더 주의 깊게 다시 묻는다.

나는 정말로 이곳을 나가야 한다. 식탁 위의 촛불들이 만들어내는 따사하고 명랑한 분위기로부터 한 걸음 한 걸음. 침착하게. 똑바로. 저들이 내가 술에 취했거나 분노했거나 미쳤다고 생각하게 두어서는 안 된다.

숨을 쉬자. 숨을 들이쉬자. 숨을 내쉬자.

하이힐 굽 소리가 마룻바닥에 크게 울린다. 다들 침묵하고 나를 바라보는 까닭에 바닥에 울리는 소리가 너무 크게 들린다. 나를 향한 시선들이 느껴지자 내가 너무 화려한 원피스를 입었다는 생각이 갑자기 든다.

나는 복도에 이르러 걸음을 더욱 빨리 한다. 옷걸이에 걸어둔 내 가죽 재킷을 들고는 달린다. 엘리베이터를 무시하고 층계를 달려 내려간다. 손에 닿는 매끄러운 난간은 지금 내가 느낄 수 있는 유일한 것이다. 나는 달린다.

더는 못 해! 못 해! 와일더 옆에 앉아 있는 것. 남모르게 자꾸 휴대폰을 쳐다보는 것. 빌어먹을 휴대폰을 쳐다보며 매리언 간호사가 매일 저녁 헨리의 상태를 알려주길 기다리는 것. 폐렴. 신장. 고열. 매일 저녁 매리언 간호사는 내게 체온을 알려주고, 매일 저녁 삶의 언저리에서 헨리의 상태에 변화가 있었는지 보고한다. 지금까지는 아무런 변화가 없었다.

매리언 간호사가 평소 전화를 걸어오는 시간보다 벌써 45분이 지났다.

헨리가 죽었으면 어떡하지?

내가 켄징턴에 위치한 집의 4층에서 1층까지 한걸음에 계단을 달려 내려와 검은색과 흰색의 타일이 깔린 현관을 달려가는데, 내 구두굽이 타일에 부딪치는 소리 사이로 와일더가 위에서 나를 향해 외치는 소리가 들린다.

"에디?"

나는 거의 3미터에 이르는 육중한 나무 문을 힘겹게 밀어젖히고 숨을 깊이 들이쉰다. 가랑비에 젖은 런던의 서늘한 공기를 가슴 가득이 받아들인다. 밤바람에 살랑대는 대도시의 공기에 청소된 거리의 냄새가 배어 있다.

와일더. 그가 이 모든 것을 겪어야 할 이유가 없다. 나도 거짓말도. 내가 다른 남자를 한순간 잊기 위해 그와 함께 술을 마시는 것도.

그는 결코 차선의 선택지가 되어서는 안 된다. 어떤 여자에게도 그런 취급을 받아서는 안 된다.

하지만 나는 그의 품에 안겨서 마침내 모든 것을, 모든 것을 말할 수 있기를 바란다.

그런데 이제 겨우 40일이다. 다른 여자들은 몇 년씩 내연의 관계를 유지한다. 어떻게 그걸 견뎌내는지 도무지 알 수 없는 일이다. 어쨌든 가능한 모양이다.

와일더. 날 도와줘.

안 돼. 그에게 그걸 바랄 수는 없어.

나는 그 집의 초인종을 손가락으로 살짝 누른다.

눈에 보이지는 않지만 인터폰 옆 둥그렇게 튀어나온 검은 유리 눈 뒤에 카메라가 숨어 있다는 걸 나는 알고 있다. 그걸로 와일더는 위에서 나를 볼 수 있다.

인터폰 스피커에서 벌써 와일더의 목소리가 들린다.

"에디, 무슨 일이야?"

"나는……."

……당신을 놓아줘야 해. 정말이야. 하지만 당신을 놓아줄 수가 없어. 당신 품이 필요하거든. 밤에.

나는 당신이 필요해. 당신은 내가 내 남편 헨리를 견뎌내기 위한 내 연인이야. 이건 병적이지 않아? 내가 당신을 사랑하는 걸까, 사랑하지 않는 걸까?

와일더에 대한 감정들. 그것들은 투명하고 좋았다. 출발. 새 출발, 다른 남자. 다른 감정들, 헨리에 대한 감정들과는 달랐다. 그렇듯 열렬하지 않았고 그렇듯 혼란스럽지 않았다.

하지만 좋은 감정들, 성실한 감정들.

그러다 헨리가 다시 왔다.

좀 더 많이 왔는지 아니면 좀 더 적게 왔는지는 모른다. 좀 더 적게 왔다는 편이 맞다. 하지만 예전보다는 더 많이 왔다. 갑자기 감정들이 대립했다. 두 가지 종류, 두 가지 색깔, 두 가지 무게.

그런 게 아닐까?

"에드위나?"

"와일더?"

정답고 선량한 와일더. 나는 얼마나 당신과 함께 있고 싶은가.

나는 얼마나 헨리 안에 있고 싶은가.

나는 결코 두 남자를 위한 여자가 아니야, 당신도 알지?

"지금 당신 곁에 있어줄까?" 와일더는 묻는다.

그의 따사함. 그의 친밀함. 두 번째 문학상을 수상한 후 버스 정류장의 플래카드에서 수없이 볼 수 있는 그 유명한 얼굴의 현명하고 따사한 눈. 웃으면 눈가에 지는 잔주름. 무엇을 하든 늘 내 마음을 편하게 해주는 손. 삶의 같은 편에 있다는 감정.

그런데도.

나는 둥글게 튀어나온 카메라를 본다. 내 눈이 거기에 비쳐 밝게 보인다. 원래보다 더 밝게 보인다. 그 눈 속에서 수천 개의 선의의 거짓말이 보인다.

그 때문에, 바로 그 때문에 나는 고개를 가로젓는다.

정적이 흐른다.

이윽고 와일더가 조용히 말한다. "나도 그런 순간들을 알아. 사람들과 함께 있는 것을 견딜 수 없는 순간들이 있어. 자제해야 하는 것을. 그러면 숨이 막힐 거 같아서 뛰쳐나가야 해. 또는 모든 사람들에게 분노가 치밀어서. 모두들 예의바르게 행동하고 주위에 적응하고 귀를 기울이고…… *올바르게* 처신할 것을 요구하기 때문에."

숨을 들이쉬자, 에디, 숨을 내쉬자.

"내가 다른 사람들에게 잘 설명할게. 책과 함께 사는 사람들의 별난 특성이라고. 맙소사, 사람들은 우리가 유난하게 굴길 기대한다니까!"

내 몸이 달려가고 싶어 한다. 움직이고 싶어 한다. 춥다. 하지만 내겐 추위가 필요하다. 추위는 내 정신을 깨어 있게 해 숨 쉬는 걸 상기시켜줄 것이다.

인터폰에서 나오는 와일더의 목소리가 밤을 가른다. 와일더는 말한다. "나는 당신 없이는 살 수 없어, 에드위나 탐린. 난 그러고 싶지 않아. 당신과 더불어 이 삶을 헤쳐 나가고 싶어. 지금, 내일. 우리가 할 수 있는 한. 당신을 사랑해."

그가 나를 사랑한다고 처음으로 말하는 이 순간, 내 얼굴을 보면서 내 얼굴에 대고 자신의 사랑을 말하는 이 순간—이렇게 말하는 그의 표정이 어떤지 나는 모른다—이 순간을 나는 결코 잊지 않을 것이다.

나는 지금 카메라의 눈을 똑바로 응시하며 나도 그를 사랑한다고 말해야 할 것이다.

지금 그는 그런 보답을 받아야 마땅하다.

그리고 나는 이런 보답을 받을 자격이 없다.

나는 내 오른손의 집게손가락과 가운뎃손가락에 입을 맞추고는 말없이 카메라에 갖다 댄다.

그러고는 달리고 또 달린다. 그러다 택시를 탄다.

나는 집으로 돌아오는 길 내내 운다.

나는 헨리를 증오한다.

나는 헨리를 사랑한다.

나는 와일더를 사랑한다.

나는 와일더를 놓아줘야 한다.

나는 그럴 수 없다.

나는 또다시 모든 것 없이는 살 수 없다. 사랑 없이, 사랑받는 것 없이. 애무하는 것 없이, 애무받는 것 없이.

나는 집에 도착해 손에 전화기를 들고 헨리의 의자에 앉는다. 나는 남모르게 매일 웰링턴에 드나드는 것처럼 이제 남모르게 술을 마신다.

조금만 마셔야지, 나는 생각한다. 그러면서 나 자신을 속이는 걸 안다. 끊임없이. 병원에 머무르며 다른 자아가 생각 속에서 늘 모든 감각과 주의력을 동원해 헨리에 대한 새 소식을 듣길 기다리는 동안, 나는 전면전을 펼친다.

하지만 새 소식은 전혀 없다. 전혀, 전혀, 전혀.

나는 헨리가 무엇을 하는지 모른다. 피부와 침묵의 벽 너머에서. 나는 그 반 죽은 남자를 증오한다. 살아 있다면 죽여버릴 만큼.

나는 단축번호 1을 누른다. 신호음이 일곱 번 울린 후 누군가가 전화를 받는다. 목쉰 소리가 들린다.

"안녕하세요, 탐린 부인. 잠이 안 오나요? 헨리도 그런가 봐요." 매리언 간호사가 말한다.

그는 살아 있다!

나는 마음이 놓인 나머지 인사말 대신 흐느낌을 터트린다.

"무슨 일이에요, 탐린 부인? 괜찮으신가요? 지금 우세요?"

"헨리가 죽은 줄 알았어요." 나는 다시 말을 할 수 있게 되자 작은 소리로 말한다.

"아니, 아니에요. 아니고말고요. 사람은 그렇게 쉽게 죽지 않아요. 어쨌든 당신의 헨리는 아니에요. 그는 투사예요. 아직 이곳에서 할 일이 남았나 봐요. 부인이 있어서 다행이에요. 부인이 헨리를 생각해서. 생각도 힘을 북돋아주는 거 아시죠. 다음 주부터 14일 동안 밤에 이곳에서 지내려는 계획은 변함 없죠?"

나는 대답한다. "네, 물론이죠."

"좋아요. 헨리에게 도움이 될 거예요."

나는 "이곳에서 할 일이 남았나 봐요."라는 말이 무슨 뜻인지 매리언 간호사에게 묻지 않는다. 이 모든 걸 어떻게 처리할 것인지도 생각하지 않는다. 낭독회 여행을 떠나는 와일더. 내가 집에 없다는 걸 와일더가 눈치채지 못하도록 집 전화를 비밀리에 휴대폰으로 착신 전환하는 것. 출판사의 롤프, 안드레아, 포피.

도서들, 도서 박람회.

삶, 죽음.

샘.

그리고 매들린.

내가 마치 돌에서 돌로 뛰어넘어 물을 건너는 듯한 기분이다. 그런데 강변이 보이지 않는다. 내가 감당할 수 있는 것보다 더 많은 공을 허공에 띄운 듯한 기분. 언제가 되어야 비로소 강변에 도착할까? 언제 첫 번째 공이 떨어져 나머지 다른 공들을 전부 휩쓸어갈까?

샘은 용감하게 버틴다. 나도 샘을 위해 용감하게 버텨야 한다.

대체 언제까지?

그래서 빌어먹을 술 취한 악마 역할을 맡아 이제 더는 못하겠다고 헨리의 아들에게 말할 것이다. 더는 못하겠다고, 정말로 더는 못하겠다고, 더는 눈곱만큼도 못하겠다고.

나는 숨을 들이쉰다. 숨을 내쉰다.

그러고는 자리에서 일어나 걸음을 옮긴다.

탈리스커를 한 모금 더 마신다. 길게 쭉 들이켠다. 매리언 간호사는 헨리가 가까이 있는 걸 느낀다고 한 번 말했다. 밤에 헨리의 생체 기능이 왕성한 동안 헨리가 고무 고치 속에 갇혀 있는 것 같다고. 매리언 간호사는 그의 '수면 구조'를 읽어낸다.

죽음과의 경계 지대에 머물러야만 알게 되는 개념. *수면 구조.*

내 자신이 낯설게만 느껴진다. 하지만 헨리 곁에 있으면, 내가 누구인지 다시 알게 된다. 이걸 어떻게 설명할 것인가?

갑자기 층계를 올라오는 발걸음 소리가 들린다.

"전화 끊어야 해요." 나는 말한다.

이제 매리언 간호사가 다급하게 말한다. "오늘 밤 부인의 헨리는 매우 불안해요. 폐렴은 이겨냈고 골절 부위도 전부 아물었어요. 그런데도 저는 두려움에 도움이 되는 아편제와 진통제를 조금 투여했어요. 하지만 헨리는…… 헨리는 오늘 무척 불행해 보였어요."

나는 헨리의 세계 속으로 뒤쫓아 갈 수 있기를 바랐다.

"헨리의 상태가 심상치 않았어요." 매리언 간호사는 말을 잇는다. "세월이 흐르면서…… 이 말을 이해하실지 모르겠지만, 세월이 흐르면서 저는 꿈꾸는 환자들이 무얼 느끼는지 눈으로 읽을 수 있게 되었어요. 그들이 누워 있는 자세만 봐도 알 수 있어요. 헨리는 정말 불행해 보였어요. 마치…… 저는 잘 모르겠어요. 혹시 무슨 일이 있었나요?"

발걸음 소리가 가까이 다가온다.

"에디? 괜찮아?" 와일더가 눈을 껌벅이며 층계와 다락방 사이에 서 있다.

"괜찮아. 위스키를 마시고 있어."

나는 전화를 끊고 전화기를 탁자에 내려놓는다.

와일더는 천천히 내게로 걸어와 내 눈을 들여다본다.

"에디." 그는 속삭인다. 한 번 더 속삭인다. "에디." 그러고는 내 얼굴을 덮은 머리카락 한 가닥을 부드럽게 뒤로 넘긴다.

그는 목소리를 더 낮춰 말한다. "우리 헨리에 대해 얘기해보자고."

샘

무대가 어둡다. 아직 닫혀 있는 극장 문틈으로 목소리들, 유리잔들이 달그락거리는 소리들이 들려온다.

줄줄이 이어지는 붉은색 접이식 의자들 사이의 중앙 통로를 지나는데, 칸막이 좌석의 곡선형 발코니와 벽에 부착된 크리스털 전등들이 밝아지기 시작한다.

나는 오케스트라 피트* 옆을 간신히 통과해 비좁고 어두운 층계를 지나 무대 위로 올라간다. 아직 닫혀 있는 커튼 틈새로 몸을 디밀어 어슴푸레한 빛이 비치는 무대 배경과 무대 뒤 통로를 더듬더듬 지난다.

나는 그 소녀가 이곳에 있다는 걸 안다.

나는 소녀를 느낀다.

문을 열자, 분장실 안이다. 기다란 벽에 거울들이 일렬로 달려 있고 각기 거울 옆에는 전등이 붙어 있다. 그 앞에는 가죽 회전의자가 있다.

분장실은 저마다 머리를 다듬거나 화장을 하거나 의상을 입는 여자들과 소녀들로 북적거린다. 나는 회전의자들을 지나간다. 아무도 나를 거들떠보지 않는다. 벽에 붙은 거울들에서 내 모습은

* 오케스트라 박스. 보통 무대 앞 풋라이트 쪽 바닥을 낮추어서 설치한다.

보이지 않는다.

매디는 맨 끝의 회전의자에 앉아 있다. 한 여인이 매디의 머리를 빗어 하나로 단단히 묶는다. 매디는 화장을 하고 있다. 눈이 엄청 크다.

"안녕, 샘." 매디는 나지막이 말한다. 매디의 시선이 거울을 향하고 거기서 곧바로 내 심장을 향한다.

"안녕, 매디." 나는 대답한다.

그 순간, 나는 내가 꿈을 꾸고 있다는 걸 안다.

끝으로 말 없는 여인들이 매디가 의상을 입는 걸 도와준다. 매디가 앞장서서 분장실을 나서며 어두운 복도에 들어서는데 호두까기 인형이 우리 옆을 달려간다.

"나는 마리 역을 춤출 거야." 매디가 설명한다.

매디는 입을 거의 벌리지 않는데도 나와 대화를 나눈다.

"호두까기 인형 이야기 알아? 마리는 곧 열두 살이 될 거야. 그러니까 이제 어린애가 아냐. 하지만 아직은 여자도 아냐. 그 사이에 있어, 새뮤얼. 무슨 말인지 알지? 나도 그 사이에 있어."

매디는 앞장서서 무대로 통하는 어두운 복도를 따라 급히 걸음을 옮긴다. 나는 매디가 힘들게 숨을 쉬는 것을 본다. 불안하게 어른거리는 매디의 두려움을 감지한다.

우리가 길을 잃었는지 좁은 복도들이 한없이 이어진다. 매디는 어두운 벽을 할퀴는 발레복의 희고 불룩한 레이스를 손으로 누르며 달리기 시작한다.

나는 매디를 뒤쫓아 간다. 달린다. 매디의 두려움이 벽에 손자국을 남긴다. 은빛으로 반짝이는 손자국을.

매디가 무대를 향해 달려가는 게 아니라 무대로부터 도망치는 듯 보인다.

"작품 속에서 마리는 잠을 자면서 꿈을 꿔. 꿈속에서 발끝으로 춤을 춰. 처음으로. 마리는 처음으로 사랑에 빠져. 마리는 어른이 될 거야. 그러면 장난감들에게 영혼이 있다는 걸 다시는 믿지 않을 거야. 하지만 장난감들에겐 영혼이 있어, 샘, 그렇지? 모든 것에는 영혼이 있어. 모든 것은 돌아오지?"

나는 잘 모른다. 하지만 매디의 절망이 나를 휩쓴다. 나는 대답한다. "그럼, 물론이지, 매디!"

달리기가 다시 시작된다. 나는 매디의 뒤를 좇아 달린다. 미로가 두 배로, 세 배로 늘어나는 것처럼 보인다. 우리는 이리저리 달린다. 극장의 종이 한 번 날카롭게 울린다. 그러더니 한 번 더 울린다.

"무대를 찾아야 해!" 매디가 절망적으로 외친다. 걸음을 멈추고 두 주먹으로 벽을 두드린다. 그리고 나를 바라본다.

나는 귀를 쫑긋 세운다. 눈을 감고 멀리서 관객들이 웅얼거리는 소리를 듣는다. 나는 매디의 손목을 잡는다.

"가자." 나는 말한다.

매디는 내가 이끄는 대로 따라온다. 〈호두까기 인형〉의 마리처럼 발레 슈즈의 발끝으로 춤을 추듯 따라온다. 나는 매디가 유리 조각 위를 걷듯 얼마나 많은 고통을 감내하는지 느낀다.

웅얼거리는 소리가 점점 커진다. 우리는 무대에 가까워진다.

어둠을 가르는 한 줄기 빛, 그 빛 속에서 미세한 먼지 알갱이들이 떠다닌다. 커튼의 붉은 벨벳 자락이 벌써 눈에 보이고, 오케스트라 피트의 악기들 소리가 벌써 귀에 들린다. 무대 기술자가 막을 올려 매디의 등장을 유도할 태세를 갖추고서 줄을 잡아당기는 소리가 벌써 들려온다…….

그런데 매디가 갑자기 걸음을 멈춘다.

"샘." 매디는 목쉰 소리로 헐떡이며 내 두 손을 붙잡는다. "샘, 난 너무 무서워."

"뭐가 무서워, 매디?"

"저기 밖으로 나가는 것." 매디는 속삭이며 공포에 질려 두리번거린다. "저기 밖으로, 저기!"

우리는 무대 아주 가까이에 있다. 아주, 아주 가까이에. 막 너머에서 수백, 수천 명의 사람들이 목소리를 낮춰 수군거리는 소리와 바스락거리는 소리가 들린다. 그들이 발산하는 온기가 느껴진다. 무대 조명이 나지막이 윙윙거린다. 기대감이 허공을 맴돈다.

"난 네가 춤추는 걸 보았어. 너는 아름다워. 너는 할 수 있어!" 나는 매디에게 말한다.

"난 못 해. 난 저기로 나갈 수 없어!"

매디는 몸을 돌려 어두운 미로 속으로 도망치려 한다. 하지만 나는 매디를 붙잡는다. 그러자 매디는 다시 간청한다. "난 못 해. 날 보내줘."

"왜? 뭐가 두려운 거야?"

"사람들이 날 손가락질할 거야. 날 비웃을 거야. 내가 아무것도 할 줄 모른다고 말할 거야! 내가 못생긴 걸 보게 될 거야."

매디는 나를 바라본다. 아름다운 눈에서 두 줄기 눈물이 흘러내려 희고 여린 피부에 은청색의 긴 줄을 그린다.

나는 매디가 춤에 대해 얘기하는 게 아니라는 걸 깨닫는다. 매디는 완전히 다른 등장에 대해 얘기한다. '빛으로의' 완전히 다른 '귀환'에 대해.

"무엇이 제일 두려워?" 나는 매디에게 묻는다.

"저기에 아무도 없어, 샘. 이젠 나를 좋아하는 사람이 아무도 없어. 다들 떠나버렸어." 매디는 절망한 나머지 어둠과 빛의 경계에서 쓰러진다.

그런데 단지 한 걸음만 내딛으면 된다. 빛 속으로, 따사함 속으로 더도 말고 딱 한 걸음만.

삶으로의 귀환.

그리고 매디는 그걸 무척 갈망한다. 나는 그걸 느낀다. 매디는 춤추며 무대 위로 나가고 막이 올라가는 걸 보고 삶을 만끽하며 웃고 음악과 빛과 파도 속에 잠기길 매우 갈망한다.

매디는 살고 싶어 한다. 하지만 죽음보다 삶을 더 두려워한다.

"내가 있잖아, 매디." 나는 다정하게 말한다. "내가 맨 앞줄에 앉아 있을게. 그리고 박수를 칠게. 너를 늘 바라보고 있을게. 아무도 네가 못생겼다고 말하지 않을 거야. 나는 널 좋아해. 내가 곁에 있어."

나는 매디의 한 팔을 잡아끌다가 나머지 팔도 같이 잡아끈다. 하지만 매디는 무대 뒤편에 쓰러진 채 움직이지 않는다. 무대 조명이 탐색하는 듯 매디의 팔을 스친다. 매디는 불에 덴 듯 움찔하며 뒤로 물러난다. 나를 바라보는 얼굴에 온통 눈물 자국이 선명하다. 매디의 고통스러워하는 눈빛에 내 가슴이 찢어지는 것만 같다. 이 절망, 이 갈망, 이 외로움.

"하지만 너도 떠나버리면 어떡해?" 매디가 묻는다.

"나는 떠나지 않을 거야."

"누구나 언젠가는 떠나기 마련이야. 누구나."

매디는 몸을 일으켜 쫓기는 사람처럼 비틀비틀 어둠 속으로 걸어간다. 매디의 윤곽이 흩어져버리는 듯하다. 하얀 의상이 녹아 없어진다. 매디의 팔다리가 그림자가 되고 깃털이 된다. 심장이 한 번 고동친 후 매디는 어둠의 심연 속으로 사라졌다.

"난 떠나지 않아!" 나는 작은 소리로 외친다. "매디, 내 말 들려? 매디!" 나는 결국 크게 소리친다. "**매디!** 난 떠나지 않아!"

하지만 매디는 내 외침을 듣지 않는다.

내 외침을 들었다 하더라도 믿지 않는다.

낮이 나를 빨아들인다. 하지만 나는 매디에게서 멀어지고 싶지 않다. 매디 곁에 머물고 싶다. 매디 곁에서 잠들고 싶다. 영원히. 하지만…….

41일

샘

마치 낯설고 출렁거리는 심연으로부터 튕겨 나온 듯한 기분이다. 나는 내 침대에서 깨어난다. 심장이 얼마나 격렬하게 고동치는지 목과 관자놀이에서도 느껴진다.

그건 꿈이 아니었다.

매디의 두려움, 목소리, 손.

어떤 꿈도 그렇게 생생할 수 없다. 그렇게 현실적일 수 없다.

나는 이불을 젖힌다. 온기가 금세 사라진다. 나는 침대에서 일어나 만사를 제쳐두고 당장 매디에게 가려 한다. 오늘 아침 학교 일정이 어떻게 되지? 조회에 이어 영어 수업. 학교는 나중에 가도 된다. 조회 시간에 출석 체크를 하는 일은 결코 없다.

호두까기 인형, 나는 생각한다. 그걸 알아내야 한다. 그걸 들어야 한다.

나는 시계를 본다. 아직 이르다. 엄마는 맬컴을 돌보느라 내가 평소보다 일찍 집을 나서는 걸 알아채지 못할 것이다. 틀림없이 그럴 것이다.

내가 서둘러 가방을 들고 문을 향해 걸음을 옮기려는데 일이 터진다.

전화벨이 울린다.

엄마가 주방에서 나오다 나를 본다. 엄마는 가지 말라고 손짓으로 나를 붙잡고는 수화기에 대고 대답한다. "어머, 루피옹 선생님!" 그 순간 내가 뭔가를 까먹었다는 걸 깨닫는다. 뭔가를 소홀히 했다는 걸. 뭔가를 미처 생각하지 못했다는 걸.

엄마는 귀 기울여 듣고는 대답한다. "뭐라고요?" 그러고는 다시 "아니에요, 저는……." 그리고 "어머, 어머, 아니에요. 샘은 별일 없어요. 스코트와 함께 있었어요. 그런데…… 어떻게? 네, 물론이죠."

엄마는 수화기를 내려놓고, 내가 문을 나서기 전에 때맞춰 나를 붙잡는다.

"새뮤얼!" 엄마가 언성을 높인다. 스티브가 막 샤워를 마치고 층계를 내려오다 묻는다. "무슨 일 있어? 어이 친구, 안녕."

엄마의 눈이 분노와 모욕감과 놀람으로 번개 친다.

"왜 나는 당신이 얼마 전부터 당뇨병 때문에 일주일에 세 번 혈액 성분 채집술 치료를 받으러 다닌다는 사실을 까맣게 모르고 있는 거지?"

"뭐라고?" 스티브가 묻는다. "뭔 소리야?"

"그리고 왜 나는 내 아들이 통증 치료를 받는다는 사실도 모르는 거지!"

엄마의 목소리가 점점 커진다.

"그리고 내가 이 모든 걸 학교에 서류로 제출했다는 것과 네가 세인트폴 스쿨 입학시험을 치지 않았다는 것은 왜 더더욱 모르지!" 엄마는 주방을 가리킨다. "가서 앉아. 저기 앉아."

스티브가 천천히 우리 뒤를 따라온다. 그는 무슨 일이냐는 눈빛으로 나와 엄마를 번갈아가며 바라본다.

나는 의자에 앉는다. 엄마가 나를 그런 눈빛으로 바라본 건 처음이다. 내 수치심은 검붉은색이다.

맬컴이 주방에 와서 묻는다. "형? 엄마?" 하지만 엄마는 맬컴에게 나가라고 손짓한다.

"자, 네 엄마에게 설명해봐라!" 이제 스티브가 요구한다.

"끼어들지 말아요." 이 말이 나도 모르게 불쑥 입에서 나온다.

"이런." 스티브가 말한다. "갑자기 왜 이러지?"

주방 안에 정적이 흐른다. 가스레인지 옆의 작은 자명종만이 작게 째깍거린다. 그러더니 냉장고의 모터가 윙윙거리며 돌아가기 시작한다.

엄마는 너무 긴장해 있어서 금방이라도 소리를 지를 것만 같다. 아니면 내 따귀를 한 대 갈기든지.

하지만 그다음 엄마가 실제로 보여준 행동은 그 무엇보다도 나를 놀라게 한다.

엄마는 의자를 끌어당겨 내 두 손을 잡으며 말한다. "새뮤얼! 난 네가 세상에 태어난 후로 줄곧 널 사랑해. 때로는 네가 낯설고 특이하게 여겨지기도 해. 네가 십 대 소년이 된 후로는 더 그래. 하지만 난 너를 사랑해." 이제 엄마의 눈에서 눈물이 흐른다.

"네가 뭘 하든 거기에는 합당한 이유가 있다고 믿어."

이제 나도 눈물을 참아야 한다. 엄마와 손을 맞잡은 게 얼마나 오랜만인가? 내가 아주 어렸을 때 이후 처음이라고 생각한다.

"새뮤얼. 무엇이 너를 이……." 엄마는 내가 의사의 진단서와 엄마의 서명을 위조한 걸 표현할 적당한 말을 찾는다. "……그런 엄청난 일을 하게 만들었니. 학교를 빼먹고, 더군다나 시험까지 포기하게 만들었니? 엄마한테 말해줬으면 좋겠구나. 지금, 이 자리에서."

엄마는 내 두 손을 꼭 잡고 기다린다. 엄마의 애정과 근심이 넘쳐흘러서 나를 에워싼다.

"학교에서 너한테 겁주는 사람이 있니? 널 괴롭히는 애들이 있니? 아니면……."

"뭐라고요?" 나는 진심으로 당황한다. "아니에요!"

엄마는 안도의 한숨을 내쉰다.

나는 수치심과 그보다 더한 양심의 가책으로 땅 속으로 꺼지고 싶다.

내가 거짓말했기 때문이 아니다.

엄마가 나를 사랑하지 않는다고 믿었기 때문이다. 내가 엄마를 사랑하는 만큼 많이, 나를 포기할 수 없을 만큼 많이, 나를 사랑하지는 않는다고 믿었기 때문에. 엄마가 내 걱정을 할 거라고 믿지 않았기 때문에.

"너 시험 공포증이 있니?" 이제는 스티브까지 질문 공세에 합세해 상황을 더욱 곤란하게 만든다.

나는 고개를 가로젓는다. "아빠한테 갔어요." 나는 대답한다.

"아." 엄마는 이렇게만 말한다. 그러고는 의자 등받이에 털썩 몸을 기댄다. 엄마의 한 손이 잠깐 내 손을 놓는가 싶더니 금세 다시 꼭 잡는다.

다시 가스레인지 옆의 시계가 째깍거리고 가스 온수기의 물이 불어났다 줄어들고 냉장고가 윙윙거린다. 커피 머신이 증기를 내뿜고 커피가 방울방울 떨어진다. 문틀에 서서 눈을 크게 뜨고 우리 이야기를 엿듣는 맬컴. 스티브의 면도용 화장수. 나를 바라보며 고난의 색깔들을 빠르게 발산하는 엄마의 눈. 분노, 고통, 무력감.

우리는 서로에게서 눈을 떼지 않는다. 엄마와 나는 처음으로 마음을 열고 대화를 나누는 듯하다 — 단 한 마디도 말하지 않고. 침묵 속에 모든 것이 들어 있다. 나는 엄마의 마음을 상하게 했다는 걸 깨닫는다. 내가 아빠를 사랑했기 때문이 아니라 엄마를 속였기 때문에. 그런데 엄마는 내게 분노하면서도 밖으로 표출하지는 않는다. 엄마의 손가락만이 한 번 더 단단히 내 손을 붙잡는다. 엄마는 분노를 참지 못하고 금방이라도 울부짖거나 울음을 터트릴 것만 같다. 하지만 엄마는 자제한다.

나를 위해.

엄마 자신을 위해.

갑자기 엄마의 몸이 더 뻣뻣해진다. 엄마는 몸을 똑바로 세워 숨을 깊이 들이쉬고는 다시 조용히 내쉰다.

그러더니 나를 보며 미소 짓는다. 슬픔과 아픔 사이, 체념과 애정 사이의 여린 미소.

"나는 네 아빠를 샤를 드골 공항에서 처음 만났어. 그땐 이렇게 거만한 사람은 처음 본다는 생각이 들었단다." 엄마는 여전히 나를 바라보고 있지만, 엄마의 시선은 나를 지나 지난날들의 덤불 속을 뚫고 들어간다. "이틀 후 우리는 수단에 있었어. 그곳에서 총격을 받았지. 어린 병사에게. 그 소년은 지금의 네 나이 또래였단다, 샘. 내가 나중에 상을 받은 사진은 그날 찍은 거란다. 총에 맞아 피범벅이 된 운전기사의 조개껍질 목걸이."

엄마는 다시 나를 제대로 바라본다. 천천히 한 손을 들어 한없이 다정하게 내 볼을 쓰다듬는다. 이제 엄마의 목소리는 속삭임이다. "그 후로 나는 사람 사진은 단 한 장도 찍을 수 없었단다. 단 한 장도."

예전에 내가 아프거나 열이 날 때마다 내 볼에 닿았던 엄마의 볼에서 눈물이 주르르 흘러내린다. 문득 그 생각이 떠오른다. 어떻게 내가 그걸 잊을 수 있었을까?

"네 아빠가 내 목숨을 구해주었어. 네 아빠는 자신의 몸으로 나를 보호했단다. 이제 삶의 끝에 이르렀구나 하는 생각이 들 때의 심정이 어떤지 상상할 수 있겠니?"

그렇다. 삶의 끝, 지금 아빠가 있는 곳은 바로 거기다.

"샘, 네 삶을 실제로 바꿀 수 있는 유일한 감정들은 두려움과 사랑이란다. 나는 두려웠어. 정말 두려웠어. 그런데 그때까지 한 번도 사랑해본 적이 없었단다. 삶이 끝을 향해 가는데 붙잡을 수 있는 것이 아무것도 없었어."

엄마는 미소 짓는 동시에 눈물을 흘린다.

"네 아빠를 생각하면, 내가 살면서 사랑보다 두려움을 더 많이 느꼈다는 걸 깨달은 순간이 떠오른단다. 그래서 네 아빠를 늘 괘씸하게 여겼어. 부끄러웠단다. 지금도 부끄럽긴 마찬가지야. 나는 위험이 가장 적은 삶을 찾았어."

나는 잠시 기다렸다가 묻는다.

"그럼 지금은요?"

"지금은 정반대란다." 엄마는 말한다. "지금은 사랑이 더 많고 두려움이 더 적단다." 스티브가 숨을 내쉰다.

"휴우, 그렇담 안심이군, 마리프랑스." 그는 웅얼거린다.

"네 아빠는 어떠니?" 이제 엄마가 내게 묻는다. 진지하게 내 눈을 보며 조용히 묻는다.

"좋지 않아요." 나는 작은 소리로 말한다. "아주 좋지 않아요." 이제 내가 자제해야 할 차례이다. 엄마의 품에 안기고 싶은 마음이 치솟는다. 하지만 그걸 참아야 한다는 걸 안다. 오늘은 참아야 한다.

"아빠는 그 매듭을 차고 있어요." 나는 속삭인다. "아빠는 코마 상태에 있어요. 아빠가 언제 다시 깨어날지 아무도 몰라요."

"이런, 젠……." 스티브가 깜짝 놀라 말한다.

"그래서 자주 시간을 내어 아빠에게 갔구나." 엄마가 단정 짓는다. 엄마는 울음을 꾹 참는다.

나는 엄마에게 매디 얘기도 할 수 있을 것이다. 에디 아줌마 얘기도.

내가 지금 세 가지 사실을 안다고 말할 수 있을 것이다.

내가 사랑에 빠졌다는 것.

병원에 가는 일을 그만둘 수 없다는 것.

그리고 내가 실제로 작가가 되려 한다는 걸 방금 알게 되었다.

아니, 나는 작가가 되려는 게 아니다. 반드시 작가가 되어야 한다. 내게는 다른 선택의 여지가 없다. 하지만 방금 전까지 분명하게 깨닫지 못했다.

내게 닥친 모든 일을 해결하기 위해서는 오로지 그 길밖에 없는 듯 보인다. 사람들을. 내가 읽을 수 있는 색깔들과 감정들과 풍경들과 공간들을. 매디를.

옥스퍼드에서 이야기가 나를 찾아냈다. 언제나 그렇다. 이야기들이 사람을 찾아낸다.

다만 당분간 학교는 가지 않을 것이다. 매디가 살고 싶어 하면서도 죽기를 갈망하는 동안은 콜렛 코트에 앉아 있을 수 없다. 아빠가 돌아오려고 사투를 벌이는 동안은 수학과 전기 회로와 프랑스어를 배울 수 없다.

나는 매디에게 가야 한다. 매디를 이해했으며 매디 곁에 있을 거라고 말해야 한다.

맬컴이 복도의 맨 아래 계단에 웅크리고 앉아 있다. 나는 우리에게 오라고 맬컴에게 손짓한다. 맬컴은 안심하는 표정으로 벌떡 일어나 주방으로 들어온다. 엄마가 한 팔로 맬컴을 꼭 끌어안는다. 스티브는 비닐 식탁보가 깔린 식탁 위의 엄마 손 바로 옆에 한 손을 올려놓았다. 두 사람의 새끼손가락이 서로 얽힌다.

"왜? 왜 나한테 말하지 않았니?" 엄마가 기운 없이 묻는다.

"셋은 한 가족이니까요." 나는 솔직하게 대답한다. "엄마, 맬컴, 스티브. 셋은 한 가족이잖아요."

세 사람은 내 앞에서도 그렇게 앉아 있다. 세 사람은 스스로 의식하지 못하면서 서로 꽉 붙들고 있다.

엄마가 눈물을 쏟는다. 엄마는 손으로 입을 가린다.

"네가 그렇게 느끼는지 몰랐구나." 엄마는 말한다.

그리고 두 팔을 벌린다. 이리 오렴! 엄마의 빈 품 안이 간청한다. 그리고 거기, 아주 조심스럽게, 우리 둘은 서 있다. 나는 엄마를, 엄마는 나를 팔로 안는다. 내가 언제 그렇게 컸는지 알아채지 못했지만, 이제 나는 엄마와 키가 비슷하다.

그렇게 우리 둘은 거기 서 있다. 이제는 모든 게 이전과 다를 것이다.

그 순간 나는 인간은 어떤 순간이건 결정할 수 있다는 걸 깨닫는다. 그 어느 것도 그냥 단순히 '일어나지' 않는다. 결정할 수 있는 가능성이 있다. 거짓말을 할 것인지. 진실을 말할 것인지. 비열한 인간일지. 또는 아닐지.

스티브가 손뼉을 치며 말한다. "자, 좋아! 지금 내가 너를 병원에 데려다줄게. 그리고 나중에 학교에 태워다주지. 오케이? 네가 올해 학교를 쉬는 문제에 대해 교장 선생님하고 상의하도록 하자. 앞으로는 거짓말하지 않기, 알았지? 마리프랑스? 새뮤얼?"

나는 고개를 끄덕이고는 말한다. "밖에서 기다릴게요."

내 변성기는 지나갔다. 나는 내 말소리가 내 안에서 울리는 걸 느낀다. 깊숙이. 조용히.

그리고 내 말소리는 초록색이다.

짙은 초록색.

헨리

원반은 젖빛 유리처럼 부옇다. 그것은 끝이 없다. 내 눈에 보이듯 아주 높고 아주 깊다. 양옆으로도 위로도 가장자리가 보이지 않는다.

나는 조금 전에 무슨 일이 있었는지 모른다. 내가 눈을 떴는지 아니면 잠에서 깨어났는지 기억나지 않는다. 내 아래서 요동치는 검은 심연을 느낀다. 저 깊숙한 아래서 뭔가가 나를 위로 밀어 올려 원반으로 밀어붙이는 듯하다. 나는 원반이 어디서 오는지 또 그것이 무엇인지 모른다.

원반에는 감각으로 감지할 수 있는 면이 없다. 그런데도 팽팽하게 잡아당긴 비닐 랩처럼 내 위에 바짝 펼쳐져 있다. 나는 내 위에 관 뚜껑처럼 놓인 원반 아랫면으로 곧장 떠밀려간다. 목이 무척 마르다. 숨이 답답하다!

나는 숨을 쉰다. 나는 그걸 알고 있다. 그걸 느낀다. 공기가 내 안으로 흘러 들어와서 다시 밖으로 빨려 나간다. 그래서 늘 숨이 답답한 것이다. 늘 숨쉬기가 너무 답답하다.

그러다 그들이 보인다!

원반 너머에서.

그림자들.

그들은 푸른색 셔츠나 보라색 바지 차림의 여자가 되고 남자가 된다. 그들은 정체 모를 것들을 따라간다.

"여보세요! 제발, 나는 목이 말라요!"

아무도 내 말을 듣지 않는다.

"여보세요!" 나는 외친다. "여기요! 제발."

그들은 나를 한 번도 바라보지 않는다.

사람들과 그림자들의 형체가 끊임없이 변한다. 어수선하게 잠깐잠깐씩 형상이 선명해진다. 그리고 형광등, 벽들, 기계들이 보인다. 어디에서도 낮의 푸른 밝음이 보이지 않고 어디에서도 12월 밤의 어둠이 보이지 않는다.

누군가가 내 팔다리를 움직인다. 나는 적어도 그게 내 팔이고 내 다리라고 믿는다. 내 손을 본다. 알록달록한 매듭을 손목에 차고 있는 것으로 보아 내 손임을 알 수 있다. 나는 그 매듭을 다시 알아본다. 나는 집게손가락을 움직이려 해본다.

마음대로 되지 않는다. 내 몸을 전혀 느낄 수가 없다. 내가 마치 물과 어둠으로만 이루어진 것 같다. 내 생각들이 저 위에서 맴돈다.

그런데도 나는 공기를 느낀다. 기계들의 전기 냄새, 남자들과 여자들의 머리카락에 밴 담배 냄새를 맡는다. 생각들이 바스락거리는 걸 감지할 수 있다. 내가 마치 넘실거리는 낯선 생각들의 바다에 에워싸인 말 없는 섬인 듯한 기분이 든다.

낯선 생각들, 그것들은 웅얼거림처럼 나를 스친다. 그것들은 내 위로 몸을 굽힌 사람들에게서 나온다.

왜 내가 여기서 이러고 있는지 나는 모른다. 이건 아무 의미가 없다. 아무런…….

하지만 오늘 저녁은 그냥 여기 머무를 수 있을 것이다.

그러나 그들은 나를 보지 못한다. 그들이 이걸 하룻저녁 더 견디기는 어려울 것이다.

내가 채소 대신 샐러드를 만들면 어떨까? 그래, 샐러드, 그건 네거티브 칼로리* 음식이야. 아니면 초콜릿은?

나는 일을 너무 많이 해. 언젠가는 이 모든 것을 끝내야 해…….

별안간 찌르는 듯한 통증이 내 몸을 가르며 고동친다. 내 중심을 질주한다. 내 심장 주위에서 경련을 일으킨다. 나를 불태운다, 나를 불태운다, 나를 불태운다.

나는 고통을 이기지 못하고 비명을 지르려 한다. 내 몸이, 내 감각이 없는 게 너무 고통스럽다. 이토록 가슴을 찢어지게, 찢어지게 하는 건 바로 그것이다. 그런데도 저 원반을 뚫고 지날 수 없다.

나는 잠을 잔다. 그렇다, 확실하다. 나는 곧 깨어난다.

깨어난다. 나는 그저 깨어나기만 하면 된다.

갑자기 향긋한 내음이 코끝을 스친다. 브르타뉴 해변의 온화한 여름 저녁의 냄새가 난다. 재스민, 갈레트, 소금, 캐러멜.

내 사랑!

한순간 모든 고통이 누그러진다.

* 음식물 고유의 칼로리보다 소화될 때 필요한 칼로리가 더 높은 현상. '마이너스 칼로리', '제로 칼로리'라고도 불린다.

곧 나는 깨어난다. 그러면 에디가 내 옆에 있을 것이다.

내 사랑. 에디, 에디, 에디.

내 안에 이토록 많은 사랑이 있고—이토록 많은 갈망이 있다. 깊고 슬픈 상실감과 끔찍한 수치심이 그 뒤를 쫓아온다.

나는 한때 그녀 곁에 있었다.

나는 한때 삶의 출발점에 있었다.

나는 한때 불멸의 존재였다.

지금 나는 죽었거나 아니면 최소한 거의 죽었다.

그리고 나는 잠자지 않는다.

오, 아니다. 나는 거의 죽었다. 이것이 나다!

이것이 현실이다.

이것이 현실일까?

두려움이 바삭거린다.

피로가 생기 없는 하늘처럼 윙윙거린다.

근심이 형광등처럼 가물거린다.

이것은 무엇일까?

나는 어디에 있을까?

침대에? 침대는 세상 어딘가에 있고, 나는 침대로부터 서서히 사라진다. 팔 없이, 다리 없이, 몸 없이, 목소리 없이 사라진다. 내가 아무리 소리를 질러도 원반 너머의 사람들은 나를 무시한다. 그들에게 내가 보이지 않을 수도 있다. 그들에게는 아무래도 상관없다.

어쩌다 내가 이곳으로 오게 되었을까?

갑자기 기억이 내 앞에 솟구친다. 거대한 문이 열려서 내가 지나온 길로 나를 되돌려 보내는 것만 같다…….

"당신을 사랑해." 에디가 말했다. "당신을 사랑해. 당신을 원해. 영원히, 아니 그 이상으로. 지금 생에서뿐만 아니라 다음 생에서도."

"난 아니야." 나는 말했다.

내가 우리 둘을 망가뜨렸다. 내가.

에디의 눈빛이 흰 서리가 되었다.

내 아래의 검은 정적이 나를 빨아들인다. 그것은 나를 데려가려 한다.

"안 돼." 나는 외친다. "*안 돼!*" 나는 이 여인에게 싫증나지 않았어. 아직은 결코 싫증나지 않았다고! 그녀에게 말해야 해. 내가 거짓말했다고 말해야 한다고!

내 심장이 점점 더 고통스럽게 뛴다. 내가 고통으로 가득 찬 삶, 몸 없는 삶의 악몽에 완전히 갇혀 있다는 끔찍한 감정과 두려움에 질려 비통하게 울기 시작할 때, 심장은 유일하게 움직일 수 있는 것이다.

"여기요." 나는 외친다. 사력을 다해 외친다. 누구든 내 말을 들어야 한다, 어떤 식으로든! "제발! 나 여기 있어요!"

아무도 오지 않는다.

나는 아무도 쳐다보지 않는 눈으로 운다. 나는 흐르지 않는 눈물을 흘린다. 나는 간청한다. 하지만 내 말을 알아듣는 사람이 아무도 없다.

그러다 아이가 생각난다. 죽으려 했던 소녀.

나는 그 소녀를 느낄 수 있다. 소녀는 여기에 있다.

아주 가까이에! 아주 가까이에!

소녀는 여기에 있다. 원반 뒤에. 하지만 소녀 역시 심연 속에, 내 아래에 있다. 소녀는 싸운다. 소녀에게서 점점 기운이 빠져 나간다.

나는 소녀를 충분히 찾아보지 않았다.

소녀는 아직 저기 바깥 바닷속에 있다.

시간들과 꿈들 사이에서 헤매고 있다.

소녀는 어디에 있는가?

그리고 나는 어디에 있는가?

에디

이 방은 같은 층에 있지만 같은 복도에 있지는 않다. 손님방은—이곳에서는 '가족실'이라고 부른다—수도원의 방이 연상될 정도로 검소하다. 폭이 좁은 침대, 나이트 테이블, 책상, 의자, 탁자 양옆으로 안락의자 두 개. 바깥 전망이 어느 정도 보상해준다. 도시의 지붕들 위로 일몰이 보인다. 일몰은 런던 위 연필심 색깔의 구름에 불꽃을 그린다.

이륙하는 비행기의 깜박거리는 불빛이 보인다.

아마 와일더가 탄 비행기일지도 모른다.

3시간 전 와일더는 히스로 공항 방향의 정체된 도로로 진입하기 전 작별 인사를 나누며 내게 말했다. "당신이 왜 그러는지 이해해. 나도 당신 입장이라면 그렇게 할 거야. 당신처럼 똑같이 할 거야. 문제는 내가 당신이 아니라는 사실이야. 나는 당신을 원하고 당신과 함께 살고 싶어 하는 남자라고. 당신을 누군가와 나눌 수 없는 남자, 에드위나 탐린. 그게 누구든 상관없어. 코마에 빠진 남자든 그 누구든.

와일더는 내게 최후통첩을 제시했다.

솔직히 말해서, 내가 와일더였어도 그렇게 말했을 것이다. 똑같이 그렇게 말했을 것이다.

나는 이해한다.

자기 포기냐고? 그런데 조건이 하나 있어 — 1번이어야 한다는 것. 제2의 선택이 아니라.

와일더는 말했다. "내가 돌아왔을 때 당신의 마음이 나를 위해 비어 있다고 말해주길 바랄게."

나는 웰링턴에서 챙겨온 캐리어에서 탈리스커 병을 꺼낸다. 비좁은 샤워실에는 비닐에 싸인 플라스틱 컵이 하나 있다. 나는 비닐을 뜯고 탈리스커를 투명한 플라스틱 컵에 따른다.

와일더는 나를 포옹하려고 두 손을 내밀며 말했다. "에디, 미안해 최후통첩은 어리석은 말이었어. 그냥 잊어버려, 알았지?"

나는 최후통첩이 필요하지 않다고 와일더에게 말했다.

"내 마음은 비어 있지 않아." 나는 대답했다. 사실은 이 말을 입밖에 내는 동안 이렇게 부탁하고 싶었다. "내 옆에 있어줘! 그런데도 내 옆에 있어줘!" 하지만 그때는 이미 내가 너무 멀리 가버려서 다시 멈출 수도 없었고 붙잡을 수도 없었다. 와일더를 붙들고 모든 걸 취소하기엔 이미 너무 늦어버렸다.

내가 와일더를 자유롭게 놓아주는 것 외에 달리 무슨 수가 있었을까?

와일더는 혼자 오롯이 사랑받아야 마땅한 남자였다.

나는 술을 마신다. 삶에 지친 여자의 모습이 거울에 비친다. 내가 나이 들었다는 걸 처음으로 깨닫는다. 주름살. 광채 없는 눈. 나는 헨리와 와일더 사이에서, 과거의 삶과 현재의 삶 사이에서 길을 잃고 헤맨다.

와일더는 내 대답을 듣고 내게 키스했다. 충격받아 어쩔 줄 모르는 씁쓸한 키스 같았다.

그의 머리카락은 금발이고 가슴털은 거무스름하다. 거의 까만색에 가깝다. 사타구니 사이는 밝은 갈색이다. 그의 알몸은 헨리의 알몸과는 완전히 다르다. 그는 헨리와는 완전히 다른 남자이다. 늘 이곳에 있으며 결코 어제나 모레에 있지 않다. 그리고 무엇이든 오래 마음에 새겨두지 않는다. 그는 "당신을 사랑해."라고 거침없이 말한다.

또 이런 말도 마찬가지로 거침없이 한다. "당신 마음대로 해. 당신 마음대로. 그러면 지금 우리는 우리 길의 끝에 이른 건가?"

나는 고개를 끄덕인다. 그가 홱 몸을 돌리는데 그의 눈이 아른거린다.

나는 한 모금 더 마신다. 한 모금 벌컥 들이켠다.

나는 아름답지 않다. 나는 엉성한 불빛 아래서는 피곤한 코볼트처럼 보이고, 근사한 불빛 아래서는 상당히 예쁜 아일랜드 소년처럼 보이는 타입이다.

이 아름답지 않은 여자가 와일더의 사랑을 받았다.

내가 헨리에게 조금이라도 감정을 품고 있는 한 와일더를 떠나보낼 수밖에 없었다. 그래야 공정하다. 나는 와일더의 호의를 더는 붙잡고 있을 수 없다!

"잘 지내, 내 아가씨. 그리고 그를 꼭 다시 데려오도록 해."

와일더가 '내 아가씨'라고 말해줘서 가슴이 뭉클하다. 싸우지도 않고 승리를 거둔 코마 상태의 경쟁자 헨리를 위해 좋은 말을 해주어서.

와일더에게는 내 진실의 일부만을 인정해서 미안하다.

나는 캐리어에서 양초를 꺼내 불을 붙이고 눈부신 전등을 끈다. 그러고는 창가로 다가간다. 이제 런던 상공의 불은 사라지고 세상은 밤을 향해 돌아선다.

영화 속이라면. 나는 생각한다. 영화나 소설 속이라면 와일더는 여자 친구를 너무나 사랑해서 그녀가 코마에 빠진 과거의 연인을 돌보는 것까지도 헌신적으로 감내하는 남자일 것이다. 그러면 여성 독자들의 마음이 그에게로 훨훨 날아갈 것이다.

하지만 현실은 다르다. 내가 왜 로맨스가 아니라 새로운 미래와 디스토피아에 대한 이야기를 출판하는지 나는 알고 있다. 사랑은 원칙적으로 절망과 불안과 변화가 번번이 존재한다는 사실을 감내하는 걸 의미하기 때문이다. 사랑은 우리와 함께 변한다. 내가 이십 대 중반에 지금처럼 사랑할 수 있었는지는 모른다. 사랑에 대해 진실로 글을 쓰려는 사람은 언제나 동일한 두 연인을 주인공으로 하는 소설을 매년 한 권씩은 써야 할 것이다. 사랑이 어떻게 변하고, 삶이 어떻게 두 사람 사이에 끼어들고, 날이 어두워지면 애정이 어떤 색깔을 띠는지 이야기하는 소설을.

나는 탈리스커를 마신다. 탈리스커에서 부드러운 캐러멜과 흙과 에테르 냄새가 난다. 연인이 코마 상태에 빠지게 되면 다들 어떻게 지낼까? 그들은 '신의'를 지킬까, 가장 소박한 의미에서? 연인 곁에서 삶이 풍성하고 달콤해 보이는 순간들, 쾌감, 애무, 웃음을 갈망할까? 아니면 더 이상 살아갈 용기가 없어서 한 조각씩 함께 죽어갈까? 자신의 삶을 완전히 포기하고 오로지 간병과 위

안으로만 존재할까? 아니면 자기 자신을 위해서 조금 기운을 남겨둘까?

나는 위스키 병을 비운다. 식도가 화끈거린다.

그런 다음 머리를 빗고 작은 예배당으로 간다. 기운을 내고 애정을 모아 내 남편을 향해 걸음을 옮긴다. 자신이 내 남편인지도 모르는 남자를 향해.

"매디는 어때요?" 나는 닥터 포스에게 묻는다. 그는 우리를 바라본다. 중환자실 병동 모니터 앞에 앉은 의사의 어깨 너머로.

닥터 포스는 나를 보고 입을 꽉 다문다.

"낙관적일 이유가 없어서 걱정입니다." 그는 조용히 대답하고는, 새뮤얼이 내 뒤에 있을까 걱정하는 듯 힐끔거린다. "아직도 열이 높아요. 우리는 염증이 어디서 처음 발생했는지 알아내지 못했어요. 신장 한쪽의 기능이 멈췄고 폐에 염증이 있어요. 상황이 안 좋아요."

아이는 안 돼요, 제발. 나는 말없이 기도한다. 제발 아이는 안 돼요. 지금 그들은 중환자 병동에 나란히 누워 있다. C7과 C6, 헨리와 매디.

"헨리는요?"

"변화가 없어요, 탐린 부인. 몸은 균형을 되찾은 것 같은데, 지금 상태에서 벗어나려는 의식의 신호가 없어요." 닥터 포스는 한 번 더 나를 유심히 살핀다. 그가 위스키 냄새를 맡지 않을까 내심 걱정 된다.

나는 두 침대를 향해 간다. 그들은 샘이 동시에 매디와 헨리 곁에 있을 수 있도록 두 침대를 나란히 배치했다. 게다가 그들은 샘도 밤에 병원에서 잠잘 수 있도록 허락했다. 샘은 '가족실'의 제일 작은 방을 얻었다. 의료 보험은 그런 일에 대해서는 전혀 알지 못할뿐더러 무신경하기까지 하다. 헨리나 매디처럼 가족이 없는 경우에는 숙박에 대한 예산도 없기 때문이다. 닥터 사울은 샘과 매디를 위해 규정을 무시한다. 그래서 나는 그를 사랑했다, 1초 동안. 그 커다란 호의에 대해.

"지금 저를 선한 인간으로 여기지 마세요, 탐린 부인. 저는 선한 사람들을 좋아하지 않아요."

"걱정하지 마세요. 저는 의사 선생님한테 잘해드리고 싶지 않아요."

그는 살짝 미소 지었다. 나 역시 살짝 미소 짓고 말았다. 어느 날 우리가 서로를 좋아하게 되지 않을까 은근 걱정된다.

헨리의 경우와는 다르게 매디의 후견인은 국가이다. 국가는 매디의 침대 옆에 반나절도 앉아 있지 않고 샘처럼 격려의 말도 하지 않는다. 샘처럼 빛과 아름다움, 케이크도 가져오지 않는다.

매디는 금방이라도 바스러질 듯 여리여리하다. 그들은 매디의 침대 둘레에 투명한 보호막을 쳐놓았다. 필터가 공기를 정화한다. 나는 패혈증에 대해 좀 찾아보았다. 그것은 가장 빈번하고 가장 치명적인 질병 중 하나이다. 이 빌어먹을 혈액 감염.

나는 매디를 내려다본다. 지친 얼굴, 입안의 튜브, 기진맥진한 여린 몸. 매디가 왜 이렇듯 갑자기 심하게 아픈지 아무도 모른다.

매디 혼자 삶과 사투를 벌이는 것을 그 누구도 무관심하게 외면할 수는 없다. 작은 몸이 경련하듯 점점 더 오그라든다. 매디는 머리와 종아리를 뒤로 구부리고 거의 C자 모양으로 누워 있다. 샘이 멸균복과 마스크와 비닐장갑으로 몸을 감싸고 매디의 발치에 앉아 나지막이 책을 읽어주거나 뭔가를 얘기하거나 또는 그냥 거기 앉아 매디의 손을 잡고 있는 것보다 중환자 병동에서 더 감동적이고 가슴 아린 것은 없다. 샘은 몇 시간이고 매디의 작은 손을 붙잡고 있다.

나는 헨리를 돌아보고 너무 놀라 숨을 들이쉬었다. 그가 눈을 떴다!

"헨리." 나는 속삭인다. "헨리." 더 이상은 말이 나오지 않는다. 나는 웃음이 나오려는 걸 깨닫는다. 그러나 웃음은 나오지 않는다. 그의 시선이 멍하니 나를 뚫고 지나간다. 생기가 전혀 없다.

"닥터 포스!" 나는 외치려 한다. 하지만 목이 잠겨서 헐떡거리는 소리만이 나온다. "닥터 포스!"

나는 무의식적으로 헨리의 맥박을 찾는다. 맥박은 아직 뛴다. 그의 피부는 따듯하다. 차갑지 않다.

내 옆에 다가온 사람은 닥터 사울이다. 그는 재빨리 의료용 펜라이트를 꺼내들어 헨리를 비춘다. 나는 그걸 보는 것만으로도 마음이 아프다. 의사는 다시 몸을 일으키고는 말한다. "동공 반응이 없어요. 우리를 보지 못해요."

"하지만 눈을 떴잖아요."

나는 헨리의 얼굴 바로 앞에 무릎 꿇는다.

나는 그토록 오랫동안 헨리를 보지 못했다. 그런데 지금은 헨리가 나를 보지 못한다. 그걸 견디기가 어렵다.

"날 좀 바라봐!" 나는 간청한다. "내가 왔어. 난 당신 곁을 떠나지 않아. 당신도 떠나지 마. 헨리, 내 사랑, 내 사랑하는 사람."

"부인의 말도 듣지 못해요."

"의사 선생님이 그걸 어떻게 알아요?"

닥터 사울이 닥터 포스에게 신호를 한다. 두 사람은 기적 없는 삶에 빌어먹게도 아주 익숙해 있다.

"청각 피질의 활동은 외부와 내부 자극에 의해 대략 20초마다 즉흥적으로 바뀌죠." 그는 말한다.

"그게 무슨 뜻이죠?"

"스키너 씨의 의식이 돌아오는 걸 우리가 놓치지 않으려 한다는 뜻이죠. 우리는 스키너 씨를 계속 지켜보고 있어요. 스키너 씨가 우리의 소리를 듣거나 우리를 보거나 우리와 접촉하려 하면, 우리가 그걸 놓치지 않을 확률이 상당히 높아요."

"상당히 높은 것만으로는 충분하지 않아요."

사울은 한숨을 내쉰다. 두 의사는 헨리 위로 몸을 숙이고 헨리에게 말을 걸고 헨리의 몸을 만지고 서로 마주본다. 나는 회복 가능성을 부정하는 그들의 미세한 머리 놀림을 증오한다. 치유 가망성이 없다고 예측하고 나를 점점 배제하는 시선을.

나는 눈으로 본다. 정확히 본다. 닥터 포스와 닥터 사울이 헨리를 포기하기 시작하는 것을.

나는 헨리와 함께 우리 집 주방 식탁에 앉아 있었던 순간으로 도피한다. 우리가 마주 앉아 있었던 순간으로. 헨리는 우리 집에서 결코 신발을 신지 않았다. 그리고 늘 같은 의자에 앉았다. 맨발로 마룻바닥을 딛고. 앞으로 많은 세월이 흐른 후에도 나는 다른 누군가가 거기 앉는 걸 좋아하지 않을 것이다. 이따금 나는 그 맞은편에 앉아 빈 의자를 바라본다. 몇 분 동안.

"헨리." 나는 말한다. 그의 손을 만진다. 무척 편안하고 따사하고 더없이 근사한 손. 지금 그 손이 얼마나 뻣뻣한지 느끼고는, 힘줄과 인대를 이완시키기 위해 심리 치료사 리즈가 가르쳐준 대로 손가락들을 움직이고 마사지한다.

닥터 사울과 닥터 포스는 회진을 계속한다. 냉소주의자와 그의 젠틀맨.

오늘은 내 계획표대로 되지 않는다. 나는 숨을 들이쉰다. 그러고는 헨리에게 그가 누구이고 왜 여기에 있고 또 왜 내가 여기에 있는지 언제나처럼 그에게 말하려 한다. 하지만 그게 왠지 허무맹랑하게 느껴진다. 그래서 지금 이 순간에 내 마음을 움직이는 것에 대해 이야기한다.

"헨리, 매들린의 상태가 안 좋아. 그 아이와 샘, 당신과 내가 걱정이 돼. 이곳에는 지켜야 할 규정이 있어. 그 규정에 따르면, 나는 낙천적으로 조용히 말해야 해. 당신은 눈을 떴는데도 아무것도 보지 못해. 아니 혹시 보일까? 당신이 내 손을 살짝, 아주 조금 누르면 어떨까? 저 머저리 같은 의사들은 그걸 알 필요 없어. 당신은 계속 그들을 속일 수 있어, 어때."

헨리의 손은 움직이지 않는다.

“당신은 눈을 깜박일 수도 있어. 한 번 깜박이면 긍정, 두 번 깜박이면 부정이야.”

헨리는 눈을 깜박이지 않는다.

우리의 첫 키스가 생각난다. 그 시점에 우리는 벌써 두 밤을 같이 보냈다. 첫날 밤은 말없이, 둘째 밤도 말없이. 하지만 우리의 손은, 우리의 눈길은 서로 얘기를 나눴다. 나는 우리의 손이 서로 어루만지던 걸 결코 잊을 수 없다. 우리의 손이 어떻게 어울려 춤을 추었고 어떻게 서로 얽혔던가. 우리가 내 침대에서 보낸 그날 밤, 우리의 손이 서로를 애무했던 그날 밤만큼 남자와의 섹스가 내밀했던 적은 없었다.

그 움직임 속에 모든 미래가 담겨 있었다. 우리의 손가락은 나중에 찾아올 온갖 접촉을 서로 약속했다. 갈망, 다정함. 유혹, 흥분, 구원.

셋째 밤에 우리는 키스했다. 그 전에 우리는 밤새도록 걸었다. 런던의 일상이 거리의 환경미화원들에게 자리를 내주고 물러난 후. 가벼운 알코올과 함께 운명과 쾌감을 춤췄던 모든 바들이 그 밤의 마지막 행복을 의자와 함께 접은 후.

그날 밤 우리는 빅토리아 임뱅크먼트를 지나 템스강 유람선 옆에 위치한 골든 쥬빌리 브릿지를 건넜다. 나는 강물을 등지고 다리 난간에 기댔다.

“절대 바다에 등을 돌리지 마.” 헨리가 불쑥 말했다. 그의 말은 숭고하면서도 침착하게 들렸다. 그는 내 앞에 서서 두 손을 난간 위에 올려놓고 두 팔로 나를 감쌌다. 그 몸의 온기가 가까이 다가

오는 게, 마침내 점점 더 가까이 다가오는 게 느껴졌다.

"나는 바다에 등을 돌리지 않아. 나는 당신 눈에서 바다를 볼 수 있어." 나는 말했다.

그런 다음 그가 내게 키스했다. 키스 너머에 새로운 세계가 기다리고 있다는 듯, 그는 무척 힘 있고 내밀하게 키스했다. 우리의 몸은 우리의 손이 협상한 것을 실행에 옮겼다. 우리의 손이 던진 질문에 대답했다.

지금 나는 그의 대답 없는 손을 내 볼에, 내 이마에 갖다 댄다. 그가 더 이상 머물지 않는 그의 눈을 들여다본다. 텅 빈 창문, 텅 빈 창문.

나는 울지 않을 것이다. 나는 울지 않는다.

그리고 나는 실제로 울음을 참아낸다.

어둠이 성큼 다가온다. 그러자 이곳 표류하는 사람들의 창고에서 침대들이 제각기 원뿔 모양의 빛에 에워싸인다. 나는 주변에서 서서히 자신의 몸을 떠나려 하는 영혼들을 느낀다. 떨어져 나와 두둥실 위로 올라가는 미세한 불꽃들처럼.

나는 헨리를 바라보며, 우리가 만났을 때 어땠는지 소곤소곤 이야기한다. 모든 것을, 지난날들을 하나하나 이야기한다.

그리고 아버지와 보낸 날들에 대해서도 이야기한다. 아버지가 나를 위해 노래했던 날들. 아버지 가슴에 닿을 만큼 무성하게 자란 풀밭으로 달려 나갔던 또 다른 날들. 풀은 내 키보다 높이 자랐다. 비가 내리면 아버지는 노래를 불렀다. 나는 춤을 추고 아버지는 말했다.

"내 딸아, 너는 부서지지 않아. 영혼은 파괴된 적이 없어."

나는 그게 무슨 뜻인지 몰랐지만 정말 그럴 거라고 느꼈다.

하루는 계단 하나와 같아, 에드위나. 하루는 한 걸음에 지나지 않아. 그러면 너는 아주 긴 길도 갈 수가 있어.

나는 나 자신이 등대라고 상상한다. 헨리가 세계들 사이의 어둠 속에서 자기 자신에게로 돌아갈 수 있도록 말과 추억과 노래로 이루어진 빛을 비춰주는 등대.

43일

헨리

원반에 매달리는 손에서 점점 힘이 빠져 나간다. 내가 박차고 나온 축축한 심연이 아래에서 넘실거리고 출렁거리고 쿨렁거리는 게 느껴진다. 그렇다. 그 심연의 밤 속에 죽음이 숨어 있다. 하지만 죽음은 내가 생각했던 것보다 더 멀리 있다.

나는 내 심장이 뛰는 것을 느낀다. 마치 방금 뭔가가 있었던 듯하다. 내 심장을 뛰게 만든 뭔가가.

그리고 뭔가 이상하다. 마치 내 모든 신경의 끝이 길게 늘어나는 듯하다. 해파리의 촉수처럼. 나는 그것들로 원반 너머를 이리저리 더듬는다.

원반 너머는 평소와 다르다.

평소라고? 어제? 1년 전?

에메랄드빛으로 깜빡이는 불빛들, 기력을 앗아가는 소리들, 측정기들의 전자 항수 냄새가 사라지고 없다. 저녁식사나 다이어트에 대한 자신들의 생각을 내 고독의 섬으로 몰아대고, 액체 투입 속도를 측정하고 의학적인 개념들을 웅얼거리는 그림자들이 사라지고 없다. 그런데 거기 뭔가가 있다. 그것은 움직인다. 불 위의 공기처럼.

그것은 생각들이다! 하지만 그 생각들은 의미를 만들어내지 않는다. 그것들은…….

……*표류하는 사람들의* 생각이다.

왜 이런 말이 떠오르지?

보이지 않는 내 감각 촉수의 가느다란 신경들이 갑자기 내 주변 공간의 차원들을 인지하기 시작한다. 공간은 크다. 평범한 방이 아니다.

홀에서 한숨 소리가 들린다. 마치 사물들과 사람들과 시간들이 풀려나는 듯한 한숨 소리가 계속 들린다.

그리고 삶.

문이 생각난다. 섬에 있는 문.

물속에서 소녀를 부둥켜안은 여인의 선량한 얼굴이 생각난다.

그리고 아이 우는 소리가 들린다.

바위 위의 아이.

매들린.

그 아이의 이름일까? 어떻게 내가 그 이름을 알지?

마치 보이지 않는 밤나무에서 밤들이 내 앞 바닥에 쿵쿵 떨어지듯 다른 것들도 생각난다.

스코트는 심리학을 전공하려 한다. 특히 정신병 분야에 관심이 많다.

그런데 스코트가 누구지?

마담 루피옹은 눈빛이 은색이고 손으로 쓴 요리책들을 주방 한가득 가지고 있다. 특별한 납작 팬에 캐러멜과 함께 뒤집어 굽는 타르트 타탱 레시피도 있다.

나는 마담 루피옹이 누구인지 전혀 모른다. 하지만 타르트 타탱을 굽는 그런 특수한 팬은 말로 할아버지도 가지고 있었다.

그렉이 모니카와 이브라힘과 함께 이곳에 다녀갔다. 지금 이브라힘은 몸에 문신을 새겼으며 인권 변호사로서 국제 사면 위원회에 다닌다.

마치 내가 언제 썼는지 기억나지 않는 책을 펼쳐보는 듯한 기분이다.

그러다 원반 한편에 또 다른 뭔가가 더 있다는 걸 깨닫는다. 빛이 다르다. 더 조용하고 더 은밀하다. 내 가슴이 돌처럼 단단히 뭉치고 심장이 고통스럽게 고동친다.

나는 혼자다. 철저하게 혼자다! 공포가 밀려온다. 나는 외치려 한다. 나는…….

"가만," 여인의 목소리가 말한다. "가만있어요, 스키너 씨. 다 괜찮아요, 다 괜찮아요. 매리언 간호사가 옆에 있어요. 쉿, 다 괜찮아요. 별들이 숨을 쉬고 스키너 씨도 숨을 쉬고 있어요. 아무 일도 없을 거예요. 이곳에선 안전해요."

매리언 간호사라고?

내가 이 허스키한 목소리의 주인을 안다는 생각이 어렴풋이 든다. 여인을 눈으로 볼 수는 없지만 여인에게서 나는 담배 냄새를 맡을 수 있다. 집에 돌아온 듯한 편안한 냄새이다.

곧이어 내 심장이 더 조용히 뛴다. 물속에 빠진 새처럼 공포에 질려 파닥거리지 않는다. 날 좀 봐달라고 아까처럼 절박하게 간청하지 않는다.

"안녕하세요, 헨리 스키너 씨." 매리언 간호사가 나지막이 말한다.

"안녕하세요." 나는 대답한다.

내 말이 들릴까?

"스키너 씨, 매일 밤 저는 스키너 씨의 수면 구조를 읽고 있어요. 저는 스키너 씨가 지금 깨어 있지만 의사 표현을 할 수 없다고 확신하고 있어요."

맞아요! 맞아!

부드럽고 서늘한 기운이 내 혈관을 따라 흐른다. 검고 깊은 고통이 누그러지면서 불길이 약해진다. 지금은 가느다란 촛불처럼 타오른다.

"조금 있으면 세 시 반이에요." 매리언 간호사의 허스키한 목소리가 설명한다. 그녀의 담배 냄새는 어린 시절의 벽난로를 떠올리게 한다. 바닷가에 면한 우리 마을에는 오랫동안 난방 시설이 없었다. 집집마다 장작을 땔감으로 사용했고, 봄날이 여름 바람으로 넘어갈 쯤에야 비로소 그 냄새는 우리 곁을 떠나곤 했다.

매리언 간호사가 다시 말한다.

"귀여운 매들린……."

매디, 너도 여기 있니? 나는 생각한다.

주변이 조용하다. 내 세계의 끝은 이 비현실적인 사람들의 홀이다. 또 이 홀의 천장이다. 내 세계의 끝은 테두리 없는 내 몸이다.

나는 몸을 떠나 표류한다.

나는 보랏빛 하늘 아래를 난다. 내 아래에 바다가 있다. 내 위에는 원반이 있다.

원반 지대.

나는 하늘 아래를 날고 또 난다. 며칠이고, 한없이 오래 오래. 내 안에서 불꽃들이 사그라지는 게 느껴진다. 내가 해체되어 무한한 공간 속으로 흩어지는 게 느껴진다. 그리고…….

"좋은 아침이에요, 스키너 씨."

나는 놀라 움찔한다. 그 바람에 하늘이 달그락거린다.

좋은 아침? 좋은 아침이에요, 스키너 씨?

이 말들이 머릿속에서 윙윙거린다. 내 말을 들을 수 있는 누군가가 원반 너머에 있을까?

"스키너 씨, 제가 당신의 주치의입니다. 제 이름은 존 사울이죠. 신경외과 의사입니다. 제가 스키너 씨를 여러 번 수술했어요. 스키너 씨는 뇌좌상을 입었어요. 비장이 찢어졌고 오른팔과 무릎 관절, 그리고 갈비뼈 다섯 대가 부러졌었죠."

뭐라고요?

"당신은 헨리 M. 스키너입니다. 당신은 43일 전부터 런던의 웰링턴 병원에 있어요. 이 병원은 영국에 있고 또 유럽에 속하죠. 대부분의 영국인들은 그렇게 생각하지 않지만 말입니다. 유럽은 또 지구라는 행성에 속하죠. 올해는 2015년입니다. 6월 말, 아침 7시 직전이에요. 시내는 관광객들로 북적거려요. 모두들 우리가 휴가를 보내는 곳에서 온 사람들이죠. 끔찍하죠."

"무슨 일이 있었나요?" 나는 다시 묻는다.

하지만 의사는 내 물음에 대답하지 않고 계속 말을 잇는다.

"당신은 코마 상태에 있어요, 스키너 씨. 당신이 심정지 상태로 몇 분 동안 임상학적으로 죽어 있었던 29일 전부터, 당신은 두 번의 폐렴과 혈전증 초기 증상을 이겨냈어요."

내가 죽었었다고?

갑자기 나는 사태를 파악한다.

우리 아버지. 바다. 섬. 문. 나는 죽었다. 그리고 죽음으로 가는 길에서…… 아버지가 그걸 뭐라고 불렀지? 중간 세계.

"스키너 씨, 제 말은 들리는데 말을 할 수 없으면, 다른 식으로 신호를 하십시오. 지금 제가 먼저 당신 손을 누를 테니 제 손을 살짝 마주 눌러주시면 무척 감사하겠습니다."

"하지만 전 지금 여기 있는걸요!"

의사는 대답하지 않는다.

오, 안 돼, 안 돼, 안 돼, 안 돼! 의사도 내 말을 듣지 못하다니! 그의 손이 느껴지지 않는다. 나는 내 감각 없는 몸을 필사적으로 이리저리 더듬지만 아무것도 없다. 손도 누르는 압박도 느껴지지 않는다. 나는 온 힘을 다해 주먹 쥐는 걸 상상하려 한다.

"좋아요. 악수는 당신 분야가 아니죠. 지금까지 한 번도 악수하지 않았는걸요."

이게 무슨 말이지, 지금까지 한 번도 악수하지 않았다니? 의사가 내 손을 도대체 얼마나 자주 눌렀단 말이지?

의사가 방금 말했잖아, 헨리. 아침이 스물아홉 번 지났다고.

그런데 왜 내가 런던에 있지? 그럴 리가 없어. 나는 처음에 파리에 살고 있었어. 내 아이와 함께. 난 결혼을 했어, 그것도 에디랑. 그리고 우리는…… 우리는…… 우리가 어디에서 살았더라?

아니, 나는 결혼하지 않았어.

아니면 혹시?

코마. 나는 코마 상태에 있어. 의사가 그렇게 말했어. 닥터 사울.

두려움이 밀물처럼 밀려온다. 두려움은 깊고 질척한 감방을 휩쓰는 강어귀의 짭짤한 물이다. 감방에 점점 물이 차오른다. 내 아래의 정적이 모든 길 빨아들인다. 나는 원반에 붙어 있으려 한다. 잠들지 않고 원반에서 떨어지려 하지 않는다. 다시는 저 아래로 내려가고 싶지 않다. 그러고 싶지 않다. 누군가가 블라인드로 빛을 가린 듯 원반이 다시 어두워진다.

그러다 나는 얼굴을, 움직이는 입을 알아본다.

"헨리 스키너 씨, 저는 당신의 청각 의식이 반응하는지 살피려고 마치 치근대는 콜센터 직원처럼 당신 이름을 자주 말하고 있습니다."

네, 빌어먹을! 나 여기 있다니까요! 여기! 나를 꺼내달라고요, 나를 깨우라고요! 빌어먹을, 나를 깨우라니까요! 뭐든 하라고요, 제발! 나 여기에 있어요!

"당신 이름은 헨리 말로 스키너입니다. 말로는 브르타뉴 출신의 당신 할아버지 이름입니다. 당신은 브르타뉴, 북서쪽 끝에서 태어났어요. 그리고 이루아즈 해변에서 자랐죠."

그건 나도 안다고요. 이런 맙소사, 내가 어디에서 태어났는지는 나도 안다니까요!

하지만 의사는 내 말에 개의치 않는다. 의사는 내 말을 듣지 못한다. 그는 내가 코마 상태에 있다고 거듭 말한다. 나는 그렇지 않다고 그에게 말하려 한다.

난 여기 있어요.

여기에 있다니까요!

의사는 에드위나 탐린을 내 사전 의료 지시서 결정권자로 만든 서류에 대해 말한다.

에디! 그런데 에디가 어디에 있지?

나는 의사의 손을 눌러야 한다. 팔을 올리고 콧구멍을 움직이고 눈을 깜박이고 침을 삼켜야 한다.

나는 그 어느 것도 할 수 없다.

의사는 자신이 나를 살짝 꼬집었다고 말한다. 나는 아무런 느낌이 없다.

그리고 의사는 자신도 싫지만 어쩔 수 없다고 주장한다. 나는 그게 무슨 말인지 모른다. 의사는 한 번 더 사과하고는 이렇게 설명한다. "미안합니다. 피가 조금 나고 있어요. 때로는 아주 무자비한 테스트들도 있어요."

아마 내가 마비되었을 수도 있다!

테스트가 끝나고 닥터 사울은 웅얼거린다. "저는 낮에는 열 번, 밤에는 네 시간마다 당신을 보러 와요. 당신은 이미 열세 번이나 스캐너에 들어갔어요. 스캐너는 이렇다 할 의식의 흐름을 입증하지 못했어요."

망할 녀석. 그럼 기능이 좋은 걸 구입하라고.

"스키너 씨, 당신은 미지의 친구인 죽음보다 우리에게 더 가까이 있어요. 우리에게로 오세요. 우린 여기에 있어요. 당신은 우리 곁에서 안전합니다."

죽음은 내 친구가 아냐, 나는 말하려 한다. 그리고 죽음은 여자라고. 그걸 아직도 모르는 거야?

죽음은 여자라니까!

내 안의 뭔가가 방금 닥터 사울에게 도달한 듯 그가 신중한 표정으로 나를 내려다보는 게 느껴진다. 아마 분노일지 모른다. 나는 더 분노해야 할 것이다.

그의 존재가 파도에 씻겨 갈라진 거대한 바위처럼 느껴진다. 수천 년의 세월 동안 소금과 바람에 시달려 지치긴 했지만 여전히 꿋꿋하기 그지없는 바위처럼. 그리고 아주, 아주 고독한 바위처럼.

고독한 닥터 사울이 한 번 더 내게 말한다. "당신은 이곳에서 안전합니다, 스키너 씨."

나는 안전하지 않다고 느낀다. 나는 텅 빈 거리의 끝에 있다고 느낀다. 아스팔트 콘크리트에 갇혀. 입까지 돌에 파묻혀.

닥터 사울은 떠난다.

나는 원반 세계에 귀를 기울이고 내 감각의 끝자락으로 뚫고 들어가려 한다. 거기에 다른 누군가가 있다. 나는 그것을 느낄 수 있다. 그것은 조용하고 크고 주의 깊다. 그것은 내 경계 밖 어딘가에 있다.

닥터 사울일까?

향유 같은 시원한 손가락을 가진 매리언 간호사일까?

거기서 무엇이 나를 지켜보는 걸까?

나는 계속 소녀를 찾는다. 소녀를 찾다가 아주 가까이에서 발견한다. 내 바로 옆에서.

소녀는 황폐한 상태에 있다. 하지만 소녀는 죽으려 하지 않는다. 소녀는 싸운다. 마치 필사적으로 삶의 방향을 향해 나아가는 소녀를 무언가가 완강하게 붙잡고 있는 듯하다. 이제 소녀는 죽으려 하지 않는다!

사방에서 어둠이 애교를 부리며 다가온다. 평온의 이불이 나를 데려가려 한다. 이곳으로부터 멀리, 부드럽게. 나는 그것이 데려오는 달콤한 잠을 예감한다. 나는 저항한다. 안 돼! 나는 눈을 뜨려 한다. 크게 뜨려 한다. 닥터 사울의 손을 누르려 한다. 으스러뜨리려 한다. 내 곁을 떠나지 말라고 그에게 말하려 한다. 내가 벌써 한 번 원반에 온 적이 있다고, 잠깐이긴 하지만 벌써 자주 왔다고, 그에게 말하려 한다. 제발 깨어나고 싶다고! 아이를 도와줘야 한다고. 아이가 혼자서는 해낼 수 없다고. 하지만 누군가가 그냥 빛을 꺼버린 듯하다. 그리고…….

43일

밤

헨리

또다시 원반으로 표류하자 이번에는 공기가 다르다. 더 싱큼하고 지하수처럼 서늘하다. 짙고 검은 베일이 원반 위에 깔려 있다. 나는 방 안에서 밤의 중심을 느낀다. 그것은 낮과는 무게가 다르다.

내 옆에 닥터 사울이라고 하는 바위가 있다. 그는 웅얼거린다. "두 시군." 그는 나를 찾는다.

손, 눈, 혈압, 맥박, 초음파. 그는 찾고 또 찾는다.

그리고 나를 발견하지 못한다.

그는 내게 이야기한다. 내가 '없는' 사이에 그들이 나를 테스트했다고. 급성 마비성 질환인 길랑바레 증후군과 몸을 움직이지 못하게 하는 또 다른 신경 질환인 다발성 신경병증을 검사했다는 것이다. 하지만 거부하는 건 내 몸이 아니다.

내 뇌이다.

"당신 아들이 뇌는 생각으로 이루어진 교회라고 말한 적이 있어요. 난 새뮤얼이 좋아요. 새뮤얼은 대부분의 사람들이 백 살이 되어도 따라가지 못할 만큼 커다란 마음을 가지고 있어요."

내 아들! 내 아들이 여기 있다고? 어떻게 생겼을까? 무얼 할까? 어떻게 지낼까?

닥터 사울은 그 얘기는 하지 않는다.

이 의사가 절대 병원을 떠나지 않을 거라는 의심이 든다. 어딘가 으슥한 복도에 방을 구해서 야전 침대를 들여놓지 않았을까.

빛으로 된 바늘이 내 동공을 찌른다. 나는 닥터 사울의 숨결을 냄새 맡을 수 있다. 그에게서 상큼하고 따사한 냄새가 난다. 그의 몸도 따듯하다. 이대로 일어나서 멀리 갈 수 있는 그가 부럽다. 나는 내게서 위로 백 미터 떨어진 곳에서 망원경을 거꾸로 돌려 보는 것처럼 그를 볼 수 있다. 얼굴이 압핀처럼 작다.

나는 외친다.

"에디는 어디 있어요?" 나는 그에게 외친다. "매들린은 어떻게 됐어요?"

"우리는 면책 공간에서 일해야 합니다, 스키너 씨. 우리 의사들. 우리는 우리의 잘못에 민감하게 반응하면 안 돼요. 우리는 지쳤어요. 내가 나이 들어갈수록 잘못이 더 많이 보여요. 여기 병동 아니면 묘지에 죄 없는 뇌신경과 의사들은 없어요. 스키너, 여기 계신가요? 내 말 들려요?"

그래, 들린다. 그런데 어째서 이 얼간이는 내 말을 듣지 못할까?

닥터 사울의 아득한 얼굴이 사라진다. 원반 너머의 세상이 움직인다. 소용돌이로 변하기 시작한다. 흩날려 사라지는 연기.

연기 속에서 아버지의 모습이 보인다. 아버지는 좀 멀리 떨어진 침대에 앉아 있다. 나는 아버지의 줄무늬 풀오버, 청바지, 맨발을 알아본다.

내가 죽는 걸까?

아버지는 고개를 가로젓는다.

"나는 다만 기다릴 뿐이란다." 아버지는 말한다.

우리를 사랑하는 사람들은 늘 우리를 기다린다.

"헨리." 아버지는 말한다. "네가 나를 놓은 게 아니라 내가 너를 놓은 걸 알고 있었니?"

나는 그 말을 믿지 않는다.

코마, 이것은 살아서 매장되는 것이다. 내가 여기 있다는 걸 아무도 모른다. 여기, **여기에!**

그들이 내 말을 영영 듣지 못하면 어떻게 되는 걸까?

내가 죽었다고 믿는다면, 나를 산 채로 매장한다면?

나는 더는 버틸 수 없다. 더는 버티고 싶지 않다. 더는 버티고 싶지 않다.

44일

헨리

나를 스치는 손. 그런 다음 나는 뭔가가 홀을 빠져나가는 걸 느낀다. 그것은 거품처럼 가볍고 빠르다. 기계 장치들을 따라 침대들 사이를 잠시 도깨비불처럼 돌아다닌다. 자꾸만 창문에 부딪친다. 밖으로 나가고 싶어 하는 나방처럼 점점 더 조급해한다.

얼마 후 수선스러워진다. 사람들이 온다. 의사들, 간호사들. 그들은 이제 본질적인 것이 떠나버린 침대 주변에 늘어선다. 나는 그들에게 말할 수 있을 것이다. 너무 늦게 왔다고. 껍질은 거기 있지만 핵심은 떠났다고.

담배 냄새가 난다. 거기 매리언 간호사가 있다. 그녀는 다른 사람들에게 말한다. "그가 방금 복도에서 내 옆을 지나갔어요." 그녀의 말이 맞는데도 아무도 귀 기울이지 않는다. 죽은 자의 침대에서 간호사를 필요로 하는 사람은 아무도 없기 때문에 그녀는 혼자 조용히 복도로 나간다. 얼마 후 나는 진짜 공기를 냄새 맡을 수 있다. 매리언이 창문을 열었다. 나를 슬쩍 스쳤던 것이 무엇이었는지 몰라도 홀가분하게 밖으로 빠져나갔다. 나는 이 뜻밖의 냄새를 즐긴다. 냄새가 온 밤을 런던 거리에서 보내고 이제 이 도시를 내게로 가져다주는 것만 같다. 맥주 냄새, 요란한 음악의 여운, 지하철에서 올라오는 사람들 냄새, 계피, 짭짤한 것, 갈색의 칙칙한 템스강물.

죽은 육신이 홀에서 실려 나갈 때 불꽃 몇 개가 주변에서 춤을 춘다.

나는 그 모든 걸 볼 수 있다. 하지만 그 모든 걸 결코 말할 수는 없을 것이다.

나는 철저하게 심사숙고할 시간이 있었다. 내가 오로지 생각으로만 이루어져 있는 지금처럼 시간이 많았던 적은 결코 없었다. 생각과 갈증.

내가 원반 다른 편으로 되돌아갈 가능성이 없을지도 모른다. 오늘도 없고 내일도 없을지 모른다. 나는 산 채로 나 자신 속에 파묻혀 있다. 영원히 *중간 세계*에 머물러야 하는 운명을 짊어지고. 한편으로는 내가 원반 지대라고 부르는 것, 현실 바로 앞의 이고리. 다른 한편으로는 무언가에 의해 내가 잘못했거나 소심하게 굴었던 삶의 기슭과 갈림길들로 계속 떠밀려가는 차원. 거기에서 그 무언가는 내가 다르게 행동했더라면 현실이 되었을 것을 체험할 기회를 준다. 다르게 결정했더라면. 떠날 것인지 머무를 것인지. 키스할 것인지 도망칠 것인지. 부정 대신에 긍정할 것인지.

하지만 나는 올바른 삶을 찾고 또 찾았는데도 결국 발견하지 못했다. 그 어떤 삶도 완벽하지 않았다. 내가 살아보았든 살아보지 못했든 상관없이 그 어떤 삶도.

그리고 시간이 흐를수록 내가 현실을, 실재하는 사람들을 더 뚜렷하게 보고 들을 수 있는—그들은 나를 보고 들을 수 없다—차원의 바깥에서, 나는 제2의 현실을 인식한다. 제2의 현실은 신기루처럼 어른거리거나 수증기 뒤에서 반짝이는 듯하다. 그 누구도, 더 많은 걸 감지하는 듯 보이는 그 야간 간호사, 매리언 간호사조차도 어쩌면 제2의 현실을 인지할 수 없을 것이다. 나는 그 간호사의 생각만큼은 꽤나 분명하게 들을 수 있었다. 그녀는 죽은 자들을 '다른 사람들'이라고 부른다.

그 점에서 매리언은 전적으로 옳다. 나는 그들을 '지켜보는 자들'이라고 부른다.

저기 어딘가에서 나를 기다리는 아버지처럼. 나는 반 죽은 지금에야 아버지를 볼 수 있다. 아버지는 나를 지켜본다. 아마 이미 수십 년 동안 그랬을 것이다. 나는 거의 알아채지 못했지만.

'거의'라는 말은 내가 소중한 순간순간 아버지를 느꼈다는 뜻이다. 다만 내가 그걸 원하지 않았을 뿐이다. 나는 아버지가 나를 격려하는 걸 원하지 않았다. 아버지가 이따금 달리고 냄새를 맡고 볼을 스치는 부드러운 손길을 느끼기 위해 잠깐 숨 가쁘게 내 몸을 빌리는 걸 믿고 싶지 않았다.

지켜보는 자들은 사방에 있다. 특히 살아 있는 이들과의 관계를 아직 정리하지 못한 자들이. 이따금 그들은 반짝이는 것을 빌려 나타난다. 햇빛에 반사되는 바닷물이나 질주하는 자동차의 번쩍거리는 크롬, 지하철 터널에서 빠르게 스쳐 지나가는 전등 불빛을 빌려.

그들은 우리가 잠들기 직전에 가장 뚜렷이 그 모습을 드러낸다. 그리고 꿈들, 흐릿하고 혼란스럽고 모호한 꿈들, 거기에서 우리는 그들을 알아본다. 우리는 환영이라고 생각하지만, 실제로 그들은 다른 사람들이다.

살아 있는 이들의 꿈속으로 들어가기 위해서는 꼭 죽어야 하는 걸까. 또는 거의 죽어야 하는 걸까?

나는 다른 사람들 넷이 점점 더 자주 매들린의 침대 주변에 서서 그 아이를 지켜보는 걸 느낀다. 그들은 이따금 홀 안을 돌아다니기도 하고 여기저기에 귀를 기울인다. 불꽃이나 숨결, 세상의 소식을 향해. 때로는 런던의 공기를 조금 맛보려는 듯 사라지기도 한다. 나는 그들이 버스나 튜브의 맨 뒷좌석에 앉아 있는 걸 상상한다. 이따금 사람들은 그 자리가 비어 있어도 자신이 왜 그 자리를 기피하는지 모른다.

나는 그 중간 세계를 이해하는 법을 배워야 한다.

*중간 세계. 바르-코르드(Bar-khord).**

모든 것 사이에 있으면서 그 어디에도 없는 것.

언젠가 나는 이란에서 1970년대 초 왕실 자녀들에게 왕처럼 처신하고 왕이 되는 법을 가르친 백 살의 페르시아 가정 교사를 인터뷰한 적이 있다.

끊임없이 변화하는 내 기억의 어둠 속에서 그의 조롱하는 늙은 목소리가 들려온다. 그의 교양 있는 옥스퍼드 영어.

영국의 왕실 문화와 아라비아의 왕실 문화가 어느 부분에서 충돌한다고 여기는지, 나는 코브라에게 손을 내밀듯 아주 조심스레 그에게 물었다.

"더 클래쉬(The clash)." 나는 이렇게 말했다. "*더 컬쳐 클래쉬(The*

* '만남', '조우'라는 뜻의 페르시아 낱말.

culture clash)."

그는 오랫동안 생각했다. 테헤란 구시가지에 위치한 그의 집 뜰에서 그의 섬세한 얼굴이 어스름에 잠겨 있었다.

이윽고 그는 대답했다. "기독교에 압도된 서양의 모든 언어가 그렇듯이 영어도 두 개의 대립된 세력의 접촉을 폭력적인 것으로 묘사합니다. *더 클래쉬*. 충돌, 절단, 심지어는 공격으로. 적대적이고 공격적인 것으로. 선입견과 두려움을 조장하기 위해서라면 꽤나 유익하다고 볼 수 있겠죠. 흑백논리보다 더 근사한 것은 없어요, 그렇지 않은가요?"

그는 여유 있게 페퍼민트차를 홀짝거린 뒤 모래로 뒤덮인 뜨거운 오후의 햇살을 향해 찻잔을 천천히 들어 올렸다. 대나무 지붕을 투과한 푸른색의 강렬한 빛이 편안하게 그늘진 안뜰을 비쳤다.

"페르시아에서 우리는 두 개의 대립된 세력이 접촉하는 것을 *바르-코르드*라고 부르지요. *바르-코르드*는 두 개의 강력한 요소가 마주치는 결합 부위에서 새로운 것이 생성됨을 의미합니다. 아무 상관도 없는 세력들이 서로 대립하고 상호 배척하는 것을 의미하지 않아요. 그보다는 오히려 서로에게 흘러드는 것이지요. 무슨 말인지 이해하시겠어요? 또한 이 *중간 세계*는 늘 움직입니다. 그것은 대립된 것들을 서로 적대적으로 대치시키는 것이 아니라 제삼의 것의 근원이 됩니다. 이 새로운 것은 대립된 것들의 활용이면서 동시에 그 어느 쪽하고도 유사하지 않아요. 부모와는 완전히 다른 아이처럼, 아시겠어요?"

나는 고개를 끄덕였다.

"여기 이 차가 *바르-코르드*입니다. 뜨거운 물과 페퍼민트, 이 둘이 만나면 시와 위로가 생겨나죠. 피와 피가 섞이고 난민들이 새로운 나라에서 고향과 사랑을 발견하면 *바르-코르드*입니다. 그건 새로운 삶이죠. 전쟁도 평화도 아닌 새 출발."

그는 차를 홀짝인다. "*바르-코르드*의 최고의 형태는 숨을 거두는 것입니다. 숨을 거두면서 죽음과 삶이 만나면, 거기에서……." 그는 말을 멈췄다. "거기에서 무엇이 생겨날 거라고 생각합니까? 존재와 무 사이에서?"

나는 대답했다. "두려움."

바르-코르드. 존재와 무 사이. 나는 삶과 죽음이 무언가를 만들어내는 지점에 있다.

그게 뭔지는 수수께끼인 듯 보인다. 내가 그걸 풀게 되면 구원받을까?

죽음이 시작되면 무엇이 생겨날까?

그런 다음 기적이 일어난다.

그녀가 홀을 완전히 가로질러 오기도 전에, 지켜보는 자들 옆을 아직 지나오는 동안, 나는 그녀를 느낀다. 다른 사람들 가운데 몇몇이 말한다. "저기 봐, 그 여자가 또 왔어."

감사함과 설렘이 밀려온다. 나는 그녀의 냄새를 맡을 수 있다. 오, 그녀의 향기. 향기가 모든 걸 되살려낸다. 모든 걸. 그녀가 가까이 온다. 그리고…….

잿빛의 흐린, 흐린 날이 드디어 끝난다.

"에디," 나는 속삭인다. "내 사랑!"

에디가 나를 바라본다. 그녀의 아름답고 도도한 얼굴 어디에서도 내 말을 들었다는 흔적이 드러나지 않는다. 아니면 내 말을 듣고도 나를 괴롭히려 침묵하는 걸까?

지금 내 곁에 있는 에디가 현실일까?

구원의 감정에 이어 절망과 공포가 덮쳐온다.

그녀가 앉는다. 공기의 윤곽이 달라진 듯하다. 더 부드럽고 더 따듯해진 듯하다. 한없이 편안한 감정이 물밀듯이 밀려온다.

그래. 현실이야. 에디는 실재야.

"안녕, 헨리." 그녀가 말한다. 그녀의 목소리는 낮고 부드럽다.

"안녕, 내 사랑." 나는 대답한다.

나는 두 손을 들어 그녀의 얼굴을 가까이 끌어당기고 싶다. 불타버린, 얼음처럼 굳어버린 내 심장 가까이로. 나는 그녀를 느끼고 싶다. 그녀를 보고 싶다. 그녀의 대담한 입을 보고 싶다. 말을 하고 웃고 키스하도록 내맡기는 입을. 예전에 자주 그랬듯이 그녀의 시선을 내 안에 머무르게 하고 싶다. 불꽃과 호의, 앎과 초대, 애정과 너그러움으로 이루어진 그 시선.

에디에게는 결코 가혹한 면이 없었다. 내게도 다른 누구에게도, 심지어는 분노할 때조차도 가혹하지 않았다. 그녀의 노여움은 늘 자기 자신에게로만 향했다.

단 한 번을 제외하고. 그 어느 것도 그녀의 가혹함을 뚫고 들어갈 수 없었을 때.

"나를 용서해줘, 제발. 난 당신을 사랑해. 당신을 사랑해."

에디의 시선이 내 시선을 찾는다. 하지만 내가 그녀의 시선을 내 시선 속으로 끌어당기려 할수록 더 어긋나기만 한다.

나는 다시 한번 말한다. "당신을 사랑해. 언제까지나, 몇 번을 다시 태어나더라도."

아무 반응이 없다.

오로지 에디의 두려움이 바삭바삭 타오르는 것만 느껴질 뿐이다. 두려움은 보이지 않는 끈을 통해 내게 전달된다.

에디는 나를 알아채지 못한다.

에디는 나를 보고, 나는 에디를 본다. 하지만 우리의 시선은 그 어느 곳에서도 마주치지 않는다. 그 어디에서도 서로를 알아보지 못한다.

손을 들어 에디를 어루만지고 지금 에디의 볼을 타고 흘러내리는 눈물을 닦아주고 싶은 마음이 간절하다.

이런 세상에. 나는 아직 내 손이 있는지조차 모른다.

"헨리, 닥터 사울이 벌써 여기 다녀갔을까. 그래서 당신에게 일기 예보를 말해주고 당신의 이력을 읽어주었을까. 닥터 사울이 아직 다녀가지 않았다면 내가 말해줄게. 오늘은 야외에서 수영하기 딱 좋은 날씨야. 당신하고 수영하러 갈 수 있다면 참 좋겠어. 하지만 리즈가 휴가 중이고……."

리즈가 누구지?

"……그래서 내가 리즈의 역할을 떠맡았어. 내가 당신 팔다리를 운동시키는 게 당신 마음에 들었으면 좋겠어."

내 사랑, 고마워. 내게 아직 팔다리가 붙어 있는 줄 몰랐어.

에디가 내 곁에 있다. 그리고 내가 느끼지 못하는 일들을 내게 한다. 그런데도 실크와 향기와 보드랍고 달콤한 오일과 아늑함으로 이루어진 따뜻한 욕조에 누워 있는 듯하다.

에디는 〈새 나라의 자장가〉를 노래하는 사이사이 자신이 지금 무얼 하고 있는지 내게 속삭인다. 그녀는 내 발을 씻기고 내 발목을 움직이고 내 무릎과 다리, 손, 어깨를 주무른다. 그러더니 이제 가장 어려운 부분에 이르렀다고 말한다. 에디는 내 머리를 살며시 뒤로 젖힌다. 그러면서 노래한다. 그녀가 목소리로 티 없이 아름다운 정원을 그리는 듯하다. 나무 우듬지 사이로 햇살이 비치고, 그늘이 햇살에 점점이 무늬를 그린다. 온화하고 따사하다. 들꽃들이 피어 있는 꽃밭과 재스민 덤불에서 향긋한 내음이 올라온다. 그녀는 이 모든 걸 노래한다.

나는 완전히 에디의 손안에 있다.

그곳은 세상에서 가장 안전하다.

"내 사랑." 나는 다시 속삭인다.

당신, 어째서 여기에 있어? 나는 에디에게 묻고 싶다. 어째서 나를 포기하지 않아?

에디의 얼굴이 곁에 있다. 아주 가까이. 그녀는 나지막이 노래한다. "나는 번번이 당신에게 키스하지 않을 수 없어. 당신이 그걸 허락해주었으면 좋겠어."

나는 내 몸 안에서 감정의 흔적을 발견하려고 혼신의 힘을 다한다. 손가락이나 발가락, 눈꺼풀로 움찔거림을 만들어내려고. 내가 여기 있다는 걸 뜻하는 뭔가를 만들어내려고. 에디의 키스를 허락할 뿐만 아니라 내가 살아나기 위해서는 그녀와 그녀의 키스가 필요하다는 걸 뜻하는 뭔가를.

"헨리, 당신 여기 있어?" 에디는 묻는다.

그래!

에디의 눈이 내 눈을 찾는다. 나는 원반을 뚫고 에디에게 나가려고 정신을 집중한다.

제발, 나는 간청한다. 제발, 에디. 당신 내가 보이지 않아?

에디는 체념의 한숨을 내쉰다. 나는 에디의 심장이 주저앉았다가 다시 기운을 내어 일어나는 걸 느낀다.

에디는 포기하지 않는다. 아마 스스로는 아직 잘 모르겠지만, 그녀는 결코 포기하지 않는다.

그녀가 읽은 그 모든 이야기들은 환상적이고 비현실적인데도 실제로 가능한 삶의 일면을 보여주었다. 그녀는 모든 것을 상상할 수 있다. 모든 것, 아름다운 것과 끔찍한 것. 그녀는 그 모든 것을 결코 외면하지 않는다.

"당신 아직도 기억해?" 에디는 묻는다. 한순간 그녀가 나를 보는 듯하다. "스위스 호텔에서 술 취한 포도주 담당 웨이터를 아직도 기억해?"

그래. 그는 결국 값비싼 포도주를 우리 잔 옆에 쏟아부었다. 그때 그가 혹시 불행했을까?

"헨리, 내가 이따금 당신 꿈을 꾼다고 얘기하면 뭐라고 말할 거야? 심지어 난 꿈을 하나만 꾼 게 아니라고 확신해."

별안간 나는 전기에 감전된 듯하다.

"며칠 전 밤에는 심지어 바다 꿈도 꿨어. 내가 당신하고 함께 있는 꿈을. 우리는 바닷가에 있었고 그곳에는 작은 예배당이 있었어."

생 성송? 생 성송이었어?

"우리는……." 에디의 따사한 숨결이 가까이에 있다. 그녀는 말을 따뜻한 입김으로 감싼다. "우리는 함께 잤어. 바위 위에서. 그러다……."

나는 그러다 파도가 덮친 걸 안다고 말하려 한다. 나는 그 삶을 안다! 당신도 그 삶을 꿈꿨어? 에디, 당신도?

나는 더 이상 깊이 생각하지 못한다. 그 순간 다른 사람이 곁에 있다는 걸 느낀다. 내 모든 감각의 촉수가 하나의 뜨거운 공으로 뭉치는 듯하다.

나는 그게 누구인지 안다.

새뮤얼 노엄.

내 아들!

샘은 아름다운 영혼을 가지고 있다. 샘 안에는 말로가 많이 들어 있다. 아주 많이.

샘 안에서 자라나는 크고 지혜로운 남자가 눈에 보인다. 그 남자는 언젠가 밖으로 밀고 나와 소년을 피부 아래 깊숙한 곳에 몰아넣을 것이다.

"안녕하세요, 아줌마." 샘은 말한다. 목소리가 낮게 깔린다. 두 사람은 주먹을 살짝 맞부딪친다. 그런 다음 샘이 내 곁으로 다가온다. 내 위로 몸을 숙이고 말한다. "안녕, 아빠!" 우리는 마주 본다. 아니, 샘은 에디처럼 본다. 시선이 나를 조금 비켜간다.

"안녕, 새뮤얼." 그런데도 나는 말한다. 나는 샘을 보며 넘쳐흐른다. 내가 이 아이를 가슴속 깊이 품고 있어서 행복과 애정, 자랑스러움, 절망이 내 존재 가장자리로 넘쳐흐르는 걸 느낀다. 내 인생, 내 불완전한 인생의 매 순간이 갑자기 의미로 가득 찬다. 샘이 있어서. 내가 실수로 뭔가를 올바르게 해서. 나는 샘을 본다. 샘을 사랑한다. 보호해주고 싶고 안아주고 싶은 사랑. 나를 절망하게 하는 사랑.

내 아이. 내 아들이 어떻게 자라는지 보고 싶어 모든 것이 나를 삶으로 끌어당긴다! 내 아이는 어떤 아이일까. 자신의 삶을 어떻게 생각할까, 장차 무엇을 할까!

샘의 눈에서 뭔가가 순간 더 주의 깊어진다. 그러더니 내 아들이 새로이 시선을 집중한다. 지금이다……. 아닌가? 맞아, 그래. 샘이 실제로 나를 보는 듯하다!

"안녕, 아빠." 샘이 다시 한번 말한다. 하지만 이번엔 훨씬, 훨씬 더 부드럽게. "아빠 지금 여기 있죠."

샘이 눈길을 든다. 얼굴이 이루 말할 수 없는 기쁨으로 환히 빛난다. 샘이 에디를 본다. 샘의 입술을 타고 말이 흘러나온다. "아빠가 여기 있어요, 아줌마. 우리 아빠가 여기 있어요."

샘

나는 그들이 아빠를 깨우려고 시도하는 걸 보고 있을 수 없다. 아니, 그들이 '깨어 있다'고 여기는 곳으로 아빠를 데려가려고 시도하는 걸.

아빠는 머나먼 길을 헤쳐 왔다. 삶의 맨 가장자리에서 이곳까지. 깨어나기 바로 직전까지.

아빠가 단단한 호박(琥珀) 속에 갇혀 있는 듯하다. 말을 할 수도 없이, 움직일 수도 없이. 그런데도 나는 아빠가 여기 있는 걸 안다. 나는 아빠에게서 발산되는 온기를 느낀다. 피부의 안쪽에서만 감지될 수 있는 온기.

하지만 내가 그걸 말하지 않았더라면 좋았을 걸.

그들이 자꾸만 아빠를 괴롭힌다. 아빠 스스로 숨 쉬기를 원한다며 점점 더 자주 잠깐씩 인공호흡기를 뗀다. 그리고 아빠 눈앞에서 물건을 이리저리 흔들고 아빠의 장딴지를 세게 주물럭거린다. 얼마나 세게 주물럭거리는지 아빠의 근섬유 다발을 손으로 비비고 꼬집은 피부 부위에 붉은 손가락 자국이 남을 정도이다.

닥터 포스가 아빠 뒤에, 머리맡에 서서 아빠를 깜짝 놀라게 하려 한다. 그는 갑작스레 손뼉을 친다. 모두들 깜짝 놀란다. 아빠만 놀라지 않는다. 매디도 놀라지 않는다. 그들은 아빠 손에 물건을 쥐여준다. 부드러운 마사지공, 칫솔 — 하지만 아빠는 물건을 움켜지지 않는다. 그들은 아빠에게 눈을 깜박이고 왼쪽을 바라보고 이름을 말하고 일 더하기 영이 얼마인지 답하라고 요구한다.

"나는 클라우디아 카르디날레*가 질문한다 해도 그런 것들에는 대답하지 않을 거야." 내 머릿속에서 스코트가 투덜거리는 소리가 들린다.

아빠는 가만히 있다. 눈꺼풀이 파닥거리지 않는다. 맥박도 빨라지지 않는다. 움찔거리지도 않는다. 그 어느 것도 움직이지 않는다.

"미안해요, 아빠." 나는 나지막이 말한다. 닥터 포스가 위치를 바꾸고 가운에서 볼펜을 꺼낸다. 나는 닥터 포스가 그것으로 무엇을 할 계획인지 안다. 중환자 병동의 다른 환자들에게 그런 테스트를 하는 걸 본 적이 있다. 그는 뾰족한 볼펜심을 엄지발가락 발톱 밑으로 밀어 넣을 것이다. 또 엄지손가락 손톱 밑으로도 밀어 넣을 것이다.

나는 아빠를 느낀다. 아빠를 익사시키려 위협하는 검은 고통을 느낀다. 아빠는 그들이 원하는 것을 할 수 없어서 고통스러워한다. 게다가 또 다른 고통도 있다. 갈증. 그리고 분노! 그들이 내 아빠에게 가하는 것에 대해 부글부글 끓어오르는 선홍색의 분노.

이제 그들은 아빠의 혀를 잡아당긴다. 내 마음이 아프다. 에디 아줌마가 숨을 거칠게 몰아쉬는 소리가 들린다.

아빠의 절망. 그것은 기이하게 번지는 파란 잉크색이다. 그래서 마치 아빠가 잉크가 섞인 눈물을 흘리는 것만 같다.

* 1960년대 이탈리아를 대표하는 섹스 심벌. 튀니지에서 태어나 이탈리아에서 주로 활동했다.

하지만 그건 테스트 때문이 아니다. 그건…….

에디 아줌마가 아빠를 느끼지 못하기 때문이다.

아줌마는 벽 앞에 서 있다. 한 손으로 입을 막고 다른 한 손으로는 배를 감싸고 있다. 아줌마의 눈길은 아빠에게서 떨어질 줄 모른다.

나는 매디의 침대 쪽으로 물러나 매디의 손을 쓰다듬는다. 우리의 손은 소독된 장갑을 끼고 있다.

매디는 인공호흡기에 의지해 호흡한다. 오늘 아침에는 매디의 신장 하나가 기능을 멈췄다.

"아빠가 왔어, 매디." 나는 속삭인다. "아빠는 나를 보았어, 지금까지……."

지금까지 아무도 나를 그렇게 보지 않았어. 아무도. 내가 세상에서 제일 중요한 사람이라는 듯. 나를 자랑스러워 한다는 걸 말하기 위해 아빠가 할 수 있는 모든 것, 알고 있는 모든 것, 모든 힘을 동원하리라는 듯. 나를 자랑스러워한다는 걸, 매디!

하지만 이런 걸 크게 말할 수는 없다. 사실은 말로 표현할 수조차 없다.

고약하게도 눈물이 목구멍을 타고 올라온다. 눈물은 짭짤하다. 그리고 씁쓰름하다. 매우 씁쓰름하다.

그게 좋고 새롭고 또 벌써 거의 다 지나가서 씁쓰름하다.

내가 누군가에게 세상을 뜻한다는 것이 얼마나 엄청난 사실인지 몰랐기 때문이다.

나는 아빠에게 하나의 온전한 세상이다! 내 안에는 그것을 감당할 만한 힘이 없다. 그래서 나는 매디의 손을 잡고 분노의 눈물을 흘린다. 나는 매디가 내 손을 잡고 내 눈물을 닦아주는 걸 상상한다. 만일 이전에 그랬다면 난처했을 것이다.

예전에, 7주 전에, 내가 아이였을 때.

"그만하세요!" 에디 아줌마가 단호하면서도 조용히 요구한다.

닥터 포스가 손톱, 발톱 밑으로 볼펜심을 집어넣어 통증 테스트를 할 수 있도록 남자 간호사들이 아빠의 팔다리를 곧게 폈을 때였다.

"하지만 탐린 부인, 운동 기능 검사를 실행하려면 굴근 긴장을 위한 자극을……."

"의사 선생님, 그거 하지 마세요. 저 사람을 아프게 하는 걸 정당화하려고 그 시시껄렁한 의학적인 전문 용어로 무장하려 하지 마세요. 그만두시라고요."

에디 아줌마는 닥터 포스에게 다가간다. 아줌마의 걸음걸이에는 닥터 포스를 물러서게 하는 뭔가가 있다.

"저 사람을 가만두세요! 지금 당장! 그만 됐어요."

포시는 한숨을 내쉬고는 대답한다. "부인이 원하신다면 좋습니다." 그러고는 볼펜 스위치를 눌러 가운의 가슴 주머니에 집어넣는다. "하지만 우리가 하나라도 놓치지 않으려면……."

에디 아줌마가 너무 빤히 쳐다보자 닥터 포스는 말을 잇지 못한다.

아줌마는 조용히 위협적으로 말한다. "환자가 의식이 있는데도 자신의 운동 신경을 조절할 수 없을 수도 있어요. 어쩌면 의사 선생님이 저 사람을 고통스럽게 할지도 몰라요. 그런데 저 사람은 거부할 수 없어요. 저는 저 사람의 대리인으로서 이런 식으로 괴롭히는 걸 용인할 수 없어요. 여기에서 더 하실 일이 있나요?"

닥터 포스는 닥터 사울을 쳐다본다. 닥터 사울은 나를 건너다보더니 말한다. "우리 병원의 경영진은 인색하기로 유명하죠. 하지만 우리에게 일단 저 괴물이 있는 이상 이용해야 합니다."

그의 말은 뇌 특정 부위의 활동을 측정하는 기능적인 자기공명토모그래프를 가리킨다. 그것은 가격이 200만 파운드나 하고 영국의 '독심술사'로 여겨진다. 닥터 사울과 다른 신경과 전문의 세 명을 제외하고는 그 테스트를 신빙성 있게 실행할 수 있는 사람은 거의 없다. 닥터 사울이 내게 언젠가 한 번 설명해줬다. "그 괴물이 우리를 위해 뇌를 들여다본단다. 우리는 가령 '오늘 아침식사로 어릿광대를 드셨습니까?' 같은 질문을 던지고는 뇌의 중앙전전두피질에서 움직임이 있는지 지켜볼 수 있단다. 우리는 환자에게 형광 물질을 주사하고 포도당 소모량을 측정할 수도 있어. 뇌가 영양분을 소비하면, 환자가 뇌를 이용할 가능성이 아주 많거든. 또 우리는 운동 상상력을 자극할 수도 있어. 테니스를 치세요! 외발로 폴짝폴짝 뛰세요. 주먹을 쥔다고 상상하세요! 그래, 우리는 이런 모든 걸 할 수 있단다. 그러면 불이 깜박거려. 어리석게도 그 신호를 이해하는 사람이 거의 없다는 게 문제지. 아, 이게 반응이구나, 또는 이건 그냥 잠깐 비틀거린 거네. 이렇게 말할 수 있는 사람이 아무도 없어. 기계는 영리하고 우리는 멍청해."

그런데도 신은 디미트리에게 말한다. "스키너 씨 검사는 이걸로 끝내세요." 그러고는 아줌마와 나한테 자신의 방으로 따라오라는 신호를 한다.

나는 일부러 시간을 끌며 일어난다.

에디 아줌마는 수술 자리 옆에 새로 자란 아빠의 머리카락을 이마 뒤로 쓸어 올린다. 아주 다정한 몸짓으로. 그 몸짓에 모든 것이 담겨 있다. 사랑. 두려움. 한없이 많은 슬픔.

아줌마가 나를 보며 말한다. "우리에게로 오렴." 그러고는 아빠의 가슴 너머로 내게 한 손을 내민다. 나는 일회용 장갑을 벗고 아줌마의 손을 잡은 뒤를 이어 아빠의 오른손을 잡는다. 아줌마는 아빠의 왼손을 잡는다. 우리는 그렇게 서 있다.

에디 아줌마가 주위를 둘러본다. 우리 말고는 아무도 없다. 아줌마가 나지막이 내게 간청한다. "샘, 네가 어떻게 하는지 내게 말해주렴. 그게 가능해?"

나는 아줌마의 말이 무슨 뜻인지 금방 알아듣는다.

하지만 그걸 어떻게 설명해야 할지는 모른다.

"*모 나미*, 네가 이따금 외부 세계와 접촉하는 것 말고는 다른 수가 없어. 그걸 이미지로 설명해. 사람들은 이미지를 좋아해." 미래의 영향력 있는 심리학자 스코트의 목소리가 내 안에서 메아리치는 게 들린다.

그렇담 시도해봐야지. 이미지로.

내가 볼 수 있는 모든 것 — 형형색색의 숫자, 냄새 나는 음악, 그림을 그리는 향기, 다채로운 고통, 거짓말, 분노, 감정, 건물의 메아리 — 나는 이런 지각들을 강화시킬 수 있다. 마치 소리를 키우듯이. 음량 조정 장치를 위로, 아주 위로 올리듯이.

"지금 아빠가 여기 있어?" 아줌마가 묻는다.

나는 여전히 뜨고 있는, 움직임 없는 아빠의 눈을 들여다본다. 그 아래 아빠가 있다. 나는 그걸 감지할 수 있다. 문 뒤에 누가 있는 걸 아는 것처럼. 분위기가 다르다. 더 농밀하다. 더 따스하다.

"네." 나는 대답한다.

아줌마가 숨을 헐떡인다. 아줌마의 얼굴은 내 말을 반은 진심으로 믿으면서도 반은 믿지 못하는 표정이다.

"아빠가 내 말을 들을까?" 에디 아줌마가 묻는다. 목소리에 갈망과 의혹이 서려 있다.

"아줌마 생각은 어떠세요?" 나는 되묻는다. 어쩌면 아줌마의 마음속에도 강화 장치가 있을지 모른다. 어쩌면 누구나 그걸 가지고 있는데 다만 의식하지 못하는 것일 수도 있다.

에디 아줌마가 아빠를 바라본다. 아줌마 안의 뭔가가 앞으로 나오려고 애쓴다.

"오, 헨리." 아줌마는 속삭인다. 아줌마의 목이 멘다. "오, 헨리. 당신을 사랑해."

아줌마가 아빠의 한 손을 들어 입을 맞춘다. 나는 뇌파 검사 모니터를 응시한다.

모니터가 세 번 연달아 급격한 변화를 보인다.

에디 아줌마는 절망과 희망이 교차하는 표정으로 나를 본다.

"샘, 미안. 내가 통역해달라고 하면 우습게 들리겠지." 아줌마의 미소는 삐딱하고 다정하다. 마음 같아서는 아줌마를 위로하기 위해 '네! 제가 할게요.'라고 말하고 싶다.

"지금 너는 아빠를 어떻게 느끼니?" 아줌마가 다시 묻는다.

"저는 깊이 생각하지 않아요."

"그럼 지금 무얼 느끼니?"

나는 아빠를 바라본다. 다시금 큰 물결이 메아리친다.

"사랑." 나는 나지막이 말한다. "열망. 그리고 갈증."

아줌마는 내 손을 놓고 뒤편의 박스에 손을 뻗는다. 그런 다음 조심스럽게 아빠의 입술과 입안에 물을 축인다. 그러는 동안 나는 마음을 더 활짝 열려 한다. 내 내면의 강화 장치를 적색 구역까지 올린다.

그러자 아빠뿐만 아니라 모든 것이 감지되는 탓에 견디기 힘들다. 보통 사람들이 느끼는 것보다 훨씬 많은 게 느껴진다.

홀의 모든 침대마다 격렬한 감정들이 넘친다. 어떤 사람은 길을 잃어 아주 험준한 장소에 이르렀고, 어떤 사람은 죽음의 공포에 시달리고 있다. 또 심한 열병에 시달리는 사람도 있다. 나는 방 안 곳곳으로 늘어나는 줄이나 고무처럼 피로와 긴장을 느낀다. 근심, 경련, 두려움.

"샘?" 에디 아줌마가 걱정스러운 듯 묻는다.

두려움 뒤에서 바스락거리고 사각거리는 소리가 들린다.

"샘, 됐어. 됐어. 그만해. 그러지 않아도 돼." 아줌마는 내 어깨를 쓰다듬는다. 나는 공기를 급하게 들이마신다. 그동안 숨을 멈추고 있었다. 현기증이 인다. 그런데도 아줌마에게 말해야 한다.

"다른 빛이 아빠를 비추는 것과 같아요. 더 어둡거나 또는 더 밝거나 또는 다채로운 빛이. 그 빛을 통해 지금 아빠가 어떤지 볼 수 있어요. 아빠가 말을 할 수 있다면, 아빠가 뭘 숨기고 있는지 어조만 들어도 알 수 있을 거예요. 저는 아빠의 몸을 보고 아빠가 여기 있는지 없는지 알 수 있어요. 그건……." 나는 비교할 만한 대상을 찾는다. "비늘이 음반에 놓이는 것과 같아요. 음악이 아직 시작하지 않았는데도 거기 뭔가가 있다는 걸 알 수 있어요. 또는 누군가가 깜깜한 방 안에 있는지 알 수 있어요 — 공기에 긴장감이 감돌아요."

아줌마가 내 말을 믿어야 할지 말아야 할지 망설이는 게 보인다. 그 모든 게 단지 내 상상에 지나지 않는 건 아닐지 아줌마 자신에게 묻는 게 느껴진다. 내가 나 자신을 위로하려고. 희망을 잃지 않으려고.

"아빠는 살려고 해요!"

"그렇담 살려고 하는 걸로 충분하지? 그렇지?" 아줌마는 솔직하게 묻고는 아빠의 거의 꺼져버린 무력한 몸을 가리킨다.

아빠 안에서 뭔가가 질주한다. 마치 마음속에서 창살을 향해 돌진하는 듯하다. 몇 번이고 계속, 계속.

에디 아줌마의 말이 맞다. 아빠의 얼굴에는 그게 드러나지 않는다. 맥박에도 나타나지 않는다. 혹시 내가 착각하는 걸까?

아니. 절대 아니다.

아빠가 나와 대화를 나누듯 나는 아빠를 뚜렷이 느낄 수 있다.

"가자." 에디 아줌마가 말한다. "닥터 사울에게 가자. 그가 무얼 할 수 있는지 우리에게 설명해줄 거야."

에디

“물고기들은 머리를 땋을 수 없다.” 닥터 사울이 말한다. “잠자리들이 시를 쓴다.”

그는 뇌가 허튼소리를 인지하거나 수수께끼를 풀어야 하는 경우에 일으키는 반응을 유도하기 위해 난센스를 열 번 말한다. 닥터 사울이 거듭 금발 머리를 가로젓는 걸로 보아 헨리의 뇌는 수수께끼를 풀 의향이 없는 듯 보인다.

“안녕하세요, 스키너 씨. 저는 당신을 치료하는 의사입니다. 당신은 헨리 말로 스키너이고 44일 전부터 런던의 웰링턴 병원에 있습니다. 스키너 씨, 당신은 코마 상태에서 살고 있어요. 지금 당신은 뇌 스캐너 안에 있어요. 스캐너가 당신 뇌의 중앙 전전두피질의 활동을 측정하죠.”

샘이 내 옆에 서 있다. 샘은 아버지가 들어 있는, 요란한 소리를 내는 그 엄청난 기기에—괴물이라 불리는 MRI 장치—주의를 집중하고 있다. 특수 카메라가 부착된 고리가 내부에서 회전하며 뇌를 시각적으로 원반 형태로 분해하고 어둠 속에서 전파 신호가 나타나길 기다린다.

“당신이 골프장에서 공을 친다고 생각하세요.” 닥터 사울이 말한다.

“쓸데없는 짓이야.” 샘이 웅얼거린다. 나는 샘의 말이 옳다고 인정해야 한다. 헨리가 특정 움직임을 상상하는 동안, 그러니까 지금 골프채를 휘두른다고 생각하는 동안, 기능적 자기공명 영상은 그 임무를 담당하는 뇌 부위를 반짝이게 해야 한다. 그것은 건강한 사람들이 골프장의 페어웨이에 있는 꿈을 꿀 때 반짝이는 뇌 부위이다.

"주먹을 쥔다고 생각하세요." 의사는 요구한다. "발가락을 이리저리 움직이는 상상을 해보세요." 그러더니 이렇게 말한다. 그는 헨리에게 테니스를 치고 축구를 하고 춤을 추는 상상을 하라고 주문한다.

헨리의 머리와 가슴에 부착된 전기 측정기들이 모든 것을 기록한다. 닥터 사울은 이미지로 인식할 수 없다면 바이오피드백 기록기를 이용해 뭔가를 인식할 수 있는지 확인하려 한다.

그렇다. 마침내 사울과 포스와 그 빌어먹을 괴물이 헨리가 실제로 여기 있다는 것을 내게 확인해주길 바란다. 내가 샘을 믿지 못하기 때문이 아니다. 나 자신이 그걸 믿을 수 없기 때문이다. 나는 우리의 말에 귀 기울이라고 나 자신에게도 의사들에게도 말할 용기가 나지 않는다.

헨리 뇌의 어떤 것도 그가 움직임을 상상한다는 징후를 보이지 않는다. 헨리가 자신이 코마 상태에 있다는 사실조차 모르는 까닭에 그냥 조용히 있는 것은 아닌지 알려주는 게 아무것도 없다.

"스키너 씨? 헨리 스키너 씨?"

세타파(뇌파의 일종. -옮긴이) 테스트. 나는 닥터 사울을 지켜본다. 하지만 그는 오로지 모니터만 뚫어져라 들여다본다.

매리언 간호사가 우리 옆에 다가와 선다.

"아무 일도 일어나지 않는다고 해서 실제로 아무 일도 일어나지 않는다는 뜻은 아니에요." 그녀는 나지막이 말한다. "이 테스트를 끝낸 후에도 우리는 스키너 씨를 24시간 동안 전극에 연결시켜둘 거예요. 사실 저는 이 독심술사보다 그걸 더 중요하게 여겨요. 독심술사는 겨우 한 시간 스키너 씨를 관찰할 뿐이에요. 그건 아무것도 아니에요. 스키너 씨는 그 한 시간 동안만 이곳에 없을 뿐 어디든 갈 수 있어요."

"매디는 어때요?" 샘이 묻는다.

"매디는 싸우고 있어, 새뮤얼. 싸우고 있단다."

"매디는 살고 싶어 해요. 하지만 그럴 용기가 없어요." 샘은 설명한다.

"음, 너는 그런 생각을 할 수 있을 정도로 매디를 잘 아나 보구나?" 매리언 간호사가 다정하게 묻는다.

"아니에요. 매디가 제게 말해줬어요." 샘이 대답한다.

"아, 그래?"

"네, 꿈속에서." 샘이 진지하게 설명한다. 샘은 자신들의 생각을 내게 들려주는 작가들처럼 이야기한다. 확신에 차서 침착하게. 나는 그런 작가들을 결코 별나다고 여기지 않았다. 꿈은 영혼이 자신의 마음과 닮은 사람의 몸을 빌려 찾아오는 것이라고 얘기하는 작가도 있었다. 이미 죽은 사람의 모습도 기꺼이 빌린다는 것이었다. 꿈 기계, 자각몽, 꿈 시간 여행. 그중 어떤 것도 허무맹랑하거나 미친 소리로 들리지 않았다. 포피와 롤프, 안드레아, 나는 극히 불가능한 일들의 가능성에 대해 토론했다. 나는 믿어지지 않는 일들에 익숙하다. 미지의 세계를 향한 답사, 그것은 문학이 존재하는 이유 중의 하나이다. 작가가 아니라면 달리 누가 이 같은 일에 나서겠는가? 달리 누가 '만일 어떨까?'라고 무한히 생각해야 하는 의무를 지겠는가?"

그런데도 나는 지금 물러선다.

여기 이것은 현실이다. 책도 아니고 컴퓨터 괴짜들의 시합도 아니다.

저기 저것, 쿵쾅거리는 괴물, 닥터 사울의 질문, 일 분에 여덟 번 공기를 주입했다 빼내는 헨리의 산소 호흡기. 이게 현실이다.

6주 전부터 헨리는 스스로 숨을 쉬지 못한다. 기적의 시간은 이렇듯 천천히 시작된다. 기적이 그 무엇보다 절실히 필요한 곳에서, 그리고 그 무엇보다 희귀하게 일어나는 곳에서.

"매디의 꿈을 꿨니?" 매리언 간호사가 천천히 묻는다. "대체 언제 꿨어?"

"매디가 패혈증에 걸리기 전날 밤에요."

"어떤 꿈인지 얘기해줄래? 꿈이 의사소통의 수단이라는 거 알지, 그리고……."

"저는 차를 가져올게요." 나는 퉁명스럽게 말하고는 일어선다.

나는 참을 수 없다. 매리언 간호사가 지금 샘에게 더 많은 희망을 불어넣는 걸 견딜 수 없다.

"탐린 부인, 꿈 얘기 듣고 싶지 않아요?"

아니. 제 아빠와 꼭 닮아 보이도록 빛이 비치면, 아직은 그나마

온전히 남아 있는 내 최후의 심장이 찢어질 뿐이다.

내가 너를 보호할 거야, 샘. 나는 말없이 맹세한다. 영원히, 언제까지나. 무엇 때문에 너를 보호해야 할지는 아직 모르지만. 혹시 너무 많은 환상에 빠지지 않도록? 그래, 바로 그거야—기적을 간절히 바라면 공교롭게도 기적이 실제로 일어난다는 환상에 빠지지 않도록.

"탐린 부인, 부인은 스키너 씨 꿈을 아직 한 번도 꾸지 않았나요?" 야간 간호사가 흡연으로 인해 걸걸해진 목소리로 묻는다.

천장 아래서 전등이 바스락거리는 소리가 달라진다.

샘이 뭐라고 말했더라? 샘은 헨리가 우리 곁에 있다는 걸 어떻게 느낄 수 있을까? 아주 가까이에서 우리를 볼 수 있고 우리에게 뭔가를 말하려 한다는 걸.

그건…….

……바늘이 음반에 놓이는 것과 같아요.

나는 그 느낌을 잘 안다. 그건 세상에서 은밀하게 숨을 쉬는 것이다. 그건 오케스트라가 지휘봉 끝에 주의를 집중하는 것이다.

하지만 나는 그걸 인정하지 않는다. 내가 헨리와 잔 꿈도 인정하지 않는다. 그건 다만 갈망이었을 뿐이다. 그뿐이다.

그런데 만약 그게 아니라면?

"당시 저는 우리 아버지 꿈을 꿨어요." 그래서 나는 마지못해 대답한다. "아버지가 돌아가셨을 때 처음으로 꾸었죠. 초반에는 자주 꾸다가 나중에 차차 드물게 꿨어요."

매리언 간호사가 고개를 끄덕인다.

나는 아버지를 보면, 내가 꿈을 꾸고 있다는 걸 금세 안다. 우리에게 온 세상을 뜻했던 사람을 잃어버리면 그렇다. 우리의 삶에 균열이 생기고 웃음과 홀가분함이 그 균열 속으로 사라진다. 그들의 부재는 우리를 파괴한다. 별안간 우리는 깨어 있는지 꿈을 꾸는지 분명히 구분하지 못한다. 마치 죽음이 세계들 사이의 세계에 들어서는 걸 가능하게 하는 듯 보인다.

가끔은 그 꿈들 밖에서도 아버지 소리를 듣는다. 예를 들어 샘이 병원 예배당에서 내 품에 안겨 있었을 때 아버지는 큰 소리로 분명하게 말했다. "너를 위한 장소를 찾아 그걸 노래하렴."

나는 아버지가 내 안으로 들어온 것 같은 느낌을 두 번 체험했다. 한 번은 오토바이를 타고 갈 때였다. 또 한 번은 콘월에서. 대기에서 상큼한 냄새가 풍겼고 날씨는 여전히 따사했지만 이미 가을 정취가 살짝 감돌았다. 바다가 노래했고 모든 게 좋았다. 아버지가 내 몸속에서 걸으며 다시 느끼는 걸 즐기는 듯했다. 삶의 따사함을. 냄새 맡는 걸. 어떻게 근육이 움직이고 심장이 뛰는지 감지하는 걸. 그건 틀림없이 4~5분 지속되었다.

하지만 그 느낌이 매우 강렬했는데도 나는 그 모든 것을 그럴듯한 자기기만으로 여겼다.

인간은 그렇다. 스스로를 위로하려고 아주 기괴한 일들을 상상해내고 진실인 양 여긴다.

"탐린 부인, 사후 체험에 대해 들어보셨어요?"

"임사 체험 말인가요?"

"아뇨. *사후* 체험요. 부인은 아버님 꿈을 꿨어요. 간혹 아버님이 곁에 있다는 느낌이 든 적도 있나요? 아버님 냄새를 맡을 수 있었어요? 아니면 소리를 들을 수 있었나요? 사후 체험은 소통의 순간들이죠. 무척 가까운 누군가가 죽었을 때 사람들은 그런 체험을 하기도 해요."

아뇨! 나는 말하려 한다. 그건 말도 안 돼요, 전부 말도 안 돼요!

헨리가 나를 부른다고 상상하는 것과 마찬가지로. 에디, 도와줘! 알코올이 만들어낸 허튼 생각!

"아뇨." 그래서 나는 주장한다. "뇌는 스스로를 기만해요. 우리는 사랑하는 사람들을 듣고 느끼고 냄새 맡는다고 상상하면서 위로받아요. 자가 치유는 최고의 의술이죠. 하지만 현실에서 헨리는 내가 있을 때 단 한 번도 아주 미세한 반응조차 보인 적이 없어요. 아주 미세한 반응조차. 아시겠어요? 그런데 사후 체험? 꿈? 제발 그런 걸로 절 괴롭히지 말아요!"

내 목소리가 내 귀까지 쿵쿵 울린다. 심지어는 닥터 사울도 플렉스 글라스 부스 안에서 눈을 들어 나를 건너다본다.

사후 체험. 꿈. 너무 많은 비의(秘義). 너무 적은 확신. 너무 많은 상처와 너무 많은 기적.

나는 일어서서 MRI 촬영실을 나와 음료수 자판기를 향해 복도를 걷는다. 주먹을 불끈 쥐고 벽을 내려치고 싶다. 내 이마와 머리를 내려치고 싶다. 헨리를 도로 데려오고 싶다. 아버지를 도로 데려오고 싶다! 내 삶을 되찾고 싶다.

"에디." 아버지의 다정한 목소리가 들린다. "에디." 하지만 그건 오로지 내 머릿속에서의 일이다.

오로지 내 머릿속에서의 일.

음료수 자판기 앞에 이르렀을 때는 차를 마시고 싶은 마음이 사라지고 없다. 그 대신 나는 조용히 돌아가 아직 열려 있는 유리문 옆의 벽에 기대어 선다. 그래서 매리언 간호사도 샘도 나를 보지 못한다.

"……그리고 매디는 무대에 오르려고 하지 않았어요. 무대를 그리워하면서도 두려워했어요. 삶을 두려워했어요. 그래서 제가 매디 곁에 있을 거라고 말했어요. 하지만 그것으로 충분한지 모르겠어요. 매디의 평생을 지켜주기엔 아마 제가 너무 부족할지도 몰라요."

매리언 간호사는 다정하게 대답한다. "샘, 너는 매디가 건강해지기 위한 최고의 이유란다."

"아빠는 꿈을 꿀 수 있을까요?" 이렇게 묻는 샘의 목소리가 갈라진다.

매리언은 한숨을 내쉰다. "너도 알지, 난 오래전부터 여기 뇌센터에서 일하고 있어. 신경과 의사들이 꿈꾸는 건 불가능하다고 얘기하는 소리를 자주 듣는단다. 꿈은 코마 상태에서 전혀 접근할 수 없는 의식의 차원에서 일어나기 때문이라는 거야. 무슨 말인지 알지? 말하자면 꿈 장치가 정지해 있다는 거지. 하지만……."

나는 몸을 조금 앞으로 숙인다. 하지만?

"하지만 코마 환자들은 의식이 돌아오면 자신들이 체험한 걸 이야기해. 그건 흔히 사람들이 믿는 것 이상이야. 환각도 일부 있어. 그건 우리도 이미 알아. 기계들 소음, 불빛, 주사, 의사들의 대화. 이 모든 것은 감정에 관여하는 뇌 부위 변연계에서 변형되어 새로운 이미지로 전환돼. 인공호흡기는 잠수함 모터가 되고 EEG의 삐삐거리는 소리는 트럭이나 슬롯머신이 된단다."

침묵이 흐른다. 괴물은 쿵쿵거린다.

닥터 사울이 스피커를 통해 설명한다. "이제 우리는 마지막으로 일련의 글루코오스 테스트를 시행할 겁니다."

매리언 간호사가 목소리를 좀 더 낮춰 말을 잇는다. "그 가운데 수면 주기의 렘 단계, 그러니까 눈이 눈꺼풀 아래에서 움직이는 순간들을 보이지 않은 사람들도 있어."

"꿈 단계." 샘이 말한다.

"그건 아니야!" 매리언이 반박한다. "그런 견해는 시대에 뒤떨어진 거란다. 그사이 모든 수면 단계에서 꿈이 형성된다는 사실이 밝혀졌어. 하지만……."

"하지만?" 나는 다시 병실에 들어서며 묻는다.

"하지만 가령 부인의 헨리처럼 모든 잠이나 꿈 차원을 훨씬 벗어난, 깊은 코마 상태에 빠진 경우에는 오늘날 의학이 믿는 바에 따르면 꿈을 꿀 수 없다는 거죠. 그 상태에서는 뇌가 꿈을 만들어내지 못한다는 거예요. 그렇다면 돌아온 사람들이 하는 얘기는 뭘까요? 제 말 이해하시겠어요? 누군가가 코마 상태에서 꿈을 꿀 수 없고 주위를 전혀 지각하지 못한다면, 그 사람은 도대체 어디 있었던 걸까요? 그게 꿈도 현실도 아니라면, 돌아온 사람들이 하는 얘기는 뭘까요?"

그게 무슨 뜻일지, 코마 환자들의 체험이 꿈이 아니라면 대체 무엇일지, 내가 파악하기도 전에—또다시 스피커 장치에서 타다닥 소리가 난다.

닥터 사울이 스피커를 끄는 걸 잊은 게 분명했다. 그는 사전 경고 없이 불쑥 말한다. "이런, 포시. 우리가 정년 퇴임하기 전에 스키너에게서 살아 있다는 징후를 보게 된다면 기적일 거요."

매리언 간호사가 손을 들어 경고하며 의사를 향해 빠르게 걸음을 옮긴다. 하지만 의사는 간호사를 보지 못했고, 우리가 본의 아니게 듣고 있다는 걸 전혀 예감하지 못한 채 말을 계속한다. "아이가 무얼 믿든 상관없이 이 남자는 더 이상 회복하지 못할 거요. 24시간 뇌전도 검사에서 아무것도 나타나지 않으면, 치료를 중단하자고 탐린 부인을 설득하는 문제에 대해 생각해봐야겠어요. 인공호흡기와 영양 공급 튜브를 제거해야 할 거요."

포시는 대답한다. "네. 단순히 생명을 연장하는 건 아무 의미가 없어요. 스스로 살 수 있어야 해요."

샘의 얼굴에서 소년다움이 일시에 사라진다. 샘은 노인처럼 몸을 곧추 세운다.

"그렇지 않아요." 샘은 속삭인다. 주먹을 불끈 쥐고 있다. 샘은 격렬한 눈빛으로 나를 바라본다. "아줌마! 그렇지 않아요! 그러면 안 돼요! 아빠는 살아 있어요. 여기 있다고요!"

매리언 간호사가 모니터가 있는 부스의 문을 열어젖힌다. 닥터 사울이 깜짝 놀라 눈길을 든다. 그는 우리가 자신의 말을 들었다는 걸 깨닫는다.

그의 푸른 눈에서 부끄러움이 번쩍이는 게 보인다. 그는 샘을 본다. 그러고는 고개를 숙인다.

"미안하다, 새뮤얼."

샘은 자기 아버지가 자기공명촬영 장치 밖으로 실려 나오자 촬영실로 달려 들어간다.

"아빠, 걱정하지 말아요." 그러고는 격렬하게 말한다. "난 아빠가 여기 있다는 걸 알아요. 저 사람들은 아빠에게서 기계를 떼어내지 않을 거예요, 내 말 들리죠? 그러지 않을 거예요. 걱정 말아요. 내가 여기 있어요. 그리고 난 아빠도 여기 있다는 걸 알아요."

하지만 헨리는 언제나처럼 꼼짝 없이 누워 있다. 광채 없는 눈과 얼굴, 콩콩 뛰는 심장, 껍질만 남은 몸. 하지만 그가 어디에 있는지는 아무도 모른다. 어쩌면 헨리 자신도 모를 수 있다. 나는 매리언 간호사를 바라본다. 광신적이지도 독실하지도 않은 여인을 본다. 그리고 눈에 보이는 현재의 윤곽 너머와 피부 아래를 느낄 수 있는 공감각적 지각 능력을 지닌 샘을 본다.

두 사람의 말이 맞다면 어쩌지? 내가 의도적으로 그걸 무시했다면?

나는 아버지를 생각한다. 그리고 오로지 확신을 기하기 위해 아버지의 이름을 크게 소리 내어 말한다. 죽은 사람들의 이름을 말하면 그들이 우리와 접촉한다는 말이 있다.

"에드워드 탐린."

그러자 실제로 그런 일이 일어난다. 나는 아버지를 느낀다. 그 후 몇 초 동안. 1, 2, 3, 4, 5초 동안.

나는 아버지를 느낀다.

나의 왼쪽, 내 심장이 있는 쪽에서.

그게 나만의 상상에 지나지 않는지, 불가능한 것이 사실은 가능한 것은 아닌지 같은 것은 상관없다.

"샘," 나는 조용히 말한다. "샘, 지금 스마트폰 가지고 있니?"

소년은 헨리 위로 숙이고 있던 몸을 일으킨다. 소년의 얼굴이 일그러져 있다.

그러더니 고개를 끄덕인다.

"네 휴대폰 좀 잠깐 빌려줄래. 브르타뉴 해변에 생 성송 예배당이 있는지 찾아봐야겠어."

45일

저녁

에디

새색시 같은 기분이다. 두려우면서도 가슴 설렌다. 내 머릿속, 몸속 어딘가에 희미한 의심이 숨어 있지 않을까 더듬어본다. 내가 그것을 긍정하지 못하도록 가로막을 의심들. 거기에 의심, 많은 의심들이 있다. 예전에 느꼈던 것과 같은 의심들. 하지만 그것을 부정할 만큼 크지는 않다.

나는 꿈을 꿀 채비를 갖추고 하얀 시트를 새로 깐 소박한 병원 가족실의 침대에 누워 있다.

그런데 잠이 오지 않는다. 공교롭게도. 7주 전부터 나는 쉴 새 없이 과로에 시달리고 있다. 그런데 그 어느 때보다도 절실하게 잠자고 싶은 지금은 잠이 오지 않는다.

헨리와 교회 꿈. 그건 단순히 꿈이 아니었다. 그건…….

나는 그런 걸 뭐라고 부르는지 모른다.

말로 설명할 수 없다.

성자 삼손에게 봉헌된 예배당이 있다. 바닷가의 작은 석조 교회. 붉은색 문과 형형색색의 작은 유리 창문 두 개. 트레마장으로 가는 127번 국도 변. 생 로랑 반도 근처. 커다란 돌들과 야생마들이 있는 반도. 세계에서 가장 위험한 바닷길 카날 뒤 푸르 어구. 이루아즈 해변의 랑뒨베 마을, 포르스포더와 포르살 사이. 과거에 '사자들의 땅', 페이 드 레옹이라 불렸던 지역. 헨리의 고향.

나는 먼저 샘의 휴대폰으로, 나중에는 내 노트북으로 이루아즈 해변에 있는 헨리의 고향에 갔다. 사진들, 지도들, 블로그들—헨리가 태어난 황량한 땅. 나는 언젠가 그곳을 직접 보려 한다. 헨리와 함께 그곳을 체험하려 한다.

노란 금작화들이 절벽 주위를 에워싸고, 남쪽의 생 마티외 등대가 브레스트만 어구를 지킨다. 터키옥색으로 빛나는 파도들이 해변에서 높이 솟구친다. 은은한 유리병처럼 투명하며 고상한 에메랄드 색조를 띠고 마법과 최면으로 가득 찬 파도들. 그것들은 유혹하고 사람들은 그 속으로 사라진다.

나는 그 밤으로 사라지려 한다. 깊은 꿈의 바닷속으로 나 자신을 던지려 한다. 그곳에서 헨리를 다시 만나려 한다. 그걸 뭐라 부르든 상관없고, 그걸 말로 설명할 수 없더라도 상관없다.

하지만 내 심장은 전혀 피곤한 기색 없이 질주한다. 그렇다고 억지로 잠을 청하려고 술을 마실 생각은 없다. 위스키에 취한 환상을 불러내고 싶지 않다.

그런데 잠이 오지 않는다.

나는 매트리스 위에서 이리저리 뒤척인다. 침대에서 일어나 커튼을 더욱더 빈틈없이 친다. 수건을 돌돌 말아 문틈으로 스며드는 빛을 막는다. 100에서부터 거꾸로 수를 헤아리려 한다.

한 시간이 지나고 또 한 시간이 지난다. 지금까지 살면서 이렇듯 정신이 말똥말똥한 적은 단 한 번도 없었던 것 같다.

생각들이 질주한다. 내가 지난 45일 동안 깜박 잊고 하지 못한 모든 일들이 생각난다. 나는 청구서들을 결제하지 않았고 이메일들에 답하지 않았고 초대장들을 소홀히 했다. 청소도 하지 않았고 미용실에도 가지 않았으며 숙면도 취하지 못했다. 그런데도 나는 깨어 있다. 침대에서 일어나 파자마 차림으로 1분마다 불이 켜지는 복도를 따라 걷는다. 양말만 신은 채로 슬그머니 중환자 병동으로 내려간다. 바스락거리는 가운을 걸치고 마스크를 쓴다.

병동의 조명이 야간 조명으로 바뀌어 있다. 중앙의 높이 솟은 초소에 삶과 죽음을 감시하는 야간 파수꾼들이 앉아 있다. 그들 앞의 모니터에서 새어 나오는 희미한 파란 불빛이 피곤한 그들을 비춘다.

의사들이 내게 살짝 고개 숙여 인사한다. "소독하셨어요?" 나는 소독했다고 대답한다. 나는 틀림없이 하루에 열 번, 열두 번은 소독할 터였다. 그런데도 그들은 늘 묻는다.

내 발길이 저절로 매디에게로 향한다. 매디의 침대 주변에 커튼이 쳐져 있다. 나흘 전부터 매디의 몸은 오로지 기계로 움직인다. 여기에다 간까지 말을 듣지 않으면 매디는 죽을 것이다.

샘이 매디 옆에 앉아 있다. 수술실 간호사들의 초록색 복장으로 몸을 감싸고 마스크와 헤어네트를 쓰고 장갑을 끼고 보호 비닐로 신발을 싸고 있다. 샘은 매디에게 책을 읽어준다. 나머지 모든 것은 샘의 의식 밖으로 밀려난다. 커튼으로 경계 지은 3평방미터 크기의 장소와 매디의 얼굴이 샘의 온 세상이다.

"저기 봐." 나는 헨리에게 속삭인다. "당신의 아들. 착하게 잘 컸어. 나는 당신 아들을 사랑해, 헨리. 나는 저 아이를 사랑해." 헨리의 눈은 감겨 있다.

나는 헨리의 '수면 구조' 기록을 본다. 그것은 내게 여전히 별로 알려주는 게 없다. 선들이 똑바로 뻗은 길처럼 앞으로 나아간다. 나는 물수건으로 그의 입술을 살며시 톡톡 두드린다. 계속 두드린다. 갈증에 시달려서는 안 된다.

15분마다 야간 당직 의사가 와서 매디의 상태를 점검하고 내게 고개를 끄덕인다.

나는 꿈속에서 헨리에게 돌아오라고 말하는 상상을 한다. 우리가 새롭게 시작하고 모든 게 좋아질 거라고, 우리가 다시 늘 서로를 갖게 될 거라고. 나는 헨리가 모든 걸 극복하는 상상을 한다. 뇌좌상, 골절상, 타박상, 두려움, 코마, 재활. 말하기를 배우고 걷기를 배우고 사랑하기를 배우는 것.

그 멋진 한순간 나는 드디어 숨을 깊이 들이쉴 수 있다. 배 속의 두려움을 지나.

나는 헨리 옆에 앉는다. 그러다 아주 조심스럽게 옆에 눕는다. 그의 어깨에 얼굴을 기댄다. 그의 손을 잡고 우리 위의 천장을 올려다본다. 헨리도 이 천장을 볼까 나 자신에게 묻는다. 밤이면 더 조용해지는 전등들. 간접 조명. 침대 옆 롤링 카트에 있는 감시 장치는 빨간색, 파란색, 초록색 점들을 비춘다. 감시 장치들은 서랍처럼 차곡차곡 쌓여 있고 컴퓨터 하드 디스크처럼 회색이다.

나는 헨리의 어깨에 살며시 입을 맞추고 그의 귀를 향해 속삭인다. "헨리, 사진들을 봤어. 생 성송의 사진들. 그곳에 한번 가고 싶어. 생 로랑에도. 플롱에도 가고 싶어. 그곳의 만에서는 겨울이면 틀림없이 세상 어느 곳보다 거세게 폭풍이 휘몰아칠 거야."

나는 등대들을 생각한다. 프랑스에 있는 모든 등대의 사분의 일이 그 바다, 분노하는 바다, 이루아즈 해의 바위와 거대한 돌섬들에 있다. 그 바다보다 더 게걸스런 바다는 없다. 세상의 어떤 바다도 사람들과 배들을 그렇게 많이 요구하지 않는다.

"그러니까 그곳이 당신의 땅이야."

아버지는 브르타뉴에도 가보았는데 한 번도 그 얘기를 한 적이 없었다. 등대지기들은 밤바다에서 본 것들에 대해 말하는 걸 좋아하지 않는다. 나중에도 말하지 않는다. 그들은 침묵한다. 그들의 침묵은 그들 주변의 바다만큼이나 깊다.

"헨리, 우리 거기서 만날까? 생 성송에서? 아니면 당신이 태어난 곳에서? 퀴 케르크에서. 당신은 언젠가 카페 캄파니아의 지구본에서 그곳이 어디에 있는지 알려주었어. 나는 그곳, 하늘과 바다 사이에 있는 집을 찾아낼 거야. 그곳을 샘에게 보여줄 거야."

나는 헨리 곁에서 마음이 더 차분해지는 걸 깨닫는다. 그의 산소 호흡기의 리듬이 자장가처럼 들린다. 나는 늘 그랬듯이 깊이 생각하지 않고 그 리듬에 내 호흡을 맞춘다.

나는 피곤해진다. 아주 피곤해진다.

헨리의 손을 잡은 내 손을 그의 심장에 갖다 댄다.

그리고 잠이 든다. 헨리와 나란히 누워.

헨리

내가 어떻게 그걸 느끼는가. 나를 끌어당기는 샘의 갈망과 불안을. 내가 여기 있는지 확인하기 위해 나를 향해 여러 갈래로 갈라진 감각들을 내뻗는 보이지 않는 손. 하지만 샘의 주의는 무엇보다도 매들린을 향해 있다.

나는 곁에서 에디를 느낀다. 에디는 내 아들을 걱정한다. 그녀는 스스로 생각하는 것보다 강하다.

내 아이의 두려움.

내 아내의 애정.

하나는 나를 갈기갈기 잡아 찢는다. 다른 하나는 나를 봉합한다.

에디는 방금 믈롱과 생 로랑과 내 고향의 파도 색깔에 대해 얘기했다. 에디는 잠을 자지만 나는 아니다.

나는 지금 금지된 것을 얼마나 간절히 하고 싶은가!

살아 있는 이의 육신을 얼마나 간절히 차지하고 싶은가.

저기 홀 중앙에 의사가 한 명 있다. 키가 나랑 얼추 비슷하다. 그는 붉은 금발의 구레나룻을 기르고 목에 오래된 상처의 흔적이 있다. 식도 위쪽에 흉터가 보인다. 하지만 그의 몸은 생기와 혈기, 느긋함으로 가득 차 있다. 고통에서 자유롭다! 자유롭다!

내가 그의 몸을 잠깐 빌릴 수 있다면 좋으련만.

잠든 에디의 얼굴 위로 몸을 숙이고 내 입술로 그녀의 입술을 품을 수만 있다면. 그녀 입의 부드러움을 맛볼 수만 있다면. 처음에 에디는 밤에 사로잡혀 있겠지만 곧 내게 응답할 것이다.

그녀의 숨결에 이어, 내 바지의 천을 더듬고 내 엉덩이를 싸안는 그녀의 손을 느낄 수만 있다면. 조용히 목표를 좇아 내 옷을 벗기고 나를 근사하게 여기는 그녀의 손. 나를 어루만지는 손. 피부, 삶, 따사함.

나는 몸으로 느낄 수 있기를 갈망한다. 따사함, 촉촉함, 후드득 살갗에 떨어지는 물의 감촉. 에디의 따사한 피부, 내 몸에 감기는 그녀의 몸.

에디의 은밀한 부분이 팽팽해지고 축축해지고 단단해진다. 부드러워진다. 그녀의 성기를 달구는 열기. 내 가슴에 맞닿은 그녀 가슴의 매끄러움. 한쪽 젖꼭지에 이어 다른 쪽 젖꼭지를 입으로 에워싼다. 에디 위팔의 윤곽과 팔꿈치로 내 손바닥을 채운다. 내가 그녀의 중심에 가까이 다가갈수록 그녀는 엉덩이의 풍만함으로, 허벅지의 진동으로, 피부의 변화로 내 손바닥을 채운다.

음미한다. 에디의 구석구석을 음미한다.

듣는다. 에디의 한숨을.

본다. 나를 바라보는 에디의 눈을. 그녀의 입이 살짝 벌어져 있는 동안 그녀의 시선에 어린 미소를. '나를 맛봐.'

나는 잠시, 다만 얼마 동안만이라도 내 사랑하는 여인을 어루만지기 위해 몸을 빌리는 상상에 빠져든다. 모니터 너머 젊은 의사의 몸속으로 들어가는 상상을 한다.

에디가 나를 볼까? 다른 몸속에 있는 나를? 내가 에디의 모든 것에 기도와 감사를 표현한다는 걸 알까? 왼쪽 젖가슴에 난 점, 긴 근육, 목덜미의 제비초리, 웃을 때 입가에 생기는 매혹적인 잔주름. 모든 것을 품고 있는 눈. 바다, 삶, 꿈, 영원한 존재.

"나의 여름날. 나의 겨울 바다, 나의 안식처." 나는 속삭인다.

에디에게서 발산되는 고요와 평온의 파도가 내 감각의 끈들과 어우러진다.

이 평온 속에서 내 생각들이 첫걸음을 뗀다. 나는 심사숙고해야 한다. 내가 어떤 방향으로 나아갈지 알아내려면 정확히 심사숙고해야 한다.

나는 소녀에게서 시작한다.

매들린은 삶의 여러 변이형들 중 하나에서 새뮤얼이라는 이름의 남편이 있었고 그 남편과 함께 나이 들어갔다고 내게 말했다. 행복하게 나이 들어갔다고.

나는 조심스레 이리저리 생각을 뒤집어본다. 인간에게 주어지는 삶의 모든 변이형들이 꿈속에서, 숨을 거두면서, 또는 기회가 흐릿하게 스쳐 지나가는 때 — 존재할 수 없는 기억으로서, 데자뷔로서 — 마주친다는 말이 맞는다면, 매들린의 인생행로 중에는 틀림없이 두려움의 그림자로부터 벗어나는 변이형도 있을 것이다. 패혈증을 극복하고. 깨어나고. 건강해지고. 바닷속에서 아이를 꼭 붙들고 있는 최후의 그림자로부터 벗어나는 변이형. 그리고 그 아이는 내 아들 샘을 남편으로 맞이해 함께 늙어갈 수 있는 변이형을 체험한다.

이런 변이형이 현실이 되려면 매디가 살아야 한다.

그리고 내가…….

나는 내 아래서 모든 걸 빨아들이는 어둠을 느낀다. 어둠은 깨달음을 뿜어내 내게로 올려 보낸다. 나는 그 깨달음이 어떤 결론에 이를지 파악하지 못한다.

그러다 그걸 파악하는 순간, 목표를 향해 흔들흔들 나아가는 높고 커다란 배의 가장자리 너머로 뛰어내리는 듯한 기분이 든다. 텅 빈 공간 속으로. 그러다 결국 어딘가에서 바다에 부딪친다. 가라앉는다. 내게서 멀어지는 것, 배와 함께 사라지는 최후의 빛과 삶을 응시하며.

나는 한 번 더 숙고하고 머릿속에서 모든 단계를 확인한다. 그것은 오로지 죽은 자들만이 아는 공식을 푸는 것과도 같다.

그런 다음 나는 확신한다.

여기까지 올 수 있었던 건 에디의 깊은 평온이 내게 가져다준 확신 덕분이다. 이제부터는 나 혼자 계속 간다.

뒤를 향하여.

가장자리까지.

이제 떨어지기만 하면 된다. 내 아래서 일렁이며 기다리는 어두운 밤 속으로. 그런 다음 배를 이대로 계속 나아가게 하는 것이다. 나는 놓아주기만 하면 된다.

안녕, 내 사랑.

안녕.

지금 이 삶은 모든 삶 중에서 단연 최고였다.

45일

밤

샘

새벽 2시 반이다. 에디 아줌마는 여전히 자고 있다. 손을 아빠의 가슴에 올려놓은 채.

나는 다시 매디 옆에 앉는다. 내 목이 쉬기 시작한다. 나는 매디에게《얼음과 불의 노래》를 읽어준다. 조지 R. R. 마틴의 소설은 금방 끝나지 않을 만큼 충분히 길다. 나는 분명 매디도 이야기의 다음이 궁금할 거라는 상상을 한다. 그래서 책을 다 읽을 때까지는 죽지 않을 거라고. 그러다 건강해져서 직접 다시 한번 책을 읽을 수 있을 거라고.

아마 그건 허튼 생각일 것이다. 하지만 나는 매디를 붙들기 위해 뭘 더 할 수 있을지 알지 못한다. 매디를 도로 데려오기 위해. 이따금 잠이 들면 〈호두까기 인형〉의 무대 뒤 미로에서 매디의 소리가 들린다. 매디는 필사적으로 복도를 달리고 층계를 오르락내리락한다. 나를 부르고 엄마를 부른다. 아빠를 부른다. 나는 거기 무대 위에 앉아서 기다린다. 매디를 쫓아 미로로 갈 수는 없다.

나는 다만…….

잠깐.

이게 뭐지?

이게 벌써 얼마나 오래되었지?

"굉장히 오래되었어, 모 나미. 서둘러, 어서 서둘러!"

나는 아빠의 검은 고통에 아주 익숙해 있었다. 허공을 맴도는 긴장. 나는 그 긴장을 분명히 손으로 잡을 수 있고 그 긴장을 통해 아빠가 여기 있다는 걸 느낀다. 그럼에도 내가 알아차리지 못한 어떤 변화. 아빠의 고통의 빛이 부드러운 빛이 되었다. 고통의 빛이 변했다.

나를 더욱더 두렵게 하는 뭔가로 변했다.

교향곡의 마지막 음이 울려 퍼진 후의 정적.

최후의 숨을 내쉰 후의 침묵.

텅 빈 방.

나는 급히 책을 옆에 내려놓고 C7과 매디 사이에 쳐진 커튼을 젖힌다.

에디 아줌마는 여전히 아빠 옆에서 자고 있다.

가까이 다가간다. 아빠를 찾지만 아빠가 없다.

"아빠?" 나는 속삭인다. "아빠!"

아빠가 사라졌다! 아빠가 여기에 없다!

나는 세 걸음을 내달려 아빠 옆에 선다. 아빠의 손을 잡는다. 어쩌면 아빠는 그냥 자고 있을지도 모른다. 제발, 제발 아빠를 그냥 자게 내버려 둬요.

공포로 숨이 막힌다.

나는 기기들을 본다. 맥박, 심장 박동, 수면 단계. 산들, 언덕들, 들쑥날쑥 선을 그린다. 아빠는 살아 있다. 그래, 살아 있다—하지만 이곳에 없다.

나는 안다.

아빠의 몸은 완전히 비어 있다.

아빠는 닥터 사울이 그리지 않은 영역으로 간 것처럼 보인다. 코마와 죽음 사이 미지의 지대. 삶과 죽음 사이의 것. 계속해서 변하는 까닭에 그 누구도 알지 못하는 것.

나는 매디를 보고 다시 아빠를 보고 심장 모니터를 본다. 놀랍게도 한순간 두 사람의 심장이 정확히 같은 박자로 고동친다는 느낌이 든다. 두 사람이 나란히 걷듯 같은 리듬으로.

그러더니 갑자기 두 개의 선이 갈라진다. 매디의 심장 박동은 점점 빨라지고 아빠의 심장 박동은 점점 느려진다.

나는 무슨 일이 일어날 것인지 안다. 그런데도 몸을 움직이거나 소리를 지를 수 없다. 아빠의 심장 박동이 점점 주춤거리는 동안 카운트다운이 시작된다—4, 3, 2, 1, 지금—그것은 정확히 예정되어 있었다. 정확히 그렇게. 바로 그렇게.

헨리

노가 물에 비치는 하늘과 별을 부술 때마다 수면에서 에디의 얼굴이 보인다. 그녀가 깨어나는 모습이.

샘이 무슨 일인지 이해하는 게 보인다.

이제 나는 준비가 되었다.

바다는 잔잔하다. 햇살 비추는 겨울날이 수면에 반사된다. 나는 늘 이 색깔을 제일 좋아했다. 이 금속성의 밝은 파란색. 유리처럼 투명하고 하늘을 닮은 색.

나는 일어선다. 배가 흔들거린다. 나는 노를 거두어들인다. 이제는 노가 필요 없다.

나는 수면을 가르고 뛰어내린다.

소녀를 찾으려면 깊이 잠수해야 한다.

바다가 소녀를 멀리, 아주 멀리 데려갔다. 바다는 거기 아래에서, 바위와 조개와 두려움 사이에서 소녀를 차지하려 한다. 소녀의 머리카락이 해초처럼 소녀의 머리 주변을 떠돈다.

소녀는 최후의 그림자, 우리 모두에게 삶의 끝을 수월하게 해주는 그 아름다운 여인의 품 안에 있다. 여인은 우리를 고통 없이, 두려움 없이 섬으로 데려가려 한다. 하지만 여인에게도 규정이 있고 원리가 있다. 여인은 시간이 되어야만 나타날 수 있다.

그녀는 나를 본다. 놀라지 않는다.

나는 매들린의 해초 같은 금발을 잡아당긴다. 가느다랗고 미끌미끌한 팔을 붙잡는다. 나는 매들린을 잡아끌다가 물을 삼킨다. 물은 짭짤하고 얼음처럼 차갑다. 물이 한 모금 한 모금 나를 차갑게 만들고 내 내장을, 내 허파를 휘감는다. 그리고 이는 결국 내 심장을 휘감을 것이다.

바다가 마침내 나를 다시 보게 되어 행복한 듯 나를 푹 감싸 안는다. 그 오랜 세월을 지나 마침내 다시 만났다는 듯 행복해하며 다시는 나를 놓지 않으려 한다.

다시는 나를 놓아서도 안 된다.

기이하게 친숙하고 작은 얼굴이 내게로 다가온다. 매디는 나를 바라본다. 아주 많은 질문과 신뢰와 희망이 어린 표정으로.

나는 두 팔로 아이를 더욱더 단단히 부둥켜안는다.

이제 우리 둘, 그림자와 내가 아이를 붙들고 있다.

그림자를 붙잡는데, 마치 바닷말을 움켜쥐는 듯하다. 젖은 풀밭을 만지는 느낌이다. 거칠고 무성하다…….

에디

"에디, 여길 보렴. 풀밭의 풀을 베지 않고 자라게 내버려두었단다. 이제 됐니?"

"네, 아빠." 나는 대답한다.

"풀밭이 다람쥐 마음에 들까?"

"풀밭을 좋아할 거예요."

아버지는 미소 지으며 풀밭 한가운데로 들어간다. 한순간 양귀비꽃이 흔들거린다. 그러더니 아버지는 내 곁을 떠났다. 아버지가 떠날 때 내 심장이 내려앉는다. 시간은 언제나 너무, 너무 적다.

그런데도 꿈은 계속된다. 나는 이게 꿈이라는 걸 알고 있다. 하늘에 푸른 달이 떠 있다. 나는 집 뒤편의 무성한 풀밭을 지난다. 풀줄기들이 거의 턱까지 닿는다. 나를 간질이는 풀줄기 너머를 나는 간신히 바라볼 수 있다.

아침이 밝아온다. 황금빛 벌집에서, 이슬이 반짝이는 풀줄기와 밤의 푸른 어스름 사이에서 갑자기 다람쥐 한 마리가 어둠을 가르고 나온다.

나는 다람쥐에게 인사할 용기가 나지 않는다.

그 크고 강인한 짐승은 정말 근사하다—근사하고 상처를 입었다. 나는 걸어가는 다람쥐를 보고 그 사실을 안다. 다람쥐는 부상당했다. 다람쥐가 상처 입을 수 있는 유일한 곳에.

심장에.

나는 네 곁에서 안전하다는 걸 알고 있어, 다람쥐는 나를 보며 생각한다. 그러더니 풀숲으로 더 깊이 들어가 천천히 눕는다. 평소에는 초롱초롱 빛나는 두 눈이 고통으로 가득 차 있다.

나는 이슬에 젖은 풀밭을 조심스럽게 가로지른다. 양귀비꽃과 수레국화와 해바라기를 지난다.

나는 그토록 오래, 한없이 오래 기다린 다람쥐 옆에 무릎을 꿇는다.

다람쥐는 그런 영겁의 세월에 감싸여 있다.

다람쥐는 아무것도 두려워하지 않는다. 죽음조차도 두려워하지 않는다. 다람쥐는 죽을 것이다. 나는 그걸 눈으로 본다. 나는 그걸 알고 있다.

다람쥐는 천천히 고개를 떨군다. 반짝이는 뿔이 풀숲에 파묻힐 때까지.

지금 다람쥐는 안전하다.

나는 다람쥐의 머리를 쓰다듬는다. 한없이 친밀한 머리 모양새. 그 눈빛은 두려운 기색 하나 없이 빛나고 있다. 마음을 활짝 열고 나를 초대하는 눈빛. 나는 그 너머의 공간들을 탐색하려 한다. 어둡고 깊고 무한하며 두려움도 슬픔도 없는 공간들.

다람쥐는 무얼 알고 있을까? 내게 무얼 알려주려는 걸까?

나는 수천 개의 질문을 할 수 있지만, 오로지 하나의 질문만이 가장 중요하다.

"내가 무얼 알아야 하지?"

다람쥐가 나를 바라본다. 반짝이는 두 눈이 변한다.

갑자기 세상이 뒤바뀐다.

헨리와 나는 옛 튤립 창고의 옥상에서 풀과 대나무 사이에 누워 있다. 다락방으로 통하는 나무 층계의 문이 열려 있다.

"날 사랑해줘." 나는 간청한다.

"물론 사랑해." 그는 대답한다. "언제나."

헨리는 옆으로 누워 따사하고 능숙한 손가락으로 내 벌거벗은 배에 원을 그린다. 처음에는 작게 배꼽 둘레에만 그리다가 점점 더 크게 그린다. 원들은 내 배를 스치고 내 가슴을, 내 성기를, 내 허벅지를 스친다. 그는 내 옆에 무릎 꿇고 두 손으로 나를 어루만진다. 나는 너무 안심이 되어 눈물이 날 것만 같다. 이토록 근사하다니. 그렇게 그리워했는데, 한없이 그리워했는데.

그러더니 헨리가 나지막이 말한다. "당신 알지, 그 작은 예배당, 생 성송. 당신이 그곳에 있으면 나도 함께 있을 거야. 나는 어디에나 있을 거야. 언제나. 나는 당신을 따라다니고 당신을 기다릴 거야. 당신과 샘을."

이제 그의 손이 가만히 있다.

"계속해." 나는 원한다.

"때로는 불가능한 일이 일어나기도 해." 헨리는 덧붙인다. 그의 손도 마찬가지로 불가능한 일들을 한다. 나한테 좋은, 너무 좋은 일들을. "설명할 수 없는 것도 분명 삶의 일부이고 또 그게 삶의 현실이야."

"나하고 한 번 더 잘 거지?"

그는 미소 짓는다.

"응."

헨리는 몸으로 나를 덮는다. 그는 키스로 하늘과 별들을 가린다. 처음에 우리는 조용히 서로의 안에 들어 있다. 더 이상 경계가 존재하지 않는다. 내 몸에 경계가 없다. 헨리는 내 안에 있고 나는 그의 안에 있다.

헨리가 천천히 몸을 일으키고는 나를 잡아 일으킨다. 그는 앉아 있고 나는 그의 무릎에 앉아 있다. 처음에는 무릎 꿇고, 그러다 두 다리를 앞으로 쭉 뻗어 그의 등 뒤에서 발목을 포갠다. 그는 나를 부둥켜안고 있다.

우리는 마주 본다. 바람이 우리 주위를 맴돈다. 푸른 달이 빛으로 우리를 감싼다. 내 남편의 눈에서 먼 바다가 일렁인다.

그가 한 손을 내 심장에 갖다 댄다.

"미안해, 내 사랑. 나는 늘 당신을 사랑했고 당신 남편이고 싶었어."

"당신은 내 남편이야."

헨리가 미소 짓는다.

"당신은 살아야 해, 에드위나. 그냥 살아야 해."

그가 내 몸에서 물러난다. 허전함, 공허만이 남아 시간이 갈수록 점점 더 커진다. 나는 그것이 앞으로 영원히 계속될 것을 안다.

헨리가 일어난다. 우리는 손을 맞잡고 있다.

그가 나를 놓는다.

"안 돼!" 나는 외치려 한다. "가지 마." 하지만 헨리는 이미 내 곁을 떠난다. 뒷걸음으로, 점점 더 빠르게. 그러면서 시선을 떨구지 않고 나를 바라본다. 그의 눈에 사랑이 넘친다.

"용서해줘." 그가 말한다.

그가 경계를 넘어 허공에 들어서기 직전, 절망적인 두려움과 가차 없는 단호함이 그의 눈을 어둡게 한다.

"헨리!" 나는 외침과 동시에 꿈에서 깨어난다.

헨리

그러니까 이걸 원하는 거야? 최후의 그림자가 묻는다.

그래.

그럼 가자.

그림자는 꼭 붙들고 있던 매들린을 놓아준다.

작은 무희는 가만히 있다. 나를 바라본다. 오랫동안. 아이는 물속을 걸어서 빛을 향해, 삶을 향해 위로 떠오르려 한다. 나는 유리원반이 아이의 마지막 걸음을 가로막고 있지 않길 바란다.

나는 그림자에게 손을 내민다.

죽는 게 너무 두렵다.

하지만 이것만이 오직 바람직한 해결책이다. 이번 한 번만큼은 나는 올바른 결정을 내리고 물러서지 않는다.

에디는 살아야 한다. 무슨 일이 있어도. 그리고 스스로의 의지 없이, 단지 숨을 쉬는 생물에 지나지 않는, 그런 남자하고 살아서는 안 된다.

샘과 매디, 둘은 서로를 위해 존재한다. 이미 늘 그랬다.

마침내 모든 게 제대로 되었다.

그림자가 나를 잡아끈다. 통증이 너무 거세게 휘몰아쳐서 나는 입을 벌린다. 바다가 나를 받아들여 완전히 내 안으로 뚫고 들어오게 내버려둔다. 나는 끔찍하게 아픈 팔을, 다리를 움직일 수 없다. 모든 게 아프다. 내가 두고 떠나온, 잊고 있었던, 한없이 잠잠하던 내 몸의 모든 세포를 일시에 느끼는 듯하다.

모든 게 통증이다. 통증이 윙윙거리며 찌른다. 메스꺼움이 나를 관통한다. 귓속의 윙윙거리는 소리가 크고 깊어진다.

그러다 나는 갑자기 가라앉는다.

더 깊이, 더 빠르게 아래로 가라앉는다. 그러다 나는 바다와 섞인다. 물이 나를 채운다.

나는 모래와 돌로 된 바닥에 닿는다. 바닥이 나를 위해 벌어져 나를 빨아들인다.

그런데 도중에 내가 생각하지 못한 일이 일어난다. 내가 예상하지 못한 일이.

46일

샘

모든 것이 떨어진다. 아빠의 체온, 혈압, 맥박. 늙고 당당한 나무 한 그루가 쓰러지는 듯하다. 그와 동시에 아빠의 손가락이 움찔거린다. 아빠의 손은 옆에 서 있는 에디 아줌마의 손을 잡으려고 자꾸만 부르르 떤다. 아빠의 팔이 움찔거린다. 볼의 근육이 팽팽해졌다가 늘어진다. 눈꺼풀이 파닥거린다.

나는 아빠가 오는 걸 감지한다. 아니, 뭔가가 아빠를 떠다민다. 뭔가가 엄청난 힘으로 아빠를 아빠의 몸속에 도로 밀어 넣는다. 이제 아빠는 발꿈치로 침대를 마구 두드린다. 그리고 마침내 기계들도 그걸 알아챈다.

아빠의 머리에 부착된 EEG가 급작스럽게 요동치며 감시 초소의 의사들에게 경보를 울린다.

2분 후 닥터 사울이 나타난다. 잠을 설친 그의 얼굴에는 아직 밤이 달라붙어 있다. 그는 후두부에 흉터가 있고 붉은 금발 구레나룻을 기른 젊은 야간 당직 의사를 바라본다.

"공포의 꽃."* 그는 말한다. "의식이 돌아오고 있지만 순환계가 붕괴하기 직전입니다. 혈액의 산소량이 계속 떨어지고 있어요."

"스키너 씨, 제 말 들립니까?"

* 죽음을 앞둔 식물이 마지막으로 한 번 더 강렬하게 피우는 꽃을 일컫는다.

"제발." 에디 아줌마가 속삭인다. 아줌마는 창백하지만 침착하다. 아줌마는 닥터 사울의 어깨에 한 손을 올려놓는다.

닥터 사울이 아줌마를 바라본다. 아줌마는 아주 살며시 고개를 가로젓는다.

의사가 침대에서 뒤로 물러난다.

"새뮤얼." 아줌마는 갑자기 아주 조용히 명령한다. "이리 온."

아빠는 땀을 흘린다. 인공호흡기가 덜컹거린다. 아빠가 스스로 숨을 쉬고 침을 삼키려는 듯 보인다.

아줌마는 얼른 인공호흡기를 아빠의 입에서 떼어낸다.

아줌마는 아빠의 손을 꼭 붙잡고 있다. 나는 늘 서는 자리, 아빠가 눈을 뜨면 나를 볼 수 있는 곳에 선다.

아빠가 눈을 뜬다.

아빠가 눈꺼풀을 뜨고 이곳에 있다.

완전히 이곳에 있다!

아빠는 나를 본다. 사랑이 넘치는 눈길로. 나는 아빠 안에 있는 고통에 압도당한다.

고열과 염증, 두개 골절이 야기하는 고통과 아빠 사이를 그 어떤 것도 누그러뜨리지 못한다. 어떤 의약품도, 어떤 잠도, 다른 어떤 것도. 아빠는 살아 있는 몸으로 불탄다—하지만 아빠는 살아 있다!

아빠의 눈이 온 힘을 다해 에디 아줌마에게로 향한다. 아빠는 아줌마를 본다, 완전히.

내 시선은 매디에게로 향한다.

매디도 눈을 떴다.

그리고 나를 본다.

매디가 나를 본다!

이제 나는 모든 걸 이해한다. 하지만 이해하고 싶지 않다.

에디

"진통제, 우리는……."

"혈압……."

"고혈압……."

나는 그들이 그만하길 바란다. 모두들. 그들이 잠깐 모든 걸 멈추고 헨리에게 귀 기울이기 바란다!

"조용히 해요!" 그래서 나는 간청한다. 목소리를 더 높인다. "제발, 잠깐 조용히 있어줘요! 입 좀 다물어요!"

나는 부르짖었다. 그들은 멈춘다.

드디어.

헨리의 시선이 나를 꼭 붙들고 있다. 헨리의 손에는 삶과 저항이 있다.

"당신을 사랑해." 나는 그에게 말한다.

그의 눈빛이 부드러워진다. 그가 눈을 뜨고 있으려고 얼마나 많은 힘, 얼마나 많은 노력을 기울이는지 눈에 보인다.

그는 말하려 한다. 그러나 뜻대로 되지 않는다. 그건 숨결, 미세한 숨결에 지나지 않는다.

"매디는?" 이렇게 물으며 헨리는 샘을 바라보려 한다. 나는 그가 어떻게 매디의 이름을 아는지 모른다. 하지만 그는 매디의 이름을 알고 있다. 그리고 샘은 얼른 대답하며 그를 안심시킨다. "매디는 건강해질 거예요, 아빠."

헨리의 얼굴에서 긴장이 풀어진다. 그의 눈이 나를 찾는다. 나는 그의 눈길에 응답한다.

그리고 당신도, 나는 바란다, 제발 당신도 건강해져.

"가지 마." 나는 속삭인다.

"나는" 그의 입이 엄청난 노력을 기울여 움직인다.

"당신을……." 그는 말한다.

"사랑해."

그런 다음 덧붙인다.

"미안해." 헨리는 한 번 숨을 내쉬며 말한다. 하지만 그의 말은 모두가 들을 수 있을 정도로 크다. 모두가.

그 말은 내 심장을 저미는 동시에 치유한다.

"당연하지." 나는 말한다.

헨리는 내 손을 누른다. 더 꼭 누른다. 나는 다시 속삭인다. "당신을 사랑해. 언제까지나. 언제까지나." 그는 나를 보고 내 눈빛에 매달린다. 그의 눈은 사랑으로 넘친다. 또 견디기 어려운 두려움으로.

헨리는 다시 숨을 들이쉬지 않는다.

결국, 그는 무력한 놀람에 사로잡혀 드넓고 무한한 곳으로 되돌아간다…….

내 곁을 떠난다.

그의 손이 내 손을 놓는다.

나는 그 손을 꼭 붙잡는다. 샘이 매디에게로 달려가 매디가 내민 손을 붙잡는 동안. 닥터 사울이 소생술을 지시하는 동안. 디미트리가 나를 밀어내려 하는 동안. 46일에 걸쳐 낮이고 밤이고 헨리의 심장 박동을 동행한 기계가 모든 것 아래로 일직선을 그리는 동안. 최후의 소리가 울리는 동안. 그리고 나는 헨리가 다시 돌아오지 않을 것을 안다.

매리언 간호사가 창문을 연다. 아주 활짝.

한순간 나는 헨리와 같은 공간에 있는 걸 느낀다. 그런 다음 헨리 스키너는 돌아서서 아주 조용히 그의 삶으로부터 멀어져간다.

에필로그

헨리

재갈매기들과 커다란 큰검은등갈매기들이 이따금 몇 마리씩 무리 지어 만(灣) 위를 난다. 지금처럼 물이 금속성의 푸른빛을 띠고 석양이 바다 위로 쏟아질 때면.

나는 그들을 기다린다. 그러다 그들이 오면, 내 아들의 손을 잡고 있는 매들린을 봐도 놀라지 않는다.

그들은 여기 퉈 케르크에서 멀지 않은 작은 해변의 물가를 따라 걷는다. 시간들과 세상들이 서로 뒤섞이는 그곳에서.

에디. 샘, 매들린.

나는 그들이 눈치 채지 못하도록 소리 없이 그들 뒤에 선다.

에디와 내 아들의 어깨에 팔을 두른다.

그들은 지는 해를 바라본다. 어떤 이들은 세상의 시작이라고도 부르는, 세상 끝에서의 일몰은 더할 나위 없이 아름답다. 일몰은 하늘을 매일 다르게 그려놓는다. 오늘은 구름들이 점점이 흩어진다. 비행기들이 백금색의 그림 위로 지그재그 비행운을 그린다. 그림의 가장자리는 무르익은 살굿빛으로 녹아든다.

"안녕, 헨리." 에디는 바다를 향해, 번쩍이는 빛을 향해 미소 지으며 말한다. 에디의 눈이 빛과 뒤섞인다.

"안녕, 내 사랑."

흔히들 이렇게 이야기한다. 살아생전 이 땅에서 아무리 소중히 여긴 것이라 해도 죽음의 순간에 그것들을 가져갈 수는 없다고. 황금, 재산, 아름다움, 권력. 그 어느 것도.

그 말은 맞다.

세상이 뒤바뀌어 손으로 붙잡을 수 있는 것을 하나도 가져갈 수 없어 극히 당황한 사람들이 이미 몇몇 있었다.

하지만 두 번째 진실이 있다.

오로지 느끼는 것만이 가능한, 그 때문에 살아 있는 동안에는 결코 소유할 수 없었던 모든 것들. 우리는 그것들을 가져갈 수 있다. 심장이 겨우 몇 번 고동치는 동안 은밀히 느끼는 것들.

우리는 행복을 가져갈 수 있다.

그리고 사랑.

인생의 모든 아름다운 시간들. 우리가 조용히 바라보는 모든 빛들. 향긋한 내음, 웃음, 우정. 모든 입맞춤과 어루만지는 손길, 노래. 얼굴을 스치는 바람, 탱고. 음악, 밤이슬에 얼어붙은 가을의 풀이 부러지는 소리. 별들의 반짝임과 만족, 용기, 너그러움.

이 모든 걸 가져갈 수 있다.

이 모든 것은 중간 세계에 있다.

"텅 빈 심장으로 가지 마." 나는 그들에게 속삭인다.

그들은 손을 잡고 지는 해를 바라본다. 우리 모두를, 우리의 꿈을, 우리의 삶을 보호하는 바닷속으로 지는 해를.

그들은 손에 손을 맞잡고 돌아간다. 튀 케르크로. 나는 그들과 동행한다. 보이지 않게, 그림자 없이. 와일더 글래스가 우리 할아버지의 벽난로에 불을 지폈다. 와일더는 에디를 보면 행복해하고 여전히 조금 당황해한다. 에디는 그를 사랑한다. 나는 아주 가끔 꿈속에서 그녀를 찾아간다.

나는 그들을 따라간다. 문지방까지. 그리고 노래한다. 내가 노래하는 동안 한때 나였던 모든 것이 돌아온다.

나는 메들린과 새뮤얼, 에드위나가 갈 수 있는 모든 길을 볼 수 있다. 나는 그들을 위해 무언가가 결정되는 순간들을 본다. 그 순간들은 다른 음조, 다른 색채를 띠고 있다. 하지만 그들이 함께 가는 길, 그 길은 좋은 길이다.

나는 이루아즈 해의 일렁이는 파도들의 춤을 노래한다. 여름, 그곳의 바다가 바위에 부딪치면, 바람의 노래에 맞춰 춤을 추면, 어떤 광경이 펼쳐질지 나는 정확히 알고 있다.

나는 만조의 색깔과 겨울 바다를 노래한다. 비가 내리며 하늘이 어두워짐과 동시에 태양이 납빛 바다를 점점이 비칠 때의 빛을 노래한다. 나는 검푸른색, 터키옥색, 밤의 푸른색, 아침의 회색, 우윳빛 파도와 투명한 초록색 파도를 노래한다. 성급하게 화를 내는 여인, 이루아즈 해를 수천 가지 색채로 사랑하는 하늘을 노래한다. 하늘은 그 여인을 너무 사랑해서, 서로 사랑하는 사람들이 그렇듯이 그녀와 완전히 하나로 녹아들기 위해, 서로 경계 없이 하나가 되기 위해 그녀의 색깔을 받아들이고 그녀에게 자신을 선사한다. 위도 없이, 아래도 없이, 끝도 없이, 질문도 없이.

에디가 문을 닫기 전에 한 번 더 돌아본다. "헨리 말로 스키너." 그리고 나지막이 말한다.

한순간, 나는 얼굴을 스치는 바람을 느끼고 대기에 밴 소금을 맛본다. 나는 에디의 이마를 덮은 곱슬머리를 쓸어 올린다. 그녀는 내 손길을 느끼는 듯 미소 짓는다. 어쩌면 느낄지도 모른다.

삶과 죽음 사이에는 우리가 이곳에서 볼 수 있는 것보다 훨씬 더 많은 것들이 존재한다.

꿈의 책

2019년 09월 27일 초판 1쇄 발행
지은이 · 니나 게오르게 | 옮긴이 · 김인순
펴낸이 · 김상현, 최세현 | 경영고문 · 박시형

책임편집 · 김사라 | 디자인 · 임동렬
마케팅 · 권금숙, 최의범, 양봉호, 임지윤, 조히라, 유미정
경영지원 · 김현우, 강신우 | 해외기획 · 우정민, 배혜림 | 디지털 콘텐츠 · 김명래

펴낸곳 · ㈜쌤앤파커스 | 출판신고 · 2006년 9월 25일 제406-2006-000210호
주소 · 서울시 마포구 월드컵북로 396 누리꿈스퀘어 비즈니스타워 18층
전화 · 02-6712-9800 | 팩스 · 02-6712-9810 | 이메일 · info@smpk.kr

ISBN 978-89-6570-838-4 (03850)

• 이 책의 국립중앙도서관 출판시도서목록은 서지정보유통지원시스템 홈페이지(http://seoji.nl.go.kr)와 국가자료공동목록시스템(http://www.nl.go.kr/kolisnet)에서 이용하실 수 있습니다.
(CIP제어번호: CIP2019027380)